ハヤカワ文庫 FT

〈FT540〉

英国パラソル奇譚

アレクシア女史、欧羅巴《ヨーロッパ》で騎士団と遭う

ゲイル・キャリガー

川野靖子訳

早川書房

6954

BLAMELESS

by

Gail Carriger

Translated by

Yasuko Kawano

First published 2011 in Japan by

HAYAKAWA PUBLISHING, INC.

This book is published in Japan by

arrangement with

LITTLE, BROWN, AND COMPANY

New York, New York, USA.

through TUTTLE-MORI AGENCY, INC., TOKYO.

謝辞

クリスティン、デヴィ、フランチェスカの助けなしに、この本は生まれませんでした。正直なところ、彼女たちがいなければ、いまごろ皆さんは分厚い空白の紙の束を読んでいるはずです。ありがとう、あなたがたにワインとチーズをおごります！　それも大量のチーズを。そして、J・ダニエル・ソーヤーに百万回の抱擁《ハグ》を。あなたは、あなたが思っている以上に、はるかに多くの場面で、頼れる存在でした。

目次

アレクシア女史、欧羅巴《ヨーロッパ》で騎士団と遭う

登場人物

アレクシア・マコン……………〈魂なき者《ソウルレス》〉
コナル・マコン卿………………ウールジー人狼団のボス《アルファ》
ランドルフ・ライオール………マコン卿の副官《ベータ》
ジュヌビエーヴ・ルフォー……帽子店を経営する男装の発明家
フルーテ…………………………ウールジー城の司書
タンステル………………………俳優。もとマコン卿の従者
アイヴィ・ヒッセルペニー……アレクシアの親友。タンステルの妻
ギュスターヴ・トルーヴェ……パリの時計屋
ランゲ＝ウィルスドルフ………生物化学者
アケルダマ卿……………………ロンドンで最高齢の吸血鬼

1　ルーントウィル家の令嬢がたが目下の醜聞に対処すること

「いったいいつまであたしたちは、このひどい屈辱に耐えなきゃならないの、お母様？」ティーカップがカチリと鳴る音、トーストをサクサクと噛む音——そんな朝食のここちよい音をかき消すような金切り声に、朝食室に入ろうとしていたレディ・アレクシア・マコンは足を止めた。イヴリンの耳ざわりな声に続いて、フェリシティお得意の愚痴っぽい声が聞こえた。いつもの朝の、いつもの二重奏だ。

「まったくよ、お母様、あんな恥知らずとひとつ屋根の下で暮らすなんて。もう我慢できないわ」

フェリシティの正論が続く。「このままじゃあたしたちの将来に」——サク、サク——「取り返しのつかない傷がつくわ。もう無理よ……これ以上、耐えられないわ」

廊下の鏡の前で身なりを整えるふりをしながら耳をそばだてていると、ルーントウィル家の新しい執事——スウィルキンズ——が燻製ニシンの盆を持って現われ、アレクシアはうろたえた。スウィルキンズは〝若いレディが家族の会話を盗み聞きするとは〟と言いたげに、とがめるような視線を向けた。なんといっても盗み聞きは執事の専売特許だ。

「おはようございます、レディ・マコン」スウィルキンズは家族に聞こえるよう、おしゃべりと食器の音にも負けない大声で呼びかけた。「昨日、あなた様あてに手紙が届いておりました」そう言ってふたつ折りして封蠟された二通の手紙を渡し、アレクシアを先に行かせようとわざと朝食室の手前で立ちどまった。

「昨日！　昨日ですって！　いったいどういうわけで昨日渡してくれなかったの？」

　スウィルキンズは無言だ。

　この新入り執事――しゃくにさわるったらありゃしない。まったく、人生において屋敷の使用人と敵対関係にあることほど悲惨な状況はないわ。

　アレクシアは文字どおり不快感に身をよじりながら朝食室に入り、目の前に座る家族に怒りをぶつけた。「おはよう、みなさん」

　ひとつだけ空いた席に近づくアレクシアを、四組の非難めいた青い目が追った――いや、正しくは三組だ。よく見ると、ルーントウィル氏は半熟卵の先端を美しく割ることに没頭していた。手にしているのは、卵の先端を完璧な円形にすぱっと切り落とすために考案された携帯式横型ギロチンのような小型発明品だ。ルーントウィル氏はこの作業にすっかり夢中で、義理の娘が現われたことにも気づかない。

　アレクシアはテーブルから立ちのぼる燻製のにおいをできるだけかがないようにしながら

コップに大麦湯を注ぎ、トースト立てからバターなしトーストを一枚取った。かつては大好きなにおいだったが、いまは決まって吐き気をもよおす。これまでのところ〝チビ迷惑〟――アレクシアはお腹の子をそう思うことにした――は、想像以上にはるかに厄介な存在だ。しかも、言葉を発し、自分で動くようになるまで何年もかかるなんて。

ルーントウィル夫人は食欲のない娘をいかにも満足そうに見やり、「安心したわ」とテーブルを見わたした。「かわいそうに、アレクシアはだんな様の愛情不足のせいでやせ細りつつあるようね。あなたにもそんな繊細な神経があったなんて」ルーントウィル夫人は娘の朝の食欲不振を悲しみにくれているせいだと思いこんでいる。

アレクシアはむっとして母親を一瞥《いちべつ》し、バターナイフでさりげなくトーストに怒りをぶつけた。チビ迷惑のせいで、もともと体格のいいアレクシアはさらにいくらか体重が増えていた。これのどこが〝やせ細りつつある〟って言うの？　しかもあたしは悲しみにくれるような性格でもない。何より、マコン卿のせいで食欲がないと思われていることがしゃくだ。もちろん食欲不振の原因はマコン卿だが、家族はまだその事実を知らない。アレクシアが母親の誤解を正そうと口を開きかけたとき、フェリシティが口をはさんだ。

「あら、お母様、お姉様は傷心でやせ細るようなタイプじゃないわ」

「粗食に耐えられるタイプでもないんじゃなくて？」と、ルーントウィル夫人。

「あたしは」イヴリンが燻製ニシンを皿いっぱいに取り分けながら言った。「どちらにもす、ん、ご、く当てはまるタイプだけど」

「言葉に気をつけて、イヴリン」ルーントウィル夫人は顔をしかめてトーストをふたつに割った。

イヴリンは卵を山盛りに載せたフォークをアレクシアに突きつけ、なじるような口調で続けた。「ファンショー大尉に婚約を断わられたわ！　いったいどうしてくれるの？　今朝、知らせが届いたわ」

「ファンショー大尉？」アレクシアはつぶやいた。「その人、たしかアイヴィ・ヒッセルペニーのもと婚約者じゃなかった？　あなたの婚約相手は別の人だと思ってたけど。ややこしいわね」

「いいえ、いまはイヴリンの婚約者よ――というか、だったの。あなた、何日、実家にいると思ってるの？　そろそろ二週間じゃない？　ちゃんと話を聞いておいてちょうだい、アレクシア」ルーントウィル夫人が諭《さと》すように言った。

イヴリンが仰々しくため息をついた。「ドレスから何から買いそろえたのに。すべて仕立てなおさなきゃならないわ」

「すてきな眉毛のかただったのに」ルーントウィル夫人が慰めた。

「まったくよ」イヴリンが声を張り上げた。「あれほどの眉毛をもう一セット、どうやって見つけろというの？　もう立ちなおれないわ、お姉様。あたしの心はズタズタよ。それもこれもお姉様のせいだわ」

婚約者――しかも最高の眉毛を持つという噂の男性――を失って嘆く女性のようには少し

も見えないイヴリンは卵をほおばり、熱心に嚙みはじめた。イヴリンは最近、〝ひとくちごとに二十回嚙むとやせる〟という言葉を信じて実践している。その結果、テーブルにいる時間が誰よりも長い。

「大尉どのは人生観の相違を理由に挙げてるけど、婚約破棄の本当の理由はあきらかよ」フェリシティが金縁《きんぶち》の手紙をアレクシアに向かって振った。あの手紙に、善良なる大尉の深い遺憾の意がしたためてあるらしい。あちこち染みがついているところを見ると、朝食のテーブルにいる全員が——燻製ニシンまでが——次々にまわし読みしたようだ。

「ふうん」アレクシアは平然と大麦湯をひとくち飲んだ。「人生観の相違？　ありえないわ。そもそもあなたに人生観なんてものがあるの、イヴリン？」

「つまり自分のせいだと認めるのね？」イヴリンは二十回より早く嚙むのをやめて口のなかのものを吞みこむと、卵色よりほんの少し薄い金髪巻き毛を払いのけてアレクシアを責めはじめた。

「認めるものですか。大尉どのに会ったこともないのに」

「それでもお姉様のせいよ。夫を放り出して実家に居座るなんて——言語道断だと——世間は——噂——してるわ」イヴリンはわざと単語ごとに言葉を切り、それに合わせてソーセージをグサグサとフォークで突き刺した。

「とかく世間は噂したがるものよ。いわばコミュニケーションのひとつの手段ね」

「まあ、どうしてそんなに口が減らないの？　お母様、なんとか言ってちょうだい」イヴリンはソーセージをあきらめ、二個目の目玉焼きに手を伸ばした。

「あなたが傷ついているようにはとても見えないけど」アレクシアはさかんに口を動かすイヴリンを見て言った。

「あら、イヴィはかわいそうに深く心を痛めてるわ。とても神経が高ぶっているのよ」と、ルーントウィル夫人。

「それを言うなら〝頭をやられてる〟じゃないの？」家族を相手に口で負けるアレクシアではない。

ただ一人、アレクシアの皮肉をおもしろがったルーントウィル氏がテーブルの端で小さく笑い声を上げた。

「ハーバート」即座に夫人がたしなめた。「この娘《こ》を調子に乗せないでちょうだい。生意気な既婚婦人ほど嫌味なものはないわ」そう言ってアレクシアを振り返った。もう若くはないことに気づいていないもと美人のルーントウィル夫人は顔をしかめた。娘を案じる母親のつもりだろうが、アレクシアには消化不良を起こしたペキニーズ犬にしか見えない。「それで、あのかたとの仲たがいは終わったの、アレクシア？　彼とは……その……冷静に話し合ったわけじゃないんでしょう？」ルーントウィル夫人はアレクシアが結婚して以来、マコン卿を名前で呼ばないようにしている。そうすれば、娘が結婚したという事実だけが残り、誰と結婚したかを忘れられるとでもいうように。なにしろあの決定的事件が起こるまで、アレクシアが結婚できるとは誰も思っていなかった。たしかにマコン卿は伯爵で、女王陛下お気に入りの一人だが、人狼だ。そして名前を呼ぼうと呼ぶまいと、マコン卿はルーントウィル夫人を嫌っており、その事実が誰に知られようと――たとえ夫人本人に知られようと――意に介さなかった。あのころはあんなに――アレクシアはついコナルのことを思い出した――あんなにあたしのことを思ってくれてたのに……そこではっとわれに返り、思い出を容赦なく粉々にした。これ以上コナルのことは考えたくない。見下ろすと、皿のトーストが粉々になっていた。もう食べられない。アレクシアはため息をつき、もう一枚トーストを皿に取った。

「どう考えても」フェリシティが結論を下すように言った。「イヴリンの婚約がダメになったのはお姉様のせいよ。いくらお姉様でも言い逃れはできないわ」

戸籍上、フェリシティとイヴリンはアレクシアの妹だが、それ以外の性質を考えると、血のつながりがあるとはとても思えない。二人の妹は小柄で金髪で細身。かたやアレクシアは黒髪で背が高く、はっきり言って細身にはほど遠い。アレクシアはその抜きん出た知性と科学に対する造詣の深さと鋭い舌鋒でロンドンじゅうに知られているが、妹たちはもっぱらふくらんだ袖《パフ・スリーブ》で有名だ。当然ながら、この三人がひとつ屋根の下にいてうまくゆくはずがない。

「この件に関して、あなたの意見がいかに慎重で公正なものかは家族全員が知ってるわ、フェリシティ」アレクシアは淡々と応じた。

フェリシティは、これ以上話しても無駄とばかりに《レディーズ・デイリー・チアラップ》紙のゴシップページを手に取った。

だが、果敢にもルーントウィル夫人は追及の手をゆるめなかった。「本当よ、アレクシア、そろそろウールジー城に戻ったほうがいいんじゃなくて？　だってここに来てそろそろ一週間よ——あら、もちろんあなたと過ごせるのはうれしいけど、でもあのかたもスコットランドから戻られたという話だし」

「あのかたがどうしようと知るもんですか」

「アレクシアったら！　なんてことを！」

イヴリンが口をはさんだ。「街で見た人はいないけど、マコン卿は昨日ウールジー城に戻ったそうよ」

「誰が言ったの？」

フェリシティは答えるかわりにゴシップ欄を折り曲げてみせた。

「ああ、それね」

「きっと寂しがってらっしゃるわ、アレクシア」ルーントウィル夫人が追い出し作戦を再開した。「いまごろ寂しくて落ちこんでるんじゃないかしら、だってあなたがいないと……」

そこで言葉をのみこんだ。

「あたくしがいないとなんなの、お母様？」

「えっと、その……知的な会話ができる相手がいなくて寂しいんじゃなくて？」

アレクシアは——朝食の席で——鼻を鳴らした。コナルがあたしのぶしつけさをおもしろがることがあっても、あたしの知性を恋しがるとはまず思えない。控えめに言ってもマコン卿は性欲旺盛な人狼だ。妻を恋いしたうとすれば、舌よりはるか下の部分に決まっている。

ふと夫の顔が浮かび、アレクシアは動揺した。最後に目が合ったとき、コナルの目には妻に裏切られた男の苦悩が浮かんでいた。でも、その原因はコナルのとんでもない誤解だ。あんなふうにあたしを疑うなんて許せない。あんな〝迷子の子犬〟みたいな目であたしの同情心をもてあそぶなんて、たいした度胸だわ！　アレクシアは夫から浴びせられた言葉を思い出し、怒りを取り戻した。あたしは二度とあんな——そこでふさわしい言葉を探し——あんなうたぐり屋の脳たりんのところには戻らないわ！

レディ・アレクシア・マコンは、イバラの茂みに放りこまれたら一本一本トゲを抜きはじめるようなタイプの女性だ。スコットランドからロンドンまでの不快きわまりない列車の旅と、この数週間のあいだに、夫が妻とお腹の子どもを拒否した事実を受け入れたつもりでいた。それでも、思いがけないふとした瞬間、納得できていない自分に気づく。裏切られた苦しみは、みぞおちの激痛のようになんの前触れもなく襲ってきた——どうしようもない痛みと激しい怒りをともなって。まさに食あたりのような発作的痛みだった。違うのは、そこに胸の痛みがともなうことだ。冷静なときなら、この感情は不当なあつかいを受けたせいだと言い聞かせることもできただろう。昔からアレクシアは何か失敗しても、うまく自分を納得させてきた。でも、まったく身に覚えのない罪を自分に認めさせるのとそれでは話が違うし、はるかに腹立たしい。〈ボグリントン〉の最高級ダージリンでも気分をなだめることはできなかった。お茶を飲んでもダメなら、いったいレディはどうすればいいの？　だからといって、まだコナルを愛しているなんてことは絶対にないわ。そんな非論理的なことがあるもんですか。それでもアレクシアのいらだちは治まらなかった。そのことに気づかない家族は、よほど鈍感というしかない。

フェリシティがぱたんと新聞を閉じた。いつになく顔が真っ赤だ。

「あら」ルーントウィル夫人が糊の効いた小ナプキン《ドイリー》でぱたぱたと顔をあおいだ。「こんどは何ごと?」

ルーントウィル氏はちらっと目を上げ、嵐を避けるかのように卵に意識を戻した。

「なんでもないわ」フェリシティは皿の下に新聞を押しこもうとした。

だが、めざといイヴリンが見逃すはずはない。さっと手を伸ばして新聞をつかむと、紙面に目を走らせた。これほどフェリシティが動揺するなんて、さぞおいしいゴシップが書いてあるに違いない。

フェリシティはスコーンをかじり、うしろめたそうにアレクシアを見ている。

アレクシアは急に胃が重くなった気がして、やっとのことで大麦湯を飲みおえ、椅子の背にもたれた。

「まあ、何これ!」ついに問題の記事を見つけたらしく、イヴリンが全員に聞こえるように読み上げはじめた。「〝先週、マコン伯爵夫人——もとアレクシア・タラボッティことルーントウィル夫人の娘で、フェリシティとイヴリン・ルーントウィルの姉で、ルーントウィル氏の義理の娘——がスコットランドから夫マコン卿の同伴なしで戻り、屋敷から出て行ったというニュースがロンドンを震撼させた。理由についてはさまざまな憶測が飛び交っており、マコン夫人とはぐれ吸血鬼アケルダマ卿の親密すぎる関係を怪しむ声もあれば、ルーントウイル家の姉妹がほのめかす、いわゆる家庭環境の相違——まあ、見てフェリシティ、あたしたちのことが二度も書いてあるわ！——あるいは下流階級との親交が原因だともささやかれている。マコン夫人は結婚後、そのファッションセンスでロンドンじゅうの注目を集め〃——とかなんとか……あら！　ここを見て——〝しかし、伯爵夫妻に親しい筋の情報によれば、どうやらマコン夫人は懐妊しているらしい。マコン卿の年齢と異界族の性質および合法的局《ネク》部死滅《ローシス》状態を考えると、本件はマコン夫人の軽率な行為によるものとみなさざるをえない。真偽のほどは医学的確証を待たねばならないが、事態は間違いなく〈世紀のスキャンダル〉の様相を呈している〃」

　全員がアレクシアを見ていっせいにしゃべりはじめたが、イヴリンがばさっと新聞を折りたたむ音に全員が黙りこんだ。

「なるほど、こういうことね！　ファンショー大尉はこれを読んだのよ。だから今朝、婚約破棄状を送りつけたんだわ。フェリシティの言うとおりよ！　まさしくお姉様のせいだわ！お姉様ったら、どうしてこんな軽率な真似を？」

「どうりで食欲がないはずだ」ルーントウィル氏が言わずもがなのコメントをした。

　予想どおりルーントウィル夫人が大声を上げた。「これは一人の母親に耐えられる苦労の限界を越えてるわ。もうたくさんよ！　アレクシア、あなたって人はどうして何もかもめちゃくちゃにするの？　わたしはあなたを清く正しい娘に育てたつもりよ？　ああ、もうなんといったらいいか！」言うべき言葉をなくしたルーントウィル夫人は、しかし娘に手を上げはしなかった。かつて上げたことがあるが、ひとつもいい結果を生まなかった。そして結局、娘は人狼と結婚したのだ。

アレクシアは立ち上がった。またしても怒りにかられて。ここ数日、あたしは怒ってばかりだ。あたしの妊娠を知っているのは四人だけ。そのうち三人は、間違ってもマスコミに漏らすような人たちじゃない。となれば、犯人は一人——醜悪な青いレースのドレスを着て、妙に顔を赤らめ、いままさにテーブルの真向かいに座っている人物だ。

「フェリシティ、あなたが秘密を守ると信じたあたくしがバカだったようね！」

「あたしじゃないわ！」フェリシティはすかさず弁解した。「きっとマダム・ルフォーよ。なにせフランス人だもの！　くだらない名声とオカネのためならなんでもしゃべる人種だわ」

「フェリシティ、あなた、アレクシアの妊娠を知っていながら黙ってたの？」ルーントウィル夫人は最初のショックがさめやらぬうちにまたしてもショックを受けた。アレクシアが秘密を話さないのはいつものことだが、フェリシティはつねに母親の味方のはずだ。その代償は長年、充分すぎるほどの靴代で支払ってきた。

アレクシアはティーカップがカタカタと恐ろしげに揺れるほど、バンと片手をテーブルに叩きつけ、身を乗り出してフェリシティをにらんだ。人狼と暮らした数カ月のあいだに習得した無意識の脅しのポーズだ。毛皮のないアレクシアに身の毛もよだつような《ヘアリー》迫力はないが、それでも動きだけはよどみない。「マダム・ルフォーがそんなことをするはずないわ。彼女は分別ある人物よ。秘密を漏らすとすれば一人しかいない。それもフランス人じゃないわ。約束したわよね、フェリシティ？　口止め料として、あたくしの大事なアメジストのネックレスをあげたじゃないの」

「まあ、あれはそうやって手に入れたものだったの？」イヴリンが妬ましげに言った。

「それで、父親は誰なんだ？」会話を少しでも建設的な方向に向けようとルーントウィル氏が発言したが、テーブルで興奮するレディたちに完全に無視された。いつものことだ。ルーントウィル氏はあきらめて大きく息を吸い、朝食に戻った。

フェリシティは弁解する口調から不機嫌な口調になった。「ミス・ウィブリーとミス・トゥイッターガドルに話しただけよ。二人がマスコミに漏らすなんて、あたしにわかるわけないでしょう？」

「ミス・トゥイッターガドルの父親は《チアラップ》紙のオーナーよ。よく知ってるくせに！」そのとたん、アレクシアの怒りはふっと和らいだ。フェリシティが数週間もの長いあいだ黙っていたこと自体、この世の奇跡だ。おそらく友人たちの関心を集めたかったのだろう。でも、それだけではない。こんなゴシップが知れたらイヴリンの婚約がダメになり、あたしの人生がめちゃくちゃになることまで計算に入れていたはずだ。アレクシアの結婚式のあと、フェリシティは〝ただの意地悪女〟から〝完全な性悪女《しょうわるおんな》〟に進化し、スグリの実ほどの大きさしかない脳みそとあいまって、いよいよ手がつけられなくなってきた。

「家族がどれだけあなたのために尽くしてきたと思うの、アレクシア！」ルーントウィル夫人の非難が続いた。「お父様が戻ってきたあなたを温かくその胸に迎え入れてくれるのをいいことに！」いきなり引き合いに出されたルーントウィル氏は目を上げ、それから〝わたしが？〟という表情で自分の恰幅のいい身体を見下ろした。「そしてわたしがあなたの結婚のためにどれだけ痛みを耐えしのんできたことか。そのあげくに娼婦まがいのふしだらな真似をするなんて。もう耐えられないわ」

「それこそあたしが言いたかったことよ」フェリシティが勝ち誇ったように同調した。

もう我慢できない。アレクシアは燻製ニシンの皿をつかむと、三秒考えてからフェリシティの頭の上にひっくりかえした。

フェリシティがギャアと悲鳴を上げた。

「でも」アレクシアは飛び交う怒号の下でつぶやいた。「これはあの人の子どもよ」

「なんだと？」さすがのルーントウィル氏も今度ばかりはテーブルに片手を叩きつけた。

「誰がなんと言っても彼の子よ。あたくしはほかの誰とも関係してないわ」アレクシアは泣き叫ぶフェリシティの声に負けないように叫んだ。

「アレクシア！　なんて下品なことを。詳しい説明は聞きたくないわ。それがありえないことくらい誰だって知っています。あなたの夫は基本的に死者で、というか基本的には死んだ状態だから死者も同然のはずでしょう」ルーントウィル夫人は困惑の表情を浮かべると、濡れたプードルのように頭を振り、冷静に非難の口調に戻った。「ともかく、人狼の子どもだなんて、吸血鬼やゴーストが子孫を残すのと同じくらい――どう考えてもばかげているわ」

「それを言うなら、この家族もばかげてるわ――一見、自然の摂理にしたがってはいるけど」

「どういうこと？」

「〝ばかげている〟という言葉に新しい定義が必要だってことよ」ああ、なんていまいましい――アレクシアは思った――こんな子どもなんか、地獄にまき散らしてやりたいわ。

「ほら、いつだってこの調子よ」フェリシティはニシンをつまみ取りながら恐ろしい顔でにらみつけた。「こんなふうにしゃべりつづけて、自分が悪いとは絶対に認めないんだから。お姉様は追い出されたのよ――知ってた？　お姉様がウールジー城に戻らないのは、戻れないからよ。マコン卿から見捨てられたの。あたしたちがスコットランドを去った理由はそれよ」

「まあ、なんてことでしょう。ハーバート！　あなた、いまのお聞きになった？」ルーントウィル夫人は今にも気絶しそうだ。

母の嘆きの原因が、娘が夫から正式に追い出されたせいなのか、それとも当分のあいだ出戻り娘を住まわせなければならないという純然たる恐怖のせいなのか、アレクシアにはわからなかった。

「ハーバート、なんとかしてちょうだい！」ルーントウィル夫人が泣きついた。

「安っぽいメロドラマを見ているような気分だ」と、ルーントウィル氏。「わたしはこうした事態の対処法を知らない。ここはレティシア、すべてきみにまかせるよ」

レティシア・ルーントウィルは、発作的に熱中する刺繍《ししゅう》より複雑なものに対処できたためしのない女性だ。そんな女性に対して、これほど理不尽な言葉があろうか。夫人はなかば気絶したように椅子に座りこんだ。

「あら、それはあんまりよ、お父様」フェリシティが冷ややかに言った。「生意気なことは言いたくないけど、これ以上アレクシアお姉様をこの家に置いておくわけにはいかないわ。これほどの醜聞だもの——たとえ一緒に住んでなくてもあたしたちの結婚にどれだけ悪影響を及ぼすことか……。さっさと追い出して、これ以上ルーントウィル家にかかわらないように言うべきよ。いっそのこと、いますぐ家族でロンドンを離れたらどうかしら？　たとえばヨーロッパ旅行に出かけるとか？」

イヴリンは賛成とばかりに手を打ち合わせ、アレクシアは首をかしげた。フェリシティったら、あたしを裏切って、いったい何をたくらんでるの？　アレクシアは思った以上に薄情な妹の顔をじろりとにらんだ。この嘘つき女！　燻製ニシンよりもっと硬いもので思いきりぶんなぐってやればよかった。

ルーントウィル氏はフェリシティの容赦ない言葉に驚いたが、この紳士はつねにもっとも安楽な道を選ぶ男だ——椅子に倒れこんだ妻と恐ろしい形相の娘を見るや、呼び鈴を鳴らして執事を呼んだ。

「スウィルキンズ、今すぐ二階へ行ってマコン夫人の荷物を詰めてくれ」

スウィルキンズは驚きのあまり、呆然と立ちつくした。

「さあ、急いで！」フェリシティの鋭い口調に、スウィルキンズは退室した。

アレクシアは怒りに小さく鼻を鳴らした。あたしがルーントウィル家最新のバカ騒ぎをコナルに話したらどうなるか見てらっしゃい。どうしてあの人は……いやだ、あたしったら、何を考えてるの？　またしてもアレクシアの怒りは、人狼サイズにぽっかり開いた穴の痛みの前に消え去った。アレクシアはむなしさを埋めようとマーマレードを山盛りすくい、スプーンから直接、食べた。どうせ失うものは何もない。

これを見てルーントウィル夫人は本当に気絶した。

ルーントウィル氏はぐったりした妻をじっと見つめ、しばらくこのままにしておくことにして喫煙室に引き上げた。

アレクシアは手紙のことを思い出した。気をまぎらすものが必要だ。妹たちと話さずにすむならなんでもいい。アレクシアは一通目の手紙の封蠟を開けた。正直なところ、その瞬間まで、これ以上、状況が悪くなることはありえないと思っていた。だが、そうではなかった。

封蠟は見まちがいようもない。獅子と一角獣が両脇から王冠を支える図――英国王室の紋章だ。そして文面も同じように見まちがいようがなかった。〝マコン夫人のバッキンガム宮殿への出入りを禁止する。今後、英国女王は面会に応じない。〈陰の議会〉の一員としての任務は次の通知が出るまで保留する。マコン夫人は女王陛下の信任および権限を失った。〈議長《マージャ》〉の地位はふたたび空席となる。これまでの尽力に感謝し、ご健勝を祈る。〟

アレクシアはすっくと立ち上がると、朝食室を出てまっすぐ厨房に向かい、召使たちが驚くのもかまわず、厨房の中央に鎮座する大きなかまどにつかつかと歩み寄り、王室からの手紙を投げこんだ。手紙は燃え上がり、たちまち灰になった。一人になりたい。アレクシアは厨房を出ると、朝食室ではなく奥の応接間に入った。本当は自室に引きこもり、毛布の下にもぐりこんで小さい――いや、小さいとは言えないが――ボールのように丸まっていたい。でも、すでにドレスに着替えている。どんなに最悪な気分のときでも礼儀作法は守るべきだ。

驚くことではない。ヴィクトリア女王は、その政策の革新性とは裏腹に、道徳的には非常に保守的だ。その証拠に、夫君が死後ゴーストになり、消滅して十年も経つのに今も喪服で通している。そして世のなかに黒が似合わない女性がいるとしたら、ヴィクトリア女王その人だ。そんな女王があたしに反異界族助言役とスパイ任務を続けさせるはずがない――たとえそれがいかに極秘任務だとしても。世間の鼻つまみ者となったいま、女王陛下とつながりがあることなど、おくびにも出してはならない。朝刊のニュースは、いまやロンドンじゅうに知れわたっているはずだ。

アレクシアはため息をついた。〈陰の議会〉の同僚である〈宰相〉と〈将軍〉は、あたしの解任を知ってほくそえんでいるに違いない。二人にとって〈議長〉は目ざわりな存在だ。〈宰相〉と〈将軍〉に異議を唱えること――それこそが〈議長〉に求められる任務のひとつなのだから。アレクシアは急に不安になった。マコン卿とウールジー人狼団の後ろ盾がなくなったいま、マコン夫人は死んだも同然だと見なす者がぞくぞくと現われるに違いない。アレクシアは呼び鈴を鳴らしてメイドを呼び、スウィルキンズが荷造りする前に武器がわりの大事なパラソルを取りに行かせた。ほどなくメイドが戻り、アレクシアはお気に入りのパラソルを手にしてようやくほっとした。

気がつくとアレクシアは、賢明にもこの凶器を贈ってくれた夫のことを考えていた。コナル、いい、いい、ルのこんちくしょう。どうしてあたしを信じてくれなかったの？　これまでの歴史に例がないことがなんなの？　歴史なんて、どんなに詳しい記録でも〝正確さ〟に関しては怪しいものだ。しかも反異界族の女性の数は少ない。英国が誇るあらゆる技術をもってしても、今なおあたしの性質と行動様式を科学的に説明できる者は一人もいないわ。人狼がほぼ死んだ状態だからどうだと言うの？　あたしが触れているあいだは人間に戻る、でしょ？　そのあいだなら妊娠させることだって可能かもしれないわ。それほどありえないことなの？　ひどい人。いかにも人狼らしい反応だったわ——あんなふうに感情的になって毛を逆立てるなんて。

コナルのことを考えただけで胸が詰まった。アレクシアは自分の弱さを腹立たしく思いながら涙を振り払い、さらに悪い知らせを覚悟してもう一通の手紙を見た。だが、その奔放で流麗な筆跡を見たとたん、涙顔に笑みを浮かべた。そう言えばロンドンに戻ってからすぐにカードを送ったんだったわ。そのなかでアレクシアは、露骨な依頼は避けつつも、それとなく夫婦の危機を伝えた。そもそも、あの情報通が事情を知らないはずはない。どんなときも彼はなんでもお見通しだ。

〝**わがいとしの**カモミール・ボタンちゃん！〟手紙はそう始まっていた。〝カードを受け取ったよ。先ごろ聞いた話から察するに、きみには身を落ち着ける場所が必要のようだ。でも、遠慮ぶかさゆえにあからさまには頼めなかったのだね。微力ながら、いまイングランドじゅうでこのわたし以上に不届き者と思われている**唯一の人物**であるきみに、救いの手を差しのべよう。大した力にもなれないが、好きなだけ**拙宅**に滞在しておくれ。いつでも歓迎するよ。愛ともろもろの思いをこめて――アケルダマ卿〟

アレクシアはニッコリ笑った。思ったとおり、アケルダマ卿はあたしの社交辞令の裏にある真意を読み取ってくれたようだ。アケルダマ卿の返事は今朝の新聞発表より前に書かれたはずだが、それでもあたしの長期滞在を予測していた。おそらく妊娠のことも知っていたのだろう。アケルダマ卿は、つねに度肝《どぎも》を抜くファッションと振る舞いで有名なはぐれ吸血鬼だ。スキャンダルの渦中にあるマコン夫人を受け入れても、その評判は高まりこそすれ、傷つくことはない。しかも自宅に住まわせるとなれば、噂の張本人から好きなだけ真実を聞き出すことができる。アレクシアはさっそくありがたい申し出を受け入れることにした。招待の手紙は昨日届いたのだから――憎たらしいスウィルキンズ！――訪ねるのに遅すぎることはない。なんだかわくわくしてきた。アケルダマ卿の屋敷と食卓はつつましさの対極にある。しかもきら星のごとき伊達男がずらりとそろっており、彼らに囲まれて過ごすことは何より目の保養になるわ。これで〝家なき子〟にならずにすんだ――アレクシアはほっとし、わざわざルーントウィル家でもっともハンサムな召使に手紙をことづけ、アケルダマ邸に届けさせた。

アケルダマ卿なら、お腹に子どもが寄生する理由を知っているかもしれない。何しろおそろしく高齢の吸血鬼だ。あたしの貞節をコナルに証明するのに手を貸してくれるかもしれないわ。〝アケルダマ卿〟と〝貞節〟なんて、似合わない取り合わせだけど――アレクシアは思わず笑みを浮かべた。

荷物をまとめ、帽子とケープを身につけ、家を出る準備が整ったころ――おそらくこの家には二度と戻らないだろう――またしてもアレクシアあてに郵便物が届いた。怪しげな箱に手紙がついている。アレクシアはスウィルキンズの手に渡る前にすばやく奪い取った。

箱のなかには見るもおぞましき帽子が入っていた。鮮やかな黄色いフェルトのつばなし帽《トーク》で、縁には作り物のブラック・カランツとビロードのリボンがめぐらされ、醜い海洋生物の触手のような緑色の羽根が二本、突き出ている。送り主はあきらかだ。添えられた手紙はアケルダマ卿に勝るとも劣らない、華美で、感嘆符だらけの文字で書かれていた。アレクシアは苦労して解読した。

〝アレクシア・タラボッティ・マコン、まさかあなたがあんな不埒な行ないをするなんて！　たったいま朝刊を読んだわ。あなたのことが心配よ。心配でたまらないわ！　もちろん生まれてこのかた、一瞬でもあんな記事を信じたわたしがバカだったわ！　一瞬だって許されないわ！　事実、いまはひとことも信じてないから安心して！　もちろんわたしたち――タニーとわたし――は喜んであなたを泊めてあげたいけど、誰もが言うように、状況は弁明の余地がない《インディフェンシブル》でしょう？――じゃなくて疲れを知らない《インディファティガブル》だったかしら？――とにかく助けることはできないの。わかるでしょう？　あなたならわかるはずだわ。そうよね？　でも、せめてあなたには心の慰めが必要だと思って。このまえ一緒に買い物に行ったとき——ああ、もう何カ月も前のことね。わたしたちが若くて軽率《ケアレス》だったころ……じゃなくて若くて屈託《ケアフ》のな《リー》いころだったかしら？——あなたが〈シャポー・ドゥ・プープ〉でこのすてきな帽子をじっと見ていたことを思い出して、それでこれを選んだの。本当はクリスマス・プレゼントにと考えていたんだけど、あなたが堪え忍んでいる危機的状況を思うと、今のほうがはるかに帽子が重要な役割を果たすときだと思ったの。でしょう？　たくさんの愛をこめて、アイヴィ〟

アレクシアには、アイヴィが書こうとして書けなかった思い——これだけ長々と書きながら書いてないことこそ驚きだけど——が痛いほど伝わってきた。タンステル夫妻は舞台を生《なり》業《わい》としている。いまやスキャンダルの渦中にあるマコン夫人と関わりあえば、ひいき客を失うことになりかねない。だがアレクシアは二人の申し出を断わらずにすんでほっとした。新婚の二人はウエスト・エンドの恐ろしく狭いアパートに住んでいる——応接間がひとつしかないような。アレクシアは小さく身震いした。

アレクシアは身の毛もよだつような帽子を脇の下にはさんで、頼もしいパラソルをつかむと、階段を下りて待ち受ける馬車に向かった。アレクシアは馬車に乗りこむのに手を貸すスウィルキンズに向かって冷たく鼻を鳴らし、御者にアケルダマ邸に向かうよう命じた。

2 マコン卿と小型キュウリの関係

アケルダマ邸はロンドンでもっともしゃれた地区にあった。その界隈がおしゃれと呼ばれるようになったのは、おそらく、その一画にアケルダマ邸があるからだ。アケルダマ卿はおしゃれのためならなんでもする。それ以外のものをすべて——ときには常識を捨ててでも。もしアケルダマ卿がウナギのゼリー寄せを入れた大樽のなかで格闘技を始めたら、それは二週間もたたないうちに最新流行になるだろう。つい最近、アケルダマ邸は現代的センスを最大限に取り入れた化粧直しがほどこされ、上流階級の賞賛を集めた。全体は淡いラベンダー色で、窓という窓、隙間という隙間が金色の渦巻きと縁どり《フラウンス》で飾られている。屋敷のまわりにはライラックの低木とヒマワリとパンジーが植えられ、この三段階の効果により、冬でも入口の階段をのぼる来客の目を楽しませた。アケルダマ邸はさながら、冷淡な灰色と栄養不足の霧雨色の中間のような陰鬱なロンドンの空に、明るく果敢に戦いを挑む孤高の要塞のように建っていた。

アレクシアがノックをしても、呼び鈴を引いても応えはない。だが、金ぴかの玄関扉にカギはかかっていなかった。アレクシアは御者に待つように身ぶりすると、パラソルを構え、そろそろと屋敷のなかに入った。どの部屋も絢爛豪華だ。床には、うっとりと顔を寄せ合う羊飼いのカップルを描いた分厚い絨毯《じゅうたん》が敷きつめられ、アーチ型の天井には、これまたなまめかしいローマふうの智天使《ケルビム》たちが全面に描かれている。

「ごめんあそばせ。どなたかいらっしゃいませんこと？」

屋敷内は完全にもぬけの殻だった。よほどあわてて出て行ったらしい。アケルダマ卿はもちろん、ビフィやほかの取り巻き《ドローン》たちの姿もない。普段のアケルダマ邸はお祭り騒ぎのように賑やかだ。あちこちにシルクハットが脱ぎ捨てられ、芝居のビラが山と積まれ、高級タバコとフランス香水のにおいがたちこめ、背後ではつねに話し声と浮かれ騒ぐ声が聞こえる。だからなおのこと、この沈黙と静寂が異常に思えた。

アレクシアはうち捨てられた納骨堂に足を踏み入れる考古学者のように、そろそろと無人の部屋を進んだ。どの部屋も立ち去ったあとの形跡があるだけだ。しかも大事なものが定位置からなくなっていた。いつも居間の暖炉の上に置いてある金色のパイプが見あたらない。一見、配管部品のようだが、アレクシアは過去の経験から、それに二本の湾曲した刃が内蔵されていることを知っている。アケルダマ卿があの秘密兵器を持ち出したとなると、何かよからぬことが起こったに違いない。アレクシアは胸騒ぎを覚えた。

アレクシア以外に屋敷内で動くものといえば飼い猫だけだ。太った三毛猫で、たいていはおとなしくうたた寝をしているが、ときおり狂暴になって手当たりしだいにクッションの房に襲いかかるという性質がある。目下、三毛猫は引きちぎった三本の房の残骸にあごを載せ、詰め物をしたクッションに寝そべっていた。一般的に猫は吸血鬼に耐えられる唯一の動物と言われている。たいていの動物は、科学者が言うところの〝獲物としての反射的行動様式〟が発達しているが、猫は自分たちを吸血鬼の獲物とは思っていないようだ。とくにこの三毛猫は〝房のない生き物〟にはまったく関心を示さない。ひょっとしたら人狼団のなかでも暮らしてゆけるんじゃないかしら？

「あなたのご主人様はどこへ消えてしまったの、おでぶちゃん？」アレクシアは三毛猫に話しかけた。

猫は何も答えなかったが、あごの下を掻くアレクシアの手をうれしそうに受け入れた。ふと見ると、見なれない金属の首輪がついている。アレクシアがよく見ようと身をかがめたとき、背後の廊下からくぐもった足音が聞こえた。

マコン卿は酔っていた。

それも、ビールを十二パイント飲んでようやく世界が薄ぼんやりするという異界族特有の中途半端な酔いかたではなく、わめき、よろけるほどの泥酔だ。まさに酢づけにされた小型《ピックルド》キュウリもかなわないぐでんぐでんの状態《ピックルド》だった。

人狼がここまで酔っぱらうには、相当量のアルコールが必要だ。そして——城から遠く離れた納屋の横をマコン卿を支えて歩きながらライオール教授は思った——そもそもこんなに酔うだけのアルコールを手に入れたこと自体、奇跡と言わざるをえない。いったいどうやってこんな芸当をやってのけたのだろう？　この三日間はロンドンに行った形跡も、ウールジー城の豊富な地下貯蔵庫に侵入した形跡もない。では、どこから連日これだけ大量の酒を手に入れているのか？　まったく――ライオールは苦々しく思った――アルコール中毒者の執念は人間ばなれしている。

マコン卿がぐらりと大きくよろめき、納屋の壁に倒れかかった。筋肉隆々の左肩と上腕が樫の羽目板にぶつかり、納屋全体が土台から揺れた。

「失礼」マコン卿は小さくしゃっくりし、納屋に向かって詫びた。「見えんかったもんでな」

「しっかりしてください、マコン卿」ライオールはあきれ返った口調で、「まったく、こんなになるまで酔っぱらうとは」と言って、マコン卿を壊れそうな納屋から引き離した。

「酔ってなんかねぇぞ」マコン卿は太い腕を副官《ベータ》の両肩にまわし、ずしりと寄りかかった。

「このくれぇ、ほんの一杯、ほろ酔いだ」マコン卿のスコットランドなまりは、過度に緊張したときや怒ったときに強くなるが、大量のアルコールを飲んだときもひどくなるようだ。

二人は納屋が壊れる前にその場を離れた。

いきなりマコン卿がつんのめり、かろうじてライオールにつかまって姿勢を保った。「うほっ！　あそこの地面を見てみろや？　不思議や不思議、こっちに向かって飛びかかってきやがる」

「どこでアルコールを手に入れたんです？」ライオールは少しもひるまず、ウールジー城の広大な敷地をおおう芝生を横切り、マコン卿を城に向かわせながら再びたずねた。マコン卿を誘導するのは、荒れ狂う糖蜜の湯桶のなかで蒸気船の向きを変えるようなものだ。普通の人間なら重みに押しつぶされるところだが、幸運にもライオールにはいざというときに頼れる異界族特有の力があった。マコン卿は大男というだけではなく、中身もがっちり詰まっている。まるで歩いてしゃべるローマの防壁のようだ。

「それに、どうしてはるばるこんなところまで？　昨夜、部屋を出る前、間違いなくあなたをベッドに押しこんだはずですが」ライオールはマコン卿の分厚い頭蓋骨の奥の脳みそに届くように、はっきりと正確な発音で言った。

ライオールの言葉を理解しようとするかのように、マコン卿の頭が小さく上下した。

「夜のひと運動だ。安らぎと静寂がほしかった。毛皮に風を感じたかった。脚に草を感じたかった。それから、ええっと、うまく――ヒック――説明できんが……ハリネズミがいないかと思ってな」

「それで、見つかりましたか？」

「何がだ？　いや、ハリネズミはいなかった。ふん、ばかネズミめ」マコン卿は城の勝手口に通じる小道に生い茂ったゲッケイジュの木につまずいた。「こんなとこに木を植えたのはどこのどいつだ？」

「安らぎです――安らぎは見つかりましたか？」

マコン卿は立ちどまって背筋をピンと伸ばし、さっと肩をいからせた。軍人時代にしみついたしぐさだ。こうするとベータを威圧的に見おろせる。だが、背中はまっすぐでも身体は左右に揺れていた。糖蜜にとらわれた蒸気船が、今度は暴風雨にさらされているかのようだ。

「わたしが」マコン卿はゆっくり発音した。「安らぎを見つけたように見えるか？」

これにはライオールも言葉を失った。

「ああ、そのとおり！」マコン卿は大きく手振りすると、「あの女が突き刺さっている」――と太い指を二本、拳銃のような形にして自分の頭を指し――「ここと」――それから胸を指し――「ここに。どうしても振りはらえねぇ。そのしぶとさといったら」――マコン卿はふさわしいたとえを探して呻吟したあげく――「冷めてボウルの縁にねちょっとこびりついた粥《ポリッジ》もかなわん」と得意げに言いおえた。

そんなまずい食べ物にたとえられたと知ったら、レディ・マコンはなんと言うだろう？――ライオールは思った――仕返しにマコン卿をもっとまずそうな食べ物にたとえるに違いない――たとえばスコットランドのハギス（羊の内臓の煮込み料理）のような。

マコン卿は思い詰めたように目を見開き、ライオールを見た。気分の変化とともに目の色が変わり、いまはひどくうつろな淡いキャラメル色だ。「なんで妻はあんなことをしなきゃならんかったんだ？」

「わたくしは奥様があんなことをなさったとは思いません」と、ライオール。この件については前々から話そうと思っていた。ただ、話すのならマコン卿がしらふのときと決めており、いままでその機会がなかったのだ。

「だったら、なぜ妻は嘘をついた？」

「いいえ。わたくしは奥様が嘘をついておられるとも思いません」ライオールはきっぱり答えた。人狼団におけるベータの役目は――表向きは――いかなる場合もボス《アルファ》を支持すること。そして――二人きりのときは――できるかぎりアルファを問いただすことだ。

　マコン卿は咳払いすると、険しく寄せた眉の下から真剣な表情で目を細めた。「ランドルフ、驚くかもしれんが、わたしは人狼だ」

「おっしゃるとおりです、マコン卿」

「しかも二百一歳だ」

「はい、マコン卿」

「この状況で妊娠は――言っておくが――不可能だ」

「たしかにあなたが妊娠するのは不可能です」

「貴重な意見に感謝する、ランドルフ、おおいにためになった」

　ライオールは軽い冗談のつもりだったが、マコン卿には通じなかったようだ。もともとライオールは冗談が得意ではない。「しかしマコン卿、反異界族の性質についてはほとんど解明されておりません。それに、吸血鬼はあなたが奥様と結婚することに最後まで反対でした。彼らが何かを知っているとは考えられませんか？」

「吸血鬼はいつも何かを知ってやがる」

「わたくしが言いたいのは、この結婚で何が起こるか――つまり、子どもができる可能性について知っていたのではないかということです」

「バカ言え！　もしそうなら、とっくに語り部《ハウラー》が吠えてるはずだ」

「ハウラーもすべてを記憶しているわけではありません。げんにエジプトで起こったことは憶えておりません」

「〈神殺し病《ゴッド・ブレーカー》〉のことか？　アレクシアの妊娠は〈神殺し病〉のせいだというのか？」

　ライオールは答えなかった。〈神殺し病〉とは、エジプトで異界族の力が失われた現象を指す、人狼のあいだでの通称だ。だが、どれだけ想像をたくましくしても、あの病が父性因子として働いたとは考えられない。

　二人はようやく城にたどり着き、しばらくマコン卿は階段をのぼるというヘラクレス級の苦行に集中した。

「いいか」ようやく小さな踊り場までのぼったマコン卿は憤然と続けた。「わたしはあの女の前で腹ばいになった。このわたしがだ！」そう言ってライオールをにらんだ。「しかも、そう命じたのはおまえだ！」

　ライオールはむっとして頬をふくらませた。まるで聞きわけのない生焼けのスコーンと会話しているような気分だ。ライオールがある方向に話を持っていくと、マコン卿はだらだらととりとめもなく愚痴るか、さもなければ崩れそうになる。酒を断ちさえすれば、道理をわからせてやれるのだが……。このような問題になるとマコン卿が感情的で不器用で、とかくヘマをしがちなことは有名だが、それでも最後には道理を解する。いくらなんでもそこまでバカではない。

ライオールはレディ・マコンの性格を知っている。たしかに彼女なら夫を裏切ることもないとは言えない。だが、もしそうならいさぎよく認めるはずだ。とすれば、論理的に考えてレディ・マコンは嘘をついていない。ライオールは科学者のはしくれとして、〝異界族は不死者ではない女性を妊娠させることはできない〟という現代の真理は絶対ではないと結論づけた。頑固で傷心のマコン卿も、いずれは納得するだろう。結局のところ、マコン卿も妻が不義をはたらいたとはどうしても信じたくない、だからこそこうして苦しみ、のたうちまわっているのだ。

「そろそろしらふに戻ってもいいのではありませんか？」

「待て、ちと考えさせてくれ」マコン卿は足を止めて深く考えこみ、やがて言った。「いんや、まだだ」

二人はウールジー城のなかに入った。城というより〝威厳さ〟を取り違えた領主館《りょうしゅやかた》といった風情だ。前の城主にまつわる数々の逸話を信じる者はいないが、ひとつだけ――彼が控え壁《バトレス》に対して異常な情熱を持っていたことは間違いない。

ライオールは太陽から逃れてほっとした。老齢の人狼ゆえ、短時間なら直射日光にも耐えられる。だからといって楽しいわけではない。日を浴びると、皮膚の下がじりじりとざわつくような感じがして、なんとも不快だ。だがマコン卿はしらふのときでさえ、太陽が出ていようといまいとまったく気にしない――さすがはアルファだ！

「それで、いったいどこから酒を仕入れているのです？」

「酒なんぞ——ヒック——飲んじゃいねぇよ」マコン卿は片目をつぶると、重大な秘密を共有する仲間にするようにライオールの肩をなれなれしく叩いた。

だが、ライオールはごまかされない。「いいえ、マコン卿、そんなはずはありません」

そこへ、年じゅう唇をへの字に曲げ、目のさめるような金髪を軍人ふうの三つ編みにした長身の男が廊下の角を曲がって現われ、マコン卿とライオールを見て立ちどまった。「またへべれけか？」

「〝まだ酔っぱらった状態か〟という意味なら、そうだ」

「いったい全体、どこから安酒を手に入れてるんだ？」

「わたしが調べていないとでも思うか？　ぼんやり突っ立っていないで、手を貸してくれ」

ウールジー人狼団のナンバー・スリー《ガンマ》ことチェスターフィールド・チャニングスのチャニング・チャニング少佐はしぶしぶ身をかがめ、ライオールの反対側からマコン卿に手をまわした。ベータとガンマはアルファを両側から支えながら中央階段に向かい、さらにえんえんと階段をのぼり、ようやく塔の最上階にある寝室にたどり着いた。途中の損害はわずか三つですんだ——マコン卿の威厳（この時点ですでに失墜していたので大きな痛手ではない）、チャニング少佐の肘《ひじ》（マホガニー製家具の飾りにぶつけた）、そしてなんの罪もないエトルリアの花瓶（マコン卿が派手によろけたせいで割れた）だ。

寝室に向かうあいだ、マコン卿は歌いはじめた。誰も知らないようなスコットランドのバラードだ。あるいは死にゆく猫のことを歌った現代曲かもしれないが、この声では判別しがたい。変異する前、マコン卿はかなり名の売れたオペラ歌手だった――少なくともそんな噂だ。だが、仮にそれが本当だとしても、美声の名残は変異の過程で跡形もなく粉々になった。歌手としての技量は魂の大半とともに消失し、あとには短い鼻歌でも周囲が顔をしかめるどら声の男だけが残った。げに変異というものは――ライオールは思った――優しくもあり、残酷でもある。

「ここだけは勘弁してくれぃ」マコン卿は寝室の入口で抵抗した。「思い出してかなわん」

寝室に妻の形跡はない。アレクシアはスコットランドから戻ってすぐ、自分の荷物を残らず運び出した。だが、戸口に立つ三人は人狼だ。ちょっと鼻をうごめかすだけでアレクシアのにおいを感じとった――かすかにシナモンの混じったバニラのにおい。

「長い一週間になりそうだな」チャニングがいらだたしげに言った。

「とにかくベッドに寝かせよう。手を貸せ」

二人の人狼はなだめたり、ねじふせたりしながらマコン卿を大型の四柱ベッドに寝かせた。顔を突っぷしてどさりと倒れこんだとたん、マコン卿はいびきをかきはじめた。

「いよいよどうにかせねばならぬな」チャニング少佐の英語は特権階級の英語だ。何十年たっても、いっこうに変えようとしない。これを聞くたび、ライオールはイライラする。今日《きょう》日《び》あんな英語を話すのは、口うるさい年増の貴婦人くらいのものだ。

だが、ライオールは黙っていた。

「挑戦者が現われたり、変異の申し出があったりしたらどうする？　マコン卿が女性の変異を成功させたからには、これからどちらの数も増えるに違いない。スコットランドで、いつまでもレディ・キングエアのことを秘密にしておけるはずはなかろう」チャニングは誇りと不満の入り混じった口調で言った。「すでに世話人《クラヴィジャー》の応募数は急増している。これこそアルファの仕事だ――日がな飲んだくれてる場合ではあるまい。こうした行為は団を弱体化させるもとだ」

「挑戦者にはわたしが対処する」ライオールは照れも謙遜も自慢げな様子もなく、淡々と答えた。ランドルフ・ライオールは多くの人狼と違って、巨体でもなければ筋骨隆々でもないが、ロンドン最強の人狼団のベータの地位を正当な手段で手にした。その事実は多くの場面と方法で証明され、もはやライオールの地位に異議を申し立てる者はいない。

「しかし、いくら教授でも〈アヌビスの形〉はできまい。すべての点でアルファの代理をつとめるのは無理だ」

「きみはガンマの責務だけを考えればいい、チャニング少佐。あとはわたしにまかせろ」

チャニング少佐はマコン卿とライオールをあきれたように見やると、長い金髪の先を不満げに揺らしながら部屋を出て行った。

ライオールが――長い金髪はないが――同じように出て行こうとしたとき、ふと広いベッドから「ランドルフ」とささやく声が聞こえた。羽毛入り大型マットレスに沿って近づくと、マコン卿が茶褐色の目をうつろに開けていた。

「なんでしょう、マコン卿？」

「もし」――マコン卿はごくりと唾をのみこみ――「もしわたしが間違っていたら、いや、そんなはずはないが、もしそうだとしたら、その、もういちど腹ばいになるべきだろうか？」

ライオールはアレクシアが部屋に戻って服を詰め、ウールジー城を出て行ったときの顔を思い出した。レディ・マコンは大声で泣きわめくタイプではない。どんなにつらいときも、多くの反異界族と同様、現実的で、タフで、冷静だ。だからといって、夫に拒絶されてまったく平気なはずはない。ライオールはこれまでの人生で〝二度と見たくない〟と思うものをいくつも見てきた。アレクシアの茶色の目に浮かんでいた絶望は、文句なくそのひとつだ。

「本件の場合、腹ばいごときではまったく不充分かと思われます、マコン卿」ライオールは容赦なく言った。

「ああ。そうか、くそったれ」マコン卿はよどみなく毒づいた。

「腹ばいは最低限です。わたくしの推論が正しければ、奥様は重大な危険にさらされておられます、マコン卿。非常に危険です」

だが、マコン卿はすでに寝入っていた。

ライオールはマコン卿の酩酊《めいてい》の源泉を突きとめるため、部屋を出た。そして、ついにそれを見つけ、大いに困惑した。マコン卿は嘘をついてはいなかった。たしかに、それは酒ではなかった。

アレクシア・マコンのパラソルは、法外な経費となみなみならぬ想像力をつぎこみ、細部にまで徹底的にこだわった逸品だ。いくつもの隠しポケットはもちろん、麻酔薬をしこんだ吹き矢、吸血鬼用の木の釘、人狼用の銀の釘、磁場破壊フィールド、さらには二種類の毒霧を放出する機能も備えている。いまは総点検を終え、武器を再装塡したばかりの完璧な状態だが、残念ながら見た目の悪さは変わらない。機能性は申しぶんないが、デザインは奇っ怪、形は平凡で、おしゃれな装飾品とは言いがたい。全体はくすんだ粘板岩色で、ひだ飾りはクリーム色、持ち手にはパイナップルを縦に引き伸ばしたような、ニュー古代エジプトふうの彫り物がついている。

これほど最先端のしかけが装備されていても、レディ・マコンのパラソルの使いかたでもっとも多いのは、敵の頭蓋骨を思いきりなぐりつけることだった。原始的で、あまり感心しない使用法だが、これまでの経験からして、この方法がもっとも効果的だ。最新機能に頼りすぎるのはよくない。

アレクシアは太っちょ三毛猫をソファにもたせかけると、パラソルを構え、扉の脇に駆け寄った。なぜかアレクシアがアケルダマ卿の居間を訪れるときは、きまってよからぬ事件が起こる。だが、アケルダマ卿をよく知る者にとっては、それほど驚くことでもないのかもしれない。

シルクハットをかぶった顔が部屋のなかをのぞきこみ、オリーブグリーンのビロードのフロックコートと革のスパッツというでたちのいかした若者が現われた。アレクシアは一瞬、ビフィかと思って振り上げたパラソルを下ろしかけた。ビフィはアケルダマ卿のお気に入りのドローンで、よくビロードのフロックコートを着ている。男が扉の後ろに隠れるアレクシアをちらっと見て――頰ひげを生やした丸顔に驚きの表情を浮かべた。ビフィではない。ビフィは頰ひげが嫌いだ。次の瞬間、パラソルが不運な頰ひげ男めがけて振り下ろされた。

ガツン！

とっさに頭をかばった男は腕に直接パラソル攻撃を受け、すばやく身をかわした。

「うわっ」男は叫び、腕をさすりながらそろそろとあとずさった。「お願いです、どうか落ち着いてください！　あんまりですよ――いきなりパラソルでなぐるなんて」

このくらいでひるむアレクシアではない。「あなた、誰？」すかさず麻酔薬をしこんだ石突きを突きつけ、パラソルの柄についたスイレンの花弁に指をかけた。だが、〝殴打〟ではなく〝突き〟の構えなので、それほど恐ろしげには見えない。

しかし若者は警戒の姿勢を保ったまま、咳払いして言った。「ブーツです、レディ・マコン。わたしはエメット・ウィルベルフォース・ブートボトル＝フィプス――でも、みなブーツと呼びます。初めまして」

しかたない――どんな状況であれ、礼儀は大事だ。「初めまして、ミスター・ブートボトル＝フィプス」

ブーツと名乗った男は、「こんな下っぱで申しわけありません。でも、そんなものを振りまわすにはおよびません」と言って疑わしげにパラソルを見やった。

アレクシアはパラソルを下ろした。

「それで、あなたは何者？」

「あ、いえ、たいした者ではありません。アケルダマ卿の単なる」――豪華な室内を指し示すように片手を動かし――「新入りの一人です」ブーツは言葉を切り、考えこむように眉を寄せて片方の頬ひげをなでた。「ご主人様から伝言をことづかっています。いわば秘密の伝言です」ブーツは秘密めかして片目をつぶり、ふたたびパラソルが振り上げられたのを見て真顔になった。この女性におふざけは通じないとわかったようだ。「どうやら暗号のようです」そう言って背中で両手を組み、バイロンの長い詩でも朗読するかのように背筋を伸ばした。「ええと、なんだっけ？　あなた様がなかなかお見えにならないので……わたしはあまり記憶力がよくなくて……ああ、そうだ、〝猫を調べろ〟です」

「それだけ？」

ブーツは緑色の肩をすくめた。「ええ、それだけです」

二人はしばらく無言のまま見つめ合った。

ついにブーツが小さく咳払いした。「以上です、レディ・マコン。ほかにご用がなければわたしはこれで」ブーツはアレクシアの答えも待たずに背を向け、部屋を出た。「じゃあ、また。なにぶん急いでいますので。よい朝を」

アレクシアはブーツのあとについて部屋を出ながらたずねた。「ところで、みんなはどこへ行ったの？」

「申しわけありませんが、それは申しあげられません、レディ・マコン。でも、危険なことはたしかです。非常に危険です」

アレクシアの困惑が不安に変わった。

「誰にとって危険なの？　あなた？　あたくし？　それともアケルダマ卿にとって？」ブーツの口調からして、どうやらブーツ本人もアケルダマ卿の居所を知らないようだ。

ブーツは戸口で足を止め、振り向いた。「ああ、でもご心配なく、レディ・マコン。最後にはすべて丸く収まります。アケルダマ卿のことですから。間違いありません」

「彼はどこにいるの？」

「そりゃあ、もちろん皆と一緒です。ほかにどこがあります？　みな、あっちに行ったり、こっちに行ったり。大勢の捜索隊があちこちで、つまり、その追跡を始めています。探しているのは……」そこでブーツは言葉をのみこんだ。「おっと、なんでもありません、レディ・マコン。わたしはご主人様から猫のことを伝えるように命じられただけです。ではごきげんよう」そう言うと、中途半端な妙なお辞儀をして出て行った。

アレクシアはキツネにつままれたような気分で居間に戻った。さっきと同じように三毛猫が女王然と座っている。房に対する凶暴性はさておき、猫に関して目につくものといえば金属の首輪だけだ。アレクシアは首輪をはずして窓に向かってかざし、光に透かして目を凝らした。薄い金属は広げると平らな帯状の板になった。そこにぽつぽつと点が無秩序に並んでいる。何かに似てるわね——アレクシアは手袋をはめた指でぎざぎざの表面をなぞりながら考えた。

ああ、そうだ——自動演奏器に挿入する金属板だわ。小さなチャイム音を繰り返し演奏するので、子どもは大喜びし、大人は顔をしかめる装置だ。この金属板が音を出すとしたら、再生器が必要ね。だが、アレクシアにはどんな装置かわからないし、アケルダマ邸を探しまわる気もさらさらなかった。そもそも、用心ぶかいアケルダマ卿が解読に必要な道具を不用意に置いておくはずがない。こんなとき頼りになる人物は一人だけ——マダム・ルフォーだ。

アレクシアは居間を出ると、待ち受ける馬車に急いだ。

3　アレクシア女史、昆虫学に手をそめる

誰かがアレクシアの命をねらっていた。ひどく急いでいるときに、これほど迷惑な話はない。

これまでも殺されかかったことはある。それも一度や二度ではない。それを考えれば、まんいちにそなえて対策に時間をさくべきだったかもしれない。だが、いまは日も明るい時間で、しかもオックスフォード・ストリートを走る馬車のなかである。ふつうは殺人など起こりそうもない時間と場所だ。

さらに言えば、これは貸し馬車でもない。これまでの経験から、アレクシアは公共の移動手段が危険なことを学んだ。しかし、今回は個人の馬車だ。アレクシアはルーントウィル氏の馬車を失敬した。愛する義父は娘を正式に追い出した。その娘が荷物一式を運び出すのに一日だけ馬車を無断で借用しても、目くじらを立てることはないだろう――アレクシアはそう判断したのだ。たしかにルーントウィル氏は目くじらを立てはしなかった。だが、彼がいかに困惑したか、その場にいなかったアレクシアには知るよしもなかった。結局ルーントウィル氏は、その威厳と胴まわりにいかにも不釣り合いな、黄色の薄絹《チュール》とピンクのバラ飾りで

飾り立てたルーントウィル夫人の馬車を借りるはめになったのだった。

今回の襲撃者は、これまでの殺人計画で確立されたパターンとは違っていた。ひとつ、敵は異界族ではない。ふたつ、敵はカチカチ音を立てている——しかもかなり大きな音で。みっつ、敵はカサコソ動きまわっていた。彼らが音を立てるのは、アレクシアが判断するかぎり——近づきたくないのではっきりとはわからないが——ゼンマイじかけか、もしくは一種のねじまき機械だからで、カサコソ動きまわるのは彼らが昆虫だからだ。大型で、てらてらと光る赤い背中に黒い斑点。多面水晶体の目。そして、触角があるべき場所から見るもおそろしげな注射器が上に向かって突き出ている。

テントウムシの大群がアレクシアの馬車を襲撃していた。

一匹一匹はアレクシアの手のひらほどの大きさがある。その巨大なテントウムシが馬車に群がり、侵入しようとしていた。そして運悪く、侵入はいともたやすかった。どんなよぼよぼの殺人テントウムシも楽に入りこめるほど、馬車の扉の窓が大きく開いていたからだ。

アレクシアは帽子が馬車の天井でつぶれるのもかまわず、よろめきながら立ち上がり、あわてて窓を閉めようとしたが、遅すぎた。テントウムシは丸っこい体型に似合わず驚くほど敏捷だ。触角に目をこらすと、先端から液体が粒になってぽたぽたとしみ出ている。毒薬に違いない。アレクシアは侵入者の名前を訂正した。〈ぽたぽた殺人メカテントウムシ〉。げっ。

アレクシアは頼みのパラソルをつかむと、重みのある持ち手で最初の一匹を叩いた。テントウムシは正面の壁に激突して後ろむきの座席に落下し、ふたたびアレクシアに向かってカサカサ動きだした。そのまに次の一匹が壁を這いのぼり、別の一匹がアレクシアの肩めがけて窓から飛びかかった。

　アレクシアは恐怖と怒りに悲鳴を上げ、狭い馬車のなかで可能なかぎり激しく、すばやく殺人テントウムシをなぐりつけながら、この状況でパラソル武器で使えるものはないかと必死に考えをめぐらした。だが、なぜかマダム・ルフォーは対テントウムシ機能をつけ忘れたらしい。毒霧にこの大群をカバーするほどの拡散力はないし、太陽の石《ラピス・ソラリス》も月の石《ラピス・ルナリス》も今回の敵に有効とは思えない。どちらの薬品も生物撃退用だ。金属には効かない。しかも、赤と黒の甲羅は遮蔽エナメルか漆《うるし》でできているようだ。

　アレクシアはパラソルの石突きを握ってクロケットの打球槌《マレット》よろしく振りまわし、床を這う三匹をなぐりつけた。いまや馬車はテントウムシだらけで、それらがこぞって毒液したたる触角をアレクシアの身体に向けて迫ってくる。アレクシアは腕を刺そうとした一匹をすんでのところで叩きつぶし、腹部に這いのぼった一匹に針を突き立てられたが、旅行ドレスの革ベルトがそれを阻み、なんとか助かった。

　パラソルでなぐる音とテントウムシがぶつかり合う音を御者が聞きつけ、馬車を止めて助けに来ることを祈りながら、アレクシアは大声で叫んだ。だが、いっこうに御者が気づく気配はない。しかたなくアレクシアはパラソルの機能を順番におさらいした。麻酔矢は効かない……銀の釘も木の釘もダメ……そうだ、磁場破壊フィールド発射器！　アレクシアはあわててパラソルをもとの向きに戻して柄を探り、ほかより少し突き出たスイレンの花弁を見つけ、親指の爪で手前に引いた。

殺人テントウムシには鉄が使われていたらしく、磁場破壊フィールドは、その性能どおりに磁気部品を停止させた。殺人メカもこれにはひとたまりもない。一匹残らずその場で停止し、本物の昆虫と同じように機械じかけの短い脚を上に向けてコロリとひっくり返った。アレクシアは磁場破壊フィールド発射器を取りつけてくれたマダム・ルフォーの先見の明に感謝しつつ、破壊フィールドの威力が切れる前に急いでテントウムシをすくい上げ、毒液でべたつく触角に触らないよう気をつけながら馬車の窓から投げ捨てはじめた。ああ、気味が悪い。アレクシアは思わず身震いした。

ようやく御者が、何やらよからぬことが起こったらしいと気づいて馬車を止め、御者席から降りて扉にまわった、ちょうどそのとき——アレクシアが放り投げたテントウムシの一匹が御者の頭にゴツッと当たった。

「大丈夫ですか、レディ・マコン？」御者は痛みに顔をしかめ、額《ひたい》をこすりながらたずねた。

「そんなところに立ってないで！」アレクシアは馬車のなかの大騒ぎなどなかったかのように強い口調で命じた。〝たまたま赤い大型昆虫を窓から捨ててただけよ〟とでもいうように。

「さっさと馬車を出して、このとんま！　さあ、急いで！」

そう言ったあとでアレクシアは思いなおした——安全だと確信できるまで人の多い場所にいたほうがいいかもしれない。何より、気分を落ち着かせる時間が必要だ。

言われるままに戻りかけた御者をふたたびアレクシアが呼びとめた。「待って！　気が変わったわ。最寄りの喫茶店に行ってちょうだい」

御者は〝上流階級も地に落ちたものだ〟と言いたげな表情で御者席に戻ると、馬に舌を鳴らして合図し、速歩《はやあし》でふたたびロンドンの喧噪に向かった。

このような厳しい状況でもアレクシアは抜け目ない。あとのことを考えてテントウムシを一匹つかまえ、ピンク色の大きな帽子箱に入れてギュッとひもで結んだ。だが、あわてたせいで、うっかり箱のなかにもともと入っていたもの（ワイン色のリボンがついた品のいいビロードの乗馬シルクハット）を窓から落としてしまった。その瞬間、アレクシアの予防措置が正しかったことが証明された。磁場破壊フィールドの作用が切れ、帽子箱が激しく揺れはじめたのだ。メカテントウムシは箱から脱出できるほど高性能ではないが、新しい牢屋のなかをカサコソ走りつづけるに違いない。

念のためにアレクシアは窓から頭を突き出して振り返り、ほかのテントウムシの追跡状況を確かめた。テントウムシの大群が通りのまんなかで困惑したようにぐるぐる円を描いていた。アレクシアが落としたビロードのシルクハットもワイン色のリボンをたなびかせて回転している。どうやらテントウムシの上に落ちたらしい。アレクシアはほっとため息をつくと、片手で帽子箱の蓋をしっかり押さえ、座席の背にもたれた。

キャベンディッシュ・スクエアにある喫茶室〈ロッタピッグル〉は貴婦人に人気の社交場

で、午前もなかばになるとレディたちが集いはじめる。アレクシアは縁石で馬車から降り、二時間後に〈シャポー・ドゥ・プープ〉に迎えに来るよう御者に命じると、急ぎ足で店内に入った。まだ人通りは少ない。本格的な買い物客で通りがにぎやかになるまで、お茶を飲んで時間をつぶそう。

それでも〈ロッタピッグル〉は申しぶんなく混み合っていた。これなら誰も襲ってはこないだろう。問題は、アレクシア本人はつかのま自分の汚名を忘れていても、ロンドンでは誰ひとり忘れていなかったことだ。狂暴な性質を持つレディはテントウムシ《レディバグ》だけではなかった。

アレクシアは席に案内され、給仕されたが、店内にいる女性たちの帽子の動きとおしゃべりはアレクシアが現われたとたん、ぴたりとやんだ。帽子はいっせいにこちらを向き、おしゃべりはひそひそ話に変わり、視線は険しくなった。多感な若い娘を連れた婦人のなかには、同じ空気を吸うなんて耐えられないと言わんばかりに立ち上がり、ドレスをこすらせて店を出て行く者もいたが、大半は〝あのレディ・マコンがどの面《つら》さげて現われたのか〟と好奇心もあらわにざわめいている。貴婦人たちがこの衝撃的場面に色めき立つのも無理はない——なにせ今まさに世間を騒がす大スキャンダルの張本人が目の前で淡々と紅茶を飲み、トーストを食べはじめたのだから！

もちろん、これほど注目を集めたのは、アレクシアが両手に抱えた小刻みに振動する帽子箱をそっと隣の席に置き、まるで逃げ出すのを警戒するかのようにハンドバッグのひもで椅子の背に結びつけたせいもある。この異様な光景に、紅茶中毒のレディたちは〝レディ・マコンは名声とともに正気まで失ったのか〟といぶかる表情を浮かべた。

アレクシアは周囲の反応を完全に無視して熱い紅茶を飲み、しばし繊細な神経を落ち着かせ、テントウムシのせいで高ぶった気分をなだめた。ひとごこちつくと、さっそくいくつか決断を下し、店主にペンと紙を頼んで短い三通の手紙をしたためると、ものうい朝の時間をゆっくり過ごした。それから数時間は何事もなく過ぎた——ときおり帽子箱が揺れるのを別にすれば。


〈シャポー・ドゥ・プープ〉に入ったライオールは、マダム・ルフォーがいつもと違うことに気づいた。どことなく疲れた様子で、前回会ったときよりかなり老けて見える。めずらしいこともあるものだ。これまでは、いつ見ても〝歳をとらないフランス女性〟の雰囲気をただよわせていた。もちろん、実際に歳をとらないのではない。そう見えるのは、いつも身なりが奇抜——すなわち男装——だからだ。世間の大半は彼女の趣味に眉をひそめるが、芸術家や作家、そして婦人帽子製作者にこうした趣味の者は少なくないし、男装だから悪趣味とはかぎらない。マダム・ルフォーの服の仕立ては完璧だ。微妙な灰色や青色を品よく着こなすセンスのよさはライオールも認めている。

サテンのバラ飾りで帽子の縁どりをしていたルフォーがエメラルドグリーンのシルクのボンネットから目を上げた。「あら、彼女はあなたにも声をかけたんですの？　なるほど。賢明な判断ね」

扉にかけた〈閉店〉の小さな札のせいか、品ぞろえ豊富な帽子店に客は一人もいなかった。美しい商品の数々は、陳列台ではなく、高いアーチ型の天井から下がる金の鎖の先にぶらさがっている。鎖の長さがそれぞれ違うので、店内を見てまわるには帽子をかきわけなければならない。ライオールが店の奥に進むと、天井からさがる帽子がここちよい海草のように揺らめいた。

ライオールは帽子をとってお辞儀した。「数時間前に手紙が届きました。何か考えがあるようです――われらがレディ・マコンには」

「それでウールジー城の司書も連れてこられたんですの？」ルフォーは完璧な眉を吊り上げた。「驚きましたわ」

ライオールに続いて通りから店に入ってきたフルーテが、ルフォーに向かってどこかとがめるように帽子を持ち上げた。ライオールが思うに、フルーテはルフォーの男装が気に入らないのだろう。

「レディ・マコンの手紙の内容から、フルーテの同席が妥当だと判断しました」ライオールは自分の帽子を商品棚の端にそっと置いた。お気に入りの帽子だ。商品と思われては困る。

「フルーテがレディ・マコンの父上の従者だったことはご存じですか？　これから話し合う内容がわたくしの予想どおりなら、フルーテの意見は貴重かと思われます」

「あら、そうでしたの？　アレクシアが結婚するまでルーントウィル家の執事だったことは聞きましたけど、それ以上のことは知りませんでしたわ」ルフォーは改めてフルーテを見つめたが、フルーテは少しも動じなかった。

「どうやら、これまでに起こったことはすべてアレッサンドロ・タラボッティとなんらかの関係がありそうです」ライオールはルフォーの関心を引き戻した。

「そうですの？　アレクシアが召集した、この突然の秘密会議も含めて？」

「〝突然〟は反異界族のつねです。さて、もっと人目につかない場所に移動しませんか？」ライオールが提案した。正面が大きなガラス張りの帽子店は外から丸見えで、どうも落ち着かない。マダム・ルフォーの秘密の地下発明室のほうが安心だ。

ルフォーは帽子製作を中断した。「そうね、アレクシアならわたくしたちがどこにいるかわかるはずだわ。もしよければ――」

そのとき店の正面扉をノックする音がしてルフォーは言葉をのみこんだ。ベルがちりんと鳴って扉が開き、快活そうな赤毛の若者が現われた。黄褐色のシルクハットに、ぴっちりした赤い格子柄の半ズボンとスパッツ。顔には、いかにも舞台ふうの満面の笑みを浮かべている。

「おお、タンステルか。なるほど」ライオールはレディ・マコンが召集したメンバーの顔ぶれに納得したようだ。

フルーテは、もとマコン卿づきのクラヴィジャーにうなずくと、すべるように前を通って店の扉を閉め、〈閉店〉の札がかかっているかを確かめた。フルーテは最近アレクシアの個人秘書兼司書に昇格したが、それまでは実に優秀な執事だった。だから、つい執事時代の癖が出る――とくに扉に関する場面では。

「おっと、これはこれはライオール教授。レディ・マコンの手紙に教授が来られるとは書いてありませんでしたが、ご一緒できて光栄です。マコン卿はお元気ですか?」タンステルはシルクハットをひょいと上げ、一同に向かって仰々しくお辞儀すると、さらに笑みを広げた。

「へろへろだ」

「なんですって? 今朝の新聞の内容からすると、てっきり〝おまえら手脚をひっこ抜かれたいか?〟とすごみながら野原を暴れまわっているものとばかり。またどうして――」タンステルは両腕を振り、シルクハットを押しつぶすという感きわまったしぐさで店内を歩きまわりながら自分のセリフに酔いはじめた。最近、タンステルは役者としてそこそこ評価されだしたが、以前からその動作は、いちいち芝居がかっていた。

ルフォーは口もとに小さくこわばった笑みを浮かべ、タンステルの身ぶり手ぶりをさえぎった。「つまり、マコン卿はアレクシアに離縁状を突きつけたわけではないのね? それを聞いて安心したわ」タンステルの話をさえぎったルフォーを無礼と責めることはできない。赤毛のタンステルはどんなときも陽気で、舞台度胸も申しぶんない気のいい男だが、いかんせん大げさすぎる。

ライオールは深くため息をついた。「マコン卿はこの三日間、酩酊《めいてい》しております」

「まあ、なんてこと! 人狼に酩酊なんて可能ですの?」ルフォーは科学的興味をひかれたようだ。

「そのためには相当の努力とかなりの酒量が必要です」

「マコン卿は何を飲んでらっしゃるの？」

「ホルマリンです。今朝ようやく突きとめました。まったく困ったものです。そうと気づく前に、マコン卿はわたくしの貯蔵所に忍びこみ、標本コレクションの半数を飲み干しておりました。わたくしはウールジー城の敷地内に、その、狩猟小屋を改造した研究室を持っております」

「まあ、教授は本物の教授でしたの？」ルフォーは首を傾け、改めて尊敬のまなざしで目を細めた。

「それほど大それたものではありません。正しくは〝反芻《はんすう》動物素人研究家〟です」

「まあ」

ライオールはそれとなく誇らしげに言った。「オヴィス・オリエンタリス・アリエス繁殖学の専門家を自負しております」

「ヒツジ？」

「ヒツジです」

「ヒツジですって！」こみ上げる笑いをこらえるかのように、いきなりルフォーの声が甲高くなった。

「はい、メエエエのヒツジです」ライオールは眉をひそめた。ヒツジは立派な研究対象だ。マダム・ルフォーは何がそれほどおかしいのだろう？

「つまり、こういうこと？　あなたはヒツジの繁殖を研究する人狼でらっしゃるの？」興奮のあまり、かすかにフランスなまりが出た。

ライオールはルフォーの無礼な態度にも動じず、説明を続けた。「将来の研究のために発育不能胎児を保存しています。マコン卿はわたくしの標本を飲んでいたのです。問いつめたところ、〝清涼飲料水〟と〝ぽりぽりしたアルコール漬けスナック〟の両方を楽しんだと白状しました。まったくひどい話です」そこでライオールは言葉を切った。これ以上、この件について話す必要はなさそうだ。「まいりましょうか？」

その言葉を合図にルフォーは店の奥に向かった。店のいちばん奥の角に置かれた大理石陳列台の上に手袋がセンスよく並べてある。手袋の箱のひとつを持ち上げると、なかからレバーが現われ、ルフォーがレバーをグイと押すと、目の前の壁が回転扉になって開いた。

「こいつは、なんと！」これまで一度もルフォーの発明室を訪れたことのないタンステルが驚きの声を上げた。かたやフルーテは、魔法のように現われた通路を見ても眉毛ひとつ動かさない。フルーテはめったなことでは動じない冷静沈着な男だ。

秘密の扉の奥は部屋でも通路でもなく、巨大なカゴのような装置に通じていた。すっかり仰天してしゃべりつづけるタンステルを尻目に、一行はカゴに乗りこんだ。

「こんなのに乗って大丈夫ですか？　なんだか友人のヤードレイが動物集めに使ったな、い、い、いかかんとかっていう檻《おり》みたいだな。ウィンストン・ヤードレイをご存じですか？　有名な探検家です。赤い大型船に、ちょうどこんなカゴを積みこんでインドの、たしかブルヒディヒングとかいう豊かな川を下ったんです――カゴのなかにありとあらゆる種類の動物を詰めこんで。いやどうも乗る気がしないなあ」

「昇降機よ」ルフォーが不安げなタンステルに説明した。

フルーテはレバーを押して店に通じる回転扉を閉め、続いてカゴの出入口の脇から金属製の安全扉を引いてガチャンと閉めた。

「この部屋はケーブルと誘導レールによって各階を上下するの、こんなふうに」ルフォーがカゴの端にあるひもを引くと、カゴは下に向かって動きはじめた。装置の作動音に負けじとルフォーは大声で説明を続けた。「天井に蒸気巻き上げ機がついています。ご心配なく――わたくしたちの重量には充分、耐えられるし、かなりの速度で地下に到達するわ」

ルフォーの言葉どおり、昇降室は下降しはじめた。カゴにもくもくと吹きこむ不穏な蒸気煙ときしみとうなりに、タンステルはびくっと飛び上がった。ルフォーの言う〝かなりの速度〟が正しいかどうかは疑問だが、カゴはなめらかに降下し、ガタンと地下に着いた。その衝撃で全員が大きくよろけてカゴの壁に寄りかかった。

「この部分はそのうち改善しますわ」ルフォーは恥ずかしそうにほほえんで小さなえくぼを浮かべ、クラバットとシルクハットのゆがみを正してカゴから降り、先頭に立って通路を歩きだした。通路には見慣れない照明器具が灯っていた。ガスランプでもロウソクでもない。天井の片側に取りつけられたガラス管のなかを、オレンジ色のガスが移動しながらかすかに光を放っていた。一種の気流で動いているようだ。絶えず渦巻くガスのせいでオレンジ色の光は変化し、通路をまだらに照らしている。

「うわあ」タンステルは声を上げ、うっかりたずねた。「あれはなんです？」

「浮遊ガス水晶粒子エーテル磁気流電磁照明器よ。最近まで携帯型の開発に取り組んでいたんだけど、よほど正確に調整しないと、ガスが、その、爆発しやすいの」

タンステルがすかさず口をはさんだ。「ああ、つまり、くわしくはきかないでくれってことですね？」そう言ってガラス管をこわごわ見あげ、通路の反対側を歩きはじめた。

「賢明かもしれんな」と、ライオール。

「それじゃきいたも同然じゃありません？」ルフォーは小さく肩をすくめると、突きあたりの扉を開けて全員を発明室に案内した。

入ったとたん、ライオールは違和感を覚えた。だが、原因はわからない。この地下研究室には、人狼団《BUR》や異界管理局で必要な部品、そして個人的に必要な装置や発明品、道具を手に入れるため、これまで何度も来たことがある。マダム・ルフォーはマッド・サイエンティスト集団のなかでも良心的な一人と見なされている。若くて優秀、勤勉で、価格も公正という評判で、これまでのところルフォーの過激な点といえば服の趣味だけだ。〈真鍮タコ同盟《OBO》〉の会員はみな過激なことで知られているが、そのなかではマダム・ルフォーはかなりまともなほうだ。もちろん今後、危険な方向に進む可能性はあるし、すでにそうだという噂もあるが、今のところライオールにはなんの不満もない。ルフォーの研究室は、彼女の性格と評判をあまねく体現していた――とても広く、つねに乱雑で、じつに興味ぶかい。

「ご子息はどこです？」ライオールは社交辞令でたずね、ケネル・ルフォーの小さい快活な顔を探して部屋を見まわした。

「寄宿学校ですわ」ルフォーはそっけなく答え、沈んだ様子で小さく首を振った。「ますます足手まといになっていたところに、先月はアンジェリクのごたごたがあって、そうするしかありませんでした。すぐに追い出されるかもしれませんけど」

ライオールはなるほどとうなずいた。ケネルの実の母親でアレクシアのメイドだったアンジェリクは、吸血群のスパイとして活動中、スコットランドの人里はなれた城の窓から落ちて死亡した。この事件は公《おおやけ》にはならず、これからそうなるとも思えないが、吸血群がこのまま引き下がるとも思えない。なにしろアンジェリクは任務に失敗し、マダム・ルフォーは必要以上に事件に関わったのだから。ケネルの身を考えると、街を離れ、世間から身を隠していたほうが安全だ。だが、あのいたずら小僧に好感を持っていたライオールは、会えないことを少し寂しく思った。

「〈かつてのルフォー〉はさぞ寂しがっているでしょうな」

ルフォーはえくぼを浮かべた。「それはどうでしょう？　おばは子ども好きではありませんでした――自分が子どものときでさえ」

マダム・ルフォーの死んだおばで、同じく発明家だった〈かつてのベアトリス・ルフォー〉は発明室に住むゴーストで、最近までケネルの教育係だった――もちろん夜間だけだが。

ライオールとルフォーが世間話をするあいだフルーテは静かに立っていたが、タンステルはじっとしてはいなかった。あれこれ道具を突ついてみたり、床の箱を拾い上げて振ってみたり、大型試験管の中身を揺すってみたかと思うと、歯車をぎりぎり巻き上げてみたり。たしかに、帽子かけには触りたくなるようなコードと巻き針金がかかり、傘立てからはつい押してみたくなるような真空管が突き出し、床には思わず叩きたくなるような大型機械部品が転がっている。

「触れないように注意したほうがいいかしら？　なかには爆発性のものもありますわ」ルフォーは腕を組み、それほど心配するふうもなく言った。

ライオールはあきれて目をまわした。「困ったやつだ」

フルーテはいざとなったら阻止しようと、好奇心旺盛なタンステルのあとをついてまわりはじめた。

「マコン卿が彼の変異をためらった理由がわかりましたわ」ルフォーが二人のやりとりを見ながら愉快そうに言った。

「たとえタンステルが駆け落ちして結婚し、団を離れなくても？」

「ええ、そうでなくても」

タンステルは歩きながらギョロメガネを取り、顔につけた。ルフォーがロンドンに店を開いたころから、このメガネは大流行になった。かけかたはふつうのメガネと同じでも、見かけは双眼鏡とオペラ・グラスをかけあわせたかのように不格好だ。正式名称は〝分光修正機能つき単眼交差型拡大鏡〟だが、アレクシアは〝ギョロメガネ〟と呼び、ライオールも恥ずかしながら最近ではそう呼ぶようになった。タンステルがまばたきすると、片方の眼球が不気味に拡大してみえた。

「お似合いだ」自身も数個のギョロメガネを持ち、公の場でもかけることの多いライオールが言った。

フルーテはライオールをじろりとにらむと、タンステルからメガネをはずし、壁のほうにタンステルを押しやった。ルフォーが腕と足首を組んで寄りかかる壁には、黒エンピツで大きな設計図を描いた堅い黄ばんだ紙が手当たりしだいに張ってある。

ようやくライオールは、この部屋がいつもと大きく違う理由に気づいた。音がない。いつもは作動中の機械のうなりや、開口部から小さくあえぐように吹き出す蒸気の音、ピューッという甲高い音や、歯車がカチャリと回転し、鎖がガチャガチャ揺れ、バルブがきしむ音であふれているのに、今日はまったく聞こえない。しかも部屋全体は取り散らかってはいるが、よく見るといつもよりは片づいた雰囲気だ。

「旅行のご計画でもおありですか、マダム・ルフォー？」

ルフォーはライオールを見返した。「それは、アレクシアがわたくしたちを招集した理由によりますわ」

「しかし、可能性はあると？」

ルフォーはうなずいた。「アレクシアの性格を考えると、この状況では大いにあると言えるでしょう」

「それがケネルを寄宿学校に入れたもうひとつの理由ですね？」

「ええ」

「知り合ってまもないのに、レディ・マコンの性格をよくわかっておられるようだ」

「スコットランドに同行なさらなかった教授はご存じないでしょうが、あれだけの経験をすれば親しくなるのも当然です。それに、わたくしは彼女のことをよく観察していますから」

「おや、そうですか？」

「アレクシアが来る前に、みなさん、今朝の新聞はお読みですわね？」ルフォーは話題を変えると同時に壁から離れて背を伸ばし、いかにも男っぽい格好で立った――クラブ〈ホワイツ〉で最初の一撃を待つボクサーのように両脚を広げて。

男性陣がそろってうなずいた。

「残念ながら今度ばかりはデマではありません。アレクシアは妊娠のあらゆる兆候を示しています。医者も今ごろはわたくしの診断を裏づけているでしょう。もし妊娠が本当でなければ、アレクシアはいまごろウールジー城に戻ってマコン卿の頭を噛みちぎっているはずですわ」

「ぼくはそんな兆候にはまったく気づかなかったな」ルフォーとアレクシアとともにスコットランドに行ったタンステルが反論した。

「あなたが気づくような兆候だと思う？」

ルフォーの言葉にタンステルは顔を赤らめた。「いえ。おっしゃるとおりです。気づかなくて当然です」

「では皆さん、お腹の子がマコン卿の子どもであることに異存はありませんわね？」ルフォーは全員の立ち場をはっきりさせるように念を押した。

みな無言だ。ルフォーは三人の顔を順番に見つめた。フルーテ、タンステル、最後にライオールを見つめ、ライオールがうなずいた。

「そうだと思いました。そうでなければ、いかにアレクシアがどん底の状況にあるとはいえ、彼女の秘密会議の呼びかけに集まるはずがありませんもの。とはいえ、あなたがたの誰ひとり彼女の潔白を疑わないとは不思議ですわ」ルフォーはライオールに鋭い視線を向けた。「わたくしには信じる理由がありますが、ライオール教授、あなたはマコン卿の副官《ベータ》です。それなのに、人狼が子孫を残せると本気で信じておられるの？」

いずれこのときが来ると思っていた。「どうすれば可能かはわかりません」ライオールが答えた。「ただ、可能だと信じる人物がいることは知っています。正確にはある人々です。そして、このような問題について、たいてい彼らは正しい」

「彼ら？　彼らとは？」

「吸血鬼です」注目されるのは苦手だが、ライオールは全員の視線を感じながら先を続けた。「スコットランドに発つ前、二人の吸血鬼がレディ・マコンを誘拐しようとしました。飛行船では手帳が盗まれ、誰かが彼女に毒を盛ろうとした。それ以降、かの地で起こった事件の大半はアンジェリクの手によるものと考えていいでしょう」ライオールはルフォーに向かってうなずいた。「しかし、最初の三つの事件の犯人はアンジェリクではありません。わたくしが思うに、誘拐をこころみ、手帳を盗んだ犯人はウェストミンスター群の者で、命じたのはおそらくアンブローズ卿です。そうとしか思えません。彼のスパイ行為はどこかずさんです。わたくしが阻止した誘拐犯はこう言いました――われわれが命じられたのはレディ・マコンの状態を確かめることだ。危害を加えるつもりはない――と。たぶん妊娠の兆候を確かめようとしたのでしょう。手帳を盗んだのも同じ理由です。体調に関する記録があるのではないかと思ったのです。もちろん、本人が自覚していませんでしたから記録があるはずもありません。しかし、毒の件は……」

ライオールは、うかつにも毒殺未遂事件の身代わりとなったタンステルをちらっと見た。

「ウェストミンスター群が充分な確証もなしに、これほど性急な行動を取るとは思えません――ましてや人狼アルファの妻を相手に。しかし、群の結束の外にいる者ならやるかもしれません」

「人狼団のアルファの妻の命を狙うほど不遜で、かつ政治的影響力を持つはぐれ吸血鬼など、そうはいませんわ」ルフォーがつぶやき、心配そうに眉をひそめた。

「一人はアケルダマ卿です」と、ライオール。

「まさか！　アケルダマ卿が？」タンステルは役者というより、かつての不出来なクラヴィジャーの顔で言った。

ライオールはあいまいに頭をかしげた。「覚えているか？　ミス・アレクシア・タラボッティとマコン卿の婚約が初めて新聞に発表されたとき、吸血鬼は不服申し立て書を王室に提出した。そのときは彼ら流のしきたりだろうと無視したが、どうやら吸血鬼のなかには今回のような事態を予測していた者がいたようだ」

「そして今朝のゴシップ紙に書かれた内容を考え合わせると……」タンステルはますます心配そうに顔をくもらせた。

「そのとおり」と、ライオール。「吸血鬼がもっとも恐れていたことが現実となった。レディ・マコンは間違いなく妊娠している。世間はこれを不義の証拠と見なしているが、吸血鬼たちはレディ・マコンの潔白を信じているようだ」

ルフォーが不安げに額にしわを寄せた。「つまり、本来、非暴力主義の吸血群の不安が的中し、アレクシアはウールジー団の庇護を失ったってことね」

いつもは冷静なフルーテの顔にも不安がよぎった。

ライオールがうなずいた。「いまや吸血鬼全員がレディ・マコンの死を望んでいます」

4　紅茶と侮辱

三枚目のトーストとポット四杯目の紅茶に突入したレディ・マコンは、店内の若い貴婦人たちをちらちら見やり、彼女たちが顔を赤くする様子をながめて楽しんでいた。誰があたしを殺そうとしているのかは——あまりに心当たりが多すぎて——見当もつかないが、とりあえず今日これからの具体的な行動は決まった。アケルダマ卿がいなくなった今、まずはロンドンを離れるのがもっとも安全だ。問題はどこに行くか？　そして、そのための資金繰りだ。

「レディ・マコン？」

アレクシアは目をぱちくりさせた。このあたしに話しかけるなんて、いったい誰？

見上げると、男っぽい顔立ちのブリングチェスター夫人がしかめ面で見下ろしていた。がっちりした四角い体型。灰色の縮れ毛。大きすぎる歯。かたわらには大きな歯と顔立ちがそっくりの娘が立っている。ブリングチェスター母娘は厳格な道徳観を持っていることで有名だ。

「よくもこんな場所に来られたものですわね、レディ・マコン？　涼しい顔でお茶なんか飲んで」——夫人は言葉を切り——「振動する帽子箱をおともに、いったいなんのおつもり？

ここはそれなりに地位のある善良で清く正しい女性が訪れる一流喫茶店ですわよ。恥を知りなさい！　よくもわたくしたちの前を歩けるものね」

アレクシアはわが身を見下ろした。「あたくしは座ってると思うけど」

「いますぐ屋敷に戻って夫君の足もとにひれ伏し、許しを乞うべきじゃありませんこと？」

「あら、レディ・ブリングチェスター、あたくしの夫の足の何をご存じですの？」

ブリングチェスター夫人はひるまない。「さもなくば世間から身を隠してしかるべきだわ。あなただけならともかく、お気の毒に、ルーントウィル家にまで恥をかかせるつもり？　ああ、ルーントウィル家の美しい令嬢たち。あれほど頭がよくて、前途有望で、引く手あまたのお嬢さんたちの将来が、あなたの軽率な行動のせいで台なしになるかもしれませんのよ！」

「うちの妹たちの話とはとても思えませんわ。あの二人はあれこれ非難されてますけど、〝頭がいい〟と言われたことだけはありませんの。これを聞いたら侮辱だと思うんじゃないかしら？」

ブリングチェスター夫人は顔を近づけ、脅すような声でささやいた。「妹さんたちのためを思うのなら、テムズ川にでも身を投げるべきよ」

アレクシアは、聞くも恐ろしい秘密を打ち明けるかのようにささやき返した。「あたくしは泳げますのよ、レディ・ブリングチェスター。しかも、かなり上手に」

さすがのブリングチェスター夫人もこの最後の告白には度肝を抜かれ、怒りのあまり言葉を失った。

アレクシアはトーストをかじりながら答えた。「もうよろしいかしら、レディ・ブリングチェスター？　大事な考えごとをしていたところですの」

会話のあいだ、椅子にくくりつけたひもを小さく揺らして振動していた帽子箱が、いきなりものすごい勢いで跳び上がり、ブリングチェスター夫人はぎょっとして悲鳴を上げた。夫人はついにあきらめ、娘をしたがえて立ち去ったが、店を出る前に女店主に何やら鋭い剣幕でまくしたてていた。

「このバカ」アレクシアが帽子箱に向かって毒づいていると、店主が決然とした表情で近づいてきた。

帽子箱がむなしくカチカチと音を立てた。

「レディ・マコン？」

アレクシアはため息をついた。

「申しわけございませんが、お引き取り願えませんでしょうか？」

「わかったわ。その前に、この近くに質屋はあるかしら？」

店主は顔を赤らめた。「ええ、オックスフォード・サーカスをまっすぐ行った〈マルボロ・バンク〉の先です」

「ありがとう」アレクシアは立ち上がると、椅子から帽子箱のひもをほどき、ハンドバッグとパラソルを手に持った。とたんに店内の会話がとぎれ、ふたたび全員の視線が集まった。

「ごきげんよう」アレクシアは店内のレディたちに呼びかけると、振動するピンクの帽子箱を胸に抱えた女性に可能なかぎりの威厳をかき集めてカウンターに向かい、代金を払った。アレクシアが店を出て扉がゆっくり閉まるまでのあいだ、扉の隙間からはレディたちの興奮した悲鳴とおしゃべりが聞こえた。

いまや人通りも増え、襲われる心配はなさそうだが、アレクシアは貴婦人らしからぬ早足でリージェント・ストリートを下って小さな質屋に入り、身につけている宝石類をすべて換金した。換金率はあきれるほど低かったが、それでもけっこうな額になった。コナルはこんちきのまぬけ野郎で、スコットランド人で、人狼だけど、女性の装飾品に対する目はある。街の片隅で一人アレクシアは、あたりをはばかるように手に入れたオカネをパラソルの隠しポケットに入れ、人目を避けて歩きだした。

ライオールはフランス人発明家を鋭く見た。「なぜレディ・マコンは今回の件にあなたを呼び出したのでしょう、マダム・ルフォー？」

「アレクシアはわたくしの友人よ」

「それだけでは、あなたがこれほどやっきになって手を貸そうとなさる理由の説明にはなりません」

「あまり友人をお持ちではないようですわね、ライオール教授？」

ライオールは上唇をゆがめた。「目的は友情だけですか？」

ルフォーは気分を害したようだ。「あんまりですわ、教授。まさかあなたにそんなことをきかれるとは思いませんでした」

ライオールは実にライオールらしからぬことに、かすかに顔を赤らめた。「いえ、そのようなつもりは……つまり、そういう意味ではなく……」ライオールは口ごもり、咳払いして続けた。「わたくしが言いたいのは、あなたの関与が〈真鍮タコ同盟《OBO》〉と関係しているのかということです」

マダム・ルフォーは無意識にうなじに手をやり、短い黒髪の下の小さなタコの入れ墨をなでた。「ああ、そのことなら、わたくしに言えるかぎり、同盟とはなんの関係もありません」

ライオールはルフォーの微妙な言いまわしに気づいた。言えるかぎりということは、言えないことがあるのか？　たとえ関係があったとしても、ＯＢＯに口止めされている可能性もある。

「しかし、同盟がレディ・マコンに科学的関心を持っていることは間違いありませんね？」

「もちろんよ！　アレクシアは同盟の創設以来この世に現われた唯一の女性反異界族なのですから」

「しかし〈ヒポクラス・クラブ〉は――」

「〈ヒポクラス・クラブ〉は小さな一支部にすぎませんわ。彼らの活動は残念な形で公表され、きわめて不面目な結果となりました」

「友人として、なぜそれほどまでに熱心なのです？」

「科学的研究対象としてのアレクシアに惹かれていることは否定できません。でも、わたくしの研究は――ご存じのように――生物学的というより理論的なものです」

「つまり、わたしの最初の問いは、あながち的はずれではなかったわけですね？」ライオールはわけ知り顔でルフォーを見た。

ルフォーは不満そうに唇を引き結んだが、ライオールの性的なほのめかしを否定はしなかった。「これで、わたくしの動機が――純粋ではないにせよ――少なくともアレクシアの最大利益のためであることは認めていただけますわね？　現に、わたくしは彼女の石頭の夫より、彼女の幸せを願ってますわ」

「とりあえずよしとしましょう」ライオールはうなずき、話題を変えた。「ともかく、なんとしてもロンドンを離れるようレディ・マコンを説得しなければなりません」

ライオールの言葉に応じるかのように当のレディ・マコンが勢いよく発明室に入ってきた。

「あら、説得の必要はないわ、みなさん。説得はテントウムシがしてくれました。実のところ、あなたがたに集まってもらったのはそのためよ。いえ、テントウムシのためではなくて、ロンドンを離れることについて」アレクシアはいくぶん取り乱していたが、それでもてきぱきと手袋を脱ぎ、ハンドバッグとパラソルと旋回するピンクの帽子箱を作業台の上に置いた。

「そろそろ、あたくしもヨーロッパを訪ねるころじゃないかしら？　それで、このなかの一人か二人、同行していただけないかと思って」アレクシアは全員におずおずとほほえみかけ、ようやく礼儀を思い出した。「ごきげんいかが、タンステル？　こんにちは、ジュヌビエーヴ。フルーテ。ライオール教授。みなさん来てくださってうれしいわ。遅くなってごめんなさい。でもほら、テントウムシが現われて、とにかくお茶を飲みたかったものだから」

「アレクシア」ルフォーが心配そうに言った。アレクシアの髪は乱れ、ドレスの裾には裂け目まである。ルフォーはアレクシアの片手を自分の両手で包みこんだ。「あなた、大丈夫？」

　同時にライオールがたずねた。「テントウムシ？　テントウムシとはなんです？」

「ああ、こんにちは、レディ・マコン」タンステルがニッコリ笑ってお辞儀した。「本当にロンドンを離れるんですか？　残念だな。さぞ妻ががっかりするでしょう」

　フルーテは無言だ。

　ライオールはアレクシアの手を握りしめるルフォーを見ながらたずねた。「同行なさるつもりですか、マダム・ルフォー？」発明室にあるすべての装置が止まり、片づいているところを見ると、そうに違いない。

　アレクシアは顔を輝かせた。「まあ、うれしい。あなたには一緒に来てほしいと思っていたわ、ジュヌビエーヴ。あなたならヨーロッパにつてがあるでしょう？」

　ルフォーがうなずいた。「すでにいくつか脱出ルートを考えてるわ」そしてライオールに向きなおり、「教授は長期間、ウールジー団を留守にできますの？」とたずねた。

「ウールジー団は分割活動に慣れています。われわれは、軍務と異界管理局《BUR》の両方をまっとうするため、ふだんから小集団に分かれて行動する数少ない人狼団です。しかし、おっしゃるとおり、いま団を離れるわけにはいきません。非常に難しい状況です」

ルフォーはさっと片手で口をおおい、咳をするふりをしたが、こみあげる笑いは隠せなかった。「マコン卿をいまの……状態のまま放っておくわけにはいかないということね」

「状態？　あの胸くそ悪い夫が悲惨な状態なの？　やったわ！　いい気味よ」

ライオールはアルファに対する裏切りかもしれないと思いながらも、認めざるをえなかった。「マコン卿はホルマリンをがぶ飲みして酔っぱらっておられます」

アレクシアの得意げな表情が、たちまち危惧に変わった。

「ご心配なく」ライオールがあわててなだめた。「身体に深刻な影響はありません。しかし、つかのまにせよアルファがあそこまで廃人同然になるとは、ホルマリンの威力はたいしたものです」

「心配なんて」アレクシアは背を向け、いまや作業台の端まで前進した帽子箱をいじりながらつぶやいた。「心配なんて誰がするものですか」

ライオールがあわてて先を続けた。「マコン卿はいま、つまり、アルファとして機能しておられません。ウールジー団は、どんなにいいときでも安定を保つのが困難な人狼団です。落ち着きのない団員を抱えるうえに、日和見主義の一匹狼がウールジー団の政治的影響力の強さに魅《ひ》かれていつ挑戦してくるかもわからない。わたくしはここに残り、マコン卿を守らなければなりません」

アレクシアはうなずいた。「そうしてちょうだい、教授。ジュヌビエーヴがいればなんとかなるわ」

ルフォーが期待の目でライオールを見た。「わたくしが留守のあいだ、ときおり発明室を見まわっていただけるとありがたいんですけど」

ライオールはルフォーの申し出に顔を輝かせた。「光栄です」

「夕方に立ち寄って異常がないかを確かめ、いくつか壊れやすい装置に油をさしてくださいます？　あとで一覧表をお渡ししますわ」

二人の会話を聞いていたタンステルが顔を上げた。「なんなら、わたしの妻に店番をさせましょうか？　喜んで引き受けると思いますよ、マダム・ルフォー」

ルフォーはタンステルの提案に心から恐怖の色を浮かべた。

ライオールは状況を思い描いた。帽子だらけの部屋にアイヴィ。災《わざわ》いと混乱の場面が目に浮かんだ。ハトを詰めこんだカゴに猫を入れるようなものだ——それも、ハトの羽根の配色と配列に対して異常なセンスを持つ青緑色の綾織りを着た猫……。

アレクシアは両手をこすり合わせた。「それがあなたをここに呼んだ理由のひとつよ、タンステル」

ルフォーは感心したようにアレクシアを見た。「たしかに、留守のあいだもいつもどおり営業していると見せかけたほうがいいかもしれないわね。吸血鬼にはあなたの友人が誰なのかを知られないほうがいいわ」ルフォーはそう言ってタンステルを振り返った。「奥様は引き受けてくださるかしら？」

「そりゃあもう、飛び上がって喜ぶに違いありません」タンステルはいつものように満面の笑みを浮かべた。

「そう言うと思ったわ」ルフォーはうらめしげに小さく笑った。

気の毒なマダム・ルフォー――ライオールは思った。戻ってきたときは店がつぶれているかもしれない。

「吸血鬼？　いま吸血鬼と言った？」アレクシアが会話の後半部を聞きとがめてたずねた。

ライオールがうなずいた。「あなたの妊娠が公表されたいま、吸血鬼はあなたを――はっきり申し上げて――殺そうとしています」

アレクシアは眉を吊り上げた。「殺人テントウムシを送りこむという方法で？」

「なんですと？」

「テントウムシ？」タンステルがさっと顔を上げた。「ぼくは好きだなあ、テントウムシ。あの半球形は実にすばらしい」

「でも、この種類は好きになれないはずよ」アレクシアは先ほどのテントウムシ事件と、あやうく触手に刺されそうになったことを詳しく話した。「今日は、これまでのところさんざんな一日だわ――どう考えても」

「調査のための人質はつかまえた？」と、ルフォー。

「帽子箱のなかに何が入っていると思う？」

ルフォーの目が輝いた。「すばらしいわ！《ファンタスティク》」ルフォーはすばやく身をひるがえし、しばらくあたりをがさごそ探しまわっていたが、やがてギョロメガネと鎖かたびらにおおわれた革手袋をはめて現われた。

唯一の不死者であるライオールが帽子箱を開ける役を買って出た。

ルフォーがなかに手を入れ、カチカチと音を立てる大型昆虫を取り出した。昆虫は小さな脚を動かして抵抗している。ルフォーは拡大鏡を近づけて熱心に調べた。「見事な職人技だわ！　実に精巧よ。製作者の印がないかしら？」そう言って身体をひっくり返したとたん、テントウムシがキーンという甲高いうなりを発した。

「くそっ！《メルド》」ルフォーがフランス語で毒づき、テントウムシを空中高く放り投げた。

次の瞬間、テントウムシは轟音とともに爆発し、赤い漆とぜんまい部品の破片があたりに振りそそいだ。

アレクシアは一瞬、びくっとしたが、すぐ平静に戻った。午前中のできごとを考えれば、そこに小爆発がひとつ加わったくらいなんでもない。アレクシアはあたりに散らばった残骸を冷ややかに見つめた。

油っぽい粒子の煙が立ちのぼって人狼の敏感な鼻をくすぐり、ライオールがくしゃみをした。「間違いなく吸血鬼のしわざです。こんなことわざがあります――〝吸血鬼が吸えないものは爆発する〟」

フルーテが残骸を片づけはじめた。

「残念だわ」と、ルフォー。

ライオールがルフォーに疑わしげな視線を向けた。

ルフォーは弁解がましく両手を上げた。「わたくしの作品じゃないわ。本当よ。わたくしは」――ふとえくぼを浮かべ――「テ、ン、ト、ウ、ム、シ、科の専門ではありませんもの」

「吸血鬼のしわざだと考える理由を聞かせてちょうだい、教授」アレクシアは話をもとに戻し、ライオールを見すえた。

ライオールは説明を始めた。まず毒殺未遂、盗まれた手帳、そして誘拐未遂に関する推論を披露し、次に、アレクシアの妊娠が公表され、もはやウールジー団の正式な庇護下にはないと知られたいま、このような事件は頻度も残忍性も増えるだけだという確信を述べた。

まあ、すてき。次は何かしら？　獰猛な真鍮製のマルハナバチの大群とか？「どうしてあたくしを殺そうとしてるの？　つまり、いつもの理由とは別にってことだけど」

「それはお腹の子に関係していると思われます」と、ライオール。ルフォーがそっとアレクシアの肘を取り、ひっくり返した樽のほうに誘った。

だがアレクシアはルフォーの手を振り払い、ライオールに向きなおった。喜びがこみ上げ、喉が詰まりそうだ。「つまり、あなたはあたくしを信じるの？　このチビ迷惑がコナルの子どもだと？」

ライオールはうなずいた。

「〝チビ迷惑〟?」タンステルがフルーテに小声でたずねた。

フルーテは無表情だ。

「あなたはコナルが知らない何かを知ってるの?」アレクシアの胸が高鳴った。無実の罪を晴らせるかもしれない。

ライオールが悲しげに首を振った。

望みはたちまち消え失せた。「変ね——夫より、あなたのほうがあたくしを信じるなんて」アレクシアは樽の上にどさりと座り、両のこぶしで目をこすった。

「あなたに関して、マコン卿が理性的に行動したことが一度でもありますか?」

アレクシアはギュッと口を結んでうなずいた。「だからといって、あの仕打ちはあんまりよ」思い出すのも不快な場面がよみがえり、アレクシアはロウ人形のように顔をこわばらせた。

「おっしゃるとおりです」と、ライオール。

そんなに優しくしないで——本当に泣きたくなってしまうわ。「いまや吸血鬼のなかであたくしの味方はアケルダマ卿だけね。でも、どこかに消えてしまったわ」

「アケルダマ卿が?」ルフォーとライオールが同時に声を上げた。

アレクシアはうなずいた。「けさ早く屋敷を訪ねたの。もぬけの殻だったわ。しかもあたくしに〝うちの屋敷にしばらく滞在すればいい〟と伝えたあとで」

「偶然でしょうか?」タンステルはたずねたが、すでに答えはわかっているような表情だ。

「そう言えば、ミスター・タラボッティがこんなことをおっしゃっておられました」そこでフルーテが初めて口を開いた。「〝フルーテよ〟――よくこう言われたものです――〝運命というものはない――人狼がいるだけだ。そして偶然というものはない――吸血鬼がいるだけだ。それ以外のことはすべて自由な解釈にゆだねられている〟」

アレクシアが鋭くフルーテを見た。「あなたが父のことを話すなんて……」

フルーテは首を振り、ライオールをちらりと見てから言った。「いまのは極秘情報です、奥様。つい口がすべりました」

「あなたがスパイだったとは知らなかったわ、ミスター・フルーテ」ルフォーが興味をひかれた口調でたずねた。

フルーテは目をそらした。「そんな大それたものではありません、マダム」

アレクシアは昔からフルーテのことを知っているが、これまでアレクシアの父親については決して語ろうとしなかった。よほど模範的な使用人でないかぎり、できることではない。

「そうとなればヨーロッパね」喫茶店にいるときから、行き先については考えていた。アメリカは論外だ。でも、ヨーロッパなら吸血鬼の立場ははるかに弱い――ヘンリー王にならって異界族との融合政策をとった国はほとんどないからだ。英国の吸血鬼ほど獰猛ではないだろう。少なくとも、テントウムシの大群を送りこむ力はないはずだ。

「さしでがましいようですが」ライオールが、まさにさしでがましい真似をする前によく使われる言葉で切り出した。「出発されるのなら早いほうがよろしいかと。どうせなら次の満月の前に」

ルフォーが壁の設計図の脇に張られた太陰暦を見た。「次の満月というと……三日後？」

ライオールがうなずいた。「早いにこしたことはありません。今ならBUR捜査官に見張らせることもできますが、レディ・マコン、満月の夜は人狼捜査官は全員、非番ですし、吸血鬼捜査官にも頼れない今、二次的人材も当てにはできません。吸血鬼はBURの命令より、吸血鬼女王の命令を優先します」

「旅行のあいだ、あなたの荷物はここに置いておけばいいわ」と、ルフォー。

「助かるわ。少なくともドレスだけは無事ってことね」アレクシアは腹立ちまぎれに両手を上げた。「だから今朝はベッドから出ないほうがいいような予感がしたのよ」

「きっとアイヴィがロンドンの最新ニュースを手紙でお知らせしますよ」タンステルが自慢の白い歯をちらりと見せ、励ますように言い添えた。アレクシアは思った――コナルがタンステルを人狼に変異させなかったのは賢明だったかもしれない。この赤毛は笑いすぎる。そして人狼に笑顔は似合わない――恐ろしげに見えるだけだ。

旅行中に手紙が届くとは思えないが、アレクシアもルフォーもあえて説明しようとはしなかった。

「それで、行き先は？」ルフォーが好奇の目でアレクシアを見た。

アレクシアはこれについても紅茶とトースト片手に考えていた。どうせ旅に出るなら、何かを突きとめる旅にしたい。どうせ逃げるのなら、身の潔白を証明できそうな場所を選ぶべきだ。そして、反異界族について何かしら知っている国といえば、ひとつしかない。

「この時期のイタリアはすばらしいんじゃなくて?」

5　アイヴィ・ヒッセルペニーとライオール教授の重責

「イタリア？」

「異界族差別主義者の温床か」ライオールが吐き捨てるように言った。

「宗教的狂信者のたまり場ですね」と、タンステル。

「そしてテンプル騎士団の国」最後にフルーテがつぶやいた。

「これ以上ふさわしい場所はないわ」アレクシアが淡々としめくくった。

マダム・ルフォーが気づかうようにアレクシアの顔を見つめた。「マコン卿がどうやってあなたを妊娠させたか、テンプル騎士団が知っていると思うの？」

「あら、とぼけないで。あなたは以前、テンプル騎士団の改訂規則の一部を読んだと言ったじゃないの」

「なんですと？」ライオールが驚いた。

フルーテはまたしてもルフォーに疑いの目を向けた。

「彼らなら、これについても何かしら知ってるはずよ」アレクシアはまだふくらんでいないお腹を非難がましく指で突いた。

ルフォーは一瞬、考えこんだが、アレクシアをぬか喜びさせるつもりはなかった。「たしかにテンプル騎士団は女性の反異界族になみなみならぬ関心を抱いてるわ。会いたいと言えば警戒を緩めるかもしれない――とくにあなたが妊娠していると知ったら。でも彼らは戦士よ。学者じゃない。あなたが本当に求めるものを彼らが与えてくれるとは思えないわ」

「あら、なんのこと？」

「夫の愛情を取り戻すことよ」

アレクシアはルフォーをじろりとにらんだ。冗談じゃないわ！　誰があんな不実な毛むくじゃらの愛情を取り戻そうなんて思うもんですか。あたしはただ、あの人が間違ってることを証明したいだけよ。

「わたくしが思うに」アレクシアが長広舌をふるいはじめる前にライオールが言った。「それはスズメバチの巣に入るようなものです」

「テントウムシの巣でなければ、あたくしは平気よ」

「そうとなれば」フルーテが言った。「わたくしがおともをいたします」

二人のレディに異存はない。

アレクシアが指を立てて提案した。「定期的にエーテルグラフ通信を行なう日を決めてはどうかしら、ライオール教授？　もちろん、公共のエーテルグラフ通信機があると仮定しての話だけど」

「最近ではかなり普及してきたから、イタリアでもきっと見つかるわ」ルフォーが賛同した。

ライオールがうなずいた。「異界管理局《BUR》本部の通信時間を空けておくのはいい考えです。のちほど、BURにある水晶真空管《バルブ》周波変換器に適応する通信機の名前と場所の一覧表をお渡しします。わたくしの記憶によれば、フィレンツェには高性能の装置があるはずです。しかし、ご存じのようにBURのものはアケルダマ邸のような最新型ではありません」

アレクシアはうなずいた。アケルダマ卿が近ごろ購入したエーテルグラフ通信機は最新式の高性能だが、BURの装置は古くて原始的だ。「BURの通信機に合う真空管も必要ね——イタリアのものがそれほど最新型でないときのために」

「もちろんです。すぐに捜査員に届けさせます。通信時間は日没直後でどうでしょう？　BURの通信係にフィレンツェからの通信を受信させ、その周波数のなかにあなたからの通信がないかをチェックさせます。たとえあなたのご無事がわかるだけだとしても」

「まあ、あなたにしてはずいぶん楽天的ね」アレクシアは怒ったふりをして見せた。

ライオールは涼しい顔だ。

「ではイタリアに決まりね？」ルフォーは冒険に乗り出す探検家のように両手をこすり合わせた。

アレクシアは周囲に立つ四人を眺めまわした。「誰でも人生に一度は自分のルーツを訪ねるべきだわ、でしょ？　あら、そろそろ荷物を載せた馬車が着くころよ」アレクシアが背を向けて発明室から出てゆくと、あとの四人が続いた。「荷物を詰めなおさなきゃ。急いだほうがいいわね——これ以上、悪いことが起こる前に」

ルフォーが駆け出そうとするアレクシアの腕を取ってたずねた。「今朝は、ほかにどんなことがあったの？」

「あたくしの不面目な妊娠が新聞に公表されて、猛毒テントウムシに襲われた以外に？　えぇと、ヴィクトリア女王から〈陰の議会〉の〈議長《マージャ》〉をクビにするという知らせが届いて、ルーントウィル家から追い出されて、アケルダマ卿が猫に短い伝言を残して消えたことくらいかしら。ああ、それで思い出したわ」アレクシアはハンドバッグから謎めいた金属製の首輪を取り出し、ルフォーに向かって振った。「これ、なんだと思う？」

「磁気音声共振テープだわ」

「おおかたそんなものだと思ったわ」

ライオールが興味ぶかげに見つめた。「解読空洞共振器はありますか？」

ルフォーがうなずいた。「もちろん、そのあたりにあるはずよ」発明家は、分解された飛行船の蒸気エンジンと半ダースのスプーンを合わせたような巨大な部品の山の奥に消え、やがて珍妙な装置を手に現われた。ティーポット・スタンドの上につばのない山高帽をのせたようなしろもので、帽子の底からトランペットらしきものが突き出し、脇にクランクがついている。

異様な装置にアレクシアは言葉を失い、無言で金属テープを渡した。

ルフォーは帽子の下部にある細長い枠にテープを差しこみ、装置全体にテープを行きわたらせるようにクランクを回転させた。やがて、ヘリウムガスを吸ったピアノのような甲高い音が聞こえはじめた。ルフォーがさらにクランクの回転を上げると、キンキンした音が合わさってひとつになり、高い声になって聞こえてきた。

「〝英国を離れよ〟」機械じかけの小さな声が言った。「〝そして刺繍《ししゅう》するイタリア人には気をつけろ〟」

「ありがたい警告ね」ルフォーがぽつりと言った。

「どうしてアケルダマ卿はあたくしがイタリアに行くとわかったのかしら？」長い付き合いだが、いまでもときどきアケルダマ卿には驚かされる。アレクシアは口をすぼめた。「しかも、刺繍？」さすがはアケルダマ卿、――〝殺人〟のような生死に関わる緊急時にも、〝刺繍〟のようなファッションに関するひとことを忘れない。「アケルダマ卿のことが心配だわ。自宅を離れて大丈夫かしら？　もちろん彼は群を離れたはぐれ吸血鬼だけど、はぐれ者にも本拠地はあるでしょう？　あまり遠くには行けないはずよ――ゴーストと同じように」

ライオールは考えぶかげに片方の耳たぶを引っ張った。「その点は心配ありません、レディ・マコン。はぐれ吸血鬼は群に属する吸血鬼よりはるかに徘徊能力が高いのです。そもそも吸血鬼女王に対する依存を断ち切るには相当の魂力が必要ですし、はぐれ吸血鬼は老齢であればあるほど移動可能距離が長い。この移動能力こそ、はぐれ吸血鬼が地元の吸血群と友好な関係を保ちつづけられる理由です。群にとって、はぐれ吸血鬼は信用できない相手ですが、役に立ちます。かたやはぐれ吸血鬼はドローンを変異させるには女王の力を借りるしかありません。つまり両者はたがいに支え合っているのです。BURにあるアケルダマ卿のファイルをご覧になったことがありますか？」

アレクシアはあいまいに肩をすくめた。夫の執務室を詮索するほど落ちぶれてはいないわ。でもライオールが言いたいのは、そんなことではなさそうだ。

「実に膨大な量です。しかし、彼がもともとどこの吸血群にいたかの記録はありません。つまり、はぐれ者になってから長い長い時間がたっているということです。アケルダマ卿ともなれば、ロンドンを出てオックスフォードあたりまでなら、なんの心理的・生理学的影響も受けずに移動できるでしょう。空を飛び、海を越えて英国外に出るのは無理でも、身を隠すくらいのことはできるはずです」

「身を隠す？　あたくしが知ってるアケルダマ卿と同じ人の話とは思えないわ」アケルダマ卿には数々のすぐれた特性がある――ほんの二、三例をあげても、ベストに対する抜群のセンス……鋭いユーモア……でも、そのなかに身を隠す術は含まれない。

ライオールがにっと笑った。「ご安心ください、レディ・マコン。アケルダマ卿は自分の面倒くらい見られます」

「人狼が吸血鬼の無事を請け合っても、あまり信用できないわ」

「それよりご自分の心配をなさるべきではありませんか？」

「自分の心配をして何が楽しいの？　他人の心配のほうが何倍も楽しいわ」

アレクシアは廊下を通って、昇降機で上にのぼり、帽子店を抜けて通りに出た。そして待っていた馬車から荷物を下ろさせ、御者を帰らせた。御者は少しでもまともなルーントウィル家に戻れるのがうれしそうだ。いくらルーントウィル家の紳士淑女が興奮しやすいといっても、御者にメカテントウムシを投げつけたりはしない。

ライオールは貸し馬車をつかまえ、BUR本部に向かわせた。やらなければならない仕事が山ほどある。フルーテはウールジー団の馬車に乗りこみ、わずかな荷物をまとめるために城に戻った。レディ・マコンとマダム・ルフォーとは四時間後に〈シャポー・ドゥ・プープ〉で落ち合う計画だ。できるだけ出発を急ぐことで意見がまとまった。どうせなら明るいうちがいい。もちろんルフォーは、すでに荷造りをすませていた。

アレクシアは早速タンステルの手を借り、帽子の森のまんなかで大量の旅行カバンを開けはじめた。短気なスウィルキンズがあわてて乱雑に詰めこんだため、イタリア旅行に必要なものを寄せるだけでも一苦労だ。アレクシアはアケルダマ卿の伝言を思い出し、刺繍つきのものはすべて除外した。

ルフォーは留守のあいだが心配らしく、店内を行ったり来たりしながら商品の整理に余念がない。店の扉をしきりに叩く音がしたのは、こうして全員が忙しくしているときだった。アレクシアが見上げると、アイヴィ・タンステルが興奮して黒っぽい巻き毛を揺らし、玄関ガラスの向こう側から狂ったように手を振っていた。

ルフォーが出て、アイヴィをなかに入れた。

アイヴィは予想外の情熱で結婚生活と社会的地位の急落を手にした。だが、〝そこそこ評判のいい役者の妻〟という新たな立場と、ソーホーにある共同住宅——ああ、なげかわしい

──の住人になったことを心から楽しんでいるようだ。アイヴィは詩人たちを定期的にもてなしていることを誇らしげに語った。詩人ですって！　さらに、本人みずから舞台に立つ可能性もほのめかした。悪くないかもしれない──アレクシアは思った。アイヴィは愛想がいいし、くるくるとよく動く表情と尋常ならざる感傷過多の性格は舞台俳優むきだ。それに、わざわざ衣装をそろえる必要もない。独身時代からとんでもない帽子が好きだったアイヴィの異常な趣味は、母親の監視の目がなくなったいま、衣装全般におよんでいる。今日もまた、目の覚めるようなアップルグリーンとピンクと白のストライプのよそゆきドレスに、店に入るときに少し頭をかがめなければならないほど長い羽根のついたそろいの帽子といういでたちだ。

「こんなところにいたのね、いけない人」アイヴィは夫を見て、甘い声で呼びかけた。

「やあ、おしゃべりカササギちゃん」タンステルがやさしく応じた。

「わたしのお気に入りの帽子屋に」アイヴィは扇子で媚びるようにタンステルの腕を突き、「いったいいなんの用？」

タンステルはすがるような目でアレクシアを見たが、アレクシアはそっけなくニヤリと笑っただけだ。

「ええと」──タンステルは咳払いした──「きみが新しい帽子がほしいんじゃないかと思って、その、ぼくたちの」──必死に口実を探し──「結婚ひと月めの記念日に」これを聞いたアレクシアが小さくうなずくのを見て、タンステルは安堵のため息をついた。

さすがはアイヴィ——帽子に気を取られて、あたりに散乱する大量の荷物には気づきもしない。それどころか、しばらくはアレクシアの存在にすら気づかなかった。ようやく気づいたアイヴィは思ったままを口にした。

「まあ、アレクシア！　こんなところで何をしているの？」

アレクシアは親友を見上げた。「こんにちは、アイヴィ。ご機嫌いかが？　今朝は帽子をありがとう。とても……その……元気が出たわ」

「ああ、そんなの気にしないで。それより、いったい何をしているの？」

「いくらあなたでも見ればわかるでしょ。荷造りよ」

アイヴィは羽毛を前後に揺らして首を振った。「帽子店のまんなかで？　どう見ても迷惑じゃない？」

「緊急事態なの、アイヴィ。背に腹は替えられないわ」

「それくらい見ればわかるけど、わたしがいま知りたいのはどうして荷造りしてるのかってことよ」

「それも見てわかるでしょ？　これから旅に出るの」

「それって今朝の新聞に出てた、例のひどい一件のせいじゃないでしょうね？」

「まさにそのせいよ」そう答えながらアレクシアは思った——悪くない口実だ。考えてみれば、これほど格好の隠れみのはない。〝不貞の妻と後ろ指さされてロンドンから逃げ出す〟なんて性《しょう》に合わないけど、ロンドン脱出の本当の理由を世間に知られるよりましだわ。もし吸血鬼による暗殺計画がゴシップ好きに知れたらなんと噂されるか――考えただけでぞっとする。〝ほら、見て〟――いまにも声が聞こえてきそうだ――〝まあ、レディ・マコンに対する暗殺計画が複数進行中だなんて、そんなばかな！　いったい自分を何様だと思ってるの？　シバの女王にでもなったつもり？〟

それに、いつの世も、汚名を着せられたレディの末路と言えば、ヨーロッパ逃亡じゃなかった？

アイヴィはアレクシアが〈魂なき者《ソウルレス》〉であることを知らない。それどころか反異界族という言葉の意味さえ知らないだろう。アレクシアの素性はBURや地元の人狼、ゴースト、吸血鬼のあいだでは公然の秘密だが、昼間族の大半はロンドンに反異界族がいることを知らない。アレクシアとその周辺の者たちにとって、アイヴィに事実を知られることは、その存在をひた隠しにしてきたこれまでの努力がすべて数時間で無に帰することを意味する。アイヴィは大切な親友で、誠実で、一緒にいて楽しいけれど、そうした数々の美徳のなかに〝口の堅さ〟だけはない。タンステルですら、この欠点は認めており、だからこそ妻にレディ・マコンの素性を話すのは控えたのだった。

「ええ、あなたが街を出なきゃならないってことはわかったわ。でも、どこへ行くの、アレクシア？　どこかの田舎？」

「マダム・ルフォーと一緒にイタリアに行くの、ほら、傷心旅行だから」

「まあ、でもアレクシア、知ってる？」――アイヴィは声をひそめ――「イタリアにはイタリア人がいるのよ。そんなところに行って大丈夫？」

アレクシアは笑いをかみ殺した。「まあ、なんとかなるわ」

「イタリアについては最近とても恐ろしい話を聞いたわ。いまは思い出せないけど、あそこは健康によくないわ、アレクシア。イタリアっていろんな野菜がとれるところでしょう――あの気候だから。ひどく消化に悪いわ――野菜というものは」

アレクシアは言うべき言葉に詰まり、荷造りを続けた。

アイヴィは店内をあれこれ見てまわり、ようやく買うものを決めた。紫と黒のストライプのツイード地のフラワーポット型で、巨大な紫色のバラと灰色のダチョウの羽根と、頭頂部からまっすぐ突き出た長い針金の先に小さな羽根かざりがついている。アイヴィが得意げにかぶると、まるで興奮したクラゲが頭に載っているかのようだ。

「これに合う馬車ドレスを新調しなきゃ」タンステルが帽子の代金を払うあいだ、アイヴィがうれしそうに宣言した。ああ、気の毒なタンステル。

アレクシアは小声でつぶやいた。「それより飛行船から身を投げたほうが賢明じゃないかしら？」

アイヴィは聞こえないふりをしたが、タンステルはアレクシアに向かってにっと笑った。

ルフォーが咳払いして勘定台から顔を上げた。

「あなたに折り入って頼みがあるの、ミセス・タンステル」

アイヴィは困っている友人をがっかりさせる女性ではない。「喜んで、マダム・ルフォー。

わたしにできることならなんなりと」

「見ておわかりのように」――アイヴィには通用しないセリフだ――「わたくしレディ・マコンと一緒にイタリアに行くことになったの」

「まあ、本当に？　なんて立派な心がけかしら。でも、あなたはフランス人だから、イタリア人とはそれほど違いませんものね」

　ルフォーは一瞬、言葉を失い、咳払いして続けた。「わたくしが留守のあいだ、ここの店番をしていただけないかしら？」

「わたしが？　店番を？　まあ、どうしましょう」アイヴィは、天井から羽根と花々を揺らして誘うようにぶらさがる帽子を見まわした。魅力的な申し出だが、商売のことを何ひとつ知らないアイヴィはためらった。

「もちろん、好きなときに好きなだけ帽子を借りて結構よ」

　アイヴィの目が貪欲に光った。「まあ、そんなこと言われたら、マダム・ルフォー、とても断われませんわ。喜んでお引き受けいたします。どんな知識が必要かしら？　ああ、その前に少しお待ちになって……ちょっといいかしら、オーモンド」アイヴィが小さく手を振って夫を呼びつけた。

　タンステルが小走りで近づくと、アイヴィは小声で何やら命じた。妻からおつかいを言いつかったタンステルはレディたちに向かってひょいと帽子を上げ、店の玄関から出て通りを駆けて行った。

アレクシアは感心した。少なくともアイヴィは夫をよくしつけている。ルフォーはアイヴィを小さなカウンターの後ろに案内し、それから三十分間、帳簿のつけかたを指導した。

「わたくしがいないあいだは新たに注文を取らなくていいし、それほど頻繁に店をあける必要もないわ。あなたもお忙しい身でしょうから。これが大事な予約リストよ」

いざ蓋を開けてみると、アイヴィは経理に驚くべき才能を示した。そういえば、これまでも計算は速くて正確だったし、真剣になるべきときは真剣になる女性だ――少なくとも帽子に関するかぎり。二人が打ち合わせを終えたころ、タンステルが茶色の小さな紙袋を手に戻ってきた。

アレクシアはさよならを言うためにタンステル夫妻に近づいた。店を出て行く前に、アイヴィはタンステルが買ってきたばかりの袋をアレクシアに渡した。

「これをあなたに、わたしの大事なアレクシア」

アレクシアは怪訝《けげん》そうに手のなかでまわし、そろそろと袋を開けた。なかには、小さい豪華な木箱入りの紅茶が一ポンド入っていた。

「イタリアについて聞いた恐ろしい噂を思い出したの」アイヴィは仰々しくハンカチで片方の目尻を押さえた。「それによれば……ああ、恐ろしくて言葉も出ないわ……なんでもイタリア人は」――そこで言葉を切り――「コーヒーを飲むんですって」そう言って小さく身震いした。「あんなに胃に悪いものはないわ」アイヴィはアレクシアの手に自分の両手と濡れたハンカチをギュッと押しつけた。「幸運を祈るわ、アレクシア」

「まあ、ありがとう、アイヴィ、タンステル。これほどありがたい贈り物はないわ」

それはアレクシアが大好きな、茶葉の大きい上等のアッサムティーだった。アレクシアは海峡を渡る飛行船に持ちこむつもりの書類カバンのなかに、紅茶の木箱を大事そうにしまった。〈議長《マージャ》〉の地位を追われたいま、女王陛下と国家に関する重要機密書類や道具を持ち運ぶという当初の目的はなくなったが、同じくらい貴重で大事なものをしまっておくにはぴったりだ。

アイヴィはちょっと非常識なところもあるけど、これほど親切で思いやりのある友人はいない。アレクシアはアイヴィの頬に感謝のキスをした。驚いたのは当の二人だ。アイヴィが目に涙を浮かべた。

タンステルは旅立つ二人にまたしてもにこやかに笑いかけ、なおも感傷に浸る妻の手を取って店を出た。マダム・ルフォーはあわてて二人のあとを追い、アイヴィに合い鍵と最後の注意を与えた。

長く厳しい一日だった。通常なら、これしきのことで音を上げる男ではない。ランドルフ・ライオールは明晰な頭脳と強靭《きょうじん》な肉体と、いかなる状況でも最善の道を瞬時に選ぶ思考力を兼ね備えた有能な人狼だ。しかし、この日の午後は違った。満月の日が目前に迫り、アルファは使い物にならず、レディ・マコンはイタリアに出発するという状況にあって、さすがのライオールもあやうく二度ほど自制心を失いそうになった。ドローンに問い合わせても、今夜はどの吸血鬼もBURの任務につける状況にはないと繰り返すばかりで話にならない。BURには三人の吸血鬼捜査官がいるが、三人全員が一度に休む事態は初めてだ。さらにBUR担当の四人の人狼はみな若手で、すでに月に一度の〝骨ねじれ病〟に備えて任務を離れている。この人手不足に輪をかけるように物品の到着は遅れ、謎めいた飛行船事故が二件も発生して調査依頼が舞いこみ、日没後には除霊の予定までが組みこまれていた。このすべてに対応しながら、ライオールは〝マコン卿に話が聞きたい〟という報道記者を少なくとも八人は追い払わなければならなかった。飛行船事故の取材と言いながら、レディ・マコンについて聞き出そうとしていたのはあきらかだ。かくも過酷な一日を終えて日没の少し前に屋敷に戻ったライオールが、浴槽でオペラを歌うマコン卿を見て気分を害したのも無理はない。いや、オペラというより音痴のオランウータンがオペラと思いこんでいるもの——というべきか。

「またしてもわたくしの標本コレクションに手をつけたのですか？　勘弁してください、マコン卿、あれでもう最後です」

「うめぇもんだな、ホルマリンってのは」

「チャニング少佐を見張りにつけたはずだが……まさか眠ったわけではないでしょう？　チャニングなら丸一日でも耐えられるはずです。やつなら直射日光も平気だし——前に見たことがある——この状態のあなたを見張るくらいわけないはずですが」ライオールは、今にもウールジー団ガンマの金髪頭が衣装棚の後ろからぴょんと現われるのではないかというように鋭い目で浴室を見まわした。

「やつにそんなこたぁできん」マコン卿は途方にくれた水牛よろしく浴槽のなかで身をよじり、水しぶきを上げた。

「おや、なぜです？」ライオールは浴槽の温度を確かめた。冷水だ。ライオールはため息をつき、マコン卿の部屋着を手に取った。「さあ、そこから出ましょう」

マコン卿は洗面タオルをつかみ、水を部屋じゅうにはね飛ばしながらオッフェンバックのオペラ《ジェロルスティン大公妃殿下》の出だしを指揮しはじめた。「〝さあさあ、若い娘さん〟」――マコン卿は歌った――「〝ぐるぐるまわって、踊れや踊れ〟」

「では、チャニング少佐はどこに行ったのです？」ライオールはいらだちながらも声には表わさなかった。チャニングには昔からいらいらさせられどおしだ。今日いちにちの流れからすれば、この程度のことが起こっても不思議はない。「チャニングにはわたくしから直接命令を与えました。何があろうと逆らうことはできないはずです。わたくしはこの団のベータで、チャニングはわたくしの指揮下にあるのですから」

「だが、おめぇはわたしの指揮下にある」マコン卿はやんわりと反論し、ふたたび歌いだした。「〝娘さんたちゃ、いい身分、銃後の守り、つつがなく〟」

ライオールはマコン卿を浴槽から引っ張り、引き上げようとして手がすべり、巨体はすさまじい水しぶきを上げてまたもや浴槽にすべり落ちた。小型蒸気ヒーターつき巨大浴槽は、すでに鋼鉄を生産するアメリカから大枚はたいて輸入した恐ろしく頑丈な造りだが、それでもマコン卿の体重をもろに受けて、鉤爪状の四本脚はぶるぶると振動した。

「〝大砲めがけて突貫の、いずれ死ぬべき運命《さだめ》なら〟」ずぶぬれのマコン卿は歌詞を飛ばして続けた。

「チャニングに直接命令を与えたのですか？　その状態で？」ライオールはふたたびマコン卿を浴槽から引き上げはじめた。「それで、やつはしたがったのですか？」

一瞬、マコン卿の目が鋭くなり、急に真面目な表情になった。「わたしはいまもアルファだ。やつがしたがうのは当然だろう」

ライオールはやっとのことでマコン卿を水から引き上げ、手早く部屋着を巻きつけた。薄手の部屋着は身体に張りつき、あらぬところが目立ったが、どんな状況でも羞恥心とは無縁のマコン卿はイチジクほども気にしていない――それをいうならイチジクの葉ほども。

ライオールも慣れっこだ。

マコン卿は歌に合わせて身体を前後に揺らしはじめた。「〝盃《さかずき》とって、なみなみ満たし、ともに笑って飲むが勝ち！〟」

「チャニングをどこに送り出したのです？」ライオールは巨体のアルファを支えながら、異界族に与えられた力に感謝した。それでもマコン卿を歩かせるのは至難の業で、さっきまでの〝誘導不能〟が、〝かろうじて誘導可能〟になった程度だ。マコン卿の身体はレンガ造りの小屋のようなものだ――いや、それより二倍は頑丈で、レンガ小屋と同じようにガラクタがいっぱい詰まっているという者もいる。

「ははぁ、おめぇ、そいつを知りてぇんだな？」マコン卿がもったいぶった口調で言った。

マコン卿のはぐらかしに、ライオールはいよいよ不愉快になってきた。

「アケルダマ卿の跡を追わせたのですか？」

マコン卿が一瞬しらふに戻った。「あのおかま野郎がいなくなっただと？　まことに結構。あやつを見ると、クリームだけで縁《ふち》のない、どろどろのカスタード・パイを思い出す。あの〝とんがり牙のいかれぽんち〟のどこがいいのか見当もつかん。アレクシアめ！　くにゃくにゃ吸血鬼とたわむれおって。せめてやつが父親でねぇだけましだがな」マコン卿はそのことを考えまいとするかのように黄色い目を細めた。

そのとたんマコン卿はライオールの手からすべり落ちて重力のままに落下し、床のまんなかにあぐらをかいて座りこんだ。目は完全に黄色になりかけ、ライオールがぞっとするほど毛深い。満月まではあと数晩ある。アルファの気力と体力があれば、変身の誘惑には容易に抵抗できるはずだ。しかし、今のマコン卿は抵抗する気を失っていた。

マコン卿はなおも歌いつづけた。最初は酔いのせいでろれつがまわらなかったが、やがてあごの骨が壊れ、狼の鼻面に再構築するせいで発音が不明瞭になった。「〝のめや、うたえや、いざしゃらば、これがしゃいごのさかじゅきならば、なおいっそうにあわれらり！〟」

ライオールがウールジー団のベータであるのには多くの理由がある。そのひとつは人の手を借りるべきときがいつかを完璧に知っていることだ。ライオールが扉に駆け寄って一声さけぶと、ウールジー団で最強のクラヴィジャー四人が駆けつけ、ライオールに手を貸してアルファ——いまやただの酔いどれ狼——を地下牢に移動させはじめた。四本脚になっても、よろめく巨体は思うように動かない。マコン卿は歌うのをやめ、哀しげに一、二度、吠えた。

いまいましい一日は、同じくらいいまいましい夜になりそうだ。チャニング少佐が消えた今、残された道はひとつしかない——ライオールは団会議を招集した。

6　タラボッティの名のもとに

　あやしげな三人連れを乗せたフランスのカレー行き最終飛行船がドーヴァー海峡の白い岸壁上の係留地を離れたのは、太陽が沈みかける黄昏《たそがれ》どきだった。今回ばかりは、悪名高きレディ・マコンの旅立ちをとらえた報道記者は一人もいなかった。それは〝伯爵夫人のあるまじき行為〟が新聞ざたになってからの当人の行動が速かったせいもあるが、このたびのお忍び旅行を決行するに当たって、かつてないとっぴな手を使ったせいかもしれない。レディ・マコンは、いつものような〝おしゃれで実用的なドレス〟ではなく、〝スカート部分に黄色い細い革ひもが何本も下がったフリルだらけの黒いシフォンの飛行ドレスに、見るもおぞましい黄色の帽子〟という、尊大なマルハナバチさながらの姿で現われた。この変装は功を奏した。なにせあの堂々とした物腰の伯爵夫人が、異様な身なりと動作のせいで老齢のオペラ歌手に見えたのだから。マルハナバチのあとには、身なりのよい若者と従者が付きしたがっている。こうした組み合わせから想像される結論はただひとつ——人目を忍ぶ逃避行だ。

　マダム・ルフォーは〝若いツバメ〟になりきるため、あれこれとオペラ歌手を気づかって見せた。この茶番のために用意した本物そっくりの大きな口ひげは黒のロウ製で、両のえくぼを隠すように両端がくるりと巻いている。どう目を凝らしても女性には見えないが、この見事な変装にもひとつ欠点があった。アレクシアがルフォーを見るたびに、くすくす笑いの発作を起こすことだ。かたやフルーテは従者という過去の役職に難なく戻り、ルフォーの荷物である大量の箱と、自分の年齢と同じくらい古そうなくたびれた旅行カバンを引いてついてくる。

三人は乗務員からあからさまにさげすみの目で見られ、ほかの乗客からは露骨に避けられた。無理もない——いったい誰が飛行船のなかでいちゃつく老オペラ歌手と若いツバメを見たいと思うだろう？　想像するだけで不愉快だ。おかげで誰も近寄ってこないのは、かえって幸いだった。フルーテの提案で、アレクシアは〝タラボッティ〟の名前で切符を買った。結婚後に旧姓で旅券を購入したのは初めてだ。

最初、ルフォーは反対した。「お父上の評判を考えると、それは賢明かしら？」

「〝レディ・マコン〟の名前で旅するより賢明だと思うわ。いちいちコナルを引き合いに出されるのはまっぴらよ」無事に客室に落ち着いたアレクシアはマルハナバチ帽を引き脱ぎ、毒ヘビか何かのように部屋の奥に向かって投げ捨てた。

フルーテがのんびりと荷物をあけるあいだルフォーが近づき、落ち着かない動物をなだめるようにアレクシアの髪をなでた。「〝タラボッティ〟が重要な意味を持つのは異界族のあいだだけだけど、いずれは誰かが気づくわ。噂が追いつく前にフランスを通過したほうがいいわね」

アレクシアはおとなしくルフォーの手に身をあずけた――なんだかほっとする。ルフォーは自分の役になりきっているだけなのに。でも、こんなことになると妙に熱心ね――フランス人というものは。

ほかの乗客と顔を合わせるのを避けるため、夕食はそれぞれの部屋で取った。出来たての食事がすばやく運ばれたところを見ると、乗務員も、迷惑な客が部屋で食べてくれてありがたいと思ったようだ。食事の大半は蒸気エンジンで調理されており、味はまあまあだが、熱々が食べられただけでもよかった。

夕食後、三人は外の空気を吸いに部屋を出て〈キーキー・デッキ〉に向かった。アレクシアたちが現われたとたん、夕方のエーテル風にのんびり吹かれていた先客たちがあわてて立ち去るのを見て、アレクシアはふんと鼻を鳴らした。

「あらあら、お上品なことね」

ルフォーはつけひげの奥で小さくえくぼを浮かべ、アレクシアに寄りかかった。二人は並んで手すりに肘を突き、はるか眼下に広がる海峡の暗い海を見下ろした。

フルーテが見ている。亡き父の忠実なもと従者がマダム・ルフォーを信用しないのはフランス人だから？　科学者だから？　それともかたくなに男装をつらぬいているから？　フルーテにとって、この三つはどれも不審人物の条件だ。

だが、アレクシアに不安はない。このひと月で、ジュヌビエーヴ・ルフォーは誰より信頼できる女性であることが証明された。謎めいたところはあるが、言葉はやさしく、何より重要なのは、つねに賢い行動を取るところだ。

「彼が恋しい？」ルフォーがさりげなくたずねた。

アレクシアは手袋をした手を片方、突き出し、吹きつけるエーテル気流に遊ばせた。

「まさか。あたくしはひどく怒っているのよ。もう麻痺してしまったけど。なんだか自分が愚鈍になった気分だわ」アレクシアは横目でちらっとルフォーを見た。ルフォーもまた大事な人を失ったばかりだ。「あなたはどう？　少しは楽になった？」

ルフォーは長々と目を閉じた。アンジェリクのことを考えているのだろう。「そのときどきで変わるわ」

アレクシアは満月まぢかの月を見上げた。昇りかけたばかりで、まだ飛行船の巨大な気球部分に隠れてはいない。「そうね。たしかに今夜の痛みは」――アレクシアは小さく肩をすくめ――「いつもとは違うわ。満月のことを考えてたの。満月の夜は、あたくしたちが夜どおし寄り添い、触れ合う晩だった。それ以外の日はできるだけ触れないようにしたわ。あの人は少しも気にしなかったけど、あたくしは彼を必要以上に人間にしておきたくなかった」

「彼を老いさせるのが恐くて？」

「あたくしが手を離す前に、目に狂気を浮かべたどこかの一匹狼が襲いかかったらどうしようって……それが恐くて」

二人はしばらく黙りこんだ。

アレクシアは伸ばした手を引っこめ、あごの下に置いた。いつものように少ししびれている。「ええ。恋しいわ」

「あんな仕打ちをされても？」

無意識にアレクシアは反対の手を自分のお腹にすべらせた。「コナルはいつだって間が抜けてるの。賢い人なら、そもそもあたくしとなんか結婚していないわ」

「とにかく」──ルフォーは気分を明るくしようと話題を変えた──「少なくともイタリアはおもしろいはずよ」

アレクシアはいぶかしげにルフォーを見た。「いまの言葉がどういう意味かわかってる？あなたの母国語が英語でないことは知ってるけど、それでも〝おもしろい〟なんて、ありえないわ」

つけひげが風に吹かれて今にもはずれそうに揺れ、ルフォーはきれいな細い指で上から押さえつけた。「あなたがどうやって妊娠したかを突きとめるチャンスよ。おもしろいと思わない？」

アレクシアは茶色い目を見開いた。「ど、どうやったかは誰より自分がよく知ってるわ。これはコナルにあたくしに対する非難を撤回させるチャンスなの。おもしろいじゃなくて有益と言ってちょうだい」

「どういう意味か、わかっているくせに」

アレクシアは夜空を見上げた。「コナルと結婚したときから子どもは無理だと思ってたわ。なのに、いま奇妙な現象がお腹のなかで起こってる。急に喜ぶ気にはなれないわ。あたくしは妊娠の原因を科学的に知りたいの。でも、子どものことを考えると恐くなるわ」

「子どもと強く結びつきたくないのね」

アレクシアは眉をひそめ、ルフォーの言葉の意味を考えた。人の気持ちを理解するのは苦手だ。ルフォーはほかの女性の子どもを自分の子として育ててきた。いつアンジェリクがやってきてケネルを取り上げるのかという恐怖に、つねにおびえていたに違いない。

「あたくしの場合は無意識にそう感じてしまうの。反異界族はたがいに反発し合う性質があるわ。そして、あたくしもお腹の子も純粋種だから、当然、あたくしは自分の子どもに拒否反応が出て、同じ部屋にいることもできないはずよ」

「流産すると思っているの？」

「そうならなかったら、あたくしが死ぬか、気が狂うかね。たとえ奇跡的に出産まで持ちこたえたとしても、あたくしは自分の子どもに触れられないどころか、同じ空気を吸うこともできない。それなのに、あのばかコナルは、こんな重大事をあたくし一人の手に押しつけたのよ。せめて話くらい、してくれてもよかったんじゃない？　でも、無理ね。コナルはこんな状況になったら、いつだって役立たず。せいぜい酔っぱらうのが関の山よ。まったく、あたくしがこんなに」――そこでアレクシアはふと思いついた。「そうよ、いい考えだわ！　コナルが酔っぱらってるのなら、あたくしも少しくらい羽目をはずすべきじゃない？」

その言葉に応えるようにルフォーが顔を近づけ、そっとアレクシアの唇にキスした。

不快ではないけど、上流社会で認められる行為ではない――いくら友だちどうしでも。マダム・ルフォーは、ときどきフランス人すぎる。

「あたくしが考えてた羽目をはずすとは違うわ。ねえ、コニャックを持ってない？」

ルフォーがほほえんだ。「そろそろ寝る時間よ」

アレクシアはひどく疲れを感じた。縁《ふち》のすりきれた古い絨毯《じゅうたん》のように、神経がすり減ったような気分だ。「人の気持ちについて話すのは疲れるものね。もうたくさんよ」

「ええ、でも少しは楽になった？」

「あたくしは今もコナルが憎いし、彼の間違いを証明したいと思ってるの。だから、いいえ、楽にはなってないわ」

「あら、彼の間違いを証明したいのは、いつものことじゃない？」

「ああ、そういえばそうね。ところで、本当にコニャックはないの？」


翌朝、三人は驚くほど何ごともなくフランスに降り立った。着陸したとたん、ルフォーははしゃぎはじめた。係留ひもにつながれて上下に揺れる色あざやかな飛行船を背に、タラップを降りる足取りも明るく軽やかだ。けったいな口ひげを選ぶセンスに加え、最新工学技術に造詣の深いルフォーは大量の荷物を携行していた。乗務員が歌姫タラボッティのトランク、ミスター・ルフォーの箱、そしてフルーテの旅行カバンをエーテルでふくらませた四つの風船で浮かぶプラットフォームもどきの上に積み上げると、物憂げな表情の運搬係が運びはじめた。ルフォーは数人の係員と長い議論を交わしていたが、本気の口論というより、お決まりの問答のようだ。早口なので全部は聞き取れなかったが、どうやら論点は、料金とチップと早朝にどうやって移動手段を手配するかということらしい。

ルフォーは時間が早すぎることを認めつつも、予定を遅らせる気は毛頭なかった。眠そうに目をこする、立派な口ひげをたくわえた若い御者を叩き起こして荷物を積みこむと、十五キロほど先にある鉄道の駅まで馬車を走らせ、そこでフランス北部の街アミアン経由パリ行きの郵便列車に乗り換えた。約六時間の列車の旅だ。ルフォーは小声で〝列車では食事が出る〞と約束したが、悲しいことに車内の食事はひどくお粗末だった。フランス料理については、これまですばらしい噂をたくさん聞いていただけに、アレクシアはがっかりした。

夕方遅くパリに着いた。海外旅行が初めてのアレクシアは、パリがロンドンと同じように薄汚れ、人であふれているのを見て困惑した。違うのはロンドンより建物が高いことと、口ひげを生やした男性が多いことくらいだ。お茶が飲みたくてしかたなかったが、街に直行するのは避けた。追っ手をかわすのが最優先だ。三人は街の中央駅に向かい、フルーテに列車の切符を買うふりをさせ、たいそうにぎやかしく次のマドリード行き蒸気機関車に乗りこんだ。荷物を抱えた三人は大声でしゃべりながら列車の片側から乗りこみ、こっそり反対側から降りた。迷惑だったのは運搬係だが、気前よく前金をもらっているので文句は言えない。三人はひそかに駅の奥の出口から出て、みすぼらしい大型馬車に乗りこんだ。ルフォーが御者に行き先を告げると、やがて馬車はパン屋の隣の、今にも壊れそうな小さな時計屋の前で止まった。驚いたことに、これがパリの職人の典型的な住まいらしい。

でもあたしは逃亡者。特別待遇を望める身分じゃないわ——アレクシアは自分に言い聞かせ、ルフォーのあとから狭苦しい店に入った。扉の上部に小さな真鍮のタコがついているのを見て不安が押し寄せたが、なかに入ったとたん、不安は好奇心に変わった。店内はありとあらゆる形と大きさの時計とそれに関する道具が散らばっていた。だが、ルフォーは脇目もふらずに奥の部屋に進み、階段を上ってゆく。やがて三人は、仰々しい先触れもないまま、気がつくと店舗の二階にある小さな応接間のなかにいた。

部屋に入ったとたん、アレクシアは心から歓迎されたような——〝プラム・プディングちゃん〟と呼ばれたような——親しみを感じた。家具はどれも使いこまれて心地よく、壁と脇テーブルに飾られた絵は明るく陽気で、壁紙さえ親しげな雰囲気だ。異界族を受け入れた結果、重いカーテンをかけて室内を暗くするのが常識の英国とは違い、部屋はまぶしい光に満ちていた。通りを見下ろす窓は大きく開け放たれ、太陽が射しこんでいる。だが、なによりアレクシアがほっとしたのは、そこらじゅうにおびただしい数の道具や部品らしきガラクタが散乱していることだった。純然たる製作が目的のマダム・ルフォーの発明室とは違い、ここは生活の場がたまたま作業場になったかのような和やかさがあった。やりかけの編み物の上に積み上げられた歯車。回旋装置らしきものがとりつけられた石炭バケツ。これほど見事な〝家庭生活と工学技術の融合〟を見るのは初めてだ。

ルフォーは奇妙な小声で呼びかけたが、わざわざ主《あるじ》を探しに行こうとはせず、いかにも来なれた雰囲気で遠慮なくソファに座りこんだ。アレクシアはルフォーの気安い振る舞いにとまどい、しばらく立っていたが、長旅の疲れには勝てず、ついに礼儀を後まわしにしてソファに座った。疲れを知らないフルーテは、背中で手を組んだ、得意の〝執事の構え〟で扉の脇に立った。

「これは、いとしのジュヌビエーヴ、なんとうれしい驚きだろう！」部屋に現われたのは部屋の雰囲気にぴったりの男――穏和で人なつこいメカマニア――だった。ポケットがたくさんついた革のエプロンをつけ、鼻の上には緑色のメガネ、頭には真鍮のギョロメガネ、そして首からは片メガネ《モノクル》を下げている。どこから見ても時計職人だ。言葉はフランス語だが、これまで出会ったフランス人のなかではしゃべる速度が遅いので、アレクシアにも聞き取れた。

「おや、いつものきみと違うようだが？」男はメガネの位置を合わせ、レンズごしにルフォーをまじまじと見つめた。だが、上唇に垂れる大きな口ひげに焦点を合わせているのではなさそうだ。やがて男は言った。「新しい帽子のせいかな？」

「ギュスターヴ、あなたったら少しも変わらないのね？　いきなり押しかけてごめんなさい」ルフォーはアレクシアとフルーテのために、クイーンズ・イングリッシュで話しかけた。

するとと男は、まるで母国語のようになめらかに英語に切り替えた。そして初めてアレクシアとフルーテに気づいた。「なんの、なんの、かまうものか。話し相手はうれしいものよ。いつでも大歓迎だ」その声と深く青い瞳の輝きからは、社交辞令ではない本物の喜びが感じられた。「しかも客人を連れてくるとは！　なんとすばらしい。いやはや、まったく喜ばしい」

ルフォーが紹介した。「こちらはムシュー・フルーテとマダム・タラボッティ。こちらはわたくしのいとこ《カズン》のムシュー・トルーヴェよ」

　時計職人はフルーテに遠慮がちな視線を向け、小さくお辞儀した。フルーテが同じような視線とお辞儀を返したあと、アレクシアはメガネの時計職人にじっと見つめられていることに気づいた。

「まさか、あのタラボッティではないだろうね？」

　時計職人の顔に、〝驚愕〟とまでは言えないが、にこやかさ以外のものが浮かんだ。だが、表情を読み取るのは難しい。フランス人男性の例にもれず、ムシュー・トルーヴェも口ひげを生やしており、しかも彼の場合、黄金色のひげが小さなクワの茂みのように顔の大部分をおおっている。まるで口ひげが熱き思いと冒険心にとりつかれ、顔の南部地方を征服するべく猛然と行軍したかのようだ。

「彼の娘よ」ルフォーが答えた。

「本当か？」トルーヴェは確認を求めるように――なぜか――フルーテに視線を向けた。

　フルーテが短くうなずいた――一度だけ。

「あたくしが父の娘であることが、それほど問題ですの？」と、アレクシア。

　トルーヴェはふさふさした眉を吊り上げ、笑みを浮かべた。茂みのような口ひげごしにはほとんどわからないほど小さい、恥ずかしげな笑みだ。「あなた、お父上に会ったことはありませんね？　そうでしょう、そうでしょう、会えるはずがありません。不可能だ――あなたが本当にあのかたの娘ならば」トルーヴェはそう言ってルフォーを見た。「本当か？」

ルフォーはえくぼを浮かべた。「間違いないわ」

時計職人は首からさげたモノクルを握ると、モノクルとメガネごしにアレクシアをのぞきこんだ。「すばらしい。女性の反異界族。生きているあいだにこんな日が来るとは思ってもみなかった。お越しいただいて光栄です、マダム・タラボッティ。ジュヌビエーヴ、きみはいつも最高にすてきな驚きを届けてくれる。同時に厄介ごとも持ちこむが、いまはその話をするときではないな？」

「それどころか、カズン――彼女は妊娠しているの。しかも父親は人狼よ。これってどう？」

アレクシアはルフォーをじろりとにらんだ。フランスの時計職人にあたしの抜き差しならぬ状況を明かすなんて、そんなの打ち合わせになかったはずよ！

「ちょっと座らせてくれ」トルーヴェはあたりを手探りし、倒れこむように椅子に座りこむと、深く息を吸い、さらに熱心にアレクシアを見つめた。まさか、メガネとモノクルの上にギョロメガネまでかけるつもりじゃないでしょうね？

「本当か？」

アレクシアはうんざりした。もうなんど同じことをきかれたかわからない。「ええ、本当に本当ですわ」

「驚いた」トルーヴェは少し落ち着きを取り戻したようだ。「いや、くれぐれも気を悪くせんでいただきたい。あなたは――いいですか――まさしく現代の驚異です」と言ってふたたびモノクルをかかげた。「しかし、お父上とはあまり似ておられないようだ」

アレクシアは表情をうかがうようにフルーテに目をやり、トルーヴェに向きなおった。

「どこかにあたくしの父を知らない人はいないの？」

「いや、おおかたの人間は知りません。それがご本人の望みでした。しかし、お父上はわたしのサークル――正確にはわたしの父のサークル――に顔を出しておられたのです。会ったのは一度だけ、わたしが六歳のときでした。しかし、そのときのことはよく覚えています」トルーヴェはまたしても笑みを浮かべた。「誰に対しても強い印象を残されるかたでした――あなたのお父上は」

いい意味なのか、悪い意味なのか、アレクシアにはわからなかった。でも、おそらく悪い意味ね。あたしは父のことをほとんど知らない。それを考えると、〝それはどういう意味ですの？〟とたずねるのが妥当だろう。しかしアレクシアは好奇心に勝てず、こうたずねた。

「サークル？」

「〈同盟〉です」

「父は発明家だったの？」アレクシアは驚いた。アレッサンドロ・タラボッティが発明家だったなんて、一度も聞いたことがない。残された日誌から受ける印象は〝創造者〟というより〝破壊者〟だ。それに、どう考えても反異界族に発明ができるはずがない。反異界族には発明に必要な想像力と魂がないのだから。

「いや、そうではありません」トルーヴェは考えこむように二本の指で口ひげをなでた。「いわば、気まぐれな顧客でした。お父上はいつも奇妙な注文を持ってこられた。叔父がこう話していたのを覚えています。あるとき、お父上の注文品が——」そこでふと部屋の入口を見上げ、何かに気づいたかのように言葉をのみこんだ。「あ、いや、なんでもありません」

どうして、ひげもじゃトルーヴェは急に黙りこんだのかしら？　アレクシアは原因を確かめようと振り向いたが、そこには背中で手を組み、いつものように無表情で立つフルーテがいるだけだ。

アレクシアはルフォーに無言で問いかけた。

だが、ルフォーは答えず、さりげなく話題を変えた。「トルーヴェ、カンスーゼにお茶を頼んでもいいかしら？」

「お茶？」トルーヴェが驚いた。「ああ、どうしてもというのなら。きみも英国ぐらしが長くなりすぎたようだな、ジュヌビエーヴ。こんなときは当然ワインじゃないかね？　もしくはブランデーか」トルーヴェはアレクシアに向きなおった。「ブランデーはいかがです？　景気づけの一杯がほしいようなお顔をしておられるが？」

「あら、いいえ、お茶で充分ですわ」と、アレクシア。本当のところ、紅茶ほどありがたいものはない。〝列車で敵をまこう作戦〟は、ゆうに一時間かかった。必要なことだとはわかっていたが、さっきからアレクシアの胃袋は抗議の声を上げていた。チビ迷惑ができて以来、アレクシアにとって食べ物はさまざまな場面で、ますます切迫した関心になっていた。これまでは胴まわりサイズを保つことが何を食べるかの基準だったが、最近の関心は、食べ物がどこにあるか、いつ食べられるかといったことで占められ、ときには恥ずかしいことに〝ほかの人に先に食べられずに残っているかしら？〟と考えるときさえあった。それもこれもコナルのせいよ。あたしの食習慣を変えるものがこの世に存在するなんて、夢にも思わなかったわ。

ルフォーが部屋から出てゆくと、アレクシアと、なおもアレクシアをまじまじと見つめる時計職人のあいだに気まずい空気が流れた。

「それで」アレクシアはためらいがちにたずねた。「あなたはジュヌビエーヴのどちらの家系のご親戚ですの？」

「ああ、いや、われわれは本当の親戚ではありません。ジュヌビエーヴとわたしは芸術・技《エコール・デザ》術学校《ール・エ・メティエ》の同窓生です。お聞きになったことは？　ああ、おありでしょうな。もちろん当時の彼女も彼で——いまと同じようにいつも男装でした」そこでトルーヴェは言葉を切り、もじゃもじゃ眉毛を寄せて考えこんだ。「そうか、どこか違うように見えたのはそれか！　ジュヌビエーヴは例のおふざけ偽ひげをつけているんだな。いや、なつかしい。すると、これはお忍び旅行ですな？　いやはや、こいつは愉快だ！」

アレクシアは少し焦った——この愛想のいい時計職人に吸血鬼に追われていることを話すべきかしら？

「ご心配なく。詮索するつもりはありません。ともかく、ジュヌビエーヴのぜんまいじかけに関する知識はすべてわたしが教えたものです。ああ、それを言うなら口ひげのお手入れ法も。それからそれ以外の大事なこともいくつか」そう言ってトルーヴェは人差し指と親指で立派な口ひげをなでた。

アレクシアにはなんのことかよくわからなかったが、ルフォーが戻ってきたので会話はそれきりになった。

「奥様はどこ?」ルフォーがトルーヴェにたずねた。

「ああ、それか。はかなくもオルタンスは去年、亡くなった」

「まあ」ルフォーは驚いたが、とくにショックを受けたふうには見えない。「お気の毒に」

トルーヴェは小さく肩をすくめた。「オルタンスは最後まで手がかからなかった。リヴィエラでちょっと風邪をひき、気づいたときにはこの世から消えていた」

アレクシアは首をかしげた——妻の死をこんなにそっけなく話すなんて、どういう感覚かしら?

「カブのような女だったよ——妻は」

アレクシアはトルーヴェのそっけなさにつられてたずねた。「カ、カブってどういう意味ですの?」

時計職人はその質問を待っていたかのように、またしてもにっこり笑った。「〝淡泊で、付け合わせには最適だが、ほかに何もないときにあるとありがたいだけ〟」

「ギュスターヴ、なんてことを！」ルフォーが驚いてみせた。

「だが、わたしのことはいい。あなたのことをもっと聞かせてください、マダム・タラボッティ」そう言ってトルーヴェが近づいた。

「どんなことをお知りになりたいの？」アレクシアはもっと父親のことをききたかったが、タイミングを失ってしまった。

「あなたは男性の〈魂なき者《ソウルレス》〉と同じように機能するのですか？　異界族の力を打ち消す能力は、男性と同じかな？」

「ほかに生きた反異界族と会ったことはありませんけど、自分ではそう思いますわ」

「つまり、犠牲者の身体の一部に触れる、もしくはきわめて接近すると、即座に反応するのだな？」

アレクシアは〝犠牲者〟という言葉に引っかかったが、反異界族の能力に対する説明は正確だったので、とりあえずうなずいた。「あなたは、あたくしたち反異界族の研究をなさっておられるの、ムシュー・トルーヴェ？」だとしたら今回の妊娠騒動の原因がわかるかもしれない。

トルーヴェはおもしろがるように目尻にしわを寄せ、首を横に振った。ひげもじゃの顔も悪くないわね――アレクシアは思った――なぜなら表情が目に集中するからだ。「いや、いや、そうではない。わたしはまったくの門外漢です」

ルフォーが同窓生を値踏みするように見た。「そうね、ギュスターヴ、あなたはエーテル学にまったく興味を示さなかったわ——道具を使わないからという理由で」

「あたくしはエーテル学の研究対象なの？」アレクシアは首をかしげた。これまで読んだ学術書からすると、エーテル学はエーテル航空と超酸素運動に関する微細な世界を研究する学問で、反異界族とは関係ないはずだけど……。

そこへ小柄なメイドが恥ずかしそうに紅茶——アレクシアが思うにフランスで紅茶として通用するもの——を運んできた。後ろに食べ物を載せた車輪つきの低いトレイをしたがえている。どうやらメイドの行くところ、どこにでもついてくるらしい。トレイがカサカサという聞き覚えのある音を立てて動いた。メイドが身をかがめてトレイを持ち上げ、テーブルの上に置いたとたん、アレクシアは思わず甲高い悲鳴を上げ、飛び上がってソファの後ろに隠れた。このときまで自分にこれほどの反射神経があるとは思わなかった。

今夜のフランスふう茶番劇で召使役を演じるのが、まさか殺人メカテントウムシだなんて——アレクシアは恐怖に震えた。

「おや、マダム・タラボッティ、どうしました？」

「テントウムシ！」アレクシアはやっとのことで叫んだ。

「ああ、あれは最近、注文製作した装置の原型です」

「あたくしを殺すためのものではないの？」

「何をおっしゃる、マダム・タラボッティ、時計屋がテントウムシで人を殺すなんて、そんな物騒なことをするものですか」

アレクシアはおそるおそるソファの後ろから出ると、機械じかけの巨大昆虫を不安そうに見た。テントウムシはアレクシアの激しい動悸にはまったく無関心で、メイドのあとについて廊下に消えた。

「つまり、あなたの作品ってこと？」

「いかにも」トルーヴェは引きあげるテントウムシを誇らしげに見つめた。

「あたくし、以前に遭遇したことがありますの」

ルフォーがなじるような目でトルーヴェを見た。「カズン、まさかあなたが武器を設計するなんて！」

「するものか！　考えただけでもぞっとする」

「ってことは、吸血鬼が武器に改造したのね」と、アレクシア。「テントウムシの大群が馬車のなかにいたあたくしを刺そうと襲いかかってきたの。ティートレイを運ぶための触手の部分が、注射器になっていたわ」

「そして、わたくしが調べようとしたら爆発したわ」と、ルフォー。

「なんと恐ろしい」トルーヴェは顔をしかめた。「実に独創的だが、誓ってわたしの改造ではない。申しわけない、マダム・タラボッティ。こうしたことは吸血鬼との取引にはつきものでね。しかし、あれほど安定して注文をくれ、かつ即金で払ってくれる顧客を断わるのは難しいのだよ」

「客の名前は？」ルフォーがたずねた。

トルーヴェは渋面で答えた。「アメリカ人だ。ミスター・ボーレガード。心当たりは？」

「なんだか偽名っぽいわね」と、アレクシア。

ルフォーがうなずいた。「フランスではスパイを使うことが多いわ。いまごろはなんの痕跡も残ってないはずよ」

アレクシアは残念そうにため息をついた。「とにかく、今後も殺人テントウムシが現われる可能性はあるってことね、ムシュー・トルーヴェ。わかりました。紅茶で気分を落ち着かせてもよろしいかしら？」

「もちろんです、マダム・タラボッティ。さあ、どうぞ」

出されたのは、いかにもありきたりの紅茶だったが、アレクシアは食べ物に興味を引かれた。生野菜——生ですって！——とゼラチン質を含む冷肉を重ね、小さなナッツをちりばめた全粒粉ビスケットではさんだようなものだ。アレクシアはいかにもうさんくさそうにトレイに並んだ品々を見た。だが、ひとくちかじってみると、なかなかの味だ。ただ、紅茶だけは見た目どおり、可もなく不可もない味だった。

トルーヴェは少しだけ上品にお相伴《しょうばん》したが、〝紅茶は氷で冷たくして飲んだほうがおいしい〟と言って熱い紅茶には手をつけなかった。たしかに氷の値段は下がって前より手に入りやすくなったけど、紅茶に氷だなんて。この言葉を聞いたとたん、アレクシアはトルーヴェの人間性と誠実さを疑った。

トルーヴェは何ごともなかったかのようにルフォーとの会話を続けた。「いや、ところが、ジュヌビエーヴ、最近はエーテル現象に興味が出て、イタリアで発表された最新論文にも目を通しているほどだ。英国や米国の気まぐれな倫理観や血液錯乱説、そして過激なユーモアにもとづく理論とは対照的に、イタリアの研究機関はいま〝魂は周辺エーテルの正しい皮膚学的プロセスと関連がある〟という説を主張している」

「まあ、バカげた説だこと」アレクシアは気に入らなかった。それと同じくらい、チビ迷惑も生野菜が気に入らなかったようだ。アレクシアは食べるのをやめ、片手をお腹に載せた。あなたって本当に迷惑ね。食事のあいだくらい、おとなしくしていてくれない？

その様子を見て、口を動かしていたフルーテが心配そうにアレクシアに近づいた。

アレクシアはフルーテに向かって首を振った。

「ああ、あなたも科学論文をお読みになりますか、マダム・タラボッティ？」

アレクシアは答えるかわりに小さく首を傾けた。

「あなたはバカげたことと思われるかもしれんが、彼らの主張にも一理ある。少なくともこの説のおかげで、テンプル騎士団による異界族解剖が一時的に保留されたのですから」

「あなたは革新派ですの？」アレクシアは驚いた。

「政治とは距離を置いています。しかしながら、英国は合法的に、うまく異界族を受け入れたようですな。だからといって認めるわけではないが、彼らを闇に閉じこめておくのは大いなる損失です。できることなら吸血鬼の科学研究論文を見てみたいものだ。彼らの時計に対する知識は実にすばらしい！　それに、異界族を追いつめ、動物のようにあつかうイタリア的やりかたには賛成できません」

太陽がパリの家並みの向こうに沈みはじめ、小さな応接間が金色に変わった。

時計職人が光の変化に気づいて言った。「いやはや、どうやらおしゃべりをしすぎたようだ。さぞお疲れでしょう。今夜は泊まっていくんだろう、ジュヌビエーヴ？」

「迷惑でなければ、カズン」

「迷惑なものか。ただ、狭いのは我慢しておくれ。申しわけないが、ご婦人がたにはひとつの部屋を一緒に使ってもらうしかない」

アレクシアはルフォーを探るように見た。ルフォーは自分の性向と興味の対象をはっきりさせている。「あたくしの身は安全かしら？」

フルーテが不服そうな表情を浮かべた。

アレクシアはフルーテを不思議そうに見た。父親のもと従者が肉体関係についてうぶだとは思えない。それとも、その方面についてはお堅いのかしら？　フルーテは良識あるドレスと社会的マナーに対してはきわめて厳格だが、ウールジー団の荒くれ人狼たちがどんなに下品な振る舞いをしても顔色ひとつ変えない。そのくせアケルダマ卿には今も不信感を抱いている。

アレクシアはフルーテに向かって小さく眉を寄せた。

だが、フルーテが返す視線からは何も読み取れない。

それともフルーテは何か別の理由でルフォーを疑っているの？

よそう。こんなことに頭を悩ませても意味がないし、フルーテに話して——正確にはフルーテに目で話して——いい結果が出たためしは一度もない。アレクシアはフルーテの前を通りすぎると、トルーヴェのあとについて廊下の奥の小さな寝室に向かった。

驚くべき騒ぎが起こったのは、よそゆきのワイン色のタフタドレスに着替えたアレクシアが夕食前のうたたねをしていたときだった。騒ぎは一階の時計店から聞こえる。

「まあ、今度はいったい何ごと？」

片手にパラソル、片手に書類カバンをつかんでアレクシアは廊下に飛び出した。建物にはまだ灯りがついておらず、あたりは真っ暗で、一階の店舗から柔らかな光が漏れている。

アレクシアは階段の最上段でフルーテにぶつかった。

「奥様がお休みのあいだに、マダム・ルフォーとムシュー・トルーヴェは時計に関することを相談しておられました」

「時計の相談でこんな騒ぎが起こるはずがないわ」

何かが店の扉にぶつかって割れる音がした。ロンドンと違い、パリの店は人狼や吸血鬼の顧客に合わせて夜遅くまで営業することはない。日没前には店を閉め、間違っても異界族が侵入しないよう、しっかりとカギをかける。

アレクシアとフルーテは跳ねるように階段を駆け下りた——いかめしい執事タイプの男と体格のいい妊婦に可能なかぎりの跳ねかたで。つねに扉を閉めておくパリの方針も悪くないかもしれない——時計店に入ったとたん、アレクシアは思った。なぜならちょうどそのとき、四人の大柄な吸血鬼が玄関の扉を壊し、店内に入ろうとしていたからだ。彼らの牙は伸びており、自己紹介をする気があるようにはとても見えなかった。

7 吸血鬼が厄介なのは

吸血鬼が厄介なのは――ギョロメガネをハンカチでぬぐいながらライオールは思った――細部にこだわりすぎるところだ。彼らはものごとを操作したがるが、計画どおりにならないとわかったとたん、つつしみ深さをかなぐり捨てて混沌《カオス》に突入する。その結果パニック状態におちいり、最初に意図していたスマートさとはほど遠い行動に出るのだ。

「われらがほまれ高きアルファはどこです?」テーブルについたヘミングがハムと燻製ニシンに手を伸ばしながらたずねた。世間一般にとっては夕食どきだが、人狼にとっては朝食の時間だ。そして、朝食時に給仕はつかない。使用人がテーブルに山積みにした肉を、人狼とクラヴィジャーたちが勝手に食べるという決まりである。

「一日じゅう地下牢のなかで酔っぱらっている。昨夜は飲み過ぎて狼になった。いまは地下牢に閉じこめておくしかない」

「なんてこった」

「女は魂に毒だ。おれに言わせりゃ、避けるに越したことはない」アデルファス・ブルーボタンがふらりと朝食室に現われ、すぐあとから若手人狼のラフェとフェランが続いた。

テーブルの向こう端で、無言で肉塊を嚙んでいたウルリックが見上げた。「誰もあんたにゃきいてない。あんたの趣味はさぞご立派だろうよ」

「世のなか、おまえのような偏屈者ばかりじゃない」

「それを言うなら日和見主義だろう」

「おれは飽きっぽいんでね」

みな機嫌が悪い——満月の前は、いつもこの調子だ。

ライオールは丹念にぬぐったギョロメガネをかけ、拡大レンズごしに集まった人狼を見わたした。「紳士諸君、好みに関する議論は紳士クラブに取っておいてもらおう。こうして会議を招集したのは、そんなことを話すためではない」

「すみません、教授」

「この場にクラヴィジャーがいないことは、あえて言うまでもないな？」

ライオールを取り巻く人狼たち全員がうなずいた。つまり、団員だけで相談すべき重大事だということだ。通常、クラヴィジャーは団員の活動すべてに関わる。そしてクラヴィジャーの大半は失業中の役者だ。そんなクラヴィジャー数十人と暮らすことは、個人の私生活に大いに影響する——すなわち私生活がきわめて私的でなくなるということだ。

大きなダイニング・テーブルについた人狼たちはそろって頭を傾け、副官《ベータ》に首をさらした。

ライオールは全員が注目したことを確認すると、さっそく会議を始めた。「われらがアルファが志《こころざし》も新たに〝大バカ者〟としての輝かしきキャリアを追求しているいま、われわれは最悪の事態にそなえなければならなくなった。そこで、きみたちのうち二人に軍務を離れ、異界管理局《BUR》の特別任務に手を貸してもらいたい」

ライオールには現状を変える権利があり、それに異議を唱える者はいない。ウールジー団の団員はみな、ある時点でランドルフ・ライオールに挑戦し、その企《くわだ》てが間違いだったことに全員が気づく。そして最後には、よきベータはよきアルファと同じくらい重要であり、両者がそろっていることこそ最高の幸せだという認識にたどりつく。もっとも、今のようにアルファが完全に常軌を逸脱している場合は安穏としてはいられない。〝英国最強の人狼団〟という名声と地位を守るには、不断の努力が必要だ。

ライオールが続けた。「ウルリックとフェラン、きみたち二人に頼みたい。きみたちは過去にもBURの書類を処理した経験がある。作業手順もわかっているはずだ。アデルファス、きみは軍と交渉し、チャニング少佐の穴埋めに必要な手はずを整えてくれ」

「チャニング少佐も酒びたりですか？」若手の一人がたずねた。

「あ、いや、行方不明だ。まさか、このなかに行き先を知っている者はいないだろうな？」

返ってくるのは、物を噛む音だけだ。

ライオールはギョロメガネを鼻梁に押し上げ、メガネごしにティーカップを見下ろした。

「いないな？　そうだと思った。いいだろう。アデルファス、きみは連隊と連絡を取り、チャニング少佐の代理として、彼の階級に最も近い将校を臨時少佐として任命するよう説得してくれ。この場合、昼間族になってもしかたない」ライオールはアデルファスを見た。アデルファス・ブルーボタンは中尉で、自分の能力を過大評価し、他人を過小評価する傾向がある。実のところ、彼には五十年という誰よりも長い軍歴があるが、軍の階級は絶対だ。「臨時の少佐には、異界族の上級士官のときと同じようにしたがうこと。いいか？　人狼団の能力が不当に利用されているとか、昼間族の偏見によって過度に危険な任務につけられているといった疑問が生じた場合は、直接わたしに報告せよ。決闘は禁止だ、アデルファス、たとえどんなに厳しい状況にあっても。これは人狼全員に言えることだ」

ライオールはギョロメガネをはずし、テーブルの大男たちに鋭い視線を向けた。

男たちは全員うつむき、食べることに集中している。

「過剰な決闘は団の評判に影響する。何か質問は？」

質問する者はいない。ライオール自身はコールドスチーム近衛連隊の中佐だが、この五十年、従軍したことは一度もない。これまで、つねに軍務よりBURの任務を優先させてきたからだ。しかし、今はそのやりかたを後悔しはじめていた。こんなことなら、もう少し連隊での存在感を増しておけばよかった。しかし、これほど先見性のあるライオールでさえ、連隊が駐在しているときにマコン卿とチャニング少佐の両方が不在という事態が起こることまでは予測できなかった。

ライオールは人狼に食事を続けさせた。みな不安げでいらだっている。これがマコン卿なら、ただそこにいるだけで団員はおとなしくなっただろう。個人相手なら敵なしのライオールにも、団全体をまとめるカリスマはない。もしマコン卿がこのまま酔いつづければ、外部からの脅威が増すだけでなく、団内から問題が起こっても不思議はない。このままではウールジー団が崩壊するか、それとも英国じゅうのホルマリンが底をつくかのどちらかだ。

人狼たちが食事を終えたころ、閉じた扉をおずおずと叩く音がした。ライオールは眉をひそめた――決して邪魔をするなと言いつけたはずだが。

「なんだ？」

扉がキイと音を立てて開き、執事のランペットが一枚の名刺を載せた真鍮のトレイを持って不安げな表情で現われた。

「申しわけございません、ライオール教授」と、ランペット。「緊急のとき以外、邪魔をするなというご命令は承知しております。しかし、クラヴィジャーだけではどうしてよいかわからず、使用人たちも騒いでおりまして」

ライオールは名刺を取り、目を通した。

〝サンダリウス・アルフ。弁護士。〈アルフ、アルフ、レンドフリップ&アルフ、トップシャム、デヴォンシア法律事務所〉〟。その下にとても小さい文字でこう印刷されていた――

〝一匹狼〟。

名刺の裏を返すと、内容にふさわしいインク――血――で運命のセリフが走り書きされていた。〝**介添え人はご随意に**〟。

「やれやれ、なんたることだ」ライオールは天を仰いだ。とくに身なりに気をつかった晩にかぎってこんなことになるとは。「なんといまいましい」

ライオールは人狼になってからずっと、アルファになることを避けてきた。性格がアルファ職に不向きという理由だけでない。アルファに求められる肉体的負荷を負いたくなかったからだ――〈アヌビスの形〉を取れないという事実は別にしても。何世紀にもおよぶ観察が示すとおり、アルファというものは不死者にしてはきわめて生存期間が短い。ライオールの決闘に対する慎重な姿勢は、寿命の点でたしかに有効だった。だが、現在の厄介な問題は、ライオールが――なぜか――現アルファを好ましく思っており、今のところアルファの首をすげかえる気がないことだ。つまり、英国最強の人狼団のアルファが腰抜け状態だという噂を聞きつけ、どこかの成りあがりの一匹狼がウールジー団を乗っ取るべく闘いを挑んできたら、不本意ながらライオールが取るべき道はひとつしかない。マコン卿の代わりに決闘に応じることだ。

「ブルーボタン中尉、介添えを頼む」

人狼のなかでもとくに屈強で老齢のアデルファスは異議を唱えた。「わたしに、チャニング少佐の代わりにガンマ役を務めよと？」

「連隊が駐在している以上、上級士官が務めるのがよかろう」

ライオールとしては連隊の援助を維持する必要がある。チャニング少佐が行方不明のいま、状況は少々、厄介だ。チャニング少佐は、いわゆる一団員としては目ざわりだが、勇猛果敢の評判を持つ優れた軍人であり、部下からも仲間の将校からも尊敬されている。介添え役を務めるべきチャニングがいないいま、人狼団と連隊の結束を示すためには別の士官を代役に立てなければならない――ウールジー団を守る最後の手段として連隊を頼みにしたければ。アルファ争いを阻止するために女王陛下の軍隊を利用しようとは、実に不届きな考えだ。エリザベス女王が初めて異界族を受け入れて以来、人狼は英国政府に対して献身的に軍事援助を行ないつつ、団規は団規として別個に守りつづけてきた。だが、ライオールは策略家だ。いざとなればコールドスチーム近衛連隊の助けを借りてでも団を守るつもりだった。

ベータの経験がないヘミングが、さらに異議を唱えた「ええ、しかし――」

「問答無用」ライオールは紅茶をひとくちで飲み干して立ち上がると、アデルファスについてくるよう命じ、部屋を出て着替え室に向かった。

着替え室で服を脱いだ二人は、長いウールのマントをはおり、玄関から外へ出た。玄関では、冷たい夜気のなかクラヴィジャーと使用人の一団が興奮した様子で右往左往している。

ライオールは挑戦者を見る前から一匹狼のにおいを感じた。ウールジー団のにおいでもなければ、遠い血族のにおいでもない。完全なよそ者のにおいに鼻がむずむずした。

ライオールは男に近づき、挨拶した。「ミスター・アルフか？　初めまして」

男はライオールをうさんくさそうに見た。「マコン卿？」

「わたしはライオール教授」答えたあとで、ライオールは目の前の成りあがり者に状況をはっきりさせるため付け加えた。「そしてこちらは介添え人のブルーボタン中尉だ」

一匹狼は不快な表情を浮かべた。だが、相手のにおいから、ライオールにはそれが見せかけだとわかった。この男はマコン卿の代わりにわたしが現われたことに怒ってもいなければ、不安を抱いてもいない。噂を聞きつけ、初めからマコン卿が現われるとは思っていなかったのだ。

ライオールは唇をゆがめた。これだから弁護士は嫌いだ。

「アルファはわたしの挑戦を認める気もないということか？」と、ミスター・アルフ。狡猾な問いだ。「もちろん、あなたの評判は聞いている、ライオール教授、しかし、なぜマコン卿本人が応じない？」

ライオールはあえて答えず、話を進めた。「始めようか？」

ライオールは城の裏にまわり、いつも団員が練習試合をする広い石のポーチに挑戦者を案内した。満月まぢかの月明かりの下、ウールジー城の手入れの行き届いた広いなだらかな緑の芝生に、軍仕様の白テントがずらりと並んでいるのがはっきり見える。昔から連隊は城の前庭で野営するのがならわしだが、膨大な数のテントにかんしゃくを起こしたレディ・マコンが頑として裏庭に移動するよう言い張った。連隊はウールジー団との結束を強めるためにここに滞在し、あと一週間もすれば冬季営舎に移動する。伝統的儀式も無事、終了し、あとは出発を待つばかりだ。

三人に続いて、ほかの団員が五、六人のクラヴィジャーをしたがえ、ゆっくりと現われた。ラフェとフェランのやつれた様子を見て、ライオールは思った——あの二人には、月の狂気に襲われる前に地下牢にこもれと言うべきだった。人狼団のただならぬ様子に、好奇心にかられた数人の士官が夜営の焚き火を離れ、角灯《カンテラ》を持って近づいた。

ライオールとミスター・アルフは服を脱ぎ、真っ裸で向き合った。ヤジと口笛がひとつふたつ上がっただけで、みな無言だ。連隊の兵士たちは、人狼の変身にも、その前の裸にも慣れている。

自認している以上に高齢で経験のあるライオールには、変身にともなう痛みを相手に見せない制御力があった。だからといって気持ちいいわけではない。そもそも変身とはどんなときも痛いものだ。人間から狼に変わるときは骨が折れ、筋肉が裂け、肉の溶ける音がする。そして、その音どおりの感覚がともなう。人狼は彼ら特有の不死の烙印を呪いと呼ぶ。だが、変身のたびにライオールは、これは呪いではなく選択の問題だと思わずにはいられなかった。吸血鬼の選択は正しかった。たしかに彼らは日光を浴びれば焼け死に、生き血を求めて走りまわらなければならない。だが、焼け死ぬときも血を吸うときも、そこには優雅さと品がある。だが人狼は裸と、月が呼び覚ます暴虐のせいで、どうあがいても品格は望めない。そしてライオールは品格を愛する男だ。

もし誰かに〝人間から狼に上品に変身できる者は？〟とたずねられたら、まわりを取りかこむ男たち全員が〝ライオール教授〟と答えるだろう。その点でライオールは連隊の誇りであり、彼らもそのことをよく知っている。兵士たちは付属部隊であるウールジー団の人狼が戦場やそれ以外の場所で変身するところを何度も見ているが、ライオールほどすばやく静かに行なえる者はいない。ライオールが変身を終えると、どこからともなく賞讃の拍手が湧きおこった。

ライオールがいた場所には、灰色でキツネ顔をした小型の狼が立ち、周囲の拍手に対して恥ずかしそうに小さくうなずいた。

いっぽう、挑戦者の変身は上品さからはほど遠かった。痛みにうめき、泣き声まで上げたが、終わったときにはライオールよりはるかに大柄の黒い狼が立っていた。だが、ウールジー団のベータは体格差にはまったく動じない。何しろほとんどの人狼がライオールより大きいのだから。

挑戦者が飛びかかった。だが、そのときすでにライオールは身をかわして相手の喉もとめがけて突進していた。BURの仕事が山ほど残っている。一刻も早くケリをつけたい。

だが、挑戦者の一匹狼は敏捷かつ巧妙な熟練の戦士だった。ライオールの反撃をかわすと、二匹は相手を警戒しながらぐるぐると円を描きはじめた。おたがい、楽な相手ではないことに気づいたようだ。

見物の男たちがじりじりと近づき、二匹のまわりに丸い人垣を作った。兵士は挑戦者に罵声を浴びせ、士官はヤジを飛ばし、ほかの人狼は無言で目を見開いている。

挑戦者が歯を剝き出して飛びかかり、ライオールがよけた。挑戦者はなめらかな敷石の上で一瞬すべり、脚を踏んばった拍子に鉤爪が引っ掻いて身の毛のよだつような音を立てた。その一瞬の隙にライオールは身をおどらせ、敵の脇腹に力いっぱいタックルした。二匹の狼は組み合ったままゴロゴロと横転し、両者をあおりたてる観客数人のむこうずねにぶつかった。ライオールは相手の首にがぶりと噛みつくと同時に、相手の爪が自分の柔らかい下腹部を切り裂くのを感じた。

ライオールが決闘においてもっとも嫌いなのがこれだ。とにかく毛並みが乱れるのが許せない。痛みは平気だ。どうせすぐ治る。だが、いまや美しい毛皮は全身、血まみれで、挑戦者の血が鼻面《はなづら》からしたたり落ち、白い首毛はもつれている。狼のときも、ライオールは身なりに無頓着ではいられない。

さらに血は流れ、抜けた毛が白い綿毛になって挑戦者のもがく後脚のあたりに飛び散り、うなり声があたりの空気を引き裂いた。湿った濃厚な血のにおいに、ほかの人狼たちはますます鼻にしわを寄せた。ライオールは本来、卑劣な手を使う男ではない。だが、こうなれば〝眼球ねらい〟もやむをえない。そのときライオールは、何かが群衆を掻きわけて近づいてくることに気づいた。

隙間のなかった人垣が分かれ、二人の人狼が荒々しく脇にどけられたかと思うと、マコン卿が輪のなかに現われた。

マコン卿は裸だった――朝からずっとそうだ――が、月明かりのなかに立つと、いっそうだらしなく野獣めいて見えた。かすかに前後に揺れているところを見ると、一日くらいの断酒ではホルマリンを完全に抜くことはできなかったらしい。それとも、どこからかまたホルマリンを手に入れたのか？　いずれにせよ、マコン卿に押し切られて地下牢から出したクラヴィジャーがいたのはたしかだ。あとでこっぴどく叱っておかなければ。

アルファが現われても、決闘中のベータは動じなかった。

「ランドルフ！」アルファがどなった。「何をしている？　おまえはなぐり合いが嫌いなはずだ。いますぐやめろ」

ライオールは無視した。

だがそれもマコン卿が変身するまでだった。

マコン卿は大男で、それは狼になっても変わらない。人狼の標準からしても巨体のマコン卿は騒々しく変身した。といっても痛みの声を上げたのではない。いくらなんでも、そこまで落ちぶれてはいない。ただ骨がとても太いので、組み換わるときにバキバキというすさまじい音を立てるのだ。変身を終え、焦げ茶と金色と黒のまだら毛皮にクリーム色の斑点がある淡い黄色の目をした巨体の狼になったマコン卿は、挑戦者ともみあうライオールに駆け寄った。挑戦者ががっしりしたあごでライオールの首に嚙みついている。マコン卿は挑戦者をつかんで吊り上げ、軽々と脇に放り投げた。

つねに最善の道を知るライオールは人垣にしりぞくと、血だらけの腹でうつぶせになり、舌を出してあえいだ。このアルファが本気で暴れる気になったときは、いかに優秀なベータにも止められない。だが、まんいちのときに備えて狼の姿は保ったまま、ライオールは猫が血をなめとるように、こっそり白い首毛をなめた。

マコン卿が挑戦者に突進し、巨大なあごで嚙みついた。

かろうじて片側によけた挑戦者の黄色い目に、一瞬、恐怖が浮かんだ。まさかマコン卿と闘うことになろうとは。想定外だ——そう思ったに違いない。

ライオールは挑戦者の恐怖を嗅ぎとった。

ふたたび襲いかかろうと振り向いたとたん、マコン卿は脚がもつれてぐらりとかしぎ、肩から地面にドサリと倒れた。

間違いなくまだ酔っている——ライオールはあきらめ顔で思った。

すかさず挑戦者は倒れたマコン卿の首めがけて襲いかかった。同時にマコン卿が酔いを冷ますかのようにぶるっと頭を振り、二匹の大型狼の頭蓋骨がぶつかり合った。

挑戦者は、あまりの衝撃に朦朧《もうろう》としてあとずさった。

もともと朦朧状態のマコン卿はぶつかったこともわからぬまま、ただひとつのことだけを考えながら敵に向かった。いつもの敏捷で無駄のない動きではない。ぼうっとしている敵にゆっくり近づくと、何が起こっているのかを思い出そうとするかのようにじっと見下ろし、次の瞬間、いきなり相手の鼻面に嚙みついた。

挑戦者は押し倒され、痛みに悲鳴を上げた。

マコン卿が〝なんだ、この肉、叫びやがったぞ?〟とでもいうようにきょとんとした顔であごをはずすと、挑戦者がよろよろと立ち上がった。

マコン卿は頭を前後に揺らしている。この動きに挑戦者は困惑し、前脚を前に伸ばしてかがみこんだ。お辞儀のつもりか、それとも飛びかかるつもりなのか、ライオールにはわからなかったが、結局どちらもする時間はなかった。マコン卿が——誰よりも本人が驚いたことに——ふたたびよろけ、体勢を保とうとしてつんのめり、どしんという地響きとともに挑戦者の頭上にまともに倒れこんだからだ。

ようやくわれに返ったようにマコン卿は頭をめぐらせ、その恐ろしく長くてとがった歯を挑戦者の顔の上半分に深々と沈めた。そして、その歯は期せずして片目と両耳を切り裂いた。人狼は不死者だから、なかなか死なない。ために決闘は数日間におよぶこともある。だが、目を嚙まれたら、ふつうは嚙んだ側の圧倒的勝利とみなされる。きちんと治るまでには最低でも四十八時間はかかるし、目が見えない狼は——不死かそうでないかにかかわらず——大きなハンディを負い、そのハンディゆえ、傷がいえる前にたいてい殺されてしまうからだ。

牙が眼球を直撃したとたん、挑戦者は苦悶の声を上げ、あおむけになってもがき、降参のしるしに腹を見せた。哀れな一匹狼に半身を載せていたマコン卿はよろよろと身体を離すと、目やにと耳あかの味に唾を吐き、くしゃみをした。人狼は生肉を好む——生きるためには不可欠だ——が、ほかの人狼の肉は生ぐさい。吸血鬼の肉ほど腐敗してはいなくても、やはり古く、多少は傷んでいるのだろう。

ライオールは立ち上ると、しっぽの先をぴくぴくさせて伸びをし、着替え室に駆け足で戻りながら思った——どうやら今回の決闘はいい機会だったようだ。これで、酔っぱらっていてもなおマコン卿は挑戦者を倒せるという事実が知れわたる。あとのことは残りの団員が処理するだろう。これでひとつは片づいた。まだ仕事は山ほど残っている。ライオールは着替え室でふと考えた。いっそ狼の姿のままロンドンまで走るか？　すでに毛皮を着ているし、今夜の服は見るも無惨にしわくちゃだ。いよいよ本気でマコン卿を真人狼に戻さなければならないときが来たようだ。ついにアルファの行動がベータの服にまで影響しはじめた。マコン卿の傷心はよくわかる。だが、最高級のシャツがしわくちゃになるのは許せない。

吸血鬼が厄介なのは——アレクシア・タラボッティは思った——動きが速くて力が強いところだ。人狼ほどの怪力ではないが、この場に味方の人狼がいないとなれば——コナルの大バカ野郎——吸血鬼が圧倒的に有利だ。

「それもこれも」アレクシアがぼやいた。「夫が超一流のろくでなしだからよ。あのとんまがいなかったら、こんなことにはならなかったのに」

フルーテが〝いまは夫をくさしている場合ではない〟ととがめるような目でアレクシアを見た。

アレクシアはフルーテの視線の意味を完璧に理解した。

ぜんまい鳩時計に関する専門的な議論を中断されたムシュー・トルーヴェとマダム・ルフォーが、小さな作業台の背後からじりじりと前進していた。ルフォーは片手でクラバットから鋭利な木製ピンを取り出し、腕時計をはめた反対側の手首を侵入者たちに向けている。腕時計のようだが、たぶん腕時計ではない。かたや強力な武器を持たないトルーヴェはマホガニーと真珠色の四角い鳩時計をつかみ、威嚇するように振りまわした。

「クゥゥ？」時計が鳴いた。あら——アレクシアは驚いた——この国では小さな機械じかけの装置もフランスふうに鳴くのね。

アレクシアがパラソルのスイレンの花弁を押すと、石突きの先が開き、毒矢発射器が現われた。皮肉なことに、ルフォーがしこんだ矢は三本で、吸血鬼は四人だ。そもそも麻酔薬が吸血鬼に効くのかどうかもわからない。だが、パラソル武器のなかで飛び道具はこれだけだし、歴史に残る戦《いくさ》は空中攻撃から始まるのがつねだ。

ルフォーとトルーヴェは階段の下でアレクシアとフルーテに合流し、吸血鬼と対峙した。四人の吸血鬼は攻撃の速度をゆるめ、ひもに近づく猫のように、じわじわと不気味に近づいてくる。

「どうしてこんなに早くあたくしの居場所がわかったのかしら？」そう言いながらアレクシアはねらいをさだめた。

「ということは、つまりこいつらはあなたを追っているのか？　なるほど、そんなことだろうと思った」トルーヴェはアレクシアをちらっと見た。

「ええ。まったく迷惑千万な人たちですの」

トルーヴェは腹の底から響くような笑い声を上げた。「だから言っただろう、ジュヌビエーヴ、きみはいつもうれしい驚きと厄介ごとを持ちこむと。こんどはわたしをどんな厄介ごとに巻きこむつもりだ？」

「ごめんなさい、ギュスターヴ。もっと早く話しておくべきだったわ。ロンドンの吸血鬼がアレクシアの命をねらっていて、そのことをパリの吸血群に知らせたようね」

「おもしろい。じつに愉快だ」トルーヴェは怒ったふうもなく、これから大がかりないたずらをしかける子どものように興奮している。

四人の吸血鬼がじりじりと近づいた。

「あのう、ものは相談ですけど、ここは文明人らしく話し合いませんこと？」アレクシアが吸血鬼に呼びかけた。アレクシアはつねに礼儀作法を重んじる。なにごとも可能なかぎり交渉で解決する主義だ。

だが、吸血鬼から反応はない。

ルフォーが同じ内容をフランス語で繰り返した。

やはり返事はない。

まあ、なんて無礼なの。せめて〝ダメだ、いまおれたちはおまえを殺すことしか考えてない。だが、いずれにしても親切な申し出に感謝する〟くらい言えないの？　アレクシアはこれまで、魂のなさを礼儀で補ってきた。言うなれば、ドレスを着ずに装飾品を身につけているようなものだが、礼節を重んじて悪いことはない。この吸血鬼たちは礼儀知らずもはなはだしいわ。

いまや吸血鬼とアレクシア防衛軍をへだてるのは、店内にところせましと置かれたテーブルと陳列棚だけだ。棚の表面はどれも雑多な時計部品でおおわれている。だから、吸血鬼の一人がわざと——本来、上品で優雅な種族であることを考えるとわざとに違いない——部品の山を床に叩き落としても意外ではなかった。

意外だったのはムシュー・トルーヴェの反応だ。

いきなりうなるような怒りの声を上げたかと思うと、手にした鳩時計を吸血鬼に向かって投げつけた。

「クゥゥ?」鳩時計が空《くう》を飛びながら問いかけた。

「それは二重調節型エーテル伝導体つき自動巻き時計の原型だぞ！」トルーヴェがどなった。

「世紀の発明品で、この世にたったひとつしかないんだ！」

鳩時計は吸血鬼の脇腹に当たり、相手を驚かせたが、威力もそこまでで、あとは寂しげに小さく「クゥゥゥゥ?」と鳴いて床に落ちた。

今だ——アレクシアは矢を放った。

麻酔矢が小さくシュッと音を立てて空を切り、一人の吸血鬼の胸に突き刺さった。吸血鬼は胸の矢を見下ろし、憎々しげにアレクシアを見上げると、ゆですぎたパスタのようにぐにゃりと床にくずおれた。

「おみごと。でも長くは持たないわ」と、ルフォー。「異界族は昼間族よりずっと速く麻酔薬を処理できるから」

アレクシアはパラソルを構え、二本目の矢を放った。二人目の吸血鬼が倒れたが、すでに最初に撃たれた吸血鬼がよろよろと立ち上がろうとしている。

残る二人の吸血鬼が向かってきた。

ルフォーが腕時計から木製の矢を放った。矢は胸をかすめ、吸血鬼のたくましい左腕に当たった。やっぱり——アレクシアは思った——あれは腕時計じゃなかったのね！　続いてルフォーは木製のクラバットピンで同じ吸血鬼を切りつけた。吸血鬼は二カ所——腕と頬——から血を流し、じりじりとあとずさった。

「おまえに用はない、チビ科学者。おとなしく〈魂吸い《ソウル・サッカー》〉を渡せば、これ以上、手荒な真似はしない」

「あら、よ、う、や、く交渉に応じる気になったようね？」アレクシアは顔をしかめた。

四人目の吸血鬼が飛びかかり、しゃにむにアレクシアを引き寄せようと片手で手首をつかんだ。その瞬間、誤算に気づいた。

アレクシアに触れたとたん、異界族の驚異的な力とともに吸血鬼の牙は消え、青白く、なめらかな肌は肉づきのよい、そばかすのある桃色に変わった——吸血鬼のくせに、そばかす！　もはや一気に引きずり寄せる力はないが、アレクシアがどんなにもがいても、吸血鬼の手は振りほどけなかった。変異する前も、かなり腕力が強かったようだ。アレクシアは人間に戻った男をパラソルでなぐりつけたが、どんなになぐられようと男は手を離さなかった。ようやく頭が働きだし、ここは梃子《てこ》の原理を利用するしかないと気づいたらしく、そばかす男はアレクシアを抱え上げて肩にかつごうと体勢を変えた。

そのとき銃声が時計店を揺るがした。そばかす男はよろよろとあとずさりながらアレクシアを放し、自分の脇腹をつかんであえなく後ろ向きに倒れた。アレクシアがはっと左を向くと、落ち着き払ったフルーテが、まだ煙が出ている銃をポケットに入れていた。握りが象牙製の単発式小型拳銃だ。あんなに小さい拳銃を見たのは初めてだわ。さらにフルーテは、同じポケットからもうひとまわり大きい拳銃を取り出した。どちらもひどく古めかしく、三十年以上も昔の型のようだが、威力はあるらしい。フルーテに撃たれた吸血鬼は床の上で苦しみもがいている。アレクシアの推測が正しければ、銃弾は強化木製だったのだろう。そうでなければ、あんなに苦しみつづけるはずがない。アレクシアはぞっとした――いくら吸血鬼でも、あの特殊な弾を浴びれば死ぬ。不死者を殺すなんて、そんなことが許されるの？　長い一生のあいだに得た知識を一瞬で消し去るなんて。

思わずトルーヴェはたずねた。「いまの銃はサンドーナー仕様ではありませんか、ミスター・フルーテ？」

トルーヴェの口調には非難の色があった。フルーテは無言だ。〝サンドーナー〟とは、英国政府から異界族殺害を正式に許可された者のことで、当然、一介の英国紳士が許可証なく、こんな危険な武器を持ち歩けるはずがない。

「いつから武器に詳しくなったの、ギュスターヴ？」ルフォーがトルーヴェに向かって憤然と眉を吊り上げた。

「最近は弾薬に興味があってね。ひどく扱いにくいしろものだが、機械の力をある方向に向けたいときにはきわめて有効だ」

「そのようね」アレクシアはパラソルを構えなおし、最後の矢を放った。

「それで全部、使ってしまったわね」ルフォーはなじるように言うと、アレクシアの矢を受けてぐったりしている吸血鬼に一段と強力な木製の矢を放った。矢は片目に命中し、周囲からどろりと黒い血がしみ出した。アレクシアは吐き気がした。

「なんとまあ、ジュヌビエーヴ、よりによって目をねらうとは。こりゃまったく見られんな」トルーヴェもアレクシアと同じように顔をしかめた。

「二度とそんなだじゃれを言わないと約束したら、考えてもいいわ」

こうして二人の吸血鬼が動けなくなった。あとの二人は射程外に退却し、再攻撃に備えている。まさか、これほど抵抗されるとは予測していなかったようだ。

ルフォーがアレクシアを鋭くにらんだ。「ぐずぐずしないで、早く太陽の石《ラピス・ソラリス》を」

「そこまでする必要があるかしら、ジュヌビエーヴ？　ちょっとやりすぎじゃない？　ラピス・ソラリスを噴射したら、うっかり殺してしまうかもしれないわ。すでにちょっとやりすぎてしまったみたいだし」アレクシアは、フルーテに撃たれて床に倒れ、不気味なほどぴくりとも動かない吸血鬼にあごをしゃくった。吸血鬼の数は少なく、その大半が老齢だ。彼らを殺すのは——たとえ正当防衛でも——古くて稀少なチーズをダメにするようなものだ。たしかに、牙のある狂暴な古チーズだけど……。

ルフォーはアレクシアに、正気を疑うような目を向けた。「当然じゃない、そもそも毒霧をしこんだ目的は異界族にとどめを刺すためよ」

一人の吸血鬼がアレクシアに向かってゆらりと近づいた。恐ろしげなナイフを持っている。この吸血鬼は、ほかの仲間より反異界族の能力に対する順応性が高いようだ。

フルーテが大きめの銃を撃った。

今度は胸に命中した。吸血鬼はのけぞり、中身の詰まった戸棚に激突したかと思うと、絨毯《じゅうたん》からほこりを叩き出すときのような音を立てて床に倒れた。

ひとり残った吸血鬼はいらだちと困惑の表情を浮かべた。手もとに飛び道具はない。ルフォーに目を突かれた吸血鬼が、もはや使いものにならなくなった眼球を引きずり出し、よろよろと立ち上がった。眼窩《がんか》から黒ずんだ、どろりとした血があふれている。二人は攻撃を再開するべく身を寄せ合った。

ルフォーがクラバットピンを振りまわすと、ようやくことの重大さを理解したトルーヴェがあたりを手探りし、壁の架台から長くて恐ろしげなバネ調整器を引き出した。真鍮製でたいした威力はなさそうだが、使いかたによっては敵の動きを鈍らせられるかもしれない。そしてフルーテは鋭い木刀を握っていた――拳銃はどちらも単発式で、どちらも弾切れだ。フルーテったら、やるじゃない――アレクシアはすっかり感心した。

「どうやらやるしかなさそうね。退却を援護するわ」と、アレクシア。「時間をかせぐわよ《バイ・アス・サム・タイム》」

「時計屋だけに時間を買うのね?」ルフォーが思わず冗談を言った。

アレクシアはルフォーをじろりとにらむと、パラソルを開き、慣れた手つきでくるりと向きを変えて石突きを握った。磁場破壊フィールド発射器の真上に、こぶ状の小型ダイヤルがしこんである。アレクシアは吸血鬼用の毒霧が仲間にかからないよう、半歩、前に出た。ダイヤルをカチカチと二回まわすと、パラソルの三本の骨の先端から硫酸で希釈したラピス・

ソラリスの細かい霧が噴き出しはじめた。

吸血鬼は、最初は何が起こったかわからなかったようだが、毒霧が身体をじりじりと焼きはじめたとたん、射程外にあとずさった。

「二階に、急いで！」アレクシアが叫んだ。

全員が狭い階段をのぼりはじめた。アレクシアは霧を出すパラソルを振りまわしながら、後ろ向きにのぼった。絨毯と木を焦がす酸のにおいがあたりに立ちこめ、霧が数滴、ワイン色のスカートに落ちた。あらあら――アレクシアはあきらめまじりにつぶやいた――またしてもドレスが一枚ダメになったわ。

吸血鬼たちは霧がかからないぎりぎりの位置で動けずにいる。アレクシアが階段の最上段にたどり着いた。長いスカートに腰当て《バッスル》という格好で、しかも両手がふさがった状態で後ろ向きにのぼったのだからたいしたものだ。階段の上では、先に退却した防衛軍が敵をせきとめようと、重い大型家具をいくつも寄せ集めていた。そのときパラソルがぷすぷすと音を立て、シュッと小さく悲しげな音を最後に噴出が止まった。ラピス・ソラリス液を使い切ってしまったようだ。

吸血鬼が攻撃を再開した。アレクシアは最上段で一人になったが、待ちかまえていたルフォーが珍妙な道具を次々に階下に向かって投げはじめた。その隙にアレクシアは、フルーテとトルーヴェがせっせと積み上げる家具と旅行カバンの後ろに隠れた。

アレクシアが呼吸を整え、落ち着きを取り戻すあいだも、ほかの三人は山のような家具を重力と重量にまかせて傾けたり、押しこんだりして即席の防壁を造っている。

「何か名案は？」アレクシアが期待の目で見まわすと、ルフォーが不敵な笑みを浮かべた。

「それをさっきギュスターヴと話していたの。彼の話では、わたくしたちが大学で製作した羽ばたき機《オーニソプター》がまだあるそうよ」

トルーヴェが不安そうに眉をひそめた。「ああ、たしかにあるにはあるが、エーテル航空省から〈パリのエーテル域飛行許可証〉をもらっておらん。まさか本気で使う気か？　安定装置がまともに作動するかもわからんのに」

「心配しないで。屋上にあるのね？」

「ああ、そうだが――」

ルフォーはアレクシアの腕をつかみ、引きずるように建物の奥に向かって廊下を歩きだした。

アレクシアは顔をしかめたが、引かれるにまかせた。「わかったわ、では、みなさん、屋上へ！　あ、待って、大事なカバン」

フルーテがすばやく身をひるがえし、アレクシアの書類カバンを取りに行った。

「さあ、急いで！」追っ手が最上段に現われたのを見てルフォーが叫んだ。吸血鬼たちは力まかせに家具を壊してのぼってきたようだ。まあ、なんて荒々しい！

「大事な紅茶が入っているの」書類カバンを手に戻ってきたフルーテに、アレクシアはうれしそうに説明した。

恐ろしい音が聞こえたのはそのときだ。とどろくようなうなり。巨大なあごが容赦なく肉体を噛みくだく音。吸血鬼たちは鋭い牙を持った獰猛な何ものかに気を取られたらしく、防壁を叩く音がぴたりとやんだ。そして自分たちに襲いかかる何ものかに向かった証拠に、新たな闘いの音が聞こえはじめた。

廊下の突き当たりに着くと、ルフォーがジャンプして、ガス照明器のようなものをつかんだ。照明器と見えたのは、実は小型油圧ポンプを作動させるレバーだった。レバーを引くと天井の一部がぱかっと下に開き、今にもバラバラに壊れそうな縄ばしごがさっと下りてきて、先端がゴトッと床に着いた。

ルフォーがはしごをのぼりはじめた。アレクシアはドレスとパラソルに苦労しながらあとに続き、ほこりとクモの死体がたっぷり積もった狭苦しい屋根裏部屋に出た。男性二人が続き、フルーテはトルーヴェに手を貸して縄ばしごを巻き上げ、脱出路の痕跡を隠した。うまくいけば、吸血鬼はここで立ち往生し、アレクシアたちが屋上にのぼったことには気づかないかもしれない。

階段で吸血鬼を襲ったのは何ものかしら？　アレクシアは首をかしげた。救世主？　守護神？　それともあたしをねらう新たな怪物？　だが、それ以上、考える時間はなかった。二人の発明家は機械のまわりを走って係留ロープをほどいたり、安全装置をチェックしてネジを締め、歯車に油をさしたりと大わらわだ。どうやら、この作業には物を叩く音と悪態がつきものらしい。

彼らの言う〝羽ばたき機〟なるものは、この世でもっとも狭苦しい移動手段に見えた。乗員は――操縦士のほかに三人が乗りこめる――上からぶらさがるオムツのような形の革座席に座り、座席の最上部についたひもで腰を固定しなければならない。

アレクシアは駆け寄ろうとして、場違いな鬼瓦《ガーゴイル》につまずいた。

トルーヴェが小型蒸気エンジンを始動させると、羽ばたき機はゆらゆらと上昇し、唾を吐くような、咳きこむような音を立てて片方にかしいだ。

「だから言っただろう、安定装置がきかないと！」と、トルーヴェ。

「固定ワイヤーがないなんて信じられないわ。あなた、いったいどんな発明家なの？」

「店の扉の文字を見なかったか？　うちは時計屋だ！　わたしの専門は時計だ。安定装置なぞ必要ない！」

アレクシアが言葉をはさんだ。「ワイヤーがあればいいの？」

ルフォーは親指と人差し指のあいだを少し広げてみせた。「ええ、これくらいの太さの」

アレクシアはわが身の大胆さに驚くまもなくオーバースカートを持ち上げると、バッスルを固定するひもをほどき、床に落ちたバッスルをルフォーに向かって蹴りやった。「それでどう？」

「完璧よ！」ルフォーは歓喜の声を上げると、表面の帆布地を剥ぎ取り、なかから金属ワイヤーを取り出してトルーヴェに渡した。

トルーヴェが機体先端部の管《くだ》のようなものにワイヤーを通すあいだ、アレクシアは機内に乗りこんだ。乗りこんでみてわかったのは、オムツ型座席に座るとスカートが脇の下までめくれ上がり、両脚は機体の巨大な羽根の下にだらんと剝き出しになり、ブルーマーが衆目にさらされるというとんでもない事実だった。いまはいているのが縁に三層のレースがついた赤いフランネル地という、手持ちのなかでも最高級のブルーマーだったのは不幸中の幸いだが、それでもレディがメイドとこんちくしょうの夫以外に見せていいものではない。

フルーテは難なくアレクシアの後ろの席に座り、ルフォーがするりと操縦席に座った。トルーヴェがフルーテの席の後ろ——機体後尾の真下——にあるエンジンに戻り、ふたたびクランクをまわすと、羽ばたき機はぶるんと震動し、やがてまっすぐに安定した。バッスル万歳——アレクシアは心のなかで叫んだ。

トルーヴェは満足そうに機体から降りた。

「あなたは一緒に来ないの？」アレクシアはふいに恐怖を感じた。

ギュスターヴ・トルーヴェは首を横に振った。「飛べるところまで飛ぶがいい、ジュヌビエーヴ。おそらくニースあたりまで行けるはずだ」トルーヴェはとどろくエンジン音に負けじと声を張り上げ、ルフォーに拡大ゴーグルと長いスカーフを渡した。ルフォーはスカーフで顔と首とシルクハットをおおった。

アレクシアはパラソルと書類カバンを豊かな胸の上でしっかり抱え、最悪の事態にそなえた。

「そんなに遠くまで？」ずらりと並んだダイヤルと上下に動くバルブを確認するのに忙しい

ルフォーは顔も上げずにたずねた。「改良したようね、ギュスターヴ」

時計職人は片目をつぶってみせた。

ルフォーは疑わしい目で見返し、短くうなずいた。

トルーヴェは急いで機体後尾に移動し、蒸気エンジンについた誘導プロペラを回転させた。

ルフォーがボタンを押すと、ヒューッという轟音とともに翼が驚くほどの力強さで上下にぱたぱたと動きだした。「本当に改良したのね！」

機体は一気に空中に浮き上がった。

「言っただろう？」トルーヴェは広い胸にふさわしい立派な肺の持ち主らしく、少年のような笑みを浮かべ、大声で叫びつづけた。「われわれが造った原型にウジューヌのブルドン管を追加して、火薬の爆発で動くようにした。最近、興味が出たと話しただろう？」

「なんですって？　火薬？」

トルーヴェは上へ前へと羽ばたく機体に向かって大きく手を振った。すでに屋根から数メートル以上、浮き上がっている。アレクシアが見下ろすと、激しく揺れる子ヤギ革のブーツの下にパリの街並みが見えた。

トルーヴェは両手をメガホンのように口に当てて叫んだ。「荷物はフィレンツェの飛行船発着場に送っておくよ」

そのとき激しい衝突音がして、二人の吸血鬼が屋上に現われた。

トルーヴェが立派な口ひげの奥の笑みを消し、くるりと振り向いた。

吸血鬼の一人が両手を伸ばし、機体に向かって飛び上がった。アレクシアには吸血鬼の顔が一瞬、まぢかに見えた。頭と首あたりにギザギザの歯形がずらりとついている。吸血鬼の手がアレクシアの足首をかすめた瞬間、背後に巨大な白い獣が現われた。獣は脚を引きずり、血を流しながらも宙に浮かんだ吸血鬼に飛びかかって両脚をつかみ、猛然と屋上に引きずり落とした。

トルーヴェが恐怖の悲鳴を上げた。

ルフォーが計器をいじると、羽ばたき機は力強く二度はばたき、急上昇した。そしていきなり突風にあおられて左右に揺れ、あぶなっかしく傾いた。大きな羽根にさえぎられて、屋上の闘いはもう見えない。アレクシアがその後を案じるまもなく、機体はさらに高度を上げ、パリの街も雲の層に隠れた。

「すばらしいわ《マニフィク》！」ルフォーが風に向かって叫んだ。

アレクシアの予想より早く、羽ばたき機は最初のエーテル域に達した。風は冷たく、はしたなくも剝き出しになった脚に当たってかすかにちくちくした。羽ばたき機は南西気流をとらえ、おかげであまり羽ばたくこともなく、長くおだやかな飛行を続けた。

その夜、ライオールには仕事が山ほどあった。異界管理局《BUR》の調査。ウールジー団に関するあれこれ。そしてマダム・ルフォーの発明室の管理。だが、どれにも手をつけることはできなかった。なぜなら、吸血鬼にして服飾界のアイドルにして、そのおしゃれすぎるセンスで万人を悩ます男――アケルダマ卿の居所を突きとめることを最優先したからだ。

　アケルダマ卿のあなどれないところは――ライオールの経験からして、つねにアケルダマ卿はあなどれない――彼自身はパーティの常連ではなくても、彼のドローンたちがそうだということだ。首まわり品《ネックウェア》を選ぶ人並みはずれた速さと完璧なセンスを誇るアケルダマ卿も、夜ごと名だたる社交イベントのすべてに顔を出すことはできない。だが、彼が抱えるひとそろいのドローン軍団とその仲間たちなら可能だ。事実、これまでは彼らの誰かが必ずどこかの社交場にいた。目下ライオールを悩ませているのは、いるべきはずの彼らまでもがどこにもいないことだ。アケルダマ卿本人の行方が知れないだけでなく、彼のドローンも、よりどりみどりのご機嫌とりも、うぬぼれ屋もいない。いつもなら、ロンドンの社交場には、やけに襟の高い服を着て、とびきりしぐさが優雅で好奇心旺盛な、一見、見かけが派手なだけの若いしゃれ男が必ず一人はまぎれこんでいる。どこにでもいるような若者だが、彼らはどんなとっぴな真似をしようと、どれだけギャンブルに大金を賭けようと、どれだけ高級シャンパンをがぶ飲みしようと、女王陛下の諜報部も顔負けの情報をご主人様にたんまり報告する名うてのスパイだ。

　その彼らがごっそり消えてしまった。

　全員の顔と名前を知っているわけではないが、その夜ロンドンで行なわれた夜会やカード・パーティや紳士クラブをひととおりめぐったライオールは、彼らの不在を嫌というほど知らされた。ライオール本人はどこへ行っても歓迎されたが、同時に意外そうな顔をされた。

世間的には引っこみ思案《じあん》と思われているからだ。とはいえ、一人の吸血鬼の失踪が与える影響に気づかないほど上流社会にうとくもない。ライオールはきわめて慎重に探りを入れたが、アケルダマ卿がどこに、なぜ消えたのか皆目わからなかった。そうとなればしかたない。ライオールは上流階級の応接間を辞し、波止場と売血宿のある地域に向かった。

「見かけねえ顔だね、だんな？　ちょいと吸っていかねえか？　お代はたったの一ペニーだ」薄汚れたレンガ塀の暗がりから、青白い、やせこけた若者がひょいと現われ、声をかけた。汚れたスカーフを首に巻いている。あの下は噛み跡だらけに違いない。

「もうたっぷり吸われたんじゃないのか」

「そんなこと言わねえでさ」男はすすけた顔をいきなりほころばせた。腐りかけた歯のせいで口が茶色く見える。吸血鬼が無情にも〈噛ませ屋〉と呼ぶ街頭の売血娼だ。

ライオールは若者に向かって歯を剥き出し、吸血鬼ではないことを示した。

「ああ、こりゃ失礼、だんな。悪く思わないでくれ」

「いや、かまわん。だが、ちょっと聞きたいことがある。教えてくれたら一ペニー払おう」

若者の青白い顔がたちまちこわばった。「あいにく、たれこみはやらねえ主義でね、だんな」

「客の名前を知りたいのではない。吸血鬼を探している。名前はアケルダマだ」

男は塀から離れて背を伸ばした。「こんなとこに来るもんか。あのだんなにはすする相手が山ほどいる」

「ああ、それは知っている。いまどこにいるかを知りたいのだ」

男は唇を噛んだ。

ライオールは男にペニー銅貨を渡した。ロンドンに住む吸血鬼の数は多くない。そして、吸血鬼に血を売って糧《かて》を得る売血娼は、地元吸血群やはぐれ者の動向に詳しいはずだ。なにしろ生活がかかっている。

男の唇がかすかに動いた。

ライオールは、さらにもう一ペニー握らせた。

「ちまたの噂じゃ、街を離れたらしい」

「それで？」

「驚いたよ。吸血鬼があんなに動けるとはね」

ライオールは顔をしかめた。「行き先に心あたりは？」

男は首を横に振った。

「街を離れた理由は？」

またしても男は首を振った。

「事情を知る人物を教えてくれたら、もう一ペニーだ」

「これ以上は無理だよ、だんな」

ライオールはもう一枚、銅貨を渡した。

男は肩をすくめた。「あとはあっちの女王様に聞いてみるんだな」

ライオールは心のなかでうめいた。やはり、吸血鬼界の駆け引きがからんでいるのか。

「ナダスディ伯爵夫人か？」

男はうなずいた。

ライオールは男に礼を言うと、みすぼらしい二輪馬車を呼びとめ、ウェストミンスターに行くよう命じた。だが、道のりの半分ほど来て、気が変わった。アケルダマ卿の失踪を調べだしたのがBURなのか、それともウールジー団なのかを吸血鬼に知られるのは、まだあとでいい。早く知られすぎると、ろくなことにはならない。その前に赤毛の男を訪ねてみよう――ライオールは御者席をこぶしで叩き、行き先をソーホーに変えさせた。

ライオールはピカデリー・サーカスで馬車を降りて料金を払い、北に向かって一ブロック歩いた。このあたりは真夜中でも――やや騒々しくて品位は劣るが――貴族階級の若者たちであふれかえるにぎやかな地区だ。記憶力のいいライオールは二十年ほど前にコレラが大発生したことを昨日のことのように思い出した。いまでも病のにおいが残っているような気がして、ソーホーに来るといつもくしゃみが出る。

ライオールは扉をノックし、若いメイドに丁寧に応対されてアパートに入った。装飾は少し派手だが、きれいにすっきり片づいている。やがてアイヴィ・タンステルが大きめのレースの縁なし帽から垂れる黒っぽい巻き毛を上下させ、廊下を急ぎ足でやってきた。レース帽は左耳の上に青いシルクのバラが重なりあったデザインで、それが妙に小粋に見える。ライオールはアイヴィがピンクのウォーキングドレスを着ているのを見てほっとした——就寝中ではなかったようだ。

「こんばんは、ミセス・タンステル。こんな夜遅くに申しわけありません」

「ようこそ、ライオール教授。お会いできてうれしいわ。いいえ、ちっともかまいませんのよ。わたしたちは夜型ですから。いとしのタニーは、クラヴィジャーをやめてからも昔の習慣が抜けませんけど、彼の仕事には合っているようですわ」

「ああ、なるほど。それでタンステルは？」

「いまごろはオーディションを受けているはずです」アイヴィは、ソファがひとつ、椅子が二脚、ティー・テーブルひとつがようやくおさまるだけの手狭な応接室にライオールを案内した。内装は〝パステル・カラー〟というテーマで統一したらしく、室内はみごとなまでにピンク、薄黄色、スカイ・ブルー、ライラック色で埋め尽くされていた。

ライオールは扉の裏にきゅうくつそうに置かれた背の高い帽子かけに帽子と外套をかけ、椅子に座った。イースター・キャンディの入ったボウルのなかに座っているような気分だ。

つきしたがってきた若いメイドが女主人をうかがうように見た。

「お茶がよろしいかしら、ライオール教授、それとも、もっと、その、血のしたたるものを？」

「お茶で結構です、ミセス・タンステル」

「本当に？　明日のパイのために買った上等の腎臓《キドニー》がありますの。満月も近いことですし」

ライオールはほほえんだ。「タンステルから人狼との生活のあれこれをお聞きになったようですな？」

アイヴィはかすかに頬を赤らめた。「ええ、少しばかり。でしゃばったことを言ったのならごめんなさい。あなたがたの文化にとても興味があるものですから。どうか、ずうずうしいと思わないでくださいな」

「とんでもない。しかし、本当にお茶で結構です」

アイヴィがメイドに向かってうなずくと、メイドはあきらかに興奮の面持ちで小走りに部屋を出て行った。

「上流階級のお客様はめずらしいものですから」アイヴィが寂しそうに言った。

あくまで紳士のライオールは触れなかったが、ミス・ヒッセルペニーが駆け落ちし、これまで持っていたわずかな地位を失ったことは、交友関係から上流階級を遠ざける結果となった。役者の妻と付き合う度量がある貴族は、レディ・マコンのような変わり者だけだ。そしてレディ・マコンの評判が地に落ちたいま、アイヴィは文字どおり上流社会とはすっかり縁遠くなったのだろう。

「帽子店のほうはいかがです？」

アイヴィの大きなハシバミ色の目が輝いた。「勤めたのは、まだ一日だけですの。今夜も店を開けましたわ。マダム・ルフォーの顧客には異界族のかたもいらっしゃいますから。でも、帽子店で耳にする噂話の多さを知ったら、教授もきっと驚かれますわ。つい今日の午後もミス・ウィブリーが婚約したことを聞いたばかりですの」

ライオールは知っている。結婚前のアイヴィはアレクシアからゴシップを仕入れるしかなかった。だが、よく言えば無関心、悪く言えば鈍感なアレクシアの話に、いつも不満を抱いていたはずだ。

「では、楽しんでおられるのですね？」

「ええ、それはもう。商売がこれほど楽しいとは思ってもいませんでしたわ。そうそう、今夜はミス・メイベル・デアがみえましたの。女優です——名前をお聞きになったことは？」

アイヴィは探るようにライオールを見た。

ライオールはうなずいた。

「ナダスディ伯爵夫人の特注品を取りに来られましたの。伯爵夫人がそもそも帽子をかぶること自体、驚きでしたわ。だって——」アイヴィは困惑の目でライオールを見やり——「あのかたが自宅を出ることはないでしょう？」

ライオールは首をかしげた。吸血鬼女王がマダム・ルフォーに何を頼んだにせよ、それが帽子であるとはかぎらない——たとえ帽子箱に入っていたとしても。だが、聞き捨てならない話だ。アケルダマ卿の失踪に関してライオールはタンステルから情報を聞き出すつもりだった。アケルダマ卿は芝居好きだし、タンステルにはクラヴィジャー時代、ライオールみずから捜査のやりかたをみっちりしこんだ。だが、意外にも無邪気なアイヴィのほうが重要な情報をつかんでいるかもしれない。なんといってもメイベル・デアはナダスディ伯爵夫人お気に入りのドローンだ。

「それで、ミス・デアの様子はどうでした？」ライオールは慎重にたずねた。

そこへティーワゴンとともにメイドが現われ、アイヴィは忙しくお茶の準備を始めた。

「ええ、それがまったくふつうじゃありませんでしたの。結婚後、ミス・デアとわたしは急に親しくなりました。タニーと彼女が同じ舞台に立ったのが縁《えん》で。その彼女がひどく動揺していましたわ。それで、わたし言ったんです、ええ、たしかにこう言いました――〝まあ、ミス・デア。いつものあなたらしくないわ！　座って、お茶でもいかが？〟って。まったく、あんなときはお茶にかぎりますわ」アイヴィは言葉を切り、ライオールの無表情な顔を探るように見た。「ご存じのように、ミス・デアは、その、あなたの種族の男性に言うのははばかられますけど、その、吸血鬼のドローンなんです」アイヴィは、そんな女性と親しくしているわが身の大胆さが信じられないとでもいうように声をひそめた。

ライオールは小さく笑みを浮かべた。「ミセス・タンステル、わたくしは異界管理局《BUR》で働いております――お忘れですか？　ミス・デアの立場はよく知っております」

「ああ、そうでしたわね。わたしったら、なんてバカなことを」アイヴィは紅茶を注いでばつの悪さをまぎらした。「ミルクはいかが？」

「お願いします。それで、どうなりました？　ミス・デアは動揺の理由を話しましたか？」

「それが、わたしに聞かれるとは思ってなかったようですの。ミス・デアは連れの男性と何か話していました。アレクシアの結婚式で会った、背が高くてハンサムなかた――たしかアンブリトル卿とかいう名前の」

「アンブローズ卿ですか？」

「そう、それです！　とてもすてきなかたですわね」

正直なところ、アンブローズ卿は、それほどすてきな吸血鬼ではない。だが、ライオールはコメントを控えた。

「なんでもミス・デアは、ナダスディ伯爵夫人が男性と言い争っているところに居合わせたようでした。しきりに〝力ある男性〟と言っていましたわ——どういう意味かわかりませんけど。そして、〝伯爵夫人はこの男性がアケルダマ卿から何かを奪ったことをなじっていた〟と言いました。なんてことでしょうね——〝力ある男性〟がアケルダマ卿から何かを盗むなんて」

「ミセス・タンステル」ライオールは正確にゆっくりと発音した。「アンブローズ卿はあなたに聞かれたことに気づきましたか？」

「なぜ？　それが何か重要ですの？」アイヴィは砂糖でできたバラの花びらをポンと口に入れ、ライオールに向かって目をぱちぱちさせた。

「実に興味ぶかい」ライオールはゆっくり紅茶を飲んだ。すばらしい味だ。

「あんなにすてきなかたを悪く言いたくありませんけど、わたしには気づいてもいないようでした。本物の売り子と思ったんじゃないかしら？　ショックでしたけど、そのまま売り場カウンターの奥でじっと耳をそばだてていましたの」そこでアイヴィは紅茶をひとくち飲み、

「この情報は教授のお役に立つんじゃないかと思って」と言った。

ライオールはアイヴィを鋭く見返し、このとき初めて気づいた――茶色い巻き毛に大きな目をした、とんでもない帽子をかぶるしか能のない女性と思っていたが、あれは見せかけだったのか？　いったいどこまでが本物なのだろう？

アイヴィはとびきり無邪気な笑みを浮かべ、ライオールを正面から見つめた。「おバカさんと思われる最大の利点は、まわりから本当に頭が足りないと思われることです。わたしの振る舞いとドレスは少し過激かもしれませんけど、ライオール教授、わたしはバカではありませんわ」

「とんでもない、ミセス・タンステル。存じております」もしそうなら――ライオールは心のなかで付け加えた――レディ・マコンがあなたと親しくするはずがない。

「ミス・デアはよほど動揺していたようですわ。そうでなければ、人前であんなことを言うはずがありませんもの」

「なるほど、それであなたが盗み聞きをなさった言いわけはなんです？」

アイヴィが笑い声を上げた。「ライオール教授、たとえ親友でも、アレクシアがわたしにはあまり話さない話題があるってことはよく知っています。たとえば彼女とアケルダマ卿の関係は、わたしには謎のままですわ。たしかにアケルダマ卿はかなりいかれた人ですけど、アレクシアの人を見る目は確かです。もしアレクシアがまだ街にいたら、今夜のこともまっさきに彼女に知らせましたわ。でも、彼女が街を出た以上、あなたにお伝えするのがいちばんいいと思いましたの。夫は教授をとても尊敬しています。それに、単純に考えても許せませんわ――力ある男性がアケルダマ卿から何かを盗むなんて」

ライオールにはアイヴィのいう〝力ある男性〟が誰か、はっきりわかっていた。つまり、事件はますます深刻に、ますます吸血鬼がらみの厄介な事態になりつつあるということだ。〝力ある男性〟こと〈宰相〉は英国で最高位にあるはぐれ吸血鬼にして、ヴィクトリア女王の主任戦略官で、もっとも発言力を持つ助言役だ。さらに、一匹狼にして王立狼近衛連隊最高司令官の〈将軍〉とともに〈陰の議会〉の一員でもある。つい最近まで、アレクシアは〈陰の議会〉の第三の席についていた。〈宰相〉はブリテン島のなかでも最長老クラスの吸血鬼の一人だ。その〈宰相〉がアケルダマ卿から何かを盗んだ……？　ライオールは確信した――その何かこそ、アケルダマ卿とそのドローンたち全員がロンドンから消えた理由に違いない。

これはますます厄介なことになりそうだ。

爆発寸前の火種を客人に渡したとも知らず、アイヴィは巻き髪を揺らしてライオールに紅茶のお代わりを勧めた。だが、ライオールには、これから取るべき最善の策がわかっていた。ただちにウールジー城に戻って眠ることだ。吸血鬼の問題については、おうおうにして一日よく眠ったあとのほうがいい案が浮かぶ。

ライオールは紅茶のお代わりを辞退した。

8 嗅ぎタバコとキンカンと除霊による試験

両脚は寒さでこわばっていたが、なんとかスカート内におさまっただけでもましだ——たとえそのスカートが酸で焦げ、泥がこびりついていたとしても。アレクシアはため息をついた。乱れた髪で泥はねのついた書類カバンをかかえた姿は、どう見てもジプシー女だ。マダム・ルフォーもひどいありさまで、全身に泥が飛び散り、ゴーグルは首からだらりと下がり、長いスカーフのおかげでかろうじてシルクハットはかぶっているものの、口ひげはひどくゆがんでいる。フルーテだけが無傷なのは謎だが、ともかく三人は夜も明けぬ早朝、ニースの路地をこそこそと——これ以上ふさわしい言葉はない——歩いていた。

ニースはパリよりこぢんまりした、気取らない海岸街といった雰囲気だ。だが、ルフォーは顔をくもらせ、十年前のイタリア騒動（十九世紀後半、イタリア王国が領土を主張した〝イタリア統一運動〟のこと。ニースも対象に含まれた）の影響が今も残り、外国人にはわからない不穏な空気がこの街に潜在的不安を与えていると主張した。

「考えてもみて！　〝ニースは本来イタリアのものだ〟なんて、冗談じゃないわ」ルフォーはあきれたように片手を振り、アレクシアがイタリア人の味方とでもいうようにアレクシアをにらんだ。

アレクシアはルフォーの怒りをなだめる言葉を必死に考えたが、とっさのことで、「そうね、街じゅう見まわしてもパスタはほとんど見あたらないわ」と答えるのが精いっぱいだった。

　先頭をゆくルフォーはこそこそ歩きの速度を上げ、捨てられたぼろぎれの山を迂回し、薄汚い小さな路地に入った。

「羽ばたき機《オーニソプター》をあんなところに乗り捨てて大丈夫かしら」アレクシアは話題を変え、裾がぼろぎれにつかないようスカートをつまみあげてルフォーのあとを追った。ボロボロのスカートを今さら持ち上げても意味はないが、いつもの癖だ。

「大丈夫よ。火薬は切れているし、ギュスターヴとわたくし以外に操縦法を知っている人はまずいないから。ギュスターヴには着陸地点を知らせておくわ。不運な着陸については本当にごめんなさい」

「不運な墜落のこと？」

「あれでも柔らかい場所を選んだつもりよ」

「たしかにアヒル池はふつう柔らかいわね。〝オーニソプター〟が〝鳥〟の意味だって知ってた？　あれが鳥の着陸とはとても思えないわ」

「でも爆発はしなかったでしょ？」

　アレクシアはこそこそ歩きの足を止めた。「まあ、すると思ってたの？」

　ルフォーは小さく肩をすくめた。フランス人お得意の、はぐらかすようなしぐさだ。

「あの羽ばたき機に名前をつけたわ」

「それはどうも」ルフォーはあきらめ顔だ。

「ええ。〈泥アヒル〉《ル・カナル・ブー》号」

「〈泥アヒル〉？　おもしろいわね」

フルーテが小さくふっと鼻で笑った。アレクシアはフルーテをにらんだ。まったくどうしてフルーテだけは泥を浴びてないのかしら？

ルフォーが小さな扉の前で立ちどまった。最初は青、次に黄色、最後は緑色という塗りなおしの歴史が、ぼろぼろとはがれ落ちそうなペンキの筋となって上から下に垂れている。ルフォーは最初やさしくノックし、次第に力をこめ、ついにはこれでもかとばかりに扉をドンドン叩きはじめた。

激しいノックに応じたのは、キャンキャンというヒステリックな声だった。扉の向こうで小型犬が吠えている。

フルーテが扉のノブを頭で指すのを見て、アレクシアは揺らめくオイルランプの下で顔を近づけた。ニースにはまだガス灯は普及していないようだ。真鍮製のなんの変哲もないノブだが、よく見ると、表面には幾多の手によってこすれて薄くなった彫り物があった——ずんぐりした小さなタコだ。

さらなるノックと吠え声のあと、ようやく扉がそろそろと小さく開き、赤白ストライプのパジャマとキャップをかぶった、落ち着きのなさそうな小柄な男が恐怖と眠気の入り混じった顔をのぞかせた。男の裸足の足首あたりで四本足の汚れた羽ボウキが狂ったように飛びはねている。アレクシアは驚いた。これまで出会ったフランス人男性はみな口ひげを生やしていたのに、この男にはない。でも羽ボウキにはある。ニースでは、人間ではなくイヌ科が口ひげを生やすのかしら？

だが、アレクシアの驚きは、小柄な男がフランス語ではなくドイツ語でしゃべったとたんに消えた。

スタッカートのような言葉に無反応な三人を見て、男はしぐさと身なりを整え、なまりの強い英語に切り替えた。

「何か《ヤー》？」

羽ボウキが扉のわずかな隙間から飛び出し、ルフォーのズボンの裾に噛みついた。上等なウールのズボンの何が羽ボウキの気に入らないのか、アレクシアには想像もつかなかった。

「ムシュー・ランゲ＝ウィルスドルフ？」ルフォーは片足でたくみに犬を振り払いながらたずねた。

「どちらさまかな？」

「ルフォーです――この数カ月、手紙をやりとりしていました。ミスター・アルゴンキン・シュリンプディトルの紹介で」

「ああ、いや、てっきり、その、女性と思っていたが」男はルフォーに向かって疑わしそうに目を細めた。

ルフォーは片目をつぶり、シルクハットを脱いだ。「ええ、そうですわ」

「やめろ、ポッシュ！」男が小犬に向かって叫んだ。

「ムシュー・ランゲ＝ウィルスドルフは」ルフォーがアレクシアとフルーテに説明した。

「有名な生物化学者よ。あなたの興味がある分野の専門知識を持ってらっしゃるわ、アレクシア」

男は扉の隙間を広げて首を伸ばし、ルフォーの横で震えて立っているアレクシアを見た。

「アレクシア？」男はオイルランプの弱い光に照らされたアレクシアの顔を見やった。「まさか、あの〈雌標本〉――アレクシア・タラボッティではないだろうね？」

「そうだとしたら、それはいいことですの？　それとも悪いこと？」アレクシアは、凍えるような真夜中に赤白ストライプのパジャマ姿の男と玄関先で長話することに少々うんざりしてたずねた。

ルフォーがもったいぶって答えた。「ええ、あのアレクシア・タラボッティですわ」

「信じられん！　〈雌標本〉がわたしの家の玄関に？　本当か？」ランゲと呼ばれた男は扉を大きく開けて外に走り出ると、ルフォーの脇をまわってアレクシアの手を優しくつかみ、アメリカ人ふうに上下に大きく動かして握手した。新たな脅威を認識した犬はルフォーのズボンから離れ、キャンキャン吠えてアレクシアに突進した。

アレクシアは〝標本〟と呼ばれてむっとした。しかも、このドイツ人の視線は獲物を見るかのようだ。

アレクシアは空いた手でパラソルを握った。「あたくしならこんな真似はしないわ、ワンちゃん」アレクシアは犬に向かって言った。「このスカートは、一晩に多すぎるほどの苦難に耐えてきたのよ」犬は考えなおしたかのように攻撃を中断すると、四本の足を異様にピンと伸ばしたまま、その場でジャンプしはじめた。

「さあさあ、入って、入って！　この世の驚異がわが玄関先に現われるとは。これはまさに――なんと言ったか――ファンタスティック、そう、ファンタスティックだ！」そこで初めてランゲは、無言でポーチ脇に立つフルーテに気づいた。

「それで、こちらは？」

「こちらはミスター・フルーテ、あたくしの個人秘書ですわ」アレクシアは本人が答えずにすむよう、犬を恐い顔でにらみつけるのをやめて答えた。

ミスター・ランゲ＝ウィルスドルフはアレクシアの手を離し、ゆっくりフルーテに近づいた。まあ、パジャマのまま通りに出るなんて。だが、本人は無礼に気づく様子もない。でも――アレクシアは思った――フランス国民の半分にブルーマーを見せたあたしに、このドイツ人の無礼を非難する資格はないわね。

「本当か？　もっと質《たち》が悪い人種じゃないのか？　違う？　本当か？」ランゲは首に嚙み跡がないかと、曲がった指を伸ばしてフルーテのクラバットとシャツを引き下げた。

犬がうなり、フルーテの靴に嚙みついた。

「やめてくださいませんか？」フルーテはあきらかに気分を害していた。だが、怒りの最大の原因がランゲなのか犬なのか、アレクシアにはわからなかった。何しろフルーテは襟のしわにも、濡れた靴にも我慢ならない男だ。

告発すべきものがないとわかるや、ランゲはフルーテに対する手荒な行為をやめ、ふたたびアレクシアの手を取って狭い家に案内した。あとの二人にも入るように手ぶりし、またしてもフルーテを疑わしげに見た。一行は犬にエスコートされてなかに入った。

「いや、もちろん、ふだんはこんなことはしませんよ。こんな真夜中に訪ねる人はいませんからな。何しろ英国人は見わけがつかんのでね。でも、最初だけです。しかし、あなたに関しては実に恐ろしい噂を聞きましたよ、お嬢さん」ランゲはあごを上げ、〝気むずかしいオールドミスの伯母〞よろしくアレクシアを見下ろそうとしたが、効果はなかった。アレクシアの伯母でないことを別にしても、ランゲはアレクシアより頭ひとつ背が低い。

「なんでも人狼と結婚したとか。ヤー？　いやはや反異界族がそんなことをするとは。〈雌標本〉にとって、もっとも不幸な選択だ」

「そうですの？」アレクシアはやっと言葉をはさんだ。ランゲは散らかった狭い応接間に三人を案内するあいだじゅう途切れなく、息継ぐまもなくしゃべりつづけている。

「そうとも。まあ、われわれはみな過ちを犯すものだがね」

「それはどうかしら」アレクシアはこれまでに感じたことのない喪失の痛みを感じながらつぶやいた。

ルフォーは興味ぶかげに部屋の道具をあれこれ触りはじめ、フルーテは例のごとく扉の脇に陣取った。

犬は騒ぐのに疲れたらしく、火の消えた暖炉の前で丸くなった。そんな格好をしていると、ますます羽ボウキのようだ。

ランゲは扉のそばにある呼び鈴のひもを最初は優しく、やがて力いっぱい――まるでひもからぶらさがらんばかりに――引っ張った。「お茶が飲みたいだろう？　英国人はいつだってお茶を飲みたがるものだ。さあ、座って、座って」

ルフォーとアレクシアは座ったが、フルーテは立ったままだ。

ランゲは小さな脇テーブルに駆け寄り、引き出しから小箱を取り出した。「嗅ぎタバコはいかがかな？」そう言って蓋を開け、客に勧めた。

三人とも断わったが、ランゲはフルーテにだけは執拗だった。「いや、いや、あなたにはぜひ」

「いえ、結構でございます」と、フルーテ。

「いや、そうはいかん」いきなりランゲは目をこわばらせた。

フルーテは肩をすくめ、ほんのひとつまみ取ってそっと吸いこんだ。

そのあいだ、ランゲはフルーテをじっと見ていた。そしてフルーテが異常な反応を示さないと見るや、さっさと小箱をしまった。

ぼさぼさ髪の若い召使が部屋に現われた。

とたんに犬は目を覚まし――使用人の顔も覚えていないのか――まるで人類の敵が現われ

たとでもいうように若者に飛びかかった。

「ミニョン、お客様だ。ポット入りのアールグレイ・ティーとクロワッサンを持ってきてくれ。いいか、アールグレイだぞ。それからカゴに盛ったキンカンを。そう、キンカンだ、これさえあれば」ランゲはまたもやフルーテに向かって〝まだ終わってないよ、お若いの〟とでもいうように目を細めた。

ランゲよりはるかに年上のフルーテはまったく無表情だ。

「いや、まったく喜ばしい、ヤー、実に喜ばしい。アレクシア・タラボッティがわたしの家に現われるとは」ランゲはナイトキャップを取り、アレクシアに向かってぴょこんと小さくお辞儀した。キャップの下から、まるで別人のもののような異様に大きい耳が現われた。

「あなたの父上に会ったことはないが、彼の種族のことは長年、研究してきた。七世代のあいだに女性の〈魂なき者《ソウルレス》〉が生まれたのはあなたが初めてだ、ヤー。奇跡と言う人もいる、なにせ〈雌標本〉だからな」ランゲは〝まったくだ〟というようにうなずいた。「もちろん、イタリア人以外の女性をかけ合わせる案もあるにはあった。父上の選択はすばらしかったわけだ、ヤー？　いやはや、まさか新鮮な英国人の血を混ぜるとは」

アレクシアは耳を疑った。まるであたしが馬の繁殖計画の結果とでも言うような口ぶりじゃないの？　「ちょっと、お言葉ですけど――！」

ルフォーが口をはさんだ。「ミスター・ランゲ＝ウィルスドルフはもう何年も反異界族の研究をしているの」

「これがなかなか難しい、いや、実に難しいのだよ、ヤー、生きた標本を見つけるのは。なにしろ、ちょっと教会ともめたものでね」

「どういうこと?」アレクシアの怒りも好奇心には勝てなかった。この科学者なら本当に何かを知っているかも知れない。

ランゲは顔を赤らめ、両手でナイトキャップをもてあそんだ。「ええと——なんと言ったか——その〝ちょっとしたいざこざ〟が原因で。それで研究の大半を残してフランスにやってきた。まったく不当な仕打ちだ」

アレクシアはけげんそうにルフォーを見た。

「ミスター・ランゲは破門されたの」ルフォーが重々しい声でささやいた。

小柄なランゲはますます顔を赤らめた。「おや、お聞きおよびか?」

ルフォーは肩をすくめた。「〈同盟〉の噂好きはご存じでしょう?」

ランゲはため息をついた。「いや、いずれにしてもきみはすばらしい客人を連れてきてくれた。生きて呼吸する女性反異界族とは。いくつか質問させてもらってもよろしいかな、お嬢さん? できれば、ひとつふたつ試験をしても?」

扉をノックする音がして、さっきの若い召使がティートレイを持って現われた。

ランゲはトレイを受け取ると、手を振って召使をさがらせ、みずから紅茶を注いだ。強いベルガモット油のにおいが立ちのぼった。アレクシアはアールグレイ・ティーが好きではない。ロンドンではすでに流行遅れで、行きつけの喫茶店のなかで今どきアールグレイを出す店はひとつもない。吸血鬼は柑橘類が嫌いだ。そこでアレクシアははっと気づいた――ランゲが堅物のフルーテにアールグレイとこんもり盛ったキンカンをしつこく勧める理由がわかったわ。そして……。

「嗅ぎタバコ！」

全員がアレクシアを見た。

「ああ、あなたもためしてみる気になったか、〈雌標本〉どのよ？」

「違います。でも、これでわかったわ。あなたがフルーテに嗅ぎタバコを嗅がせたのは、人狼かどうか確かめるためね？　人狼は嗅ぎタバコが嫌いだから。そして今度はアールグレイとキンカンを使ってフルーテが吸血鬼かどうかをためそうとしているんだわ」

それを聞いたフルーテは片眉を吊り上げてキンカンをひとつ取り、丸のまま口に放りこむと、リズムよく噛みはじめた。

「吸血鬼は、ミスター・ランゲ＝ウィルスドルフ、柑橘類を完璧に消化できるんですのよ。たんに好まないだけですわ」

「ああ、もちろん知っている。しかし――なんと言ったか――〝太陽がのぼるまでは初期観察を怠るな〟、だろう？」

フルーテがため息まじりに言った。「はっきり申し上げます。わたくしは異界族ではありません」

アレクシアはくすっと笑った。かわいそうに、フルーテは本気で怒ってるわ。

言葉だけでは納得できないランゲは、なおもフルーテをうさんくさそうに見つめ、カゴいっぱいのキンカンを一人じめするかのようににらんでいる。砲弾がわりにでも使うつもりかしら？

「だが、クラヴィジャーやドローンという可能性はある」

フルーテはうんざりして鼻を鳴らした。

「すでにフルーテには嚙み跡がないことを確かめたんじゃありません？」と、アレクシア。

「嚙み跡がないからといって絶対的証拠にはならんよ――クラヴィジャーの可能性もある。なにせあなたは人狼と結婚しているのだからな」

フルーテは〝人生最大の屈辱〟とばかりに顔をしかめた。〈雌標本〉と呼ばれて頭にきているアレクシアは、心からフルーテに同情した。

とつぜんランゲが表情を変え、アレクシアに疑いの目を向けた。アレクシアは思った――この人、偏執狂じゃないかしら？　「検証が必要だ」ランゲはひとりごちた。「わかるだろう、ヤー？　あなたならわかるはずだ。あなたのことも確かめる必要がある。ああ、手もとにカウンターさえあればな。ひとつ騒霊《ポルターガイスト》を処理してもらいたい。除霊の方法はご存じだろう？　〈雌標本〉にとってはわけないはずだ」ランゲは部屋の小窓をちらっと見た。大きく開けたカーテンの外がしだいに明るくなってきた。夜明けが近い。「できれば夜明け前に？」

アレクシアはため息をついた。「できれば明日の夜まで待っていただけませんこと？　あたくし、夜どおし移動していましたの。長旅でしたのよ」

ランゲは〝お気の毒に〟というように顔をしかめたが、アレクシアのほのめかしには気づかない。気が利く接待役《ホスト》ではなさそうだ。

「そうなんです、ミスター・ランゲ＝ウィルスドルフ、わたくしたち、到着したばかりなんですの」ルフォーも言葉を添えた。

「わかりました」アレクシアはあまりおいしくない紅茶の入ったカップと、バターたっぷりでおいしい食べかけのクロワッサンを置いた。しかたない。このうさんくさい小男から何かを聞き出すには信用してもらうしかなさそうだ。アレクシアはため息をつき、またしても妻を拒否したコナルに怒りを覚えた。こんな厄介なことをするはめになったのも、すべてあの人のせいよ。どんな方法にせよ、絶対に責任を取ってもらうわ。


ランゲとアレクシアは犬のポッシュのあとについていくつも階段を下り、狭い地下室に着いた。そのあいだじゅう、ポッシュは意味不明のしつこさで吠えつづけた。ランゲは愛犬がどんなに騒ごうとまったく意に介さない。アレクシアはあきらめて自分に言い聞かせた――これはきっと、この動物が目と口を開けているときの普通の状態なのよ。

「さぞ、ひどいホストだとお思いでしょうな」ランゲの言葉は、いかにも社交辞令ふうで、まったく心がこもっていなかった。

アレクシアは返す言葉がなかった。だって今までのところ、まさにそのとおりなんだもの。

まともなホストなら――客が異界族であろうとなかろうと――何はともあれ、ゆっくりお休みくださいと言うべきじゃない？　客にベッドを提供するどころか、ろくに食事も出さずに除霊をさせるような男が紳士であるはずがない。アレクシアはパラソルをぎゅっと握りしめ、ドイツ人と狂乱犬のあとについて薄汚れた狭い屋敷の地下に向かった。ルフォーとフルーテは、さすがに除霊の現場で出番はなかろうと応接間に残った。きっといまごろはまずい紅茶とおいしいクロワッサンを飲み食いしているはずだ。この裏切り者。

地下室は――あらゆる地下室がそうであるように――薄暗く、ランゲの言葉どおり、ポルターガイストの最終段階の断末魔で苦しむゴーストがいた。

〝二度目の死〟の耳をつんざくような叫びが、ポッシュの吠え声もかき消さんばかりに断続的に響きわたった。しかもポルターガイストはバラバラだった。アレクシアは散らかった状態が苦手だ。そして、統合能力をほとんど失ったゴーストは、まさに収拾不能な状態だった。完全にバラバラになった身体の各部が青白い断片となって、暗く、かびくさい地下室を飛びまわっている。肘がここ。眉はあそこ。ふとワイン棚の上を見たアレクシアは、ぎょっとして小さく悲鳴を上げた。その奥にあるべき知性がまったく失われた眼球がひとつ、こっちをうつろに見ている。地下室はホルマリンと腐った人肉の混じったような悪臭がした。

「はっきり申し上げて、ミスター・ランゲ＝ウィルスドルフ」アレクシアは冷たく、とがめるような口調で言った。「何週間か前に、この不幸な魂をどうにかするべきだったんじゃありません？　そうすればこんなひどい状態にはならなかったはずですわ」

ランゲは冗談じゃないというように目をまわした。「とんでもない、〈雌標本〉どの、わたしはこのゴーストのためにわざわざこの家を借りたのだよ。わたしは長年、ヒトの魂が消滅するその瞬間を記録したいと願ってきた。そんなときにヴァチカンと一悶着あって、研究対象をゴーストに変えたのだ。このゴーストだけで、すでに論文を三本も書いた。たしかに、いまや彼女《ゴースト》はいよいよ肉体を失いつつある。使用人たちはここに下りるのを嫌がり、おかげでわたしは自分でワインを取りに来なければならなくなった」

アレクシアはかろうじて浮遊する耳をかわした。「それはご面倒ですこと」

「だが、足繁く通ったおかげで〝魂の残りは、つなぎとめる力が弱まるにつれてエーテルの渦によって運ばれる〟という理論にたどり着いた。今回の除霊は、この仮説が正しいことを証明するはずだ」

「つまり、魂はエーテルによって移動し、肉体の分解につれて魂をとどめておく力も崩壊してゆくということですの？　紅茶に入れた角砂糖のように？」

「ヤー。それ以外に実体のない身体の断片が勝手に飛びまわる理由をどう説明する？　わたしは、ほら、そこから死体を掘り出したのだ」

見ると、地下室の床の片隅に穴を掘った跡があり、ほぼ分解した少女の骸骨が横たわっていた。

「かわいそうに、何があったの？」

「たいしたことではない。気がふれる前に本人から聞いたところによると、両親に墓を買うカネがなかったそうだ」ランゲは嘆かわしいとばかりに舌打ちして首を振った。「娘が余分の魂を持っていてゴーストになったとわかると、家族は娘がまだそばにいることを喜んだ。だが、不幸にも家族は全員コレラで死亡し、娘は自分を喜んでくれる次の居住者が現われるまで――つまりわたしがこの家を借りるまで――一人ここに残されたというわけだ」

アレクシアは浮遊する断片を見まわした。足の爪が上下しながら近づいてくる。よく見ると、断片のすべてがゆっくりとアレクシアに向かっていた――水が排水溝に流れこむように。なんとも不気味で、落ち着かない気分だ。アレクシアはためらった。胃と、そのそばにいる厄介な相棒が、死のにおいとこれからやらなければならないことに反発している。アレクシアは息をとめ、墓のそばにしゃがみこんだ。穴は汚れた地下室の床から直接、掘ってある。ランゲがここに来るまで、遺体を異界族の寿命にふさわしく保存しようとした形跡はまったくない。少女はゴーストにあたえられる正当な時間を堪能するまもなく、肉体が分解し、狂気に取りつかれてしまったのだろう。そう考えると、なんともむごい仕事だ。

残っているのは、もはやその大半をウジとカビに浸食されてぼろぼろになった小さな骸骨だけだ。アレクシアはていねいに片方の手袋をはずして手を伸ばし、頭部のもっとも崩壊していない部分を選んで一瞬だけ触れた。指先に触れた肉体は信じられないほど湿って柔らかく、濡れたスポンジケーキのようにあっけなく崩れた。

「うげっ」アレクシアはぞっとし、あわてて手を引っこめた。

反異界族の接触によって、魂と肉体をつなぎとめていた最後の糸が切れた。そのとたん、かすかに光を放って地下室を飛びまわっていた身体の部分はたちまち消滅し、かびくさい空気のなかに消えた。

ランゲは口をぽかんと開けてあたりを見まわした。このときばかりは犬も吠えるのをやめた。「いまので終わりか？」

アレクシアはうなずき、指先をスカートで何度かぬぐって立ち上がった。

「まだメモも取っておらんのに！　まさに――なんと言ったか――貴重な機会を無駄にしてしまった」

「とにかく終わりました」

「いや、恐れ入った。反異界族がゴーストを消すのを見たのは初めてだ。いや、まったく驚異的だ。これであなたの主張が正しいことが証明された、〈雌標本〉どの。おめでとう」

何かの賞でももらったかのようね――アレクシアはあきれて眉を吊り上げたが、ランゲは気づきもしない。アレクシアはさっさと階段をのぼりはじめた。

ランゲが小走りで追いかけた。「いやはや、まったく恐れ入った。完璧な除霊だった。ちょっと触れただけであんなことができるのは反異界族だけだ。もちろん、話には聞いていたが、見ると聞くとではまったく違う。それで、効果の現われかたは反異界族の男性がやるときと比べて速いのかね？」

「会ったことがないからわかりませんわ」

「ああ、ああ、そうだろうとも。ヤー。同じ空気を吸うことはできんからな――反異界族というのは」

応接間に戻ると、ルフォーとフルーテがクロワッサンをひとつ残してくれていた。ああ、よかった。

「どうだった?」ルフォーはいくぶん冷ややかな口調でたずねた。アレクシアはつい最近、ルフォーのとても大事な友人を除霊したばかりだ。

「ぐしょぐしょだったわ」

ルフォーが形のいい小さな鼻にしわを寄せた。「そうでしょうね」

ランゲが窓に近づいて外を見た。夜明けを待っているようだ。太陽が家々の屋根の上に姿を現わし、ニースの街が浮かびあがった。パリほど薄汚れていないのを見て、アレクシアはほっとした。ポッシュは初めて見たとでもいうかのようにアレクシアたち三人に順番にキャンキャン吠えかかりながら部屋じゅうを駆けまわり——脳みそが足りないとしか思えない——やがて疲れ切ってソファの下に丸くなった。

アレクシアは汚れていないほうの手だけを使ってクロワッサンを食べおえると、これでいよいよ寝室に案内してもらえるのではないかと淡い期待を抱いてじっと待った。最後に眠ってから、ずいぶんたった気がする。疲れすぎて感覚が麻痺してきた。ルフォーも疲れきっているらしく、うつらうつらして、あごがクラバットの結び目に落ちている。ムシュー・トルーヴェのスカーフでなんとか留まっているシルクハットが前に傾いた。フルーテさえかすかに背中が丸くなっている。

朝の最初の光が窓枠の上から忍びこみ、室内に射しこんだ。ランゲは日光がフルーテのズボンをはいた脚に当たるのをじっと見つめ、フルーテがたちまち炎となって燃え上がりもしなければ、悲鳴を上げて部屋から飛び出しもしないのを見て、ようやく安堵の表情を浮かべた。これほどほっとした表情を見せたのは、最初に扉をノックしてから初めてかもしれない。

それでもまだ寝室に案内してくれないのを見て、アレクシアは深く息を吸い、ランゲを正面から見すえた。「ミスター・ランゲ＝ウィルスドルフ、なぜここまで検証する必要があるんですの？　あなたは宗教的狂信者？　〈真鍮《O》タコ《B》同盟《O》〉の一員が狂信者だなんて、ちょっと意外ですけど」

友人の遠慮ない言葉にルフォーはパッと目を開けると、傾いたシルクハットを優雅な指でもとに戻し、ランゲをじっと見つめた。

「ああ、そうと言えるかもしれん。わたしの研究はなかなか神経を使うのだ。〝危険〟と言えるかもしれない。あなたがたを信頼し、手を貸そうと思うなら、あなたがたのなかに一人も――なんと言ったか――その、〝死にぞこない《アンデッド》〟がいないことがきわめて重要だ」

アレクシアは顔をしかめ、ルフォーは急に目が覚めたかのように丸めた背を伸ばした。

〝アンデッド〟は上流階級では使うのがはばかられる言葉だ。人狼や吸血鬼はもちろん、生まれたばかりのゴーストさえ、〝アンデッド〟と呼ばれるのを嫌う。アレクシアが吸血鬼から魂吸《ソウル・サッカー》いと呼ばれたくないのと同じだ。はっきり言って失礼だわ。

「それはちょっと乱暴な言葉じゃないかしら、ミスター・ランゲ＝ウィルスドルフ？」

「そうかね？　ああ、あんたがた英国人は言葉にうるさいからな」

「それでもアンデッドは不適切ですわ」

ランゲの目がぎろりと鋭く光った。「それは生者《リビング》をどう定義するかによるのではないかね。ヤー？　わたしのこれまでの研究からすると、アンデッドが最適に思えるが」

ルフォーがえくぼを見せた。アレクシアにはよくわからないが、どうもあのえくぼにはいわくありげに見せる効果があるらしい。「もうすぐそうも言えなくなりますわ」

ランゲは興味を引かれて首をかしげた。「わたしの研究に何か言いたいことがあるようだな、マダム・ルフォー？」

「こちらのレディ・マコンが人狼と結婚したことはご存じでしょう？」

ランゲはうなずいた。

「何が起こったのか、あなたから話してみて、アレクシア」

アレクシアは顔をしかめた。「この人が力になってくれるの？」

「〈真鍮タコ同盟《OBO》〉のなかでミスター・ランゲほど反異界族に詳しい人はいないわ。テンプル騎士団と比べてもいい勝負ね」

アレクシアはうなずいた。あらゆる選択肢を考慮しても、ここはリスクを取る価値がありそうだ。「あたくし、妊娠しているんですの、ミスター・ランゲ＝ウィルスドルフ」

ランゲは貪欲そうな目でアレクシアを見た。「それは祝福とお悔やみを申し上げねばならんな。当然のことながらあなたは——なんと言ったか——出産まで持ちこたえられない。これまでの歴史において出産した反異界族の女性はいない。テンプル騎士団とその繁殖プログラムにとっては実に残念なことだが……」ランゲはルフォーの変わらぬ笑みを見て言葉をのみこんだ。

「まさか？　いや、ありえない。まさか人狼によって、妊娠したというのか？」

アレクシアとルフォーがそろってうなずいた。

ランゲは窓を離れ、アレクシアの真横に――近すぎるほど近くに――座ると、鋭い、いかにも物欲しげな目でアレクシアの顔を見た。

「それはひょっとして、その、英国人が言うところの過ちを隠蔽するためのほら話ではなかろうね？」

このやりとりには、もううんざりだ。アレクシアは〝こんどあたしをふしだらと言ったら――ほのめかしただけでも――パラソルの武器を全部お見舞いしてやるわ〟と言いたげな目でランゲをにらんだ。がっかりだわ――反異界族に詳しい科学者なら、きっと違う反応をすると思っていたのに。

「でしたら」アレクシアはあまり口を開けず、冷ややかに言った。「あたくしの言っていることが本当だと仮定して、疲労困憊のあたくしたちが寝ているあいだにお好きなだけ仮説を立ててみてはいかが？」

「おお、そうだ、それがいい！　あなたは妊娠している。睡眠が必要だ。いやはや、異界族によって反異界族が妊娠するとは。さっそく調べなければならん。これまでに誰がこころみただろう？　さすがのテンプル騎士団も、人狼と〈ソウルレス〉のかけ合わせなど思いもつかないはずだ。なんとすばらしいアイデアだろう。ヤー、実にすばらしい。なんといってもあなたは、いずれの立場においても科学的反対者だ。異界族にも反異界族にも女性が少ないことを考えると、充分な資料がないのもやむをえん。だが、あなたの話が本当なら、いやまったく、なんという奇跡、なんとすばらしい忌まわしきものよ！」

　アレクシアは片手をお腹の上、反対の手をパラソルに置き、わざとらしく咳払いした。たしかにこの子は〝迷惑〟かもしれない。憎らしいと思ったこともある。でも、趣味の悪いペットを飼っている、こんなちんちくりんのドイツ人に〝忌まわしきもの〟と呼ばれる筋合いはないわ。「いまなんとおっしゃいました！」

　ルフォーはアレクシアの険悪な口調に気づいて息をのみ、部屋から連れ出そうと手をつかんだ。

　ランゲはアレクシアの憤慨には気づきもせず、あわててメモ帳を取り出すと、一人でぶつぶつつぶやきながら何やら書きとめはじめた。

「勝手に寝室を見つけて休んでもいいかしら？」怒りに声も出ないアレクシアを見ながらルフォーが呼びかけた。

　メモに没頭するランゲは顔も上げず、尖筆型万年筆《スタイログラフィックペン》をそっけなく振った。

　アレクシアはようやく声を取り戻した。「いちどミスター・ランゲの頭をなぐらせてくれない？　脳天を一発だけ。どうせ気づきはしないわ」

フルーテは片眉を吊り上げてアレクシアの肘を取り、部屋から連れ出そうとするルフォーに手を貸した。「ベッドで休みましょう、奥様」

「ええ、わかったわ」アレクシアはおとなしくしたがった。「そこまで言うのなら」そしてルフォーをにらんだ。「でも、あの人の性格はあんまりよ」

「あら」——ルフォーはえくぼを浮かべ——「きっと彼はあなたを驚かすわ」

「トーストの上に湿ったヒキガエルを載せて出すかもしれないってこと?」

「あなたの無実を証明できるかもしれないってことよ。彼ならマコン卿が子どもの父親だと証明してくれるかもしれないわ」

「そうでもしてくれなきゃやってられないわ。まったく、誰が〈雌標本〉よ! 磨いた除草シャベルであたくしを切断するつもり?」


翌日、アレクシアが朝食に下りてきたのは、もはや朝ではなく、午後の早い時間だった。マダム・ルフォーとフルーテはランゲとともに小さなダイニング・テーブルについていた。ランゲは食べながら書きものに没頭している——なんて行儀の悪い! 何やら興奮して震えているさまは、羽ボウキ犬そっくりだ。

昼間ゆえに、ランゲも犬もいくぶん身なりが整っていて、アレクシアは少し驚いた。てっきりストライプのパジャマのままだろうと思っていたが、ツイードの上着と茶色のズボンを身につけたランゲは、どこから見てもまともだ。もっともフルーテに言わせれば、クラバットをしていないだけで許せないらしいが、アレクシアはそれほど無礼とは思わなかった。ここは、ネクタイやクラバットをしているとドローンではないかと疑われる国だ。少々、身なりがだらしなくてもしかたない。よく見ると、犬のポッシュも今日は主人とおそろいらしく、首に細長いツイード地を滝状結《ウォーターフォール・ノット》びで巻いて垂らしている。あらまあ——アレクシアは思った——ランゲがクラバットをつけてない理由はこれね！　ポッシュはアレクシアの姿を見て、予想どおり狂ったように吠えたてた。

アレクシアはランゲの言葉も待たずに——どうせ気づかう男ではない——テーブルに座り、自分で食べ物を取りはじめた。今日のチビ迷惑は食べ物を拒否していない。気持ちを決めかねているようだ。テーブルにつくと、ルフォーは挨拶がわりに優しくほほえみ、フルーテは小さくうなずいた。

「おはようございます」アレクシアはホストに呼びかけた。

「ああ、おはよう、〈雌標本〉どの」ランゲは広げた本とメモ帳から顔も上げずに答えた。何やら複雑な公式を書いている。

アレクシアは顔をしかめた。

ミスター・ランゲ＝ウィルスドルフにはいろいろ言いたいことがある。とくに〝忌まわしきもの〟と呼ばれて以来、かなり言いたいことがあるが、少なくとも食事に関しては及第点だ。テーブルに並んだ料理は、軽めながらどれもおいしかった。冬野菜のロースト。冷製の鶏肉と鴨肉。香ばしくて柔らかいパン。サクサクしたとりどりのペストリー。アレクシアは書類カバンの底から、アイヴィがくれた貴重な紅茶を取り出した。羽ばたき機の旅ではいろんなものが台なしになったが、これだけは無傷だった。アレクシアはふと考え、緊急用に紅茶の一部をパラソルの隠しポケットに入れた――まんいちに備えて。さいわいミルクは文化の違いを越えてどこにでもあり、紅茶は英国で飲むのと同じ味がした。そのとたんアレクシアは急に英国が恋しくなり、最初のひとくちのあと、しばらく口もきけなかった。

めずらしく黙りこんだアレクシアをルフォーが気づかった。

「気分でも悪いの、アレクシア？」そう言ってアレクシアの肩の下にそっと手を置いた。

アレクシアはびくっとし、気がつくと信じられないことに涙があふれていた。この歳になって、こんなことで泣くなんて！　最後に誰かからこんなふうに優しく触れられてから、ずいぶんたったような気がする。小さいころから、ルーントウィル家における愛情表現は、その大半が〝見せかけのキス〟と〝三本指で頭を軽くたたくこと〟で成り立っていた。アレクシアが身体的親密さを楽しむようになったのは、コナルが人生に現われてからだ。コナルはそれを大いに楽しみ、あらゆる機会を見つけてはアレクシアに触れた。ルフォーはコナルほど積極的ではないが、フランス人だ。言葉による慰めには優しい触れ合いがつきものだと信じている。アレクシアはルフォーの腕に寄りかかった。肩にまわされた手は小さくて胼胝《たこ》もできていないし、広い野原のにおいではなく、バニラとエンジンオイルのにおいだけど、文句は言えない。

「いいえ、なんでもないの。ちょっと家を思い出しただけ」そう言ってアレクシアはもうひとくち紅茶を飲んだ。

ランゲが興味ぶかげにアレクシアを見上げた。「彼は優しくなかったのか？　人狼の夫君は？」

「最終的にはそういうことになるかしら」アレクシアは言葉をにごした。怪しげな寸足らずのドイツ人に個人的なことを話すつもりはない。

「人狼というものは、ヤー、あつかいにくい生き物だ。残った魂のすべてが暴力と感情に支配されている。あんたがた英国人は、よく彼らを社会に受け入れたものだ」

アレクシアは肩をすくめた。「あたくしに言わせれば、吸血鬼のほうがあつかいにくいと思いますけど」

「ほう？」

アレクシアは軽率すぎると思いながらもふさわしい言葉を探した。「吸血鬼は、ほら、すぐ偉そうに人を見下し、〝わたしはそなたより年上だ〟ふうの態度に出るでしょう？」と言って言葉を切り、「と言っても、あなたはご存じないわね」

「ふうむ。わたしはてっきり人狼のほうが厄介だと思っていた。軍隊で暴れまわったり、昼間族と結婚したり」

「あたくしの夫にかぎって言えば、たしかに少々、厄介でした。でも、公正に言って、最後に間違いを犯すまではそれほど悪い夫ではなかったわ」そう言いながら、アレクシアは思った――〝それほど悪くない〟どころじゃない。悪くないどころか、コナルはひどく無愛想だったけど、理想の夫だった。必要ないときに優しくて、優しくするべきだと気づくまでは乱暴で……。コナルのことを思い出し、アレクシアは小さく身震いした。声が大きくて、ぶっきらぼうで、過保護だけど、コナルはあたしを心から愛してくれた。長い時間をかけて、ようやくアレクシアは自分がコナルの惜しみない愛情を受けるに値する人間だと思えるようになった。そう気づいたあとだけに、その愛情を理不尽にも奪われるのはよけいにこたえた。

「重要なのは、最終的にどうだったかじゃないの？」ルフォーが不満そうに首をかしげた。ルフォーはアレクシアを追い出したコナルに、断固として腹を立てている。

アレクシアは顔をゆがめた。「いかにも科学者的発言ね」

「彼がしたことを許せるの、アレクシア？」ルフォーが非難めいた口調で言った。

ランゲが食事から顔を上げた。「あなたを追い出したのか？　夫君は自分の子どもではないと思っているのか？」

「無理もないわ——語り部《ハウラー》は一度も人狼に子どもができた例を歌ったことがないのだから」

アレクシアは自分でも信じられないことに、気がつくとコナルを弁護していた。「そして、あたくしより、その事実を信じたの。弁明の機会すらくれずに」

ランゲは首を振った。「やはり人狼だな。感情と暴力と言っただろう、ヤー？」そう言って決然とペンを置き、本とメモ帳に顔を近づけた。「午前中ずっと調べていたんだが、わたしの記録だけなら夫君の判断を立証できるかもしれん。だが、断言するには確証的事例や情報が足りんのだ。しかしながら、古い記録がある」

ら？

「吸血鬼が保管する記録のこと？」アレクシアがたずねた。〈吸血鬼の勅令〉のことかしら？

「いや、テンプル騎士団の記録だ」

フルーテがかすかに顔をしかめた。アレクシアがちらっと視線を向けたが、フルーテは無表情でもぐもぐと口を動かしただけだ。

「なぜこんなことが可能か、テンプル騎士団が知っているかもしれないってこと？」そう言ってアレクシアはそっと自分のお腹を指さした。

「ヤー。もし前例があれば、記録に残っているはずだ」

アレクシアはコナルの執務室につかつかと入り、無実を証明する文書を机に叩きつける場面をうっとりと思い浮かべた――コナルが口をぱくぱくさせる様子が目に浮かぶようだ。

「それで、あなたの理論はどんなものですの、ムシュー・ランゲ＝ウィルスドルフ？」ルフォーがたずねた。

「たとえアンデッドの考えは捨てても、魂の構成に対するエーテル学的分析法には自信がある。それによって妊娠を説明できるかもしれない」

「その理論で表皮接触の原則を保つことは可能ですの？」と、ルフォー。

ランゲは感心したようにルフォーを見返した。「わたしの研究に詳しいようだな、マダム。てっきりきみは根っからの技術者だと思っていたが？」

ルフォーはさっとえくぼを浮かべた。「わたくしのおばはゴーストです。祖母もそうでした。余分の魂の研究には大いに興味がありますわ」

そのときバカ犬ポッシュが突進し、アレクシアの足首のあたりで例のごとくキャンキャン吠え、あろうことか片方のブーツのひもを嚙みはじめた。アレクシアはひざからナプキンをはずし、こっそりポッシュの頭の上に載せた。ポッシュは必死に振り払おうとして頭を振ったが、無駄なあがきだ。

「きみにも魂が余分にあると思うかね？」ランゲがたずねた。愛犬の受難にはまったく気づいていない。

ルフォーがうなずいた。「どうやらそのようですわ」

ふとアレクシアは思った――自分が将来ポルターガイストになって死ぬ運命だと知るのは、どんな気分かしら？　あたしには救済の可能性も不死者になる可能性もない。ただ死ぬだけだ。反異界族には神にもゴーストにも捧げるべき魂がないのだから。

「では、なぜきみは不死を求めないのだね？　変異という暴虐が堂々と推進される英国に住んでいながら？」

ルフォーは肩をすくめた。「服の好みは男ですが、わたくしは女性です。そして女性が人狼に嚙まれて――もしくは吸血鬼に吸われて――生き延びる確率がきわめて小さいことはよく知っています。なによりも、わたくしは発明家としてのささやかな技術を魂とともに失いたくはありません。人狼団や吸血群の慈悲にすがって生きる？　いいえ、それも望みません。それに、親族がゴーストだからといって、わたくしもそうだとはかぎりませんわ。いずれにしても、わたくしは危険を冒すタイプではありません」

ついにポッシュはナプキンを頭に載せたままテーブルを一周した。アレクシアは咳払いしたり、食器をカチャカチャいわせたりして、前の見えない犬が部屋じゅうのありとあらゆる物に激突する音をごまかした。ついに見かねたフルーテが身をかがめてポッシュの頭からナプキンをはずし、アレクシアをとがめるように見やった。

これまでたずねようとは思わなかったけど、マダム・ルフォーほどの高度な発明技術を持った人に異界族の後ろ盾がないのは、考えてみれば不思議だ。ルフォーはウェストミンスター群やウールジー団と良好なビジネス関係を続けているが、顧客には一匹狼やはぐれ吸血鬼、昼間族もいる。ルフォーが変異や異界族の援助を避けるのは、現実的な理由というより、個人的な嫌悪感によるものだと思っていた。アレクシアは、はたと考えた——もしあたしにルフォーのような選択肢があったら、あたしも同じ道を選ぶかしら？

ランゲは気に入らないようだ。「どうせなら、きみには倫理的変異反対者ではなく、宗教的反対者でいてほしいのだがね」

「それならなおのこと、ムシュー・ランゲ＝ウィルスドルフ、わたくしはあなたの信条ではなく、自分の信条にしたがって行動すべきではありませんか？」

「最終的に異界族にならないのなら、それでもかまわんが」

「それくらいにしませんこと？　食事のときに政治の話なんて」ついにアレクシアが口をはさんだ。

「まったくそのとおりだ、〈雌標本〉どの、あなたに話題を戻そう」アレクシアに向けたランゲの目が急に鋭くなり、アレクシアのなかで警戒信号が鳴った。「いやはや、まったく驚くべき現象だ、あなたの妊娠は。昨夜まで、わたしは吸血鬼や人狼が変異以外の方法で子孫を生み出すことはできないと信じていた。ヤー？　反異界族が接触しても、異界族のほぼ死んだ状態を打ち消すことはできない。たしかに触れられているあいだは死すべき者だが、人間になるわけではないから、当然、子孫をつくることはできないはずだ」

アレクシアは果物を一切れかじりながら言った。「あきらかに間違った見解だわ」

「あきらかにそうだ、〈雌標本〉どの。そこでわたしは――なんと言ったか――その、状況を再考した。そして、あなたの主張を裏づける科学的証拠に行き着いた。それは、人狼や吸血鬼がいまなお」――そこでランゲは言いよどみ、青白い顔を赤くして続けた――「その、寝室での営《いとな》みを続けているという事実だ」

「噂が本当なら、実に豊かで、実験的性質のものらしいわね」ルフォーが意味ありげに眉を動かした。テーブルでこうした話題をさりげなくできるのはフランス人だけだ。アレクシアとフルーテとランゲは痛々しいほど落ち着きを失い、つかのま気まずい雰囲気を共有していたが、やがてランゲが勇気を振りしぼって続けた。

「変異後も子孫を残そうとする衝動が残っているのには、しかるべき理由があるに違いない。だが、手もとの本のなかに、この点について記したものはない。もし本当に死にぞこねた状態であれば、人狼には、その生物学的機能は必要ないはずだ」

「そのこととあたくしの妊娠とどんな関係が？」アレクシアは興味を引かれ、食べるのをやめて耳を傾けた。

「夫君が人狼になってもなお、その、とりおこなう能力を持ちつづけていることは、あきらかに、昔ながらのやりかたで子孫を残そうとする本能と結びついていると思われる。現代科学の観点から言えば、したがって、それがどんなに微々たるものであろうと子孫を残す可能性はあると考えるべきだ。そして、あなたはまさにその微々たる可能性なのだよ。しかし、問題は流産を避けられないことだ」

アレクシアは青ざめた。

「残念ながら、これだけは避けられない。たとえテンプル騎士団による反異界族繁殖プログラムが無意味だったとしても、〃反異界族はつねに純血種である〃という事実だけは証明した。そして、反異界族はほかの反異界族と同じ場所の空気を共有できないことも証明された。つまり〈雌標本〉どのよ、あなたは自分の子どもに対しても拒否反応が出るということだ」

アレクシアは反異界族のミイラと同じ部屋にいたときのことを思い出した。あのときアレクシアは、いつか自分以外の反異界族に会ったら、こんな居心地の悪さと反発力を感じる運命なのだと知らされた。でも、お腹のなかの胎児からは、そんな拒否反応は一度も感じたことがない。

「あたくしと子どもは同じ空気を吸っているわけじゃないわ」アレクシアが反論した。

「反異界族の能力が肉体的接触によって発揮されることは誰もが知っている。この点については テンプル騎士団の記録が明記しているし、わたしの記憶もたしかだ。何世紀にもおよぶ統計結果を見ても、不妊症もしくは途中で流産しなかった〈雌標本〉は一人もいない。問題は胎児を失うかどうかではなく、いつ失うかなのだ」

アレクシアは息をのんだ。そして意外にも胸が痛んだ。子どもを失うのがつらいのではない。コナルがあたしを拒絶し、ひどい言葉を浴びせて追い出したことが、まったく無意味になるからだ。なんてバカらしくて、救いようがなくて、そして……。

ルフォーが言葉をはさんだ。「でも、これは普通の〝反異界族の子ども〟ではないかもしれないわ。いまご自分で言われましたわ――彼らの大半は昼間族と反異界族のあいだに生まれる純粋種だと。でもアレクシアの赤ん坊の父親は人狼よ。そして身ごもった瞬間は、彼女との接触のせいで最大限に死すべき者になっていたはずです――たとえ人間ではなかったにしても。完全に人間に戻ることはありえないわ。すでに彼は魂の大半を失っているのだから。つまり、この赤ん坊は何か別物なのよ。そうに違いないわ」ルフォーはアレクシアに向きなおった。「いずれにしても、あなたが〈ソウルレス〉の赤ん坊を流産しそうだという理由だけで、吸血鬼が命をねらうはずがないわ。ましてや英国の吸血鬼が」

アレクシアはため息をついた。「こんなときは、つくづく母の意見を聞きたくなるわ」

「なんということを、奥様、そこにどんな意味があるというのです？」アレクシアのとんでもない発言に、思わずフルーテがたずねた。

「あの人がなんと言おうと、その逆の立場を取れば間違いないってことよ」

だが、ランゲは家族の歴史には耳も貸さなかった。「お腹の子どもに吐き気や反発を感じたことは？」

アレクシアは首を横に振った。

ランゲはひとりごとをつぶやきはじめた。「計算式から何かが抜け落ちているようだ。母体と胎児のあいだのエーテル交換伝導率が魂の部分的保持力によって制限されたのか……いや、しかし胎児は昼間族の父親の魂は保持しないはず……ということは魂の種類が違うのか？」尖筆型万年筆《スタイログラフィックペン》を手にしたランゲはすさまじい勢いでメモを書きつけ、次のページをめくると、ふたたび猛然と書きはじめた。

全員が無言でランゲを見ている。アレクシアがすっかり食欲を失いかけたころ、ランゲがふと書く手をとめて、顔を上げ、大きく目を見開いた。ようやく脳みそにルフォーの言葉の後半が到達したらしい。

「いま〝吸血鬼が命をねらっている〟と言ったか？　やつらが彼女を殺そうとしているだと？　その彼女がわが家のテーブルにいるだと！」

ルフォーは肩をすくめた。「ええ、そうよ。ほかに誰がアレクシアを殺したがると思う？」

「それはやつらがここに来るということじゃないのか？　連中は〈雌標本〉どのを追ってるんだろう？　やつらがここに！　吸血鬼――わたしは吸血鬼が大嫌いだ！」ランゲは音を立

てて床に唾を吐いた。「血を吸う忌まわしき悪魔の手先どもめ。さあ、出て行ってくれ。いますぐ、全員だ！　申しわけないが、そんな状況できみたちをかくまうことはできん。たとえ研究のためだとしても」

「でも、ミスター・ランゲ＝ウィルスドルフ、〈真鍮《O》タコ《B》同盟《O》〉の仲間を追い出すなんてひどいわ。どうか落ちついて。しかも今は真っ昼間よ」

「〈同盟〉の仲間であろうとダメだ！」ランゲが立ち上がった。愛犬と同様いまにもヒステリーを起こしそうだ。「出て行ってくれ！　食料もやる、カネもやる、イタリアの知り合いも紹介する、だからとにかく出て行ってくれ。テンプル騎士団を訪ねるがいい。本当に吸血鬼が命をねらっているのなら、きっとかくまってくれるはずだ。わたしには対処できん。まっぴらごめんだ」

アレクシアが立ち上がると、フルーテの姿がなかった。さすがはフルーテ——会話の途中で今後の展開を予測し、出立の準備のために客室に戻ったようだ。予想どおり、有能な執事はアレクシアの書類カバンに荷物を詰め、パラソルと上着を持って玄関口で待っていた。少なくともフルーテはランゲの家に少しの未練もなかったようだ。

9　アルプス越えをせずにすむ方法

考えてみると、明るいうちにイタリアに向かったほうが安全かもしれない――アレクシアは思った。いまの状態と状況になんらかの答えがほしければ、テンプル騎士団か吸血鬼にきくしかないことはいよいよあきらかになってきた。そして両者のうち、殺す前に話をしてくれそうなのはテンプル騎士団だ。

もうひとつ、あきらかになったことがある。これまではコナルの間違いを証明したい一心だったが、いまやチビ迷惑の命がかかっている。たしかに、この小さな寄生体はいらだたしいけど、死んでほしいとまでは思わない。ここまで、ともにさまざまな困難を切り抜けてきた同志だ。きみがあたしにちゃんと食事をさせてくれたら――アレクシアはこっそり言い聞かせた――母性本能をはぐくむ努力をしてやってもいいわ。でも、いい？　簡単にはいかないわよ。そんなものを持とうなんて、いままで思ったこともないんだから。でも、とにかくやってみるわ。

殺人集団を振り切り、過激なドイツ人に追い払われたあとに三人が取った行動は、アレクシアが拍子抜けするほど普通の、貸し馬車をつかまえるという行為だった。貸し馬車事情は、フランスも英国もあまり変わらない。ただ、英国に比べて数が少ないだけだ。マダム・ルフォーは貸し馬車の御者と短くも峻烈な会話を交わし、かなりの代金を払って商談を成立させた。ルフォーがフルーテの隣に座ると、二人乗り一頭立て二輪馬車は療養者や、湿っぽい気候を逃れて訪れた旅行者たちで混み合うニースの通りを海岸に向かって勢いよく走り出した。ハンサムという名のこの馬車は、誰かに追われているときにはうってつけの乗り物だが、三人が乗りこむには窮屈だ。

乗客席後部の高い席に座る御者が長いムチで速歩を命じると、馬は一気に加速して角を曲がり、すさまじい音を立てて猛スピードで路地を駆け抜けた。

やがて馬車はニースを抜け、崖と砂浜にそってうねうねと続くリヴィエラ海岸の舗装されていない道路を進んだ。追われる身でなければ、さぞ楽しい旅だったに違いない。からりと晴れた冬の日、右手にはターコイズブルーにきらめく地中海が広がり、すれちがう馬車もほとんどいない。御者は、長くゆるい曲がり道や直線道で手綱《たづな》をゆるめ、長い道中にそなえて馬をゆっくり走らせた。

「このまま国境まで連れていってくれるそうよ」ルフォーが吹きつける風に向かって言った。

「大枚はたいたけど、おかげでかなり早く進んでるわ」

「そうね！　暗くなる前にイタリアに着けるかしら？」ルフォーとフルーテのあいだに座るアレクシアは少しでも隙間を空けようと、書類カバンを脚とスカートの下にぎゅっと押しこみ、パラソルを膝の上に載せた。もともと二人用の席だ。三人ともそれほど大柄ではないが、バッスルをつけていなくてよかったとアレクシアはつくづく思った。この状況では、とてもあんなものつけていられないわ。

御者が速度をゆるめた。

アレクシアはこの機に立ち上がり、馬車の屋根と御者席ごしに、あぶなっかしく背後を振り返った。そして顔をしかめて腰を下ろした。

「どうしたの?」と、ルフォー。

「言いたくないけど、つけられてるみたい」

ルフォーは片手でシルクハットをしっかり押さえ、反対の手で馬車の屋根をつかんで立ち上がり、後ろを見た。そして完璧なアーチ型の眉のあいだにしわを寄せて座った。

アレクシアが従者に向かってたずねた。「フルーテ、あなたの飛び道具はどんな具合?」

フルーテは上着の内ポケットから二挺の小型拳銃を取り出し、順番にカチッとなかを開けた。どちらも単発式で、弾が入っている。時計店で吸血鬼に襲撃されたあと、ぬかりなく再装塡したらしい。さらに上着をあちこち探り、ねじり紙に包んだ少量の火薬と八個の銃弾を取り出した。

ルフォーはアレクシアの身体の前に手を伸ばして弾をひとつつまみ上げ、しげしげと見た。アレクシアも顔を近づけた。表面が硬木製で、先端は銀。なかみは鉛《なまり》のようだ。

「古い型のサンドーナー弾ね。でも昼間は必要ないわ。追っ手はドローンに決まってるから。それにしても、ミスター・フルーテ、どうしてこんなものを持ち歩いているの? あなたに異界族をしとめる権利はないはずよ」

「ああ、そのことなら」フルーテは銃弾を上着のポケットにしまいながら答えた。「譲り受けたとだけ申しておきます」

「ミスター・タラボッティからね？」ルフォーがうなずいた。「どうりで古びてるはずだわ。でも、本当は新型のコルト銃がほしいんじゃないの、ミスター・フルーテ？　はるかに効率的だもの」

フルーテはいかにもいとおしげに二挺の小銃を見下ろし、ポケットにしまった。「そうかもしれません」

アレクシアは興味をひかれた。「お父様は正式なサンドーナーだったの？」

「そうではありません、レディ・マコン」つねに用心ぶかいフルーテだが、話題がアレッサンドロ・タラボッティのことになると、いっそう口が堅くなる。半分はフルーテの頑固な性格のせいだが、残りの半分は、あたしに知られたくない何かを隠しているような気がしてならない。ともかく、追っ手が吸血鬼ではなくドローンだとしても、アレクシアにはこれだけで身を守れるとはとても思えなかった。

ルフォーが上着の袖をたくし上げ、手首の発射装置をチェックした。「矢は三本しか残ってないわ。アレクシア、あなたは？」

アレクシアはかぶりを振った。「麻酔矢は、ほら、時計店で全部、使ってしまったわ。残っているのは、人狼用の月の石《ラピス・ルナリス》噴霧液と磁場破壊フィールド発射装置だけよ」

ルフォーはくやしそうに歯の隙間から息を吸った。「もう少し積載量を増やしておくべきだったわね」

「これが精いっぱいよ」アレクシアが慰めた。「すでに普通のパラソルの二倍の重さがあるんだから」

フルーテが立ち上がって後ろを振り返った。

「国境を越える前に追いつかれるかしら?」アレクシアにはニースからイタリア国境までの正確な距離がわからない。

「たぶんね」ルフォーは地理が頭に入っているようだ。

腰を下ろしたフルーテがひどく不安そうな表情を浮かべた。

馬車は蹄《ひづめ》の音を響かせて小さな漁師町を通り抜け、町の反対側に出た。通りの舗装がよくなったせいで、さらにスピードが上がった。

「なんとかモナコで振り切らなきゃ」ルフォーは立ち上がって馬車の屋根に身を乗り出し、長々と御者と交渉した。機関銃のようなフランス語が風に乗って聞こえてくる。

話の要点を察したアレクシアは旅行ドレスの首もとからルビーと金のブローチをはずし、ルフォーの小さな手に押しつけた。「これでやってみて」

ブローチが馬車の屋根ごしに消えたとたん、ムチがしなり、馬が一気に駆けだした。心づけというものはどんな言語圏でも通用するらしい。

馬車は速度と追っ手との距離を保ちつつ、モナコの街中に入った。あやしげな噂で有名な、こぢんまりした観光地だ。

御者は幹線道路を避け、みごとな手綱さばきで何度も角を曲がり、小さな谷のあいだをすり抜けた。途中、勢いあまって路地のあいだにずらりとかかった洗濯物に突っこみ、ズボンと紳士用の胸当てを引っかけ、機関銃のようなフランス語の罵声を浴びた。障害物競走を走り抜けた馬車はしだいに海から離れ、街の北部を抜けてアルプス山脈に向かってゆく。馬が不満そうに鼻を鳴らし、ずっと耳に引っかかっていた真っ赤なブルーマーを振り落とした。

「この季節に山越えなんてできるの？」アレクシアが不安そうにたずねた。季節は冬。イタリア・アルプスは、内陸のはるかに雄大な仲間――スイス・アルプス――ほど有名ではないが、それでも山頂に白い雪をいただくれっきとした山岳地帯だ。

「できると思うわ。でも、本道は避けたほうが無難ね」

標高が上がるにつれて道幅が狭くなってきた。馬は歩く速度になり、脇腹を波打たせている。だが、速度が落ちてさいわいだった。道の両脇からは並木が迫り、しかも片側はけわしい土手、反対側は危険な急斜面だ。馬車は、大きな鈴をつけたなんの変哲もない茶色いヤギの一群と不機嫌そうなヤギ飼い少女のあいだをガタゴトすり抜け、なんとか追っ手を振り切ったかに見えた。

馬車の左側の窓から外を見ていたアレクシアは、土手と並木の上方に浮かぶ見慣れない構造物に気づき、ルフォーの腕を引っ張った。「あれは何、ジュヌビエーヴ？」

ルフォーが首を傾けて答えた。「ああ、あれは空中軌道装置《スカイレール・システム》よ。稼働していてよかったわ」

「それって？」

「新型の貨物乗客輸送装置よ。制御装置の設計にちょっとだけたずさわったの。もうすぐ全体像が見えてくるわ」

馬車はカーブを曲がり、さらに急な傾斜を登りはじめた。やがて見上げる先に装置の全貌が華々しく現われた。最初は二本の鉄塔のてっぺんのあいだに巨大な洗濯ひもが平行に張ってあるように見えたが、よく見ると列車の軌道のようなものが宙に浮かんでいる。その平行軌道にまたがるように、大型車輪のついた駅馬車くらいの大きさと形の連結車両が、歩みののろい昆虫のように一定のリズムで揺れながらレールの上を進んでいた。車両の下からは白い蒸気がもくもくと噴き出し、それぞれの車両からは丸太を積んだ金属網が長い索の先で揺れながらぶら下がっている。まるで卵嚢《らんのう》をさげたクモか、路面電車からぶらさがる空中ブランコのようだ。

「まあ、すごい！」アレクシアは感嘆の声を上げた。「あれは一方通行なの？」

「貨物を山から下ろすのが大半だけど、上昇もできるわ。列車と違って、あのケーブル軌道はスイッチバックの必要がないの。車両と車両はぶつからずに上下を行き交うことができるわ――もちろん貨物を運んでないときにかぎるけど。ほら、ケーブルが車両の屋根の上を通っているでしょう？」

アレクシアはすばらしい発明品に目を奪われ、つかのま自分の置かれた危険な現状を忘れた。こんなものは見るのも聞くのも初めてだ――空中に浮かぶ線路なんて！

フルーテはびっくり箱よろしく何度もぴょんと立ち上がり、馬車の屋根ごしに後ろを振り返った。アレクシアはフルーテの動きに敏感になり、〝急に脚に力が入ったときは長く立つ〟というパターンがわかってきた。ルフォーもフルーテの横で同じようにぴょんと立ち上がっては振り返るので、御者はひどく迷惑そうだ。アレクシアは馬車のバランスが崩れるのが恐くて座っていたので、左右どちらを向いてもズボンしか見えなかった。

背後からかすかに叫び声が聞こえたが、アレクシアはドローンたちが追いかけてくる様子を想像するしかない。次のジグザグ道で、右側の窓ごしにようやく敵の姿が見えた。必死の形相の若者たちを乗せた四頭立て馬車が猛然と追ってくる。しかも馬車の屋根には機関銃らしきものが搭載されていた。

あらまあ――なんて恐ろしげな銃かしら。

フルーテが小型単発銃《デリンジャー》を撃つ音と、ルフォーが毒矢を放つ鋭い音が聞こえた。

フルーテはさっと座席に座って銃を替え、ふたたび弾をこめた。「奥様、誠に遺憾ながら、敵はノルデンフェルト式軽装機砲を備えております」

「何砲ですって？」

ルフォーが座って再充塡するあいだ、ふたたびフルーテが立ち上がって発砲した。

「遠からず、実動するところを目撃なさるものと存じます」

馬車が雪線に到達した。

その瞬間、とてつもない大粒の銃弾の雨が馬車の脇をシュッとかすめ、なんの罪もない木にめりこんだ。一度に複数の弾を発射するなんて、なんて恐ろしい！

フルーテがあわてて腰を下ろした。

「これがノルデンフェルト式軽装機砲弾です、奥様」

馬が恐怖にいななき、御者が毒づいたとたん、馬車はガクンと停止した。

さすがのルフォーも今回ばかりは御者に食ってかかりもせずに馬車から飛び降りた。フルーテはアレクシアの書類カバンをつかみ、アレクシアはパラソルをつかんであとに続いた。そして振り向きもせず、パラソルでバランスを取りながら、雪の斜面をえっちらおっちらケーブルに向かって土手をのぼりはじめた。

真後ろで銃弾が雪を跳ね飛ばし、アレクシアはみっともない悲鳴を上げた。こんなとき、コナルならどうするかしら？ 銃撃戦はアレクシアの得意分野ではない。コナルは訓練された軍人だけど、あたしは違うわ。それでもアレクシアは気を取りなおして叫んだ。「散開して、あの支柱まで走るわよ」

「了解」と、ルフォー。

ふたたび発砲の音がしたが、次の砲弾はそれほど近くには飛んでこなかった。

やがて三人は下の山道から見えないあたりまで登った。あの殺人回転砲をもってしてもねらうのは無理だ。しかも、いったん本道を離れると、四輪馬車は二輪馬車ほど小まわりがきかない。あちこちから叫び声が聞こえた。ドローンと二輪馬車の御者がどなり合っている。

だが、ドローン軍団が大事なノルデンフェルト砲を置き去りにして追いかけてくるのは時間の問題だ。そうなると、雪のなかバッスルなしのスカートを引きずるアレクシアに勝ち目はない。

ケーブル軌道に近づいたとき、貨物を積んだ車両が一台、こちらに向かって下りてきた。残念ながらアレクシアたちの望みとは反対方向――ふたたびフランスに向かって――進んでいるが、とりあえず避難場所にはなりそうだ。ようやくたどりついた支柱には、緊急脱出もしくは修理用とおぼしき、あまり頑丈そうではない金属のはしご段がついていた。

フルーテが有能なローマ将軍よろしく状況を判断した。「手持ちのなかで、マダム・ルフォーの毒矢発射器が最速の武器です、奥様」

「鋭い指摘だわ、フルーテ。ジュヌビエーヴ、フルーテとあたくしがのぼるあいだ、下で援護してくれる?」

ルフォーが険しい表情でうなずいた。

ルフォー一人を残すのは心苦しいが、やむをえない。アレクシアは泥だらけのスカートを持ち上げ、片手にかけた。すでにパリでブルーマーをさらした身だ。アルプスで見られても、いまさら気にすることはない。

フルーテとアレクシアは支柱のはしごをのぼりはじめた。

てっぺんの小さな踊り場に着いたフルーテは書類カバンを置き、しゃがんで下方にねらいを定めると、弾がなくなるまで二挺の小型拳銃を交互に撃ってはこめるを繰り返した。そのあいだにルフォーが支柱をのぼり、アレクシアは刻々と近づいてくる下り車両にパラソルを向けた。車両の窓の奥に操縦士の驚いた顔が見えた。驚くのも当然だ。さぞ、狂気めいていたに違いない――汚れてボロボロの英国ふうドレスを着た体格のいいイタリア人とおぼしき女性が、髪を振り乱し、帽子をずり落としそうになりながら、大型輸送車両に向かって不格好なパラソルを脅すように突き出していたのだから。

車両の正面が踊り場と同じ高さに近づいたとき、アレクシアはパラソルの持ち手部分から突き出た木彫りのスイレンの花弁を力いっぱい引いた。磁場破壊フィールド発射器が音もなく強力な信号を発射し、車両はガクンと停止した。

操縦士は何が起こったのかわからず、窓の向こうでアレクシアに何か叫んでいる。背後の踊り場では、支柱をのぼって迫りくるドローンたちにルフォーがフランス語で罵声を浴びせ、ドローンも何やらわめき返していた。

ルフォーに加勢をしようとアレクシアが振り返ったとき、チビ迷惑が母体の行動に異議を唱えるかのようにお腹を蹴った。だが、アレクシアは無視し、心のなかで呼びかけた――お黙り、この〝原始存在的厄介者〟。いまはそれどころじゃないわ。

ドローンの一人がルフォーの片方のブーツをつかんだ。ルフォーはドローンを蹴りながら最後の数センチを必死によじ登り、ついに弾つきたフルーテがルフォーの肩をつかんで踊り場に引っ張りあげている。

アレクシアはとっさの判断でパラソルを開き、向きを変えた。そして石突きにしこまれた特殊ダイヤルをすばやく〝片側噴射〟にセットすると、踊り場の端からできるだけ遠くに腕を伸ばし、支柱をのぼってくる若いドローンたちの上に月の石《ラピス・ルナリス》混合液の雨を降らせた。

硝酸銀の希釈液は人狼向けの毒薬で、人間にたいした効果はない。せいぜい肌が変色する程度だが、ドローンたちは上を向いており、上から降りそそぐ液は眼球を直撃した。戦意をそぐには充分だ。支柱から落下したのか、薬品が目にしみたのか、あちこちで悲鳴が上がった。ドローンたちがはるか下の雪のなかでもがいている。作戦は大成功だ。雪原でもがくドローンのなかには、さっきまでルフォーのブーツをつかんでいた者もいた。男はなおもブーツを握っていたが、ルフォーは支柱のてっぺんまでのぼりきり、きれいな顔にほっとした表情を浮かべた。

三人はケーブル車両に向かって走った。フルーテは阻止しようとする操縦士を無視してアレクシアの書類カバンで正面ガラスを叩き割り、なかによじ登ると、操縦士のあごに強烈な一撃を浴びせた。操縦士は石のように床に倒れ、ひょろりとした若いボイラー係は不安そうに大きく目を見開き、おとなしく襲撃者の要求にしたがった。

乗客は一人もいない。

アレクシアはだらりと垂れ下がるスカートのバッスル部分を細長く引き裂いてフルーテに渡した。フルーテはみごとな手さばきで綱を結ぶと、少年と意識を失った操縦士を楽々と縛りあげた。

「ずいぶん手際がいいのね、フルーテ？」と、アレクシア。

「はい、奥様、だてにミスター・タラボッティの従者だったわけではございません」

「ジュヌビエーヴ、あなた、この装置を運転できるの？」

「基礎的な配線にたずさわっただけだけど、あなたがボイラー番をしてくれるなら、なんとかなるわ」

「まかせて！」アレクシアが答えた。罐《かま》たきくらいなら、なんとかやれそうだ。

そうこうするうちに磁場破壊フィールドの効果が切れ、車両中央部の巨大な蒸気エンジンがうなりを上げて動きだした。ケーブル車両はそのつど向きを変えずにすむよう、前後に窓つきの操縦室がついている。反対方向に進むときは、操縦士は座席を移動するだけでいい。制御装置をざっと確認したルフォーは、震動する車両の片側にある大きなレバーを引きおろし、急いで反対側に走って同じようなレバーを押し上げた。

度肝を抜くような大きな警笛が鳴り響き、空中軌道装置と車両とその下にぶらさがる丸太の入った巨大な鉄網が、さっきとは反対方向に——ふたたび山頂に向かって——動きはじめた。

アレクシアは小さく〝がんばれ〟と叫んだ。

フルーテは二人の人質を縛りおえると、「手荒なまねをお許しください」と英語で詫びたが、縛られた当人たちは理解できなかったようだ。

アレクシアはこっそり笑みを浮かべ、ボイラーを燃やしつづけた。かわいそうなフルーテ——今回の脱出劇では、さぞ心苦しい思いをしているに違いない。

ボイラーだきは高温作業だ。荒れ地を駆け抜け、支柱をよじ登ったアレクシアは筋肉の痛みを感じはじめた。かつてアイヴィが非難がましく指摘したように、若いレディにしては少し動きすぎだ。でも、オリンピック選手なみの体力がなければ、この三日間を乗り切ることはできなかっただろう。この疲れには、チビ迷惑の存在が影響しているかもしれないが、妊娠した状態で走ったのは初めてだから、胎児のせいか、吸血鬼のせいかはわからなかった。

車両の端で狂ったようにレバーを引き、ダイヤルをひねって飛びまわるルフォーの健闘により、空中軌道は〝一歩ずつ這うような歩み〟から〝よろよろ走り〟の速度で動きはじめた。

「貨物をぶらさげたまま、この速度で進めるの？」アレクシアはみずから引き受けた罐《かま》たき場から叫んだ。

「無理よ！」ルフォーが大声で明るく答えた。「貨物索と網をはずしたいんだけど、作動中は落下防止のために安全装置が働いているみたい。少し時間をちょうだい」

フルーテが正面ガラスの外を指さした。「あまり時間はないようです、マダム」

ルフォーが毒づいた。

見上げると、材木を下げた車両が下に向かって近づいていた。速度は遅いはずなのに、ぐんぐん迫ってくるように見える。車両だけならすれ違うことが可能だが、材木をいっぱいに積んだ網をぶらさげているときは無理だ。

「いよいよ貨物を落とす方法をつきとめなければならないようね」と、アレクシア。

ルフォーが必死の形相で制御盤の下を見つめた。

ふとアレクシアは別の作戦を思いつき、車両の反対側に駆け寄った。

「どうやったら貨物をはずせるの？」アレクシアはおびえるボイラー少年に顔を近づけ、フランス語でどなった。「さっさと教えなさい！」

少年は恐怖のあまり言葉も出ず、両脇の操縦制御装置から独立している蒸気エンジンの片側にあるレバーを指さした。

「わかったわ！」アレクシアがレバーに飛びついた。

操縦席のルフォーはますます狂ったように、ダイヤルをまわしてハンドルを引くという複雑な動作を繰り返した。いま乗っている車両に、下りてくる車両の上を通過させようとしているらしい。

いよいよ上りと下りの車両が近づいた。下り車両の窓ごしに、操縦士がおびえて身ぶり手ぶりする様子が見える。

アレクシアは力まかせに貨物切り離しレバーを押し下げた。

緊急手動装置が抵抗するようにきしみを上げた。

フルーテが駆け寄り、アレクシアに手を貸して力いっぱいレバーを押した。

車両がぶるっと震動し、次の瞬間、ものすごい衝突音とともに、大量の材木がどさどさと山の斜面を転がり落ちる音が聞こえた。数秒後、車両は大きくガクンと揺れ、続いて今にもちぎれそうに左右に激しく揺れたかと思うと、迫りくる下り車両の上を昆虫のように乗り越え、最後にもういちど大きく震動して再び軌道をのぼりはじめた。

だが、勝利を祝うまもなく、銃弾が金属にぶつかる甲高い音がした。追っ手が近づいている。

フルーテが側面の窓に駆け寄り、外を見た。「リボルバーです、奥様。連中は徒歩で追ってきます」

「もう少し速く進めないの？」アレクシアがルフォーにたずねた。

「これ以上は無理ね」ルフォーはえくぼとともに不敵な笑みを浮かべた。「行けるところまでケーブルで行って、そこから国境まで走るしかないわ」

「簡単に言うわね」

ルフォーがにやりと笑みを広げるのを見て、アレクシアは思った――ルフォーって人は、かなり無鉄砲なんじゃないかしら？

「イタリアはなぜか心安らぐ場所です、奥様」フルーテは哲学めいた言葉を吐き、武器になりそうな部品がないかと重々しい足取りで車内を探しはじめた。

「あなた、イタリアは嫌いじゃなかったの、フルーテ？」

「美しい国です、奥様」

「そう？」

「ミスター・タラボッティはかの地から逃げ出すのに苦労され、結局、英国女性と結婚することになったのです」

「お母様のこと？　たしかに最悪の運命ね」

「おっしゃるとおりです、奥様」フルーテは大型レンチで側面の窓を割り、頭を突き出した。そのとたん、銃弾が頭の脇をかすめた。

「お父様は何から逃げようとしていたの、フルーテ？」

「過去からです」フルーテは大きな金属部品を持ち上げ、あわよくばと窓から放り投げた。下のほうから〝危ない！〟という声が聞こえ、ドローンたちが窓の下からあとずさった。

「丸太を落としたとき、一人も排除できなかったのは残念だったわ」

「おっしゃるとおりです、奥様」

「どんな過去なの、フルーテ？」アレクシアはさらにたずねた。

「あまりよい過去ではありません、奥様」

アレクシアはいらだたしげに鼻を鳴らし、次々に石炭を放りこみながら言った。「これまで〝まったくしゃくにさわる人ね〟と言われたことはない？」

「よく言われます、奥様」フルーテは追っ手がふたたび近づくのを待って、またもや部品を窓から放りなげた。フルーテとドローンが三十分ほど小競り合いを続けるうちに、木々の影が長く伸び、雪が灰色に変わりはじめた。太陽がゆっくり沈み、見上げると山脈の上に満月が昇っている。

「もうすぐ終点よ」ルフォーは片手で前方をさっと示し、すぐに制御装置に注意を戻した。

アレクシアは石炭をくべるのをやめ、終点の様子を確かめようと車両前方に移動した。

到着地点は複数の支柱で支えられた広いU字型のプラットフォームになっており、ケーブルが何本か地面に向かって垂れ下がっている。おそらく丸太用だろう。観光客用とおぼしき、乗客を降ろすための設備も見える。複数の巻き上げ機を組み合わせた原始的な滑車装置だ。

「あのケーブルを伝って下りられるかしら？」

ルフォーがちらっと見やった。「そうするしかなさそうね」

アレクシアはうなずき、手近にあったひもで書類カバンとパラソルを身体にくくりつけた。両手を空けておかなければならない。

車両ががたんと揺れて停止し、三人は割れた窓から急いで外に出た。最初にルフォーが滑車ひもをつかみ、一瞬の迷いもなくプラットフォームの端から飛び降りた。やっぱり無鉄砲だわ。

滑車はガチャリと大きな音を立て、ゆっくりした速度でケーブルを下へ下へと繰り出した。地面に着いたルフォーは優雅に前転し、靴下をはいた足で跳ねるように着地して快哉《かいさい》を叫んだ。

アレクシアは観念したように深くため息をつき、あとに続いた。両手で重い革ひもをつかみ、プラットフォームから足を離したとたん、滑車は勢いよく回転しはじめた。細身のルフォーよりはるかに速い速度だ。地面に着いたとたんアレクシアは足首が悲鳴を上げるほど大きくよろけ、肩を書類カバンの角にしたたか打ちつけ、気づけばぶざまな小山となって倒れていた。横転して身体を見下ろすと、パラソルは持ち主より無傷のようだ。

ルフォーが手を貸してアレクシアを立たせ、さっとのけると同時に、しんがりのフルーテがひもから手を離し、優雅に着地した。勢いあまって前のめりになるところを、まるでお辞儀するように片膝を曲げて軽々ととどまった。まあ、なによ、得意そうに。

後ろからドローンたちが叫びながら追ってきた。

あたりはしだいに暗くなってきたが、はるか山脈につづく山道が見える。あとは行く手に税関とイタリアとの国境があるのを祈るだけだ。

三人はふたたび走りだした。

今日の午後だけで一生ぶんの運動をしたような気分だ。あたりは雪なのに汗をかいている。何かがアレクシアの肩をかすめた。ドローンがふたたび銃を撃ったようだ。荒れ地を走りながらの攻撃だから、ねらいは大きくはずれたが、それでも少しずつ近づいてくる。

前方――道路脇の暗く生い茂る木々のあいだ――に四角い建物が見えた。どう見ても掘っ立て小屋のようだが、道路をへだてた反対側に大きな標識が立ち、イタリア語でなにやら威嚇するような文句が書いてある。それ以外に道路には何もない。ひとつの国から別の国に入るときに通るような門もなければ、柵もなく、小さな泥の小山があるだけだ。

どうやら国境を越えてイタリアに入ったらしい。

なおもドローンが追ってきた。

「しつこいわね。これからどうするの?」アレクシアがあえぎながらたずねた。なんとなく、イタリアに入ったとたん、すべてが変わるような気がしてたんだけど……。

「走りつづけるしかないわ」ルフォーがそっけなく言った。

そのとき、アレクシアの問いに答えるかのように、いきなり山の反対側の下り斜面に続く人けのない山道の様子が変わった。

両脇の木陰から男たちの一団が現われたのだ。アレクシアが男たちのへんてこな身なりに目を奪われているあいだに、三人は一団に取りかこまれていた。誰かが早口で何やらつぶやいた。言葉から察するに、どうやらイタリア人らしい。

男たちはみな田舎の徒歩旅行者——山高帽に上着に半ズボン——といういでたちだが、どういうわけかその上に、正面に大きな赤い十字のついた女性用の寝間着のようなものを着ていた。コナルが結婚祝いにアレクシアに買った高価なシルクのナイトガウンに似ている。それでも滑稽に見えないのは、全員が中世ふうの大きな剣を差したベルトを帯び、ずんぐりした拳銃をたずさえているせいだ。この型の銃には見覚えがある——ギャラン式〈殺す《テュエ》・殺《テ》す《ユエ》〉——サンドーナー仕様。なんて不思議な取り合わせかしら——アレクシアは思った——英国人が異界族を殺すために改造した、フランス製の銃を携帯する、ナイトガウンを着たイタリア人に取りかこまれるなんて。

奇妙な服を着た一団はアレクシアたちに少しも動じず、守るようにも、脅すようにも見えるやりかたでじりじり近づいてきたかと思うと、くるりと背を向け、息を切らして追ってきたドローンたちを見下ろした。ドローン団はたじろぎ、フランス側の国境で足を止めた。

白ガウンの男がフランス語で呼びかけた。「われわれの領土に足を踏み入れないほうが賢明だ。イタリアでは、ドローンは吸血鬼と同一視され、同じようにあつかわれる」

「どうしておれたちがドローンだとわかる?」一人の若者が大声でたずねた。

「われわれに証拠が必要だと言いたいのか?」数人がシュッと音を立てて剣を抜いた。

アレクシアは目の前にのっそりと立ちはだかるイタリア人の脇から向こうの様子をのぞきこんだ。昇りつつある月を背にドローンたちが困惑して立ちつくしている。やがて、かなわないと判断したのか無念そうに肩を落とし、背を向けて山のフランス側を下りていった。

リーダーらしきガウン男が三人の逃亡者に向きなおった。マダム・ルフォーとフルーテを見下したようにちらっと見やったあと、わし鼻の顔をアレクシアに向けてじっと見つめた。

アレクシアには嫌でも鼻の穴がよく見えた。

アレクシアはそっと眉をひそめてフルーテを見た。フルーテは唇の色もなく、顔をしかめている。銃弾の下を逃げまどっていたときより、さらに不愉快そうだ。

「これはなんなの、フルーテ?」アレクシアがささやいた。

フルーテはかすかに首を横に振った。

アレクシアはため息をつき、大きな目で無邪気そうに周囲のイタリア人を見わたした。

リーダーが口を開いた。信じられないほど完璧な英語だ。「アレッサンドロ・タラボッティの娘――アレクシア・マコン、なんとすばらしい。きみがわれわれのもとに戻ってくるのを長いあいだ待ちわびていた」そう言って小さくうなずいたとたん、アレクシアは首の横にちくっと痛みを感じた。

戻っ、て、く、る?

フルーテが何か叫ぶ声が、はるか遠くから聞こえた。そのとたん、月と木々の影がひとつになって渦巻き、アレクシアはローマ法王につかえる聖なる異界族差別主義の精鋭集団——テンプル騎士団——が伸ばした腕のなかに後ろ向きに倒れこんだ。

ランドルフ・ライオール教授は本来、夜行性だが、今回の満月当日の午後は一睡もせず、ギリギリまで仕事をしていた。だが、アイヴィ・タンステルによって明かされた新事実は事態をさらに複雑にしただけで、謎はますます深まるばかりだ。丸一日かけてあちこち探りを入れ、異界管理局《BUR》が保管するあらゆる関連文書を調べてみたが、アケルダマ卿とドローンたちの行方は依然としてつかめず、アレクシアの妊娠は理論上は不可能で、コナル・マコン卿は使いものにならないままだ。いまはさすがに酔ってはいないが、満月は目前である。ライオールは〝惨事を引き起こしたくなければ、今日は誰であろうと断じてアルファを外に出してはならない〟と厳命し、マコン卿を安全な鉄格子の向こう側に送りこんだ。

調査に没頭するあまり、ライオール自身の〝自主監禁〟の予定は大幅に遅れた。ライオールづきの二人のクラヴィジャー——従者と召使——がウールジー城の玄関で、恐怖にこわばった表情で待っていた。すべての人狼団のなかでもっとも穏和で上品なウールジー団のベータが、月が昇る数時間前になっても到着しないことなど、これまで一度もなかったからだ。

「遅れてすまない、諸君」

「大丈夫です、教授。しかし、ここまで遅くなると、しかるべき予防措置を取らなければなりません」

まだ地平線から現われていなくても、すでに月の引力を感じはじめたライオールは素直に両手を前に突き出した。

従者は困惑の表情で銀の手錠をガチャリとはめた。長年、従者を務めてきたが、ライオールに手錠をはめるのはこれが初めてだ。

ライオールは従者に小さく笑ってみせた。「心配するな。おたがいのためだ」そう言うと、おとなしく二人のあとについて階段を下り、すでに仲間たちが閉じこめられている地下牢に入った。ライオールは苦しげな表情ひとつみせず、平静を保った。ライオールがギリギリまで変身の誘惑に耐えるのは、ひとえに意志の強さとプライドのなせるわざだ。二人のクラヴィジャーが鉄格子ごしに手を伸ばして手錠をはずし、本人が上等な仕立ての服をすべて脱いだあとも、しばらくライオールは変身に抵抗しつづけた。それはクラヴィジャーたちのためでもあった。早番の二人は、これから牢屋の正面の壁ぎわに立ち、見張りを務めなければならない。二人は気の毒にも、力ある男たちが獣欲の奴隷となるさまをその目で見、不死と引き替えの代償がどんなものかを嫌でも見せつけられるのだ。ライオールにはいまもって謎だった——月に一度の満月の夜にもっとも不幸なのは獣に変わる人狼自身か、それとも変身を見せられる彼らなのか？　それは、クラバットの結びかたが下手な紳士と、それを目にする周囲の者たちと、どちらがより不幸かという命題にも通じる長年の疑問だ。

そこまで考えたところで、ライオールは痛みと叫びと満月の狂気に飲みこまれた。

ライオールはマコン卿のどなり声で目を覚ました。ライオールには耳慣れた声で、かえって安らぎを覚えるほどだ。そこには日常と習慣がかもし出すなじみの心地よさがあった。

「じゃあ、きくが、このくそ人狼団のアルファは誰だ？」どら声は地下牢の厚い石壁ごしにも響きわたった。

「あなたです、サー」おどおどした声が答えた。

「それでいま〝このくそ牢屋から出せ〟と直接命令しているのは誰だ？」

「あなたです、サー」

「それで、いまも牢屋に閉じこめられてるのは誰だ？」

「それもあなたです、サー」

「まだわたしの言いたいことがわからんようだな」

「ライオール教授がおっしゃるには――」

「ライオール教授か、いまいましいケツ野郎め！」

「おっしゃるとおりです、サー」

ライオールはあくびをして伸びをした。満月のあとはいつも少し身体がこわばっている。一晩じゅう独房のなかを走りまわり、物に激突し、雄叫びを上げた後遺症だ。深刻なダメージはないが、記憶を失ったあいだにやった恥ずべき行為の痕跡は、丸一日寝ても消えない記憶として筋肉に残る。ちょうど泥酔して長い眠りから覚めたあとのような感覚だ。

ライオールづきのクラヴィジャーが主人の目覚めに気づき、すぐに独房のカギを開けてなかに入った。召使が熱い紅茶とミルクと、ちぎったミントを載せた生魚の皿を運んできた。人狼で魚好きはめずらしいが、使用人たちはすぐにライオールの嗜好を覚えた。ミントは、もちろん狼の息のにおいを取るためだ。ライオールは従者が服を着せる合間に食事を取った――柔らかい上等のツイードのズボン……紅茶をひとくち……ぱりっとした白いシャツ……魚をひとくち……チョコレート色の綾織りのベスト……さらに紅茶をひとくち……。

ライオールが身じたくを終えるころ、マコン卿は独房から出すよう、クラヴィジャーをあらかた説得していた。困りきった若いクラヴィジャーは、とりあえず服を渡して時間を稼いだ。服を受け取ったマコン卿はまがりなりにも身じたくを整えた。これで少なくとも、どなりながら真っ裸で独房を大股で歩きまわる状況は回避された。

ライオールはシャツのそでを整えつつ、悠然とマコン卿の独房に近づいた。

「ランドルフ」マコン卿が吠えた。「いますぐここから出せ」

ライオールはマコン卿を無視してクラヴィジャーからカギを受け取り、ほかの団員の様子を見に行かせた。そろそろ全員が起きはじめるころだ。

「あなたがウールジー団に挑戦したとき、この団がどんなふうだったか覚えておられますか、マコン卿？」

マコン卿はどら声とうろうろ歩きを中断し、驚いて顔を上げた。「もちろんだ。それほど古い話じゃない」

「前のウールジー伯爵は、あまりできた人物ではありませんでした。戦士としては優秀でしたが、精神が普通ではなく――生きたスナックを大量に摂取する人物で――彼のことを〝気がふれている〟《クラッカーズ》と呼ぶ者もいました」ライオールは首を振った。前のアルファのことを話すのは実に不愉快だ。「いっぱしの肉食動物がビスケットにたとえられるとは情けないと思いませんか？」

「要点を言え、ランドルフ」マコン卿はいらだたしげに言った。

「あなたはいま、いわば〝ビスケット状態〟にあります」

マコン卿は歯の隙間から深く息を吸いこんだ。「いかれてると言いたいのか？」

「いささかふぬけになっておられます」

マコン卿は恥ずかしそうに独房の床を見下ろした。

「そろそろみずからの責任に正面から向き合うべきです。自分がしでかした大ヘマを三週間も嘆けば、もう充分でしょう」

「なんだと？」

ライオールはマコン卿の愚行にうんざりしていた。そしてライオールは絶妙のタイミングを知る男だ。読みが誤っていないかぎり――そしてアルファに関するかぎりライオールが読みを誤ることはめったにない――マコン卿もようやく真実に向き合おうとしている。まんいちライオールの判断が間違っていたとしても、くだらない意地からこれ以上バカげた行為を続けることは許されない。

「ふざけておられるのでないことはわかっています」

マコン卿はまさにクラッカーのようにくだけそうになりながらも、素直に非を認めようとはしなかった。「だが、わたしは彼女を追い出した」

「はい、たしかに。それは愚かな行為でしたね？」

「そのようだ」

「なぜなら？」ライオールは腕を組み、マコン卿の独房のカギをこれみよがしに指先からぶらぶらさせた。

「なぜなら、彼女がほかの男と関係するはずがないからだ。わが妻アレクシアにかぎってありえない」

「そして？」

「そして子どもはわたしの子だ」マコン卿は言葉を切った。「ああ、だが、信じられるか？　わたしがこの歳で父親になるなど？」そして、さっきより長い間のあとに続けた。「アレクシアは決して許さんだろうな」

ライオールは容赦なかった。「わたくしなら決して許しません。しかし、わたくしは奥様と同じ状況になった経験はありませんので」

「なってもらいたくはない。もし経験があるとしたら、わたしはおまえの人格を大いに疑わなければならん」

「ふざけている場合ではありません、マコン卿」

マコン卿は真顔になった。「しゃくにさわる女だ。せめて話くらいできそうなもんじゃねぇか？　あんなふうに、いきなりぷいと出て行くこたぁないだろう？」

「奥様におっしゃったことをお忘れですか？　あなたは彼女をなんと呼びました？」

スコットランドの城でのできごとを思い浮かべたとたん、マコン卿の大きくて整った顔は痛々しいほどにひきつり、青ざめた。「ありがとう、できれば思い出したくない」

「これから心を入れ替えますか？」ライオールはカギを揺らしながらたずねた。「ホルマリンに手を出さないと約束しますか？」

「ああ、約束する。いずれにせよ、全部飲んじまった」

ライオールは独房からマコン卿を出すと、しばし不器用なマコン卿のシャツやクラバットをいじり、服装を正した。

マコン卿は男らしく身づくろいに耐えた。ライオールによる無言のなぐさめだとわかっていたからだ。だが、すぐにその手をはねのけた。結局のところ、マコン卿は行動型の狼だ。

「それで、アレクシアを取り戻すにはどうすればいい？　どう説得すれば戻ってくるだろう？」

「大事なことをお忘れのようですね。あなたの仕打ちからして、奥様は戻りたくないかもしれません」

「ならばなんとしてでも許してもらわねばならん！」マコン卿の声は威圧的だったが、同時に苦悩に満ちていた。

「許しを乞うだけで充分とは思えません」

「どういうことだ?」

「アレクシア嬢に求婚なさったとき、腹ばいについてお話ししました——覚えておいでですか?」

「またそれか」

「いえ、前回と同じではありません。奥様がロンドンを離れて以来、新聞にはよからぬ誹謗中傷があふれております。この状況から判断するに、公的な腹ばいが必要かと思われます」

「なんだと? 冗談じゃない。断固、断わる」

「選択の余地があるとは思えません、マコン卿。《モーニング・ポスト》紙に撤回書を送り、今回のことはすべてとんでもない誤解だったと釈明すべきです。お腹の子どもを〝現代の奇跡〟として歓迎し、このたびの受胎に関しては科学者に調査を依頼したと宣言するのです。あのマクドゥーガルとかいう男はどうでしょう? 彼なら自動人形《オートマトン》事件のよしみで協力してくれるかもしれません。しかもアメリカ人ですから、そのせいで注目されても気にしないでしょう」

「今回の件では、ずいぶん考えてくれたようだな、ランドルフ?」

「誰かが考えなければなりません。この二週間、あなたが事態の収拾を最優先で考えておられたとはとうてい思えませんでしたから」

「それくらいにしておけ。これでもわたしはおまえのアルファだ」

最後のひとことは少し言い過ぎたかもしれない。だが、ライオールは毅然とした態度をくずさなかった。

「よし、わたしの外套はどこだ？　ランペットはどこにいる？」マコン卿は頭をのけぞらせ、階段を勢いよくのぼりながら「ランペット！」と大声でどなった。

「サー？」階段の最上階に執事のランペットが現われた。「お叫びですか？」

「街に使いを送り、もっとも早い海峡横断の切符を予約させろ。たぶん、明日の朝いちばんの船だな。フランスに着いたら列車でイタリア国境に向かう」マコン卿は静かな足取りで地下牢の階段をのぼってくるライオールを振り返った。「妻が向かった場所は、そこだろう？」

「はい、しかしどうしてそのことを――？」

「わたしが行くとしたら、当然そこへ行く」マコン卿はふたたびランペットに向きなおった。「フランス横断には、せいぜい一日もあれば充分だ。明日の夜は狼の姿で国境まで走る。あとがどうなろうと知ったことか。ああ、それから――」

こんどはライオールが言葉をさえぎった。「いまの命令は無効だ、ランペット」

マコン卿はライオールに振り向き、じろりとにらんだ。「こんどはなんだ？　ちゃんと街を出る前に《モーニング・ポスト》社に立ち寄り、公式謝罪文を掲載させると約束する。身重の妻が危険にさらされているんだ、ランドルフ。こんなところでぐずぐずしていては、いつになっても連れ戻すことなどできん」

ライオールは深々とため息をついた。マコン卿が本来のマコン卿に戻ったら、性急な行動に出ることを予測しておくべきだった。「一般紙だけですむ話ではありません。吸血鬼は大衆紙でも奥様を攻撃し、人格をおとしめ、あらゆる不謹慎なやりかたで非難しています。そしてわたくしの推測が正しければ、すべては奥様の妊娠が原因と思われます。吸血鬼は今回の妊娠を祝福してはおりません、マコン卿、まったくその逆です」

「けがらわしい吸血野郎どもめ。目にもの見せてくれる。どうしてアケルダマ卿と取り巻き軍団はゴシップに反論しない？　それを言うなら、どうしてアケルダマ卿は妻の妊娠について弁明しなかった？　やつに知らないことはない。わたしに言わせりゃ、公文書管理官も顔負けだ」

「それがもうひとつの問題です。アケルダマ卿がドローン全員を引き連れ、行方をくらましました。〈宰相〉が盗んだ何かを探しているようです。どこで、何が、なぜ起こったのか、調べれば調べるほど事態は混乱してきました。BURと人狼団が捜査を続けています。言うまでもなく、吸血鬼は重要なことは何ひとつ話しません。正直なところ、タンステル夫人と帽子店がなければ、このわずかな情報さえ手に入れることができなかったでしょう」

「帽子店？　タンステル夫人？」マコン卿はいつも物静かで有能なベータの長話に目をぱちくりさせた。「それはアイヴィ・ヒッセルペニーのことか？　あのタンステル夫人か？　帽子店とは、いったいなんだ？」

だが、勢いづいたライオールはかまわず話しつづけた。「あなたは酔っぱらい、チャニングは行方知れずで、万策尽きました。まったくお手上げです。いいですか、マコン卿、このままイタリアに走ってもらっては困ります。あなたにはここで果たすべき責任があります」

マコン卿は顔をしかめた。「ああ、チャニングか。すっかり忘れていた」

「ほう？　忘れていたとはいい気なものですな。世のなかには運のいい人がいるものです」

マコン卿は返す言葉がなかった。というより、いつも冷静沈着なライオールのうろたえぶりに不安になった。「よし、わかった、おまえが抱えている厄介ごとを片づけるのに三晩だけ付き合おう。それが終わったら出発する」

ライオールはあきれてため息をついたが、マコン卿をここまで説得できれば御《おん》の字だ。ライオールは自分を納得させると、おだやかに、しかし決然とアルファを仕事に取りかからせた。

「ランペット」ライオールは困惑して凍りついている執事に呼びかけた。「馬車を呼んでくれ。これから街に向かう」

それぞれに外套をつかみ、廊下を歩きながら、マコン卿がライオールのほうを向いた。

「ほかに知っておくべきニュースはあるか、ランドルフ？」

ライオールは眉を寄せた。「ミス・ウィブリーが婚約したことくらいでしょうか」

「それがわたしに何の関係がある？」

「かつてミス・ウィブリーに好意を持たれたことがあったのではありませんか？」

「わたしが？」マコン卿は眉をひそめた。「はて、そいつは意外だな。ああ、あのやせっぽちのチビ娘か？　誤解だ――あれはアレクシアの気を引きたくてちょっかいをかけただけだ。婚約だと？　気の毒な相手は誰だ？」

「ファンショー大尉です」

「ん？　聞き覚えのある名前だな。最後のインド行軍で一緒だったのがファンショー大尉じゃなかったか？」

「いいえ、あれは、このファンショー大尉の祖父です」

「なんだと？　時の流れは早いな。いずれにしても気の毒なこった。あの娘っ子はつかみがいがない。そこがわが妻のいいところだ――アレクシアの骨にはたっぷり肉がついている」

ライオールは「はい、マコン卿」とだけ答え、アルファの鈍感さにあきれて首を振った。マコン卿は早くもアレクシアをわが妻と呼び、幸せな結婚生活が戻ってくると信じている。ライオールの予測が間違いでなければ――そして状況はすでに、そのような展開は望み薄だと証明しているが――レディ・マコンがマコン卿と同じ考えだとはとても思えない。

二人は最高級の四頭立ての馬車にひらりと乗りこんだ。ウールジー団の人狼が狼の姿で走らないときにもっぱら利用する移動手段だ。

「それで、そのタンステル夫人と帽子店というのはなんだ？」マコン卿はたずね、ライオールが答える前に言葉をはさんだ。「それはともかく、おまえの標本コレクションを飲み干したのは悪かった、ランドルフ。あのときは、すっかりわれを失っていた」

ライオールは小さくつぶやいた。「次はもっとうまく隠します」

「さあ、そいつはどうかな」

10　アレクシアが無口なイタリア人に干渉すること

もちろんレディ・アレクシア・マコンは目覚めるまで彼らがテンプル騎士団であることは知らなかったし、目覚めたあともそうと知るまでにはしばらく時間があった。まず、自分が囚人ではなく——窓から見える景色が本物なら——豪華なイタリアの街の、どこかの豪華な屋敷の客室にいることに気づくのに数分かかった。日当たりのいい南向きの部屋で、さんさんと降りそそぐ太陽が贅沢な調度品とフレスコ画が描かれた壁の上を躍っている。

ベッドから転がり出たアレクシアは、いつのまにか旅行ドレスを脱がされ、フリルたっぷりのナイトガウンを着せられているのに気づいた。もしコナルが知ったら、ただではすまなかっただろう。他人に裸を見られたと思うと不愉快だし、びらびらのフリルも気にくわないが、こんなガウンでもないよりはましだ。あたりを見まわすと、ビロードで縁どった綾織りの部屋着《ローブ》とふわふわの寝室用スリッパが置いてある。書類カバンとパラソルは、見たところ無傷でベッド脇の大きなピンクのクッションの上に載っていた。逃亡中に着ていたボロボロのワイン色のドレスは今ごろ焼却されているに違いない。まともな感覚の持ち主なら誰だってそうするはずだ。ほかに着る服も見あたらないので、アレクシアはしかたなくローブを羽織り、パラソルをつかんでおそるおそる廊下をのぞきこんだ。

廊下と思ったのは広々とした玄関間で、分厚い絨毯《じゅうたん》敷きの床の脇に宗教的な彫像がずらりと並んでいた。すべてに素朴な十字架がモチーフとして使われている。アレクシアは高潔そうな巨大な黄金の聖人像を見上げた。髪には翡翠《ひすい》の花、サンダルにはルビーがあしらわれている。ここは教会？　それとも美術館のなか？　でも、教会に客用寝室なんてあったかしら？　アレクシアは首をかしげた。守るべき魂がないアレクシアにとって宗教は無縁の世界であり、当然、関心もない。

いきなり胃袋が激しい空腹を訴え、それに合わせるかのようにチビ迷惑がぐるんと動いた。アレクシアはにおいをかいだ。さほど遠くない場所からおいしそうなにおいがする。アレクシアは視力もいいし、耳も――コナルの大声に耳をふさぐテクニックは格段に上がったけど――よく聞こえるが、なかでもずば抜けて嗅覚がいい。大きすぎる鼻のせいかしら？　いずれにせよ今日は自慢の鼻が役に立った。アレクシアは鼻をきかせ、少しも間違わずに脇の廊下を進み、立派な応接間を抜け、広々とした中庭にたどりついた。中庭では大勢の男たちが細長いテーブルで食事をしていた。まあ、ピクニックでもないのに外で食事だなんて！

アレクシアは中庭の入口でふと不安になり、立ちどまった。男性ばかりのなかにローブを羽織っただけの女性が一人。こんな危険な場面に遭遇するのは初めてだ。アレクシアは怖じけづきそうな気持ちを奮い立たせた。どうかこのことが母親の耳に入りませんように。

座って食事をする集団は不気味なほど静かだった。意思伝達の大半は手ぶりで行なわれており、テーブルの上座《かみざ》では、おごそかな服を着た僧侶が難しげなラテン語の聖書を単調な声で読みあげている。無言で食事をする男たちは一人残らずよく日に焼け、半ズボンにベストにブーツというまともな服装だ。といっても、狩りに興じる若者が好きそうな全身ツイードの田園ふう高級ファッションとはまったく雰囲気が違う。そして全員が完全武装していた。しかも朝食の席で。ひかえめに言っても変だわ。

アレクシアはごくりと唾をのみ、中庭に足を踏み入れた。

奇妙なことに誰も気づかない――というより、アレクシアの存在自体に無反応だ。一人、二人がちらっと視線を向けただけで、それ以外は誰ひとり見向きもしない。少なくとも百人はいそうなのに。アレクシアはためらいがちに声をかけた。

「えっと……ハロー？」

沈黙。

ルーントウィル家と暮らした経験から、無視されることには慣れっこだが、ここまで徹底的に無視されるのは初めてだ。

「ここよ！」ずらりと並ぶテーブルの一画から誰かが手を振った。男たちのあいだにマダム・ルフォーとフルーテが座っている。二人ともローブを着ているのを見て、アレクシアは心底ほっとした。執事服を着ていないフルーテを見るのは初めてだ。気の毒に謹厳なフルーテは、このだらしない格好に、アレクシアよりはるかに困惑しているようだ。

アレクシアはテーブルのあいだを縫って二人に近づいた。

ルフォーは――とんでもなく女性的なローブを着ていたが――くつろいだ様子だった。シルクハットでも男装でもないルフォーは別人のようだ。いつもより柔らかい印象で、さらに美しい。こんな服のほうが似合うんじゃないかしら？

フルーテは硬い表情で周囲の無言の男たちに時おり鋭い視線を向けている。

「あなたも服を奪われたようね」ルフォーは聖書朗読の邪魔にならないよう声をひそめ、アレクシアのローブを見てうれしそうに緑色の目を輝かせた。

「あたくしのドレスの裾を見たでしょう？　泥と酸と犬のよだれまみれの。捨てられても文句は言えないわ。それで、これが有名なテンプル騎士団なの？　フルーテ、あなたが彼らを嫌う理由がわかったわ。危険きわまりない無口な服泥棒にして、ぐっすりと敵を眠らせる容赦なき集団ってわけね」アレクシアは英語で話したが、男たちのなかには英語を完璧に理解できる者がいるに違いない。そして、おそらく話せる者も。

ルフォーがアレクシアの座る場所を空けようと立ちかけたとき、フルーテがきっぱりと言った。「わたくしの隣にどうぞ、奥様」

アレクシアはそうしようとしたが、周囲の無視は徹底しており、腰をずらして場所を空けようとする者はいない。

やむなくフルーテは相手が腰をずらすまで隣の男をぐいと押しやり、アレクシアに席を空けた。

アレクシアが空いたスペースに割りこみ、腰を下ろしたとたん、隣の男はさっと席を立って別の場所に移った。まるで自然のなりゆきのように——わざとらしい動きもなく——気がつくとアレクシアの周囲にはぽっかり隙間ができて、そばにいるのはルフォーとフルーテだけになった。いったいどういうこと？

誰もアレクシアに皿を運んでこないばかりか、テーブルで取りまわされる料理を取り分ける手段すらない。

すでに食事を終えたフルーテが、申しわけなさそうに自分の使った皿をアレクシアに差し出した。「申しわけございません、奥様、いまはこれしかございません」

アレクシアは両眉を吊り上げ、皿を受け取った。なんて変わった作法かしら？　イタリア人というのは、みなこんなに不作法なの？

ルフォーが薄切りメロンを載せた皿をアレクシアに渡した。「三日も眠りつづけていたわ。よほど薬がきいたようね」

「なんですって！」

アレクシアがメロンに手を伸ばすと、フルーテが阻止するように手を出した。「お取りいたします、奥様」

「まあ、ありがとう、フルーテ。でも、その必要はないわ」

「いえ、奥様、それがあるのです」それからフルーテはアレクシアがほしがるものをすべて取り分けた——まるでアレクシアが食器に触れるのを避けるかのように。フルーテまで、いったいどうしたのかしら？

ルフォーが話を続けた。「どんな薬品を注入されたのかはわからないわ。おそらく濃縮アヘンか何かね。ともかく三人とも三日三晩、ぐっすり眠らされたの」

「どうりでお腹がすいてたはずね」憂慮すべき事態だ。アレクシアは改めて武器を帯びた無言の男たちを見まわした。そして肩をすくめた。まずは食事よ。不気味なイタリア人は二の次だわ。アレクシアは朝食をかっこんだ。肉類はまったくないが、どれもシンプルでおいしかった。メロンのほかに、ぱりっと香ばしい塩のきいた白パン。堅くて酸味のある黄色いチーズ。リンゴ。そして天国を思わせるような芳香のする濃い茶色の飲み物。フルーテがアレクシアのカップに濃い液体を注いだ。

アレクシアはおそるおそるひとくち飲んでから、そのまずさにぎょっとした。まるでキニーネと焦げたタンポポの葉を混ぜ合わせたかのような味だ。

「これが、あの悪名高きコーヒー？」

ルフォーはうなずいて自分のカップに勢いよくそそぎ、ハチミツとミルクをたっぷり入れた。信じられない――このおぞましい液体を飲むために、蜂の巣ひとつぶんものハチミツを入れるなんて。どうして紅茶よりあんなものを好むのかしら！

ベルがちりんと鳴り、男たち全員が衣ずれの音を立てて中庭を出てゆくと、新たな一団が現われた。今度の一団はやや身なりがみすぼらしく、動作もがさつな感じだが、前の一団と同じように全員が武器を帯び、同じように聖書朗読を聞きながら無言で食べはじめた。彼らの前に当然のように清潔な食器が並べられるのを見て、アレクシアはむっとしたが、料理を載せた皿やおかわりのコーヒーを持ってテーブルのあいだを行き来する召使は、周囲の男たちと同じ徹底さでアレクシアを無視した。なんだか透明人間になったような気分だわ。アレクシアはそっと自分の腕を嗅いだ。あたしって、におう？

　アレクシアは仮説を検証してみることにした。そもそも黙って事態を受け入れる《シッティング・ダウン》タイプではない——いまは座っている《シッティング・ダウン》けど。アレクシアは長椅子の上でそばにいる男に身体を近づけ、パンを取るふりをして男のほうに手を伸ばした。とたんに男は長椅子から立ち上がってあとずさったが、アレクシアの顔には目を向けず、視界の端で動きを警戒している。ふうん——つまりこの人たちはあたしを無視しているだけではなく、積極的に避けてるってことね。

「フルーテ、これはいったいどういうこと？　あたくしに触れたら病気がうつるとでも思っているの？　あたくしの鼻が大きいのは生まれつきだと説明したほうがいいかしら？」

　フルーテは顔をしかめた。「これがテンプル騎士団です」そう言ってアレクシアの前を素通りしそうになった皿を横取りし、蒸し野菜を取り分けた。

　ルフォーも眉をひそめた。「〈魂なき者《ソウルレス》〉に対する拒否反応がこれほど激しいとは思わなかったわ。でも、彼らの教養を考えると……」ルフォーは言葉をにごし、アレクシアを思案げに見た。

「何？　あたくしが何をしたって言うの？」

「よほど不快なことのようね」

　フルーテが、まったくフルーテらしからぬやりかたで鼻を鳴らした。「奥様はお生まれになっただけです」

　とりあえずテンプル騎士団の流儀にしたがおう——アレクシアはお返しとばかりに彼らを無視し、黙々と食事を楽しんだ。チビ迷惑とアレクシアはようやく合意に達したらしく、朝も食欲が出てきた。お礼にアレクシアは小さな生き物を気づかうことにした。愛情は感じないけど、少しは大目に見てあげるわ。

　二度目のベルが鳴ると、男たちはそろって立ち上がり、無言のままぞろぞろと各自の持ち場に向かった。聖書を読んでいた僧も立ち去り、広い中庭にはアレクシアとフルーテとルフォーの三人だけが残った。アレクシアは召使たちが食器を片づける前に食事を終えていたが、誰ひとりアレクシアの使いまわしの皿には手をつけない。困ったアレクシアが自分で台所まで運ぼうと使った食器を片づけはじめたとき、フルーテが首を横に振った。

「失礼します」言うなりフルーテは皿をつかんで立ち上がり、早足で三歩すすむと、皿を中庭の壁の向こうに放りなげた。皿は壁の外の通りに落ちてがしゃんと砕けた。続けてフルーテはアレクシアの使ったカップも放りなげた。

　アレクシアは口をあんぐり開けてフルーテを見つめた。頭が変になったの？　どうしてこんなに立派な食器を割らなきゃならないの？

「フルーテ、いったい何をしているの？　陶器が何か悪いことでもした？」

　フルーテはため息まじりに答えた。「あなたはテンプル騎士団に忌み嫌われているのです、奥様」

ルフォーがなるほどとうなずいた。「インドの不可触賤民《アンタッチャブル》と同じように？」

「おっしゃるとおりです、奥様。反異界族の口に触れたものはすべて破壊するか、作法にのっとって清めなければなりません」

「まあ、なんてこと。だったら、なぜあたくしをここに連れてきたの？」アレクシアは眉根を寄せた。「それに、あたくしをアルプス山脈からここまで運んでベッドに寝かせた人が少なくとも一人はいたはずよ」

「反異界族をあつかう専門の者がおります」フルーテは〝これだけ申し上げれば充分でしょう〟と言いたげに短く答えた。

ルフォーがフルーテをまじまじと見つめた。「それで、アレッサンドロ・タラボッティはどれくらいテンプル騎士団のもとで働いていたの？」

「長いあいだです」

アレクシアはフルーテをじろりと見た。「では、あなたは？」

フルーテは見覚えのあるあいまいな表情を浮かべた。この執事が堅く口を閉ざし、ひどく用心ぶかくなるときの表情だ。ふとアレクシアは〈ヒポクラス・クラブ〉に監禁されたときの悪夢のような場面を思い出した。あのとき、たしか科学者の誰かが〝テンプル騎士団は〈ソウルレス〉のスパイを雇っている〟というようなことを言っていた。父はそんなに悪い人だったの？　自分を人間とも見なさないような人たちの下で働くほど？　まさか。そんなことが？

だが、いったん口を閉ざしたフルーテの堅い殻を割るチャンスはなかった。一人の男が中庭に現われ、決然とアレクシアたちに向かって近づいてきたからだ。テンプル騎士団には違いないが、この人物は真正面からアレクシアの顔を見ている。

男は実用的で平凡な服の上に、正面に赤十字を刺繍《ししゅう》した白い袖なしスモックを着ていた。そのせいでどことなく滑稽だが、その滑稽さを打ち消してあまりあるほど恐ろしげな特大の剣を帯びている。男が近づいてくるのを見て、アレクシアとルフォーは長椅子から立ち上がった。その瞬間、よりによってローブのひだが木の長椅子のささくれに引っかかり、アレクシアはぐいと引っ張ってはずし、ローブを身体にきつく巻きつけた。

アレクシアは自分の服を見下ろし、近づいてくる男を見上げて笑みを浮かべた。全員が寝間着姿ってわけね。

しかも男は、アイヴィが大枚はたいて買ったものにも負けないほど不格好な帽子をかぶっていた。白くて頭頂部がとがり、正面に赤い十字、縁に金襴《きんらん》がめぐらしてある。

フルーテがアレクシアの真横に立ち、顔を近づけて耳もとにささやいた。「何があっても、奥様、お腹の子のことだけは話してはなりません」そう言って身体を離し、しゃちこばった、いかにも執事らしい姿勢に戻った。

男はきれいにそろったまっすぐな白い歯を剝き出し、小さくお辞儀した。いまのはもしかして笑顔のつもり？「イタリアへようこそ、タラボッティ株の娘よ」

「あたくしに話しかけていらっしゃるの？」アレクシアはとぼけてたずねた。

「わたしはここテンプル騎士団フィレンツェ管区の管区長《プリセプター》。あなたはわが永遠なる魂をおびやかす存在だ。当然、あなたと接触したあとは五日間の清めと懺悔《ざんげ》を行なわねばならないが、それまでは、イエス、あなたと話すことができる」

流暢な英語だ。「あなたはイタリア人ではありませんの？」

「われはテンプル騎士団なり」

反応に困ったアレクシアは、礼儀としかるべき作法にしたがうことにし、ふわふわのスリッパがローブの裾のフリルで隠れるまでお辞儀した。「初めまして。こちらはマダム・ルフォーとミスター・フルーテですわ」

管区長はふたたびお辞儀した。「あなたの研究はよく知っている、マダム・ルフォー。最近の〝エーテル気流相殺に必要な空気力学的調整法〟に関する論文をたいへん興味ぶかく読ませてもらった」

ルフォーはほめられて嬉しそうでもなければ、世間話をするそぶりも見せず、ずばりとたずねた。「あなたは聖職者？　それとも科学者ですの？」

「ときにどちらにもなる。それから、ミスター・フルーテ、初めまして。きみの名も知っている。たしか、われわれの記録にもあったはずだな？　タラボッティ株とは揺るぎなき関係を保ちつづけておられるようだ。反異界族にそこまで忠義を立てることなぞ、普通はありえないが、実に興味ぶかい」

フルーテは無言だ。

「さあ、みなさん、どうぞこちらへ」管区長が声をかけた。

アレクシアは二人を見た。ルフォーは肩をすくめ、フルーテはいつもよりさらに身をこわばらせて不安そうにまばたきした。

どうやらここはしたがうしかなさそうだ。

「ええ、喜んで」アレクシアは答えた。

管区長は三人を連れて修道院のなかを案内するあいだじゅう、落ち着いたなめらかな声でアレクシアに話しかけた。

「さて、イタリアの印象はいかがかな、わが〈ソウルレス〉よ？」

アレクシアはいきなりわがと呼ばれてむっとしながらも、答えを考えた。印象といっても、ほとんど街の様子を見ていないのでなんともいえない。それでも今朝、部屋の窓から外を見た印象から感想を述べた。「とてもオレンジ色ですわ。そうではありませんこと？」

管区長がふっと笑った。「〈ソウルレス〉がいかに想像力に欠けるかを忘れていた。神が造りたもうた大地のなかでもっとも神秘的な街――芸術界の女王たる街フィレンツェを見てオレンジ色とは」

「あら、でも本当にそうですわ」アレクシアは管区長を探るように見た。一方的にやりこめられるのはしゃくだ。「テンプル騎士団には、死んだ猫とゴムの木から作ったアヒルを使った入会の儀式があると何かで読みましたわ。本当ですの？」

「われわれは兄弟の秘密を部外者には話さない。間違っても〈ソウルレス〉には」

「あら、よほど秘密にしなければならないたぐいのもののようですわね？」管区長は一瞬うろたえたが、挑発には乗らなかった。乗るわけにはいかない。アレクシアの言葉に異議を唱えたければ、隠しておきたい秘密に触れなければならないからだ。たじろぐ相手を見て、アレクシアはひそかに勝利を味わった。

修道院の内部は、これまでに見た場所と同様、立派な調度品が並べられ、いたるところに宗教的な装飾がほどこされていた。意匠が簡素で、私物がまったくないため、豪華ながらいかにも修道院らしい雰囲気をただよわせている。完全な静寂もまた、敬虔な気分を起こさせるのに一役買っていた。

「ほかのみなさんはどこへ行かれましたの？」アレクシアは、食事のとき中庭で見た大勢の男たちに一人も会わないことに驚いてたずねた。

「兄弟は訓練中だ」

「あら？」アレクシアはなんのことかわからなかったが、管区長は〝当然だ〟という口ぶりだ。「その……具体的にはなんの訓練を？」

「武術です」

「なるほど」アレクシアはほかに何か聞き出せないかと、飾ってある遺物についてたずねた。

管区長はこれまでと同じ淡々とした口調で説明した。「これは十字軍国家群《ウトラメール》の宝庫から回収したもので」と、大理石の柱の上にうやうやしく飾られた、なんの変哲もない石について語り、年月を経て黄ばんだパピルスの巻紙を指して「これはエルサレムのテリク管区長がへンリー二世に送った書簡です」と言った。

ルフォーは興味ありげに聞き入っている。アレクシアも歴史は好きだが、ほとんど理解できなかった。宗教的遺物は退屈だ。たいてい途中で興味が失せる。アレクシアはあれこれと質問したが、管区長は秘密らしきものは何ひとつ明かさなかった。後ろから無言でついてくるフルーテは遺物の説明を無視し、ひたすら管区長だけを見つめている。

やがて大きな図書室に着いた。おそらくここが団員たちの憩いの場に違いない。テンプル騎士団の館《やかた》にカードルームがあるとは思えないもの──アレクシアは思った。でも、なくてもかまわないわ。あたしは昔からカードルームより図書室が好きだ。

管区長が、雌牛が首につけるような小さなハンドベルを鳴らすと、ほどなくお仕着せ姿の召使が現われた。アレクシアは目を細め、いらいらと指先を動かした。何やら早口でイタリア語が交わされ──大半は管区長が話していたが──召使は立ち去った。

「いまの聞き取れた？」アレクシアがルフォーにささやいた。

ルフォーは首を横に振った。「イタリア語はダメなの。あなたは？」

「それほど得意じゃないけど」

「本当？　フランス語のほかにイタリア語もできるの？」

「あとはスペイン語が少しと、ラテン語が少し」アレクシアは得意げにほほえんだ。語学には自信がある。「ルーントウィル家に一時期、優秀な女家庭教師がいたことがあるの。残念ながら、あたくしに役に立つことをたくさん教えてると知った母が彼女を首にして、代わりにダンス教師を雇ったけど」

さっきの召使が白い麻布をかぶせたトレイを持って現われた。管区長がもったいぶった手つきで布を持ち上げた。現われたのは紅茶ではなく、機械じかけの装置だ。

さっそくルフォーが目を輝かせた。紅茶よりあんな道具のほうが好きだなんて。人の趣味はさまざまね。

管区長はルフォーに装置をじっくりながめさせた。

装置を見たとたん、アレクシアはなんだか嫌な予感がした。

「これは相似型変換器かなにか？　検流計かと思ったけど、そうじゃなさそうだわ。磁気計かしら？」

管区長は硬い表情で首を振った。そのとき、なぜ管区長を見ると妙に不快な気分になるのか、アレクシアはようやく気づいた――目がうつろで、表情がないからだ。

「さすがは発明家だ、マダム・ルフォー。しかし、これは磁気計ではない。おそらく、これまでに見たことはないだろう。英国が誇る王立協会の論文にも発表されていない。だが、この装置を発明したドイツ人――ミスター・ランゲ＝ウィルスドルフの名前には聞きおぼえがあるのではないかね？」

「なんですって？」アレクシアがまさにその名に反応した。

フルーテとルフォーが同時にアレクシアをきつくにらんだ。

アレクシアはあわててその場を取りつくろった。「たしか、その人の論文をいくつか読んだことがありますわ」

管区長は死んだような目でアレクシアを鋭く見たが、言葉どおりに受け取ったようだ。

「そうかもしれない。何しろ彼はあなたの分野の専門家だ。つまり」――管区長はまたしても笑みとは思えない表情で完璧な歯をちらっと見せ――「あなたがたの種族を研究している。実に優れた学者だよ、ミスター・ランゲ＝ウィルスドルフは。残念ながら彼の信念には」――そこで意味ありげに言葉を切り――「矛盾があったがね。いずれにせよ、彼はわれわれのためにこのすばらしい装置を発明した」

「それで、何を探知するためのものですの？」ルフォーは装置の正体がわからず、いらだたしげにたずねた。

管区長はルフォーの問いに実演で答えるべく、ハンドルを激しくまわした。すると装置はうなりをあげ、静かにぶーんと音を立てはじめた。装置から延びる長いひもの先に細くて小さな杖のような棒がついている。棒の下部にはゴム栓がついており、これがコルク代わりになって棒の先がガラス容器に収まるしくみだ。管区長はガラス容器からゴム栓を引き抜き、棒を空気にさらした。そのとたん、装置はキーンという金属音を発しはじめた。

ルフォーがうさんくさそうに腕を組んだ。「酸素探知器？」

管区長は首を振った。

「では、メタン探知器？」

またしても首を振った。

「まさかエーテル探知器なんてありえませんわよね？」

「ありえないかね？」

ルフォーは驚いた。「もしそうなら驚異的な発明だわ。アルファ粒子やベータ粒子に共振するんですの？」最近ドイツでは、下層大気をいくつかの呼吸可能な気体に分け、上層大気と移動気流を酸素と二種類のエーテル粒子に分けるという理論が発表された。ルフォーはその理論の支持者だ。

「残念ながら、そこまで精密ではない。というより、まだそこまでわかってはいない」

「それにしてもエーテル測定装置なんて……科学界の画期的大発見だわ」ルフォーはうっとりした表情でふたたび装置に顔を近づけた。

「いや、それほど重大な発見ではない」管区長はルフォーの興奮を押しとどめた。「これはエーテルの存在とその量を測定するというより、エーテル粒子が存在しないことを探知する装置だ」

ルフォーが落胆の表情を浮かべた。

管区長は説明を続けた。「ミスター・ランゲ＝ウィルスドルフは、これを〝エーテル吸収測定器〟と呼んでいる。動かしてみるかね？」

「ええ、ぜひ！」

管区長はいきなり棒を自分の口に入れ、ゴム栓のあたりで唇を閉じた。何も起こらない。装置はさっきと同じようにカチカチという機械音を発している。

「記録中だ」

　管区長は棒を口からはずして「うむ、正確だ！」と声を上げると、黄色いアルコール液のようなものに浸した小さな布きれで棒をていねいにぬぐった。「さあ、わが〈ソウルレス〉よ、ためしていただけるかな？」

　アレクシアは興味ぶかげに眉を吊り上げて棒を受け取り、管区長がやったように口に入れ、先のほうで唇を閉じた。棒は甘いレモン酒のような味がした。何にせよ、この消毒液はなかなかの味だ。棒の味に気を取られていたアレクシアは、しばらくしてようやくカチカチという音が完全に止まっていることに気づいた。

「あら、まあ《ブレス・マイ・ソウル》！」ルフォーは興奮のあまり、キリストのもっとも敬虔なる戦士たちの殿堂で、うっかり宗教がかった感嘆符を口にした。

「むーふ！」アレクシアも棒をくわえたまま驚きの声を上げた。

「つまり、いま装置はエーテルを計測できないってことね。エーテルは万物の周囲や内部に存在する。上空のエーテル大気層に比べれば、地表近くの量は少ないけど、間違いなく存在している。音を立てないってことは、アレクシアが死んだ状態にあるってことだわ」

「むーふ！」アレクシアが同意した。

「われわれも、これまではそのように考えていた」

　アレクシアは黙っていられず、口から棒をはずした。すると装置はふたたびカチカチと音を立てはじめた。「つまり、魂はエーテルでできてるってこと？　それこそ、まさに冒瀆的な考えじゃありません？」アレクシアは管区長がやったように棒の先を黄色いアルコール液で消毒し、ルフォーに渡した。

ルフォーは棒を回転させ、ためつすがめつして口のなかに入れた。装置はカチカチと音を立てつづけている。「むふぉー！」ルフォーが考えぶかげに声を上げた。

管区長は動きのないうつろな目でアレクシアを見つめた。「正確にはそうではない。むしろ魂がないことは、皮膚を通して周囲のエーテル粒子を吸収する量が増えることで特徴づけられる――ちょうど真空が空間を満たすために空気を吸いこむように。反異界族の体内ではエーテルが生まれないため、それを埋め合わせようと肉体は外部のエーテルを吸収する。その結果、反異界族はあの特殊な能力を持つようになった――ミスター・ランゲ＝ウィルスドルフは長年の研究のすえ、このような仮説を立てた。それを証明するために、この装置を発明したのだ」

いつものように扉のそばでじっと立っていたフルーテがかすかにみじろぎし、ふたたび直立不動の姿勢を取った。

「あたくしが棒をくわえたときに何も検知しなかったのは、あたくしのなかに検知するものがなかったってこと？　エーテルを皮膚から吸収しているから？」

「そのとおり」

ルフォーは意気ごんでたずねた。「では、これを使えば余分な魂も検知できます？」

「残念ながらそれはできない。これは魂がないことを検知するだけだ。それに反異界族の大

半は地元政府に登録されている。そうでなくても存在を知られているので、このような装置

は大して役には立たない――いまわたしがあなたに対して行なったように、素性を確認した

いとき以外はね、わが〈ソウルレス〉よ。ともかく、あなたの存在はわたしにひとつの謎を

提示した」管区長はルフォーから棒を受け取り、もういちど消毒してから装置を切った。装

置は小さなうなりを上げ、カチカチという音が停止した。

アレクシアは管区長が小さなガラス瓶のなかに棒を収め、白い麻布でおおうあいだ、じっ

と装置を見ていた。不思議なものね――あたしが人と違うことを世間に証明するという唯一

の目的のために造られた装置を、実際にあたしが使うなんて。

「テンプル騎士団のみなさんは、その装置をなんと呼んでらっしゃるの？」アレクシアがた

ずねた。管区長はエーテル吸収測定器と呼んだが、あれはミスター・ランゲ＝ウィルスドル

フがつけた名前だ。

管区長は身じろぎもせずに答えた。「言うまでもなく、〝悪魔探知器〟だ」

アレクシアは呆気にとられた。「それって、あたくしのこと？」アレクシアはルフォーを

非難めいた目で見た。「あたくしに突然、三叉《みつまた》の赤いしっぽが生えたら教えてくれる？」

ルフォーは挑発するように口をすぼめた。「スカートのなかを調べろってこと？」

アレクシアはあわてて前言を撤回した。「いいえ、よく考えたら、そんなものが生えたら

自分で気づくわ」

フルーテは冷笑を隠すように鼻の片方にしわを寄せた。「彼らにとって、あなたは悪魔な

のです、奥様」

「ちょっと待って、みなさん」ルフォーが背を伸ばして腕を組み、全員に向かってえくぼを見せた。「ここははっきりさせましょう。わたくしが最後に聞いたとき、教会は反異界族のことを〝悪魔の申し子〟と呼んでいましたわ」

アレクシアは首をかしげた。「でも、あなたがたはあたくしにベッドを提供したわ……こんな刺激的なナイトガウンと……ローブまで。悪魔の申し子に対するあつかいとはとても思えないわ」

「そうね、でも、これで騎士団の誰ひとりあなたに話しかけない理由はわかったわ」ルフォーはこの会話を楽しんでいる。

「そして、あなたの存在にわれわれが苦慮する理由もわかるだろう」と、管区長。わかって当然だという口調だ。

フルーテがふいに言葉をはさんだ。「あなたがたは以前、この種族を利用なさいました」

「過去の話だ」管区長がフルーテに言った。「それに女性をあつかったことはほとんどない。われわれは悪魔を管理し、〈同盟〉の一般会員から隔離しただけだ」

フルーテが管区長の言葉尻をとらえた。「過去ですか？　繁殖計画は断念されたのですか？」

管区長はアレッサンドロ・タラボッティのもと従者を思案げに見つめ、失言を悔いるように唇を嚙んだ。「きみはイタリアを離れて久しい、ミスター・フルーテ。たしか英国ではフランシス・ゴールトン卿がわれわれの始めた研究を発展させたのではなかったか？　卿はそれを優生学と呼んでいるようだ。彼の研究にも、まずは魂の計量法が必要になるだろう」

ルフォーが息をのんだ。「ゴールトン卿は清教徒《ピューリタン》なの？　てっきり革新派だと思ってたわ」

管区長は答えず、見下すようにまばたきした。「さて、このへんで終わりにしよう。市内観光はいかがかな？　この季節でも、フィレンツェは非常に美しい街だ、いくぶん」――そこでちらっとアレクシアを見やり――「オレンジ色ではあるがね。アルノ川ぞいの散歩も悪くない。それとも昼寝にするかね？　明日は、お楽しみにちょっとした小旅行を計画している。きっと楽しんでもらえるはずだ」

管区長との謁見は終了したらしい。

アレクシアとルフォーはうなずいた。

管区長がフルーテに向かって言った。「客室までの道はわかるな？　知ってのとおり、わたしには聖別された召使を頼むことも、案内役を買って出ることもできない」

「よく存じております」フルーテはフルーテなりにむっとした様子で部屋を出た。

三人は客室までの長い道のりを歩きはじめた。フィレンツェのテンプル修道院はとてつもなく広い。アレクシアひとりなら間違いなく迷子になりそうだが、フルーテは少しも迷わず歩いてゆく。

「おしゃべりな人だったわね」

　フルーテがアレクシアをちらっと見た。「と言うより、しゃべりすぎです」フルーテの足取りは、いつもよりさらにぎこちない。つまり何かに腹を立てているということだ。

「それって、どういう意味？」天然の黒オニキスでできた豚の塑像に気を取られていたルフォーが小走りで追いついた。

「管区長はわれわれを野放しにする気はないようです、奥様」

「でも、たったいま〝自由にフィレンツェを観光したら？〟と提案したわ」管区長の言葉とフルーテの見解が違いすぎて、アレクシアはますます困惑した。「跡をつけられるってこと？」

「当然です、奥様」

「だったらどうしてあたくしに手を出そうとしないの？　彼らにとって、あたくしは精神世界を破壊し、魂を吸う悪魔みたいなものなんでしょう？」

「テンプル騎士団は戦と信仰を結びつけます。彼らにとって、あなたは救済不能な存在であると同時に、有益な存在でもあります。あなたは武器なのです、奥様」

　どうやらフルーテは、アレクシアの想像よりはるかに深くテンプル騎士団と関わっていたようだ。父の日誌はほとんど読んだが、あれがすべてではなかったようね。

「これほど危険な場所なのに、どうしてイタリア行きに賛成したの？」

　フルーテはいくぶんあきれた口調で言った。「そうするしかありませんでした――それ以外に理由が必要ですか？　あなたがイタリアに行くと主張なさったからです。世のなかにはさまざまな危険があるのです、奥様。いずれにせよ、すぐれた戦士は武器のあつかいに慎重です。そして、テンプル騎士団は非常にすぐれた戦士集団です」

アレクシアはうなずいた。「わかったわ。命が惜しければ、彼らにあたくしの価値を認めさせつづけなければならないってことね？　まったく――いかれた夫が本物のバカだと証明するために、どうしてここまで苦労しなきゃならないの？」

客室にたどりついた三人は、それぞれの部屋に分かれる前に廊下で立ちどまった。

「失礼を承知で言えば、あたくし、管区長が嫌いよ」アレクシアがきっぱり言い放った。

「当然だけど、何か特別の理由でも？」ルフォーがたずねた。

「あの人の目は変よ。何もない目だわ――まるでクリームのないエクレアみたい。クリームのないエクレアなんて、まともじゃないわ」

「人を嫌いになるのに、それ以上の理由はないわね」と、ルフォー。「本当にしっぽを確かめなくてもいい？」

アレクシアはやんわりと断わった。「けっこうよ」ときどきルフォーのからかいにはどきっとする。

「まあ、興ざめね」ルフォーは冷やかすように言って部屋に引っこんだ。アレクシアが自分の部屋に入ろうとしたとき、ルフォーの部屋から怒りの声が聞こえた。

「まったく、どこまでバカにする気！」

アレクシアとフルーテは驚いて目を見交わした。

わずかに開いた扉の隙間からフランス語の悪態が次々に洩れてくる。

アレクシアがおずおずと扉をノックした。「どうかした、ジュヌビエーヴ？」

「どうもこうもないわ！　いったいなんのつもり！　この服を見て！」

アレクシアがなかをのぞくと、屈辱と恐怖の表情を浮かべたルフォーがこれでもかとフリルのついたピンクの格子柄のドレスをつかんでいた。アレクシアのナイトガウンも顔負けだ。

「侮辱だわ！」

ここは引きあげたほうがよさそうだ。「遠慮なく言ってちょうだい――」アレクシアは戸口で立ちどまり、にやりと笑った。「もし、あなたが、その……バッスルをつける手伝いが必要なときは」

ルフォーにじろりとにらまれてアレクシアがすごすごと自室に引きあげると、ベッドの上には同じようにフリルだらけのとんでもないドレスが置いてあった。本当に――アレクシアはドレスを身体に引き当てながらため息をついた――最近のイタリアではこんな服が流行っているのかしら？

アレクシアのドレスはオレンジ色だった。


ライオール教授は三晩と二日のあいだ、ほとんど眠らずに調査を続けた。そのあいだに得た唯一の成果は、アケルダマ卿《ティル》が盗まれたもののありかに関する情報で、〈宰相〉の跡《ティル》をつけた――吸血鬼の追跡にしっぽという言葉がふさわしいかどうかは別にして――名うてのゴースト捜査官からもたらされた。

ライオールは詳しい捜査のためにマコン卿を送りこんだ――むろん、本人がみずからの判断で向かったと思わせるよう、すべて手はずを整えて。

ライオールは目をこすり、デスクから顔を上げた。これ以上、マコン卿を英国にとどめておくことはできない。これまでやつぎばやの捜査で気をまぎらせ、なんとかごまかしてきたが、アルファはアルファだ。行動を制約するには限度があり、なにより当人は、自分の態度にあきれて英国を去った妻を追いかけたくてうずうずしている。

マコン卿を実動捜査に送りこむことは、ライオールが事務処理に忙殺されることを意味した。ライオールは毎日、日没後にレディ・マコンからエーテルグラフが届いてないかをチェックし、残りの時間の大半を異界管理局《BUR》の古い記録の調査に費やした。山積みの書類の下から過去の記録を取り出す苦労は並大抵ではなかった。六種類の書式を三通ずつ作ってそれぞれに署名し、トルコ菓子《ターキッシュ・ディライト》一箱で事務員を買収し、さらにマコン卿じきじきの命令書の提出が必要だった。そうやって入手した記録はエリザベス女王がＢＵＲを創設した当初のころまでさかのぼる膨大な量だったが、ライオールは夜を徹してすべてに目を通した。しかし、反異界族に関する記述は少なく、ましてや女性の反異界族についてはほとんど言及されていない。子孫にいたっては皆無だ。

ライオールはため息をつき、記録から顔を上げて目を休めた。夜明けが近い。夜明け前まで戻らないとすれば、マコン卿は裸で戻ってくるだろう。

ライオールの思考に反応したかのように、執務室の扉がキイと音を立てて開いた。だが、入ってきたのはマコン卿ではなかった。マコン卿と同じくらいの巨体で、足取りも同じように自信たっぷりだが、こちらは完全に服を着て、あきらかに変装していた。しかし、においをかいだとたん、ライオールは男の正体を確信した。人狼の嗅覚はごまかせない。

「おはようございます、スローター卿。ご機嫌いかがです？」

アッパー・スローター伯爵が目深にかぶったフードを頭からはずし、ライオールをじろりと見た。〈王立狼近衛《このえ》隊〉――別名〈女王陛下の番犬たち〉――の最高司令官にして陸軍元帥。ヴィクトリア女王の〈陰の議会〉の一員ゆえに広くは〈将軍〉として知られる男だ。

「声が大きい、ベータ君。わたしがここにいることを言いふらす必要はない」

「おや、すると公式訪問ではないのですね？　まさかウールジー団に挑戦なさるつもりですか？　マコン卿はあいにく留守です」〈将軍〉は英国でもマコン卿と毛皮をかけて闘える数少ない人狼の一人で、実際、トランプのブリッジがらみで一戦を交えたという武勇伝がある。

「なぜわたしがそんなことをしなければならん？」

ライオールは上品に小さく肩をすくめた。

「おまえたち団タイプにありがちな間違いは、われわれ一匹狼がつねにおまえたちをうらやましがっていると思いこんでいることだ」

「その言葉は挑戦者におっしゃってください」

「ああ、そうだな。なんと言われようと、今後、団を率いるのだけはごめんだ」〈将軍〉は首まわりのフードを好みに合うよう落ち着かせた。〈将軍〉は歳を取ってから人狼になった。そのため永遠に二重あごで、鼻と口のまわりにはしわが寄り、目の下はたるんでいる。こめかみに白髪が混じるふさふさの黒髪。くぼんだ目。ぼさぼさの険しい眉毛。若いころはさぞ女性を虜《とりこ》にするほどのハンサムだったに違いない。だがライオールに言わせれば、唇は厚すぎ、口ひげとあごひげにはとうてい賛同できない。

「では、こんな早朝にいったいなんのご用です？」

「あるものを届けにきた、ベータ君。事態は少々、厄介だ。言うまでもなく、わたしが関わっていることとは知られたくない」

「ほう？」いぶかしみながらもライオールはうなずいた。

〈将軍〉は外套から筒状の金属板を取り出した。ライオールにはすぐにわかった――エーテルグラフ通信機に使う金属板だ。ライオールはデスクの引出しから専用の小型クランクを取り出し、ていねいに金属筒を平らにのばした。通信文は焼き切れている――すでに送信されたということだ。文章は短く、簡潔で、それぞれの文字が格子状の枠にきちんと刻まれ、ご丁寧に署名までされていた。

「〝吸血鬼発、殺害命令。レディ・マコンの首に毒牙を。彼女を嚙めないことを考えると滑稽な言いぐさだが、気は心だ〟」

「彼ら特有の言いまわしだ」

「わかります。しかし、殺人命令に変わりはありません。しかも〈宰相〉の署名入りとは」

ライオールは深くため息をつくと、カチリと音を立ててデスクの上に金属板を置き、ギョロメガネの上で鼻梁をつまんだ。

「これでわたしの難しい立場がわかっただろう?」〈将軍〉も同じようにあきらめ顔だ。

「〈宰相〉はヴィクトリア女王の権限で発令したのでしょうか?」

「いや、それはありえん。しかし、王室のエーテルグラフ送信機を使ってパリに命令を送ったのはたしかだ」

「なんと大胆な。現場を押さえられたのですか?」

「いや、だが、通信操作班に友人がいる。そいつが金属板をすりかえた。送り主は別の板を抹消したわけだ」

「なぜこれをBURに?」

〈将軍〉はこの質問にかすかに顔をしかめた。「BURに届けたのではない。ウールジー団に届けたのだ。ゴシップがなんと言おうと、レディ・マコンはいまも人狼の妻であり、いまもわたしは〈将軍〉だ。吸血鬼にみさかいなく人狼の一族を殺させるわけにはいかん。あってはならぬことだ。他人のクラヴィジャーを引き抜くようなもので、決して許されない。こんな横暴を認めたら最後、異界族が保ってきた秩序の規範がすべて失われる」

「そして、この情報があなたからのものと知られてはならないと?」

「わたしはこれからもあの男と仕事をしなければならん」

「ああ、そうでした」ライオールは内心、驚いていた。〈将軍〉が団のもめごとに関わることはめったにない。〈将軍〉とマコン卿の関係は運命のブリッジ事件以来、険悪なままだ。なにせマコン卿はあれ以来、カードゲームと名のつくものをすべて放棄したのだから。

そのとき、いつものように間の悪いマコン卿が捜査から戻ってきた。マントだけを巻いて大股で執務室に現われるや勢いよくマントを脱ぎ、そばの帽子かけに無造作に引っかけた。それから服を着ようと小さな着替え室に行きかけ……ふと裸のまま立ちどまり、においを嗅いだ。

「おや、これはこれは〝もじゃもじゃ君〟。バッ、キンガム刑務所を抜け出し、こんなところに何の用だ？」

「ああ、なんということを」ライオールがいらだたしげに言った。「口をつつしんでください、マコン卿」

「やあ、マコン卿、相変わらず下品だな」〈将軍〉は失礼な呼びかけを無視して言い返した。

マコン卿はしかたなく裸のまま、ライオールが何を読んでいるのかとデスクにつかつかと歩み寄った。ブリテン島で二番目に力のある人狼が思いがけず訪ねてきたことと何か関係があるはずだ。

〈将軍〉は多大なる自制心で――マコン卿の邪魔など入らなかったかのように――ライオールとの会話を続けた。「どうやら問題の紳士はウェストミンスター群にも協力を求めたようだ。そうでなければ、あんな命令を送りはしなかっただろう」

ライオールは眉をひそめた。「なるほど、ということは――」

「殺害命令だと！　しかもわたしの妻を！」

マコン卿につかえて二十余年、そのどなり声には慣れっこのはずのライオールも、耳もとでのこの怒号にはさすがにびくっとした。

「あの腰抜けの、くされ肉の血吸い野郎め！　真っ昼間にくさい屍肉を引きずり出してくれる——いまに見てろ！」

〈将軍〉とライオールは、真横で激高するマコン卿を、まったく手をつけられなかったポリッジのように無視して会話を続けた。

「おっしゃるとおり、間違いなく反異界族は」ライオールが冷ややかに言った。「BURの管轄下にあります」

〈将軍〉は賛同するように頭を左右に傾けた。「そうだ。だが、吸血鬼は事態を自分たちの〝牙上《がじょう》〟に載せる気でいる。〈宰相〉の言いぶんとしては、あの婦人が身ごもっているものは反異界族ではない——したがってBURの管轄ではないということらしい」

「あの婦人はわたしの妻だぞ！　吸血鬼が妻の命をねらっている！」ふいに深い疑惑と裏切りの思いに捕らわれ、マコン卿は非難がましくライオールに向きなおった。「ランドルフ・ライオール、おまえはこのことを知っていて、わたしに言わなかったんじゃねぇだろうな？」マコン卿は答えがほしいわけではなさそうだ。

「以上だ。わたしはこれで失礼する」と、〈将軍〉。

「はい、わかりました。いや、その件はあとで」ライオールは無駄と知りつつ、マコン卿をなだめた。「問題は吸血鬼が、レディ・マコンが何を身ごもっているると思っているのかということですね？」

〈将軍〉は肩をすくめてフードをかぶり、帰る準備を始めた。「それを突きとめるのはきみの仕事だ。この証拠品を届けただけでも、わたしは充分に危険を冒した」

ライオールは立ち上がり、デスクごしに手を伸ばして〈将軍〉と握手した。「貴重な情報に心より感謝します」

「とにかくわたしの名は伏せてくれ。これはウールジー団と吸血鬼のあいだのゴタゴタだ。どんな惨劇が起ころうと、わたしは関係ない。あの女とは結婚するなと言ったはずだ、コナル。何ひとつよい結果は生まないと。まったく、〈ソウルレス〉と結婚するなんぞ」〈将軍〉は鼻を鳴らした。「若造の無鉄砲にもほどがある」

マコン卿は反論しようとしたが、ライオールは〈将軍〉と固い握手を交わした――挑戦者ではなく、団の仲間と交わすときのように。「わかりました。重ねてお礼申し上げます」

〈将軍〉は最後にもういちど、真っ赤な顔で言葉に詰まった真っ裸のマコン卿を冷ややかに見やり、執務室を出て行った。

「アケルダマ卿を探し出さなければなりません」いつものようにライオールはさっそく仕事に戻った。

急に話題が変わり、マコン卿は真顔になった。「あの吸血鬼め、いてほしいときにはおらず、いなくていいときには決まってそばにいるのはどういうわけだ？」

「一種の芸術です」

マコン卿はため息をついた。「アケルダマ卿の捜索は手助けできんが、〈宰相〉が盗んだものをどこに隠しているかはわかった」

ライオールが顔を上げた。「ゴースト捜査官が何か聞きつけたのですか？」

「いや、それどころか、その目で見た。地図だ。妻を迎えに行く前に取り戻せるかもしれん」

「ところで、チャニングをどこに送りこんだのか、まだ教えていただけないのですか？」

「飲み過ぎて覚えていない」

「おや、そうとは思えませんが」

マコン卿はライオールを煙に巻いたまま、服を着るため部屋を出た。チャニングの行方を教える気はないが、捜査の情報は別だ。

「では、今回の盗みについて教えてください」ライオールは無駄のない男だ。必要なときは迷わず先に進む。

「これがおもしろくなりそうだ」着替え用の小部屋からマコン卿が答えた。

執務室に戻ってきたマコン卿を見て、またもやライオールは思った――紳士服が複雑になったのは、その生態上、服を着るときはつねに急ぎの状態にある人狼に対する服飾界の雄――吸血鬼の嫌がらせではなかろうか？　ライオール自身は正しい作法を身につけたが、マコン卿には永遠に無理だ。ライオールは立ち上がってデスクの脇をまわり、マコン卿が掛け違えたベストのボタンを正した。

「おもしろいとは、この奪還作戦が、ということですか？」

「ああ、もし水泳が好きならばな」

11　アレクシアがペストと謎の壷に遭遇すること

「フィレンツェの飛行船発着場に行ってみない？　たしかムシュー・トルーヴェが荷物を送るって言ってたわ」アレクシアはフリルだらけのオレンジ色のドレスを見おろして顔をしかめた。「自分のドレスがあれば、ずいぶん気も休まるはずよ」

「いい考えね」アレクシアのドレスと同じデザインのピンク版を着たマダム・ルフォーが顔をゆがめた。やはりこれ以上、服の拷問には耐えられないようだ。「ほかにいくつか備品も必要だし」そう言ってアレクシアのパラソルを意味ありげに見た。「ほら、次の放出に備えて再編成しておかなきゃ」

「そうね」

修道院の廊下には誰もいなかったが、ルフォーは盗み聞きされるのを警戒して、わざと遠まわしな言葉を使った。

三人は修道院の玄関を通り、フィレンツェの石畳の通りに出た。

全体的にオレンジ色ではあるが――アレクシアのドレスにはぴったりだ――フィレンツェは実に魅力的な大都市《メトロポリス》だった。そのやわらかく濃厚な雰囲気に、アレクシアはマーマレードとクロテッドクリームをたっぷり載せた温かいスコーンを食べているような幸福感を覚えた。街全体がかもし出すここちよい空気と活気は、表面のオレンジ色ではなく、内側にある〝上等な柑橘系果実〟から生まれるものらしい。街にも魂があるとしたら、フィレンツェは魂を余分に持っていそうだ。よく見ると、あたりには〝苦い外皮〟も散らばっている。あちこちのカフェから立ちのぼる濃いタバコの煙……教会の石段で物乞いをする多くの恵まれない人々……。

通りには二輪馬車はおろか、公共の乗り物らしきものは何ひとつ見あたらない。どうやらフィレンツェには唯一の移動手段――徒歩――しかないようだ。でも、アレクシアは足には自信があった。山頂での大活劇の後遺症でいくぶんこわばっていたが、少し身体を動かしたい気分だ。なにしろ三日間も眠っていたのだから。先頭のフルーテは怪しいほど街の地理に詳しく、少しも迷わずぐんぐん歩いてゆく。三人は、神聖な文学者の集まりを連想させる〝ピアッツァ・サンタ・マリア・ノヴェッラ〟という名の大きな広場を抜け、地理的大発見を思わせる〝ヴィア・デイ・フォッシ〟という通りをくだって橋を渡り、パスタ料理を想像させる〝ピアッツァ・ピッティ〟という広場に着いた。これだけでも、かなりの距離だ。パラソルがあってよかった――アレクシアはつくづく思った。イタリアは、十一月とは思えないほど太陽が絶えずさんさんと降り注いでいる。

街を歩くうちにアレクシアは、修道院の壁の外にいるイタリア人が人なつこく、興奮しやすい人種であることに気づいた。何人かが三人に向かって手を振っている。アレクシアは困惑した。まだ正式に紹介もされていないし、とくに知り合いになろうとも思わないのに、どうしてすれちがっただけで手を振るのかしら？　まったく変な人たちね。さらに、ルーントウィル家の優秀な家庭教師がイタリア語について教えそこねた重要な点にも気づいた。それは意思伝達の大半が手ぶりで行なわれるということだ。アレクシアの繊細な神経にはイタリア人の感情表現は少し大げさに思えたが、言葉を聞くのと同じように、手ぶりを見るのは楽しかった。

上半身裸の男たちが何やらしゃべりながらアルノ川の土手でゴムボールを蹴っているのをながめながら、アレクシアは厄介なことに気づいた。

「つけられてない？」

アレクシアの言葉にルフォーがうなずいた。

アレクシアは橋のまんなかで立ちどまり、パラソルで動きを隠しながらさりげなく肩ごしに振り向いた。

「はっきり言って、あとをつけるのなら、あの変な白いナイトガウンは着ないほうがいいと思うけど？　よくもあんな格好で外に出られるものね」

フルーテがアレクシアの認識を正した。「あれは〝敬虔と信念の聖なるチュニック〟です、奥様」

「ナイトガウンよ」アレクシアは言い張った。

三人は歩きつづけた。

「六人はいるわ。どう思う？」尾行者たちとはかなり離れている。会話を聞かれるはずはないが、アレクシアは小声でたずねた。

ルフォーは苦々しげに唇をゆがめた。「ええ、だいたいそれくらいね」

「六人もいたらどうしようもないわ」

「そうね」ルフォーが答えた。

フィレンツェの飛行船着陸場はボーボリ庭園のなかにあった。これまで見たなかでもとりわけ立派な城の背後に麗々しく広がる、重厚で広大なひな壇式公園だ。正直なところ、そのピッティ宮殿という名の城は、異常なまでに正確な比率で造られた刑務所のようにも見える。巨大な宮殿の脇をまわって庭園の門に着くと、制服を着た税関員が受付に出た。

緑あふれる美しい場所で、着陸場は宮殿の真後ろの同じ標高にあった。中央に建つエジプトふうのオベリスクが飛行船の係留地点として使われているようだが、いまは一隻もいない。ローマの四阿《あずまや》を改修したような建物が手荷物受け取り場と待合い場になっていた。愛想のいい係員に荷物置き場に案内され、アレクシアは無事に自分のトランクと、ルフォーの上品な絨毯《じゆうたん》地のカバンひとそろい、そしてフルーテのみすぼらしい旅行カバンを見つけた。ムシュー・トルーヴェに感謝だわ。

それぞれが自分の荷物を集めはじめたとき、ふとルフォーが帽子箱の上に載っていた小さなものをさっと取った。いまのは何？　アレクシアがたずねようとしたとき、係員が手荷物の受領印のために近づいた。

アレクシアが署名すると、係員はちらっと名前を見て急に表情を変えた。「歌姫タラボッティ?」

「ええ」

「ああ。トドイテます」――係員は英語の単語を思い出せずに片手を宙で振り――「モノが、あなたに」

そう言うとあわてて引っこみ、すぐに戻ってきてモノをアレクシアに手渡し、三人を驚かせた。

それは、丸っこく、まとまりのない筆跡で書かれた歌姫タラボッティあての手紙だった。そして良識ある人間なら誰しも思うように、送り主はムシュー・トルーヴェではなかった。まあ、アイヴィからだわ。

アレクシアは折りたたまれた分厚い紙をしばし呆然と手のなかでひねくりまわした。「これって、どこに行こうとアイヴィにはあたくしたちの居場所がわかってるってこと?」

「よしてください、奥様」フルーテはうんざりした口調で言い、そそくさと二輪馬車をつかまえに出て行った。

アレクシアは、係員が親切に渡してくれた開封ナイフで封を開けた。

〝**わが親愛なる、誰よりいとしきアレクシアへ**〟手紙は大仰な呼びかけで始まり、似たような調子で続いていた。〝**あなたがいな、くなってからロンドンであったことをすべ、て話すわ。ええひとつ残らず!**〟アイヴィお得意の句読点の間違いと言葉の誤用で、ひどく読みにくい。〝わたしのダーリン――タンステル――がフォースウィムジー＝ニア＝ハム座の冬季オペラ『女王陛下のだるま型自転車《ペニーファージング》』の主役に選ばれたの！　想像できる？〟想像したくもないわ。〝こんなことみためたくないけど〟――アレクシアはアイヴィが舞い上がってコマのようにぐるぐるまわっているさまを思い浮かべた――〝わたしはとても商売に向いてるみたい。母の心の平穏のために言っておけば、向きすぎるほど向いているわ。帽子店はとっても繁盛してるとマダム・ルフォーに伝えてちょうだい。それどころかいくつか改良を加えたくらいよ〟アレクシアがさっそくルフォーに伝えると、ルフォーは青ざめた。

「店をまかせてからまだ一週間よ。そんな短いあいだに、いったい何をしでかすというの？」ルフォーは〝そんなはずはない〟と自分を安心させるように言った。

アレクシアは先を読んだ。〝こうやって文字にするのは恥ずかしいんだけど、わたしのアイデアが飛行船用の耳当て《イヤーマフ》で思いがけず大流行の旋風を巻き起こしたの。どういうことかっていうと、パリから届いた長い付け毛を耳当ての外につけて〝旅する若い貴婦人〟が髪のおしゃれを楽しみながら暖かい状態を保てるようにしたわけ。しかもこのヘアーマフ――わたしはそう呼んでるんだけど――には、エーテル風で本物の髪がくしゃくしゃにならないというおまけつきなの。それが聞いて、アレクシア、飛ぶように売れてるのよ！　つい今朝も有名なファッション新聞の少なくとも三紙で〝旅に欠かせない最新の装身具〟って取り上げられたわ！　参考までに切り抜きを同封しておくわね〟アレクシアは、ルフォーの後学のために手紙のこの部分を読み上げ、新聞の切り抜きを手渡した。

〝ショッキングなニュースといえば、あのすてきなファンショー大尉が花嫁学校を出たばかりのミス・ウィブリーとの婚約を発表したの！　これには気の毒に、あなたの妹が〝学校出たての小娘に負けた〟っていう噂もついてるわ。まったく、グラタンな人《ペルソナ・オ・グラタン》（迷惑な人〝ペルソナ・ノン・グラータ〟の言いまちがい）ね。まぢかに迫った婚礼でロンドンじゅうが大騒ぎだと言っても、あなたは驚かないでしょうけど！　どうかこの手紙が無事に届きますように。どんなときもあなたの大切な友人のアイヴィより〟

アレクシアは笑みを浮かべて手紙を折りたたんだ。アイヴィの住む世界には、フィレンツェの街なかをつけてくるテンプル騎士団もいなければ、武装して追いかけてくるドローンもいない。退屈な俗世間も悪くないわね。そこにある心配ごとと言えば、ミス・ウィブリーと彼女のグ、ラ、タ、ン、ぶりくらいのものだ。

「これってどう思う？」

ルフォーはとぼけた顔でアレクシアを見た。「花嫁学校を出たばかりだなんて、まったくどういうつもりかしら」

「まったくよ。驚いたわ。近ごろ花嫁学校を出た女の子は、みんなスフレみたいね——ふくらんではいるけど、中身がなくて、ちょっと刺激をうけただけですぐしぼんでしまう」

ルフォーが笑い声を上げた。「しかも髪の毛つきの耳当てですって？　あなたたち英国人はどう反応するの？　〝まあ、すてき！〟って？」

フルーテが荷物を運ぶためのポニーが引く二輪軽馬車を引いて戻ってきた。

アレクシアは笑いながらも——認めたくないけど——少しがっかりした。どんなに平気なふりをしても、アイヴィの手紙にマコン卿やウールジー団について何も書かれていないのはショックだった。アイヴィが気をつかって遠慮したのか——それはフルーテがとつぜんアイリッシュ・ダンスを踊りだすほどありえない——もしくはロンドンの人狼たちが人目につく場所を避けているかのどちらかだ。

「ロンドンに戻ったら、大流行へアーマフの専売主《オーナー》になってるかもしれないわね」と、アレクシア。

ふとルフォーが新聞の切り抜きを裏がえし、手を止めた。顔がかたまっている。

「なんなの、ジュヌビエーヴ、どうかした？」

ルフォーは無言で切り抜きをアレクシアに渡した。

それは記事の全文ではなく、一部だったが、アレクシアにはそれだけで充分だった。

〝……が《モーニング・ポスト》紙に掲載した妻あての謝罪文には誰もが驚愕した。そのなかで伯爵は、これまでの噂と非難が誤りであるだけでなく、すべては自分のせいであり、お腹の子が自分の子であるばかりか、現代科学の奇跡であると言明している。撤回書を出した伯爵の真意についてはさまざまな憶測が飛び交っているが、近ごろレディ・マコンの姿を見た者はおらず……〟

膝からいきなり力が抜け、アレクシアは税関所の石の床にすとんと座りこんだ。

「ああ」それしか言葉が見つからず、かろうじて「バカ」とつぶやくや、誰もが——本人さえ——驚いたことにアレクシアは泣きはじめた。それも貴婦人らしく上品にぽろぽろと涙をこぼすのではなく、幼い子どもがしゃくりあげるような、みっともない大泣きだ。

ルフォーとフルーテは驚きに言葉もなくアレクシアを見つめた。

アレクシアは泣きつづけた。どんなにこらえようとしてもこらえきれない。

われに返ったルフォーがかたわらにしゃがみこみ、骨張った腕でやさしくアレクシアを抱きしめた。「アレクシア、どうしたの？　いい知らせじゃないの？」

「あの、バ、バ、バカァ」アレクシアはそう言うと、また、おいおい泣きだした。

ルフォーはすっかり困惑している。

このままじゃルフォーに悪いわね——アレクシアはようやく気持ちを抑え、言葉をしぼり出した。「いままでがんばってきたのは、あの人に腹を立ててたからよ」

「つまり、もうマコン卿に腹を立てられないから泣いてるってこと？」

「違うわ。いえ、そうよ！」アレクシアは涙声で言った。

フルーテが大判のハンカチを取り出し、「ほっとされたのでしょう」と言ってルフォーに渡した。

「ありがとう」ルフォーはフルーテのハンカチをアレクシアの涙の跡がついた顔に優しく当てた。

アレクシアは失態を演じている自分に気づいて立ち上がりかけた。涙があふれたのは、あまりにたくさんのことが一度に頭のなかに押し寄せたからだ。アレクシアは震えながら深く息を吸うと、フルーテのハンカチで大きく鼻をかんだ。

ルフォーはなおも心配そうにアレクシアの背をやさしくさすっていたが、フルーテの関心は別のものに代わっていた。

アレクシアがフルーテの視線を追うと、四人の屈強そうな若者が庭園を横切り、ぐんぐん近づいてくるのが見えた。

「どうみてもテンプル騎士団じゃないわね」ルフォーが確信を持って言った。

「ナイトガウンじゃないわね」アレクシアも鼻をすすりながらうなずいた。

「ドローンかしら？」

「ドローンだわ」アレクシアは片袖にハンカチを押しこみ、よろよろと立ち上がった。

今回のドローン団は万全を期したらしく、全員が恐ろしげなナイフを持ち、決然とした足取りで近づいてくる。

かすかな叫び声が聞こえ、芝生の向こうに走ってくるテンプル騎士団の影が見えたような気がした。でも、こんなに速く追いつけるかしら？

アレクシアは片手にパラソル、反対の手に開封ナイフを構えた。ルフォーはクラバットピンに手を伸ばし、クラバットを巻いてないことに気づいて毒づくと、武器になりそうな重い物はないかとあたりを手探りし、背後の二輪馬車に積みこんだ荷物のなかから工具が入ったにせ帽子箱をつかんだ。フルーテは両手両脚をだらりとさせて拳闘の構えを取った。この姿勢には見覚えがある。ウールジー城の前庭で二匹の人狼がテントを張る場所をめぐって闘ったときだ。フルーテったら人狼ばりのファイティングポーズをどこで覚えたのかしら?

　ドローン団が襲いかかった。アレクシアはパラソルを振り下ろしたが、ナイフに阻まれた。視界の隅でルフォーが帽子箱を振りまわし、箱の木枠がドローンの頭に当たって壊れるのが見えた。フルーテはこぶしを握り——育ちのいいアレクシアは拳闘にはあまり詳しくないが——拳闘士のように振り下ろされるナイフをさっとかわし、ドローンの腹部に二発、こぶしを打ちこんだ。

　周囲では飛行船の出発を待つ乗客たちが呆気にとられて見つめている。だが、誰も手を出さず、止めようともしない。イタリア人は感情が激しい人種だ。この騒ぎも、痴話げんかのひとつと思ったのかもしれない。それともボール競技をめぐる争いと思っているのかしら?アレクシアはどこかの夫人が〝イタリア人はボール競技の応援に異常に熱心だ〟と言っていたことを思い出した。

　周囲に助けを求めればよかったのかもしれない。アレクシアは訓練された拳闘士ではないし、ルフォーは——たとえルフォーでなくても——びらびらのドレスのせいで動きが鈍い。予想より早くアレクシアはドローンに武器を奪われ、パラソルが四阿《あずまや》の石の床を転がった。ルフォーは地面に押し倒され、その拍子に頭をがつんと二輪馬車の横腹にぶつけたようだ。しばらくは動けそうもない。フルーテは健闘しているが、もう若くはないし、相手のドローンはどう見てもフルーテよりはるかに若かった。

　アレクシアは二人のドローンに両脇からきつくつかまれた。ルフォーが床に伸びたのを見て、別のドローンがアレクシアの喉を掻き切ろうと目の前でナイフを構えた。今回のドローン暗殺団にためらいはない。彼らは目の前の反異界族を殺すことしか頭になかった――しかも昼のひなか、大勢が見ている前で。

両脇からつかまれたアレクシアは少しでもナイフのねらいをはずそうと、必死に脚をばたつかせてもがいた。アレクシアの危機に気づいたフルーテはさらに激しくこぶしを振るったが、死は避けがたい事態に思えた。

そのとき、奇妙なことが起こった。

巡礼者のようなフードをかぶり、仮面をつけた長身の男がとっくみあいのなかに飛びこんだ。しかもアレクシアたちの味方のようだ。

思いがけなく現われた戦士は大柄で――コナルほどではないけれど、コナルほどの大男はめったにいない――見るからに強そうだった。右手に英国軍仕様とおぼしき長剣を持ち、素手の左手もかなりの破壊力がありそうだ。アレクシアが推測するに、このこぶしも英国軍仕様に違いない。そして実際、仮面男は剣とこぶしの達人だった。

ドローンたちが闖入者に気を取られたのを見て、アレクシアは片方のドローンの股間に膝蹴りを浴びせ、同時にもう一人の手を振り切ろうと激しく身をよじった。そのとたん、膝蹴りした相手に手の甲で思いきりなぐられ、口のなかに焼けるような痛みが走ると同時に血の味がした。

この行為を見るや、仮面男は猛然と剣を振りかざし、アレクシアをなぐったドローンの片膝の裏を切り裂いた。ドローンがくずおれた。

ドローン軍団は、アレクシアをつかむ一人を残して全員が寄り固まり、そのうち二人が新たな敵に対峙した。二人ぶんの脅威が減ったのを見てとったアレクシアは、いかにも若いレディがやりそうな行為に出た――気絶したふりをして全身の力を抜き、つかんでいる相手に倒れかかったのだ。男は思わず片手でアレクシアの身体を支えた。反対の手は、アレクシアの喉を掻き切るため、ナイフに伸ばしかけていたに違いない。いまがチャンスとアレクシアは両足を踏ん張り、思いきり背中に力をこめた。いきなり押されたドローンはバランスを崩し、アレクシアもろとも床に倒れた。ぶざまに石の上を転がりながら、アレクシアはシーツにくるまって転がるのが趣味の夫に感謝した。こんな荒技ができるのも、日ごろドローンの二倍はある大男ととっくみあっているおかげだ。

そこへ、中世の騎士よろしくテンプル騎士団が現われた。これぞ白ガウンの救世主――アレクシアはわくわくした。ドローン軍団はまたしても〝ローマ法王の執行者〟から追われることになった。ぎらりと光る剝き出しの剣を構えていると、テンプル騎士団の衣装もそれほど滑稽には見えない。

アレクシアがようやく立ち上がると、仮面の守護神が血のしたたる剣をつかみ、緑の着陸場をドローンとは反対側に猛然と走り去っていくのが見えた。黒っぽいマントをひるがえし、シカの形に刈りこまれた生け垣を跳び越え、奥の庭園に消えてゆく。謎の人物のままでいたいのか、テンプル騎士団が嫌いなのか、その両方かもしれない。

アレクシアはフルーテの様子を見た。こちらは相変わらず一分の乱れもない。フルーテはアレクシアの身体とチビ迷惑の状態を心配した。アレクシアはさっと身体の感覚を確かめた。異常はない。ただ、自分も赤んぼも空腹だと告げ、それから身をかがめてルフォーの様子を調べた。後頭部から血が出ているが、目がぴくぴくと開きかけている。

「何があったの？」ルフォーがたずねた。

「仮面の男が助けてくれたわ」

「お戯《たわむ》れはよして」ときどきルフォーはびっくりするほど英国ふうの言いまわしを使う。

アレクシアは手を貸してルフォーを立たせた。「いいえ、嘘じゃないの。本当に謎の男に助けられたのよ」アレクシアはことの顚末を話しながらルフォーを二輪馬車に乗せ、二人でテンプル騎士団が事件の後始末をする様子を見つめた。まるでアレクシアが引き起こした騒動を処理する異界管理局《BUR》の仕事ぶりを見るかのようだ。もっとも、テンプル騎士団のほうが手際がよく、必要な書類も少ない。そして言うまでもなく、ここには大きな手を憤然と振りながら大股で歩きまわり、がみがみどなるコナルもいない。

気がつくとアレクシアは、だらしなくにやけていた。コナルが新聞で謝罪してくれたわ！

飛行船の乗客たちはテンプル騎士団と直接かかわりたくないらしく、白ガウンが一刻も早く立ち去ってくれないかと祈るような表情で見守っている。

ふと姿を消していたフルーテが戻ってきて、アレクシアにハムのようなものとロールパンのようなものを差し出した。これがまた絶品だ。こんなもの、いったいどこで手に入れたのかしら？　でもフルーテのことだ――乱闘の合間に調達するくらいのことはやりかねない。日常レベルの奇跡を淡々となしとげたフルーテは、いつもの姿勢で立ち、テンプル騎士団の作業の様子をじっと見つめていた。

「地元の人たちは彼らにおびえているようね？」アレクシアは誰も見ていないと知りながらも、声をひそめた。「しかも、テンプル騎士団にはこうした事態に即座に対処できる強い権力があるようだわ。これほどの騒ぎが人目のある公共の場で起こったのに、誰も地元警察を呼ばないなんて」

「これぞ神の国です、奥様」

「そのようね」アレクシアは鼻にしわを寄せ、ルフォーの後頭部に当てる布きれを探したが、何もないとわかると肩をすくめ、オレンジ色のドレスのひだをびりっと引き裂いた。ルフォーはありがたく受け取った。

「頭のケガは用心してしすぎることはないわ。本当に大丈夫？」アレクシアが不安そうに見つめた。

「大丈夫よ。なんともないわ。もちろんプライドは傷ついたけど。だって転んだのよ。それほど強い相手でもなかったのに。まったく、世の女性たちは毎日こんな長いスカートをはいてよく走りまわれるわね」

「こんなに走りまわることはまずないわ。あなたが男装する理由はこれなの？　まったく実用的な理由？」

ルフォーは付けひげをひねって考えこむようなそぶりを見せたが、もちろん今は、ひげはつけていない。「それもあるわ」

「本当はまわりを驚かせたいんでしょ？　はっきり認めたらどう？」

ルフォーはアレクシアをいたずらっぽい目で見た。「あなただってそうじゃない？」

「一本とられたわ。でも、あなたとあたくしでは方法が違うわね」

やがてテンプル騎士団は作業を終え、尊大な態度でボーボリ庭園の木々のなかに消えた。アレクシアが原因の騒ぎなのに、一団は声をかけるどころか、アレクシアのほうを見向きもしなかった。テンプル騎士団が立ち去ったとたん、周囲のイタリア市民が――さっきまで愛想のよかった税関員までが――疑いと嫌悪の目を向けはじめたのを見て、アレクシアはうんざりした。

「ここでもあたくしは迷惑な人《ペルソナ・ノン・グラータ》ってわけね」アレクシアはため息をつき、「たしかに美しい国だわ、フルーテ。でも、ここの人たちときたら。まったく失礼よ」そう言って馬車に乗りこんだ。

「おっしゃるとおりです、奥様」フルーテは御者席に座ると、慣れた手つきでポニー馬車の手綱を握り、ボーボリ庭園を抜けて街の通りに出た。ルフォーの頭を気づかい、でこぼこ道を通るときはそっと速度をゆるめた。

フルーテは通りぞいの小さな食堂で馬車を止めた。やはり大量のまずいコーヒーとタバコの煙であふれていたが、ここでアレクシアのイタリア人に対する評価は急上昇した。こんなに美味しい料理を食べたのは生まれて初めてだ。

「緑色のソースのかかったこの小さなプディングときたら」アレクシアは感嘆の声を上げた。「まさに神々の食べ物ね。これだけおいしければテンプル騎士団が何をしようと許せるわ。なんてすばらしい国かしら」

ルフォーがにやりと笑った。「あら、簡単に感化されちゃうのね？」

「この緑色のソースを食べてみた？　なんと呼んでいたかしら？　ペッツなんとかかんとかだったわ。まさに料理の天才ね」

「ペスト（バジル、ニンニク、オリーブオイルを混ぜたソース）です、奥様」

「それよ、フルーテ、ペストよ！　すばらしいわ。ニンニクたっぷりで」おいしさを説明するために、アレクシアはさらにひとくちほおばった。「ここではどんな料理にもニンニクを使うみたいね。まったくファンタスティックだわ」

フルーテが小さく首を振った。「そうではありません、奥様。このソースには実用的な意味があるのです。吸血鬼はニンニクが嫌いですから」

「どうりで英国にないはずだわ」

「激しいくしゃみの発作が出ます、奥様。ミス・イヴリンが猫に近づいたときのように」

「人狼はどうなの？」

「人狼はバジルが苦手です」

「本当に？　まあ、おもしろい。やっぱりくしゃみが出るの？」

「口と鼻の奥がちくちくするはずです、奥様」

「つまり、このすばらしくおいしいペストは〝異界族差別主義者〟として悪名高いイタリア人の武器ってこと？」アレクシアは茶色の目でなじるようにルフォーを見た。「それなのに、どうしてあたくしのパラソルにはしこまれてないの？　いますぐ追加すべきじゃない？」

ニンニクとバジルの強烈なにおいのするパラソルを持ってどこをほっつき歩くつもり？——ルフォーは思ったが、指摘するまもなく、アレクシアはオレンジの実——もちろんオレンジ色だ——にベーコンのようだけどベーコンではない薄切り豚肉を巻いた料理に気を取られていた。イタリア料理にすっかり夢中だ。

「これは武器ではなさそうね？」

「いきなりユダヤ人を敵にまわさないかぎりは、奥様」

外で食事をすませたのは正解だった。帰っても何も食べるものがなかったからだ。三人が錬金術師の店——イタリアでは調合薬や釣り道具もあつかう——に長居し、ルフォーが〝必需品〟と呼ぶものを調達して修道院に戻ると、まだ午後六時にもならないのに騎士たちは部屋に引き上げ、無言の祈りを捧げていた。

ルフォーがパラソルの武器を調整し、フルーテがなにやら執事の仕事に忙しくしているあいだ、アレクシアは図書室に向かった。とがめる者もいないので、さっそく本や記録を熱心に読みはじめた。そして、ときおりアイヴィが送ってくれた新聞の切り抜きを取り出しては読み返した。ねえ、これってどう思う？　新聞に謝罪文を載せるなんて。気がつくとアレクシアはハミングしていた。ねえ、チビ迷惑ちゃん、悪くないと思わない？

反異界族繁殖プログラムに関する記述やテンプル騎士団が〈ソウルレス〉をスパイとして利用した記録といった、いちばん知りたい情報は見つからなかったが、おもしろい読みものがたくさんあり、アレクシアはときが経つのも忘れて読みふけった。ふと顔を上げたときは夜も更け、あたりは静まりかえっていた。それも建物が祈りと静かな動きに満たされたような静けさではなく、完全に脳みそが眠ってしまったような不気味な静けさだ。こんな静寂を楽しむのはゴーストくらいのものだろう。

アレクシアは足音を忍ばせて寝室に向かったが、ふと言葉にできない何かの存在を感じて足を止め、くるりと向きを変えて狭い廊下を歩きだした。殺風景な廊下で、十字架もなければ聖人像もなく、突き当たりはこれまた狭い階段に続いている。使用人用の階段かしら？天井部分はアーチ形で、かびくさい。とても古い造りのようだ。

探検してみよう。

アレクシアの人生において、これが賢明な決断だったとは言いがたい。でも、イタリアの聖なる修道院の古びた廊下を探検する機会なんて、いったい一生に何度あるだろう？

下に続く階段は恐ろしく急勾配で、かすかに湿っていた。晴天のときもつねに湿気のある洞窟のなかのようだ。最後に掃除したのがいつなのかを考えないようにしながら、アレクシアは湿った壁に片手をついて身体を支えた。永遠に続くかと思われる長い階段を下り、ふたたび質素な廊下をたどって行き着いた先は、これまで見たこともない、ありえないほど小さな部屋だった。

だが部屋なのは間違いない。なぜなら——奇妙なことに——扉がガラス張りだからだ。アレクシアは近づき、なかをのぞきこんだ。

壁と床はくすんだ石灰岩でできており、絵画はもちろん、飾りらしきものは何もない。家具といえば、部屋のまんなかにぽつんとひとつ小さな台座があるだけだ。その上に壺がひとつ載っている。

扉にはカギがかかっていた。いかに多才なアレクシアも、カギのこじあけはレパートリーにない。アレクシアは心のなかで〝これから習得すべき技術リスト〟に、接近戦の闘いかたとペストのレシピとともに、錠前破りの技を追加した。二十六年あまり生きてきて、いまや暗殺者としのぎを削るのが専門になった。これからの人生がこの調子で続くのなら、あまりかんばしくない技も必要だ。もっとも、ペストの作りかたは大いにかんばしいけど。

アレクシアはガラスの扉ごしに目を細めた。小さな正方形に区切った古い鉛枠はゆがみ、たわんでいる。そのせいで、扉ごしに見える室内もゆがみ、うねって見えた。アレクシアはあっちをのぞいたり、こっちをのぞいたりしたが、壺のなかみはわからない。ようやくよく見える角度を見つけたとたん、胃がぎゅっとねじれるような感覚に襲われた。

壺のなかには切断された人間の手が入っていた。液体のなか——おそらくホルマリン——に浮かんでいる。

背後でわざとらしい、相手を驚かさない程度の小さな咳払いが聞こえた。

それでもアレクシアはフリルだらけのオレンジ色のドレスが脱げるかと思うほどびくっとして飛び上がり、くるりと振り向いた。

「フルーテ！」

「こんばんは、奥様」

「ちょっとこれを見て、フルーテ。誰もいない部屋のまんなかに人の手が入った壺が置いてあるの。イタリア人って本当に変ね？」

「おっしゃるとおりです、奥様」フルーテは少しも動じず、うなずいた——まるでイタリアではどこの家にもこんなものがあるとでもいうように。でも、もしかしたらそうかもしれない。気味が悪いけど、ありうるわ。

「しかし、奥様、そろそろお休みになる時間ではありませんか？　われわれが聖所にいるところを見つかったら、まずいことになります」

「まあ、ここがそうなの？」

フルーテはうなずくと、アレクシアに向かって大げさに腕を出し、狭い階段に戻りはじめた。

アレクシアはフルーテの助言にしたがった。いずれにせよ、あの手のほかに見るべきものはなさそうだ。「イタリアでは、手を入れた壺を無造作に置いておくのがふつうなの？」

「テンプル騎士団にとってはそうです、奥様」

「あら、なぜ？」

「聖遺物だからです、奥様。まんいち修道院が異界族による重大な脅威にさらされた場合、管区長はあの壺を割り、兄弟を守るために聖遺物を使うのです」

アレクシアはなんとなくわかったような気がした。どこかのカトリック信仰集団の話を聞いたときも、たしか聖遺物のことが出てきたわ。「あれは聖人の身体の一部ってこと?」

「もちろん、その場合もございますが、さっきのは神聖でない遺物——すなわち武器です。あれは反異界族の人体の一部です」

アレクシアは次の質問をしようとして開きかけた口をさっと閉じた。どうしてあの手からは、ミイラのときのような反発を感じなかったのかしら? そこで悪魔探知器のことを思い出した。ああ、そうだ——同じ空気を共有していなかったせいね。だから、いざというときは壺を割らなければならないんだわ。

寝室までの道のりを無言で歩きながら、アレクシアは切断された手の意味についてあれこれと考えをめぐらし、ますます不安になった。

アレクシアの部屋の前でフルーテが足を止めた。「あなたのお父上は、奥様、完全に火葬されました。わたくしが保証いたします」

アレクシアはごくりと唾をのみ、それから心をこめて言った。「ありがとう、フルーテ」

フルーテは一度だけうなずいた——いつもどおりの無表情で。

12　テムズ川底の巨大なスコッチエッグ

ライオールが〝奪還作戦〟と名づけた任務には予想以上に時間がかかった。行方知れずの妻を追いかけたくてじりじりしているマコン卿は、仏頂面で、バッキンガム宮殿の応接間をうろうろしながらヴィクトリア女王との謁見を待っていた。

正直なところ、マコン卿にはいまも謎だ。この三日間、いったいどうやってライオールはわたしをロンドンに引き留めておいたのだろう？　副官《ベータ》というものは、しょせん得体の知れない力を持つ謎めいた生き物だ。そして、その力とは、詰まるところ礼儀ただしい振る舞いと慇懃な態度の連続にすぎない。くそっ、ライオールめ、うまくやりおって。

かたやライオールは、座り心地の悪いソファの上でしゃれたズボンをはいた脚を組み、マコン卿が行ったり来たりする様子を見ていた。

「なぜ、よりにもよってこんなところに来なけりゃならんのか、いまだにわからん」

ライオールはメガネを押し上げた。これで三日間ぶっとおしで働きづめだ。そろそろ日光を浴びすぎた影響が出はじめた。疲れはピークに達している。いまの望みは、ウールジー城の自室の小さなベッドで昼のあいだじゅうぐっすり眠ることだ。だが、目の前にはいらだちをつのらせるアルファをなだめる仕事が待っていた。「前にも申し上げました。もういちど申し上げます――今回の任務にはサンドーナー権を執行する許可が必要なのです」

「わかっている。それならあとでおまえがここに来て、代わりにもらえばいいじゃないか？」

「いいえ、それはできません。おわかりでしょう？　事態は非常にこみあっています。ぼやいても無駄です」

　マコン卿があっさり口をつぐんだのは、ライオールの言いぶんが正しいからだ。たしかに事態は恐ろしくこみあっている。盗まれたもののありかが判明するや、異界管理局《BUR》は一匹の川ネズミを現場に送りこんだ。そして、この哀れな若者は全身ずぶぬれで、あわてふためいて戻ってきた。状況を聞けば無理もない。この時点で、手早く終えるはずだった奪還作戦は、予想よりはるかに困難なものになった。

　ライオールはどんな状況にあっても現実的側面を重視する人狼だ。「これで少なくともアケルダマ卿がドローン全員を引き連れ、あわてて街を離れた理由がわかりました」

「はぐれ吸血鬼に巣移動《スウォーム》ができるとは知らなかった。はぐれ者にも群の吸血鬼と同じように防衛本能があるようだな」

「しかもアケルダマ卿はとりわけ多くのドローンを持つ、とりわけ老齢の吸血鬼です。そのドローンの一人が盗まれたとなれば、慎重になるのも無理はありません」

「なんでわたしが吸血鬼どものバカ騒ぎにつきあわなきゃならんのだ？　いまごろは妻を追

ってるはずだった。アケルダマ卿のドローンを追っかけてる場合じゃない」

「〈宰相〉がアケルダマ卿を動揺させたのには理由があります。あなたの奥様です。ですから、これはもとはといえばあなたの問題であり、この問題をほっぽり出してロンドンを離れることはできません」

「くそっ、吸血鬼どもめが」

「まったくです、マコン卿、おっしゃるとおりです」ライオールは淡々と応じたものの、本当は心配だった。ビフィに会ったのは一、二度だけだが、実に感じのいい青年だった。アケルダマ卿のお気に入りの多くがそうであるように、ハンサムで、冷静で、有能で、いかれたご主人様を心から愛し、愛されている。そんなドローンを横取りするとは、〈宰相〉の悪趣味にもほどがある。異界族のあいだでもっとも重要な不文律は〝他人の人間を盗むべからず〟というものだ。人狼はクラヴィジャーを不正に盗んではならない。それは世の安全にとってカギ保管者が何より重要な存在だからだ。そして吸血鬼はたがいのドローンを奪ってはならない。それは、有り体に言えば、他人の食料庫に手を出してはならないからだ。ああ、これほど明快なルールがあろうか！　しかし、手もとには〝〈宰相〉がアケルダマ卿のドローンを盗んだ〟という事実に対する目撃証言がある。ああ、かわいそうなビフィ。

「陛下がお会いになります、マコン卿」

マコン卿が背筋を伸ばした。「よっしゃ」

ライオールはマコン卿の身なりをチェックした。「くれぐれも礼儀を忘れぬように」

マコン卿はむっつりとベータを見返した。「女王に会うのは初めてじゃない」

「もちろん存じております。ですから、こうして忠告しているのです」

マコン卿はベータの忠告を無視し、召使のあとからヴィクトリア女王の御前《おんまえ》に進んだ。


結局、ヴィクトリア女王はマコン卿にビフィ救出を許可した。〈宰相〉の関与は信じなかったが、ドローンが一人、誘拐されたのは事実であり、ロンドンBURの主任捜査官であるマコン卿にまかせれば少なくともこれ以上、事態がこじれることはないと判断したようだ。そのうえで女王はこう断言した――〝これまで吸血鬼が示してきた忠誠心と信頼を考えるに、たとえはぐれ者といえど、吸血鬼が他の吸血鬼のドローンを盗むとは思えません〟。

「しかし、陛下、今回ばかりは何かの間違いで起こったとしたらどうです？　現に、このせいで、あのアケルダマ卿がスウォームしたんですから」

「では捜査を続けてちょうだい、マコン卿、どうぞ遠慮なく」


「陛下はあんなにちっこい人だったかと、会うたびに驚かされるな」その日の夜遅く、マコン卿は〝遠慮なく続ける〟ための準備をしながらライオールに話しかけた。ヴィクトリア女王がサンドーナー権の執行を認めたということは、暗黙のうちにギャラン式〈殺す《テュエ》・殺す《テュエ》〉の使用を認めたということだ。そしていまマコン卿は、その武器の清掃と充塡に余念がなかった。不格好な小型拳銃で、ずんぐりして握りの部分が四角く、銃弾は硬木製で、先端と、全体に入った筋に銀が使われている。人間と吸血鬼と人狼を殺すために設計されたサンドーナー仕様だ。マコン卿は〈テュエ・テュエ〉専用の防水オイル革ケースを首に巻きつけた。これで、狼になっても人間になっても肌身離さず持っておける。事態は一刻を争う。ロンドンの街を駆け抜けるには、狼になるのがもっとも賢明だ。

これまでの情報によると、ビフィは奇想天外な装置に監禁されているらしい。マコン卿は苦々しく思った――こんな装置の存在にBURが今の今まで気づかなかったとは……。例の信頼できる川ネズミによれば、それはガラスと真鍮でできた人の背丈くらいの大きさの球体で、最上部から空気を送りこむための太い管が一本伸びている。なぜなら、球体はバッキンガム宮殿にほど近い、テムズ川にかかるチャリング・クロス鉄道橋の真下に沈んでいるからだ。しかも水中ではなく、川底よりさらに深い、分厚い汚泥のなかに埋まっているらしい。

現場に到着すると、マコン卿は完成したばかりのヴィクトリア河岸公園から汚れた川に勢いよく飛びこんだ。だが、潔癖性のライオールはためらった。テムズ川から何が襲ってこようと恐くはない。傷ならいずれ癒える。だが、飛びこんだら最後、身体にしみつくに違いない悪臭を想像すると身震いせずにはいられない――テムズ川のにおいを放つ濡れ犬……。

マコン卿がまだら色の毛皮をアザラシのように光らせながら頭を水面に出し、ライオールに向かって傲然と吠えた。ライオールは歯を食いしばると、嫌悪感に四肢をぴんと伸ばしたまま、ぎこちなく川に飛びこんだ。二匹の狼は――棒きれを追いかける二匹の野良犬にしか見えないが――懸命に橋の下まで泳ぎついた。

これまでの情報をもとに、二人は埠頭につなぎとめられた呼吸管を見つけた。高潮線の印よりはるか上まで伸びている。食料や水袋を落とすのにも使われているようだ。さすがの〈宰相〉もビフィを見殺しにするつもりはないらしい。とはいえ、なんとずさんなやりかただろう。もし管がはずれたり、操縦を誤ったボートが激突したり、好奇心旺盛な動物がよじのぼって口をふさいだりしたら、たちまちビフィは息絶える。

マコン卿は装置を調べるため、川底にもぐった。狼の姿でもぐるのは楽ではないし、川底は真っ暗だが、そこは異界族の力と狼の夜目が役に立つ。水面に上がってきたマコン卿は満足げに舌をだらりと垂らした。

ライオールは身をすくめた。テムズの水に舌を近づけると考えただけでぞっとする。

マコン卿は水面に浮かんだまま〝犬かき狼〟から〝水を切って進む大男〟に変身した。さすがはマコン卿、この手のことは得意だ。頭を一度も沈めることなく、みごとに変身した。ライオールは思った――マコン卿はこっそり浴槽のなかで練習していたのではなかろうか？

「じつに珍妙な装置だな。まるで機械じかけのスコッチエッグだ。ビフィは生きている。だが、助け出すのは楽じゃないぞ。装置をこじあける手段もなければ、やつを水中から引き上げる方法もない。人間がそんなに長く息を止めていられると思うか？　球体の表面にクランクや滑車をつける方法もないし、下に網を張ることもできん――たとえそんな道具があったとしてもだ」

ライオールは潔癖主義をかなぐり捨てて変身した。だが、マコン卿ほどうまくはない。途中でじわじわ沈んだかと思うと、ごぼごぼ泡を吹いて浮き上がり、唾をぺっぺっと吐いて顔をしかめた。その様子をマコン卿が愉快そうに見ている。

「マダム・ルフォーの発明室から道具を調達することもできますが、時間がありません。われわれは人狼です、マコン卿。ものを持ち上げるのは得意です。装置をすばやく開けることができれば、なんとか引き上げられるかもしれません」

「そうだな、もしビフィに何かあったら、妻になんと文句を言われるかわからん。こんどアレクシアが口をきくとすれば、間違いなく文句だ。アレクシアはビフィがお気に入りだからな」

「はい、そのようです。ビフィは結婚式も手伝いました」

「本当か？　そいつは知らなかった。よし、三つ数えたら行くぞ。いち、にの、さん」

二人は思いきり息を吸いこむと、球体が沈む川底めがけて一気にもぐった。

球体はふたつの半球を数本の大きな金属骨で連結し、ボルトできつく留めた構造になっていた。鳥カゴのような骨組みで、ガラスの格子戸がはまっているが、格子枠のひとつひとつは小さく、人間が通り抜けることはできない。マコン卿とライオールは各自ひとつずつボルトをつかみ、全速力でゆるめはじめた。たちまち内部の空気圧が下がって球体の上半分が下半分からはずれ、空気が抜けると同時に水がどっと流れこんだ。

ライオールの目に、恐怖におびえるビフィが見えた。青い目を大きく見開き、顔には数週間ぶんの無精ひげが伸びている。ビフィはなすすべもなく、ただ、流れこむ水にあらがって顔を水面に出し、できるだけ呼吸管のほうに顔を向けるだけだ。

ふたつのボルトがはずれた。二人の人狼は開口部に身体を割りこませると、筋肉が悲鳴をあげるほど力まかせに押し広げ、球体を丸ごと破壊しはじめた。金属骨が折れ、ガラスが割れ、水がみるみる小さな空間を満たしてゆく。

この大混乱のなか、ライオールの耳にまったく別の種類の音が聞こえた。数分後、視界の隅に、球体から飛び出して激しくのたうちまわるマコン卿が見えた。だが、いま重要なのはビフィを救うことだ。ライオールは両脚で球体の縁《へり》を蹴ってビフィに勢いよく近づき、腰に手をまわして、もういちど水面に向かって思いきり球体を蹴った。

ライオールはビフィをつかんだまま水面に現われ、あえいだ。ビフィは不気味なほどぐったりしている。一刻も早く岸に引き上げなければ。ライオールは人狼最後の力を振りしぼって速度を上げ、水を切り、記録的な速さでウェストミンスター側の岸に泳ぎつき、ビフィを汚れた石段の下に引き上げた。

ライオールは医者ではないが、なすべきことはわかっていた。いまビフィに必要なのは水を吐かせ、肺に空気を送りこむことだ。ライオールは立ち上がり、ビフィを立たせるように抱え上げたが、ビフィはライオールより背が高いため、足が石段の脇からだらりと垂れさがっている。ライオールは、ぐったりしたビフィを激しく揺り動かした。

揺らしながら、ライオールは川の中央に目をやった。満月を二、三日過ぎたばかりの月が昇り、人狼の目でもよく見える。川のまんなかで、マコン卿と三人の襲撃者がしぶきを上げてもみ合っていた。激しい水しぶきに怒号とうなりが入り混じっている。マコン卿は〈アヌビスの形〉を取っていた。頭は狼で、身体は人間だ。おかげで、水中では自由に泳ぎまわりながら、なおかつ人狼のトレードマークである残忍さを保っている。なかなかいい作戦だ。三人の敵は人間で、全員が銀のナイフを持っているが、泳ぎながらの攻撃にはマコン卿ほど長けていない。

ライオールは自分の仕事に戻った。揺すっても効果がないと判断すると、ビフィをそっと石段の上のほうに寝かせ、顔を近づけた。

ライオールは一瞬とまどった。人狼も呼吸はする。だが、人間のように深くはないし、頻繁でもない。はたして効果があるだろうか？　だが、やるしかない。ライオールは激しく顔を赤らめながら――なんといってもビフィとは数回、会っただけで、親しい仲とは言えない――顔を近づけ、ビフィの口を自分の口でふさいだ。力いっぱい息を吐き、ビフィの肺に空気を送りこもうとこころみた。変化はない。再度、吹きこんだ。そして、もういちど。

大きな叫び声がして、ライオールは人工呼吸の合間に顔を上げた。一人の男――シルクハットとコートの裾から男とわかる――が人間とは思えない速さで鉄道橋の上に走り出たかと思うと、ありえないすばやさと流れるような動作で銃を取り出し、水中で取っ組み合う男たちに向かって発砲した。

ライオールの防衛本能が反応した。吸血鬼――橋の上に現われたのはそうに違いない――がマコン卿に向かって銀の銃弾を発砲している。ライオールは必死に息を吹きこんだ。ビフィよ、息を吹き返してくれ。今度はアルファの命が危ない。援護に向かわなければ。

だが、マコン卿は意外にも賢い戦法に出た。大暴れをやめて水中にもぐり、ライオールのいる石段に向かって泳ぎはじめたのだ。その間、マコン卿が鼻面を水面に出したのは一度だけ、それもほんの一瞬だった。

無念にも最大の獲物が水中にもぐったのを見て、吸血鬼は次の獲物にねらいを移し、河岸で無防備にうずくまるライオールとビフィに発砲した。銃弾はうなりながら、ライオールの頭部の真横をかすめ、石壁に当たった。石が粉々に砕け、崩れ落ちた。ライオールは背中を丸めてビフィの身体におおいかぶさり、身を挺して瀕死のドローンをかばった。

その瞬間、ビフィがごほごほと咳きこみ、テムズ川の水を吐き出した。優雅とはいえないが、ライオールが何より待ち望んだ反応だ。ビフィは目を開け、心配そうに見つめる人狼を見上げた。

「あなたは?」ビフィが咳きこみながらたずねた。

そこへ〈アヌビスの形〉のマコン卿が岸にたどりついて石段によじ登り、首にしっかりと巻きつけておいた革ケースをほどいて銃を取り出した。防水ケースのおかげで〈テュエ・テュエ〉は乾いたままだ。マコン卿は月明かりに黒く浮かび上がる吸血鬼にねらいをさだめ、発砲した。

弾ははずれた。

「わたしはライオール教授。前に会ったことがある。エーテルグラフ通信機と紅茶の事件を覚えているか？　気分はどうだ？」

「ここは――？」だが、ビフィが考えをまとめるまもなく、吸血鬼の反撃の一発がマコン卿とライオールの目の前をかすめ、ドローンの腹部に当たった。哀れにもビフィの質問は途中で悲鳴に変わり、若者は数週間の監禁でやせ衰えた身を引きつらせ、もだえた。

マコン卿がふたたび発砲した。今度は幸運だった。これだけ距離があれば、〈テュエ・テュエ〉といえども当たる確率は低い。だが、弾は命中した。

吸血鬼は絶叫とともに橋から落下し、大きな水音を立てて川面《かわも》に激突した。マコン卿との乱闘から態勢を立てなおしかけていた三人の手下――それともドローンか？――は即座に犬かきをやめ、吸血鬼の落ちた場所に向かって泳ぎはじめた。やがて悲痛な叫びが聞こえた。最悪の結末となったようだ。

マコン卿はテムズの川面を見つめていたが、ライオールの関心はビフィだ。若者の腹部から流れ出る血は至福のにおいがしたが、ライオールは生肉の香りに惑わされるような若造ではない。ビフィが死にかけている。英国じゅうを探しても、これほどずたずたになった腹を縫い合わせることのできる医者はいない。ビフィを救う方法は、ただひとつしかない。だが、最終的に、その方法に満足する者は一人もいないだろう。

ライオールは深く息を吸い、ビフィの苦痛にもかまわず傷口に手を伸ばして銃弾を探った。あまりの激痛に、さいわいにもビフィは失神した。

マコン卿が近づき、二人がいる石段の下に膝をついた。

マコン卿はクーンと困惑の声を上げた。頭が狼なので、言葉はしゃべれない。

「弾を取り出しています」と、ライオール。

またしてもクーン。

「銀製です。取り出さねばなりません」

マコン卿はもつれたまだら毛の頭を激しく振り、少しずつあとずさりはじめた。

「ビフィは死にかけています、マコン卿。ほかに手はありません。あなたはすでに〈アヌビスの形〉を取っておられます。いちかばちか、やるしかありません」

マコン卿は狼頭を振りつづけた。ようやくライオールがいまいましい銃弾を取り出した。弾をつかんだ拍子に銀で指先が焦げ、ライオールは痛みに息をのんだ。

「アケルダマ卿がビフィの死を願うと思いますか？　せめて生きていてほしい――ビフィの一部でも生きていてほしいと願うはずです。あるまじき行為であることはよくわかっています。人狼がドローンを変異させるなど前代未聞です。でも、ほかに何ができるというのです？　せめてやってみるだけでも」

マコン卿は両耳をだらりと垂らし、首を傾けた。ライオールにはマコン卿の考えが手にとるようにわかった。失敗したら、ビフィは死ぬ――しかも人狼に食い尽くされた状態で。そうなったら、いったい誰にどんな申しわけができよう？

「あなたは最近、女性を変異させました。あなたならできます、マコン卿」

マコン卿は小さく肩をすくめると――それはどんな言葉よりも能弁に〝失敗は許されな

い〟という強い意志を物語っていた——ビフィの首に顔を近づけ、牙を剝いた。

変異とは本来、肉体を食いちぎり、不死と引き替えに呪いという刑罰を科す荒々しい行為だ。だが、ビフィはひどく衰弱しており、すでに大量の血を失っている。だからマコン卿はやさしく行なった。彼にはそれができる。コナル・マコンは——スコットランド特有の頑固さとぼやき癖はあるものの——これまでライオールが出会ったなかで誰より自制心の強いアルファだ。ライオールはふと思った——ビフィの血の味はどんなに甘いのだろう？　その思いに答えるかのようにマコン卿は嚙むのをやめ、身をかがめて銃弾の傷をなめはじめた。そしてふたたび嚙んだ。変異は呪いの保有物《キャリア》である人狼の唾液を変異志願者に塗りこみ、人間の血を充分に外に出すことで成り立つと、科学者の多くが信じている。そうして人間の持つつながりが切れ、余分な魂がつなぎとめられる。もちろん、そこには余分の魂があることが前提だ。

長い時間がたったように思えた。ビフィは呼吸を続けている。そして呼吸が続いているかぎり、マコン卿は懸命に嚙んではなめ、嚙んではなめの反復動作を続けた。それは、びしょぬれの襲撃団が近づいても途切れなかった。

ライオールが立ち上がり、迎え撃つ構えを見せた。いざとなれば変身して闘うつもりだ。いまや月は高々と昇り、人間の血のにおいのせいで新たな力がみなぎっている。だが、水から上がった三人の若者は見るからに戦意を喪失していた。三人は石段のいちばん下に這いあがると、威嚇の姿勢を取るライオールに向かって空《から》の両手を上げた。三人の顔には苦悶のしわが刻まれていた。一人はあたりをはばからず泣き、両手にぐったりした吸血鬼を抱えた男は小さく悲痛な声を上げ、いかめしい顔の三人目が、やせこけた手を胸に当てて言った。

「これ以上、闘う理由はない、人狼よ。ご主人様は死んだ」

つまり、こいつらはやとわれ用心棒ではなく、ドローンか……。

ライオールは人間の血と汚水のにおいのなかから、吸血鬼のにおいを嗅ぎ取ろうと鼻をうごめかせた。そのとたん恐怖に打ちのめされ、よろよろとあとずさって河岸の石にぶつかった。吸血鬼特有の古い血とかすかな腐敗のにおいに、血統を示すアルコールのような風味が――ちょうど高級ワインの微妙な違いのように――わずかに混じっている。古い血統のにおいだ。松ヤニ風味のワインのような。現存する吸血群のどれとも違う。はるか昔に途絶えた血統で、いまやこのにおいを発するのは一人しかいない。たとえこの人物と面識がなかったとしても、ライオールは血のにおいだけで〈宰相〉だとわかっただろう。いや、すでに死んでいるのだから、〈陰の議会〉の役職ではなく、昔の名前――フランシス・ワルシンガム卿――で呼ぶべきかもしれない。

「女王陛下は」ライオールがマコン卿に向かって言った。「今回のことを喜ばれないでしょうな。なぜ〈宰相〉は部下を送りこまず、みずから手を汚《よご》そうとしたのでしょう?」

だが、マコン卿は自分に課した苦行から顔を上げなかった。ひたすら嚙んではなめ、嚙んではなめつづけている。

三人のドローンは死んだ主人の身体を抱え上げて、ゆっくり石段をのぼり、マコン卿と動かないビフィのそばに近づいた。アヌビスが人体をむさぼる光景には、悲しみのさなかにある三人も思わずたじろいだ。すれ違いざまにライオールは、マコン卿の放った弾がワルシンガム卿の心臓に命中しているのに気づいた——まったく幸運な一発だった。

吸血鬼が一人、死んだ。たとえBUR主任サンドーナーによる正当な行為だとしても、この罪を同胞たちが簡単に許すとは思えない。〈宰相〉が主要な吸血群と関係のない、はぐれ吸血鬼だったのは不幸中のさいわいだ。しかし、吸血鬼界からは、おそらく血の報復があるだろう。さらに憂うべきは〈宰相〉とバッキンガム宮殿の関係だ。たしかに〈宰相〉は他人のドローンを誘拐し、みずから吸血鬼界の裏切り者であることを証明した。たとえそうだとしても、彼の不在はヴィクトリア政府に埋めがたき喪失をもたらすに違いない。なにしろワルシンガム卿はエリザベス女王の時代から助言役を務めてきた男だ。大英帝国がここまで発展したのは、彼のローマ的戦略と人材管理能力に負うところが大きい。そのような重要人物が、反異界族のアレクシア・マコンが人狼によって妊娠したという事実にパニックにおちいり、過《あやま》ちをおかして命を落としたことは英国国民全体にとっての損失だ。人狼でさえ——人狼なりに——彼の死を悼むだろう。

教養があり、決して冒瀆的な言葉を吐くことのないライオールは、ドローンたちが動かぬ〈宰相〉を運んでゆくのを見ながら淡々と言った。「なんと厄介なことよ」

ライオールは立ち上がり、あたりを警戒しながら、五時間ものあいだ無言で待ちつづけた。そのあいだマコン卿は〈アヌビスの形〉を保ったまま、執念ぶかく瀕死のドローンを嚙んではなめつづけた。

マコン卿の執念が報われたのは夜明け前、もう少しですべての努力が太陽のもとに無に帰する寸前だった。ビフィがキンポウゲのような黄色い目を開けた。痛みと、身体が変化する感覚に対する困惑と恐怖に吠え声を上げ、震えていたが、そこに横たわるのは、腹毛がくすんだ濃赤色で、全身がチョコレート・ブラウンの美しい立派な狼だった。

マコン卿は〈アヌビスの形〉から人間に戻り、ライオールに向かって大きくにっと笑った。

「これでまたもや語り部《ハウラー》が歌うべき人狼が誕生したな」

「いったいどういうことでしょうね、マコン卿？　あなたが変異を成功させるのは、難しい例ばかりではありませんか？」ライオールは思わず感嘆の声を上げた。

「ああ、だが、ビフィの世話はおまえにまかせる」マコン卿は立ち上がり、背骨をボキボキ鳴らして伸びをすると、みるみる明るくなる空を見上げ、茶褐色の目をこわばらせた。

「急いで室内に運んだほうがいい」

ライオールはうなずき、身をかがめて生まれたての狼を抱え上げた。ビフィは弱々しくもがいたが、やがてライオールのたくましい腕にぐったりともたれかかった。変異というものは、これほど見事に成功した場合でさえ大きなダメージを与えるものだ。

ライオールは考えをめぐらしながら無言で石段をのぼり、川岸に出た。近くに避難所を見つけなければならない。生まれたての若い狼に直射日光は禁物だ。それでなくても、哀れなビフィは一晩には多すぎるほどの苦痛に耐えてきた。目的地を決めてチャリング・クロス駅にまっすぐ向かいはじめたとき、ライオールはマコン卿がついてきていないのに気づいた。

「どこに行かれるのです、マコン卿？」ライオールはぐんぐん遠ざかってゆくアルファの背中に向かって叫んだ。

マコン卿は少しもスピードをゆるめず、肩ごしにどなり返した。「これから船に乗って妻を捜しに行く。あとのことは頼んだぞ」

ビフィを抱えていなかったら、ライオールはうんざりと両手で顔をこすっていただろう。

「ああ、わかりました。お好きなように。わたしに、人狼に変異したドローンと死亡した〈宰相〉の処理をまかせるとおっしゃるのですね？　たしかに過去には、もっと面倒な仕事を押しつけたアルファも何人かいました。いまは名前を思い出せませんけど」

「心配するな。おまえならうまくやれる」

「恐縮です。ご信任に感謝します」

「じゃあな」そう言うとマコン卿は指を侮辱的な形にして宙に突き上げ、建物の脇をまわって消えた。これからロンドンの繁華街に向かい、貸し馬車をつかまえてドーバー海峡まで全力疾走させるに違いない。

ライオールはマコン卿の背中を見送りながら思った——真っ裸であることは言わないでおこう。

13　テンプル騎士団とのピクニック

　アレクシアは朝食の前にフルーテを部屋の隅に引っぱった。

「聖遺物のことを女王陛下に知らせるべきよ。せめて異界管理局《BUR》にだけでも。こんなことを知りながら誰にも話してないなんて信じられないわ。もちろん、誰にも話してないわよね、フルーテ？　あたくしにさえ話さなかったのだから。でも、こうしてあたくしが知った以上、英国政府も知るべきよ。反異界族の身体の一部を武器として利用するなんて。もしテンプル騎士団がミイラ化の方法を知ったら、いったいどんなことになると思う？」

「あなたはもう〈議長《マージャ》〉ではありません、奥様。大英帝国の異界族の安全を案じる立場ではないのです」

　アレクシアは肩をすくめた。「それがどうしたっていうの？　このまま黙ってはいられないわ。あたくしはやるわよ」

「そうなさると思っていました、奥様。しかも大々的に」

「いつもお母様が言ってたわ――得意なことは大々的にやるべきだって。もちろん、そのときは買い物の話だったけど、あの母がこれまでの人生でつぶやいたなかで、もっとも分別ある言葉だとつねづね思ってるわ」

「奥様？」

「これまでミイラの話は秘密にしてきたわ――マダム・ルフォーにさえも。とにかく、ミイラが武器になるという事実だけは誰にも知られてはならないの。これが知れたら、エジプトではものすごい強奪戦が起こるでしょうね。テンプル騎士団が反異界族の肉体を利用しているうちにミイラ化の方法を発見したら、あたくしの命はないわ。組織をホルマリン漬けにしているところを見れば、さいわい、まだミイラ化のことは知らず、〝武器としての反異界族〟の使用は特殊な場合にかぎられているようだけど」アレクシアは鼻にしわを寄せた。

「これは異界族全体の安全にかかわる問題よ。イタリアや、その他の保守的な国々がエジプトの遺跡を掘り返すのだけはなんとしても阻止しなきゃ。〈神殺し病《ゴッド・ブレーカー》〉に隠された真実を知られるわけにはいかないわ」

「おっしゃることはわかります、奥様」

「あなたは急に具合が悪くなったふりをして、管区長が計画しているピクニックに行くのを断わってちょうだい。そして夕暮れまでに街で公衆エーテルグラフ通信機を見つけて、ライオール教授に伝言を送って。彼に知らせれば、なんとかしてくれるわ」アレクシアはパラソルのひだのなかをごそごそ探し、水晶真空管《バルブ》を取り出してフルーテに渡した。

「しかし、奥様、わたくしなしにイタリアを歩きまわるのは危険です」

「それは心配ないわ。マダム・ルフォーがパラソルの武器を交換してくれたし、何よりテンプル騎士団の管区長と精鋭たちがついてるのよ。たとえあたくしの顔を見ることはできなくても、いざとなったら守ってくれるわ。それに、これも手に入れたの」アレクシアは首に巻いた長いひもからぶらさげたニンニクを見せた。「これで万全よ」

フルーテは疑わしそうにアレクシアを見返した。

「そんなに心配なら、あなたの銃と、昨日、調達した予備の銃弾を貸して」

フルーテの不安げな表情は変わらない。「あなたは銃の使いかたをご存じありません」

「そんなに難しいの？」

フルーテは反論したことを後悔した。この女性に口で勝てるわけがない。四半世紀以上、付き合ってきて嫌というほど知っている。ただでさえ口数が少なく、その少ない口数を極力、使わないフルーテは不満げに小さくため息をつくと、ライオールに通信を送ることを約束して部屋を出た——もちろん、銃は渡さずに。


ライオールは夜明け前の一時間を、ビフィが突然、人狼になったことと〈宰相〉が突然、遺体になったことの後始末に奔走した。まずは、ここからもっとも近く、ウールジー団のベータと誕生したばかりの人狼がいるとは誰も思わない安全な場所を探すことだ。チャリング・クロス駅はソーホーのすぐ南にある。ライオールはパステル色のタンステルのアパートがある北に向かった。

真夜中は、異界族や血気さかんな若者——たとえば軽四輪馬車の御者——を訪問するのには最適の時間だが、夜明け前はそうではない。はっきり言って訪問する人とされる人が誰であろうと――ひなびた港町ポーツマスのたくましい船乗りたちを別にすれば――もっとも好ましくない時間帯だ。

だが、選択の余地はない。案の定、若いメイドが眠そうな顔でおそるおそる扉を開けるまで、ライオールはゆうに五分間は扉を叩かなければならなかった。

「なんのご用？」

メイドの肩ごしに、廊下の突き当たりの寝室から頭が突き出たのが見えた。薄いレース製のマッシュルームもどきの奇抜なナイトキャップをかぶったミセス・タンステルことアイヴィだ。「なあに？　火事？　どなたか亡くなったの？」

ライオールは狼の姿のビフィを抱えたまま、仰天するメイドを押しのけてなかに入った。

「そうとも言えます、ミセス・タンステル」

「まあ、ライオール教授！　いったいどうなさったの？」アイヴィの頭が引っこんだ。「タニー！　タニー！　起きて。ライオール教授が死んだ犬を抱えてお見えよ。さっさと起きて。タニーったら！」アイヴィは目がちかちかするようなピンクのサテン地のだぶだぶしたガウンを羽織り、廊下を小走りにやってきた。「まあ、かわいそうなワンちゃん、さあ、こちらへ」

「こんな時間に申しわけありません、ミセス・タンステル。お宅がもっとも近かったので」

ライオールはビフィをラベンダー色の小さなソファに寝かせると、すばやく背後の窓のカーテンを引き、地平線の上を染めはじめた朝の光をさえぎった。そのとたん、それまで動かなかったビフィの身体がこわばり、震え、ひきつりはじめた。

ライオールは無礼を承知でアイヴィに近づき、片手をアイヴィの腰に強くまわして扉に押しやった。「あなたはここにいないほうがよろしいかと存じます、ミセス・タンステル。ご主人が目を覚ましたら、部屋に来るよう伝えてください」

アイヴィは困惑したプードルのように二、三度、口をぱくぱくさせたが、言われたとおりに背を向けて部屋を出た。アレクシア・タラボッティとの付き合いが長い女性は、嫌でも効率のよさを身につけるものらしい。

「タニー！」アイヴィは小走りで寝室に戻りながら呼びかけ、ついに鋭く叫んだ。「オーモンド・タンステル、起きろったら、起きなさい！」

ライオールは扉を閉めてビフィを振り返り、万能なるハンカチを取りだそうとベストに手を伸ばして初めて、自分が外套しか着ていないことに気づいた。そういえば、あわてて川岸からこれだけつかんで羽織ったのだった。変身のためとはいえ、こんな格好で人を訪問するとは……。ライオールはわが身の無礼に恥じ入りながらパステル色の小型クッションをつかみ、生まれたばかりの人狼の口に押しこんだ——ビフィが歯を食いしばり、泣き声を抑えられるように。それから腰をかがめ、震える狼に腕をまわして優しく身体をからめた。新しい団員を守るベータの本能と思いやりから出た行為だ。変身というものは、つねに最初がもっとも苦しい。回を重ねるごとに楽になるからではない。変身という経験が本人にとってまったく未知のものだからだ。

タンステルが部屋に現われた。

「なんてこった。教授、何があったんです?」

「説明すべきことが多すぎて、悪いが今は話せない。しばらく待ってくれないか? ここに生まれたばかりの人狼がいる。だが、世話をするアルファがいない。生肉はあるか?」

「妻が注文したステーキ肉が昨日、届いたばかりです」タンステルはそれ以上、何もきかずに部屋を出た。

ライオールはほほえんだ。さすがは、もとクラヴィジャー——あれこれ言わずとも人狼に必要なものは心得ている。

ビフィのチョコレート色の毛皮が頭頂部まで後退して不死者らしい青白い肌に変わり、瞳の黄色が消え、本来の青色に戻りはじめた。のたうつ身体を抱きしめながら、ライオールはビフィの骨が折れて組み変わる音を聞き、肌で感じた。長く、苦しい時間だ。若い人狼が熟練のレベルに到達するには何十年もかかる。変身のすばやさとなめらかさは、自制心と年齢の象徴だ。

変身が完全に終わるまでライオールはビフィを抱きしめていた。タンステルが巨大な生肉を持って部屋に戻り、かいがいしく世話をするあいだも腕をまわしていた。そして、腕のなかで裸のビフィがいかにも心細げに震えているのを見て、ようやく腕をゆるめた。

「ぼくは? ここは?」ビフィが弱々しくライオールの腕を押しやった。いまにもくしゃみをしそうに鼻を動かしている。「これはどういうことです？」

ライオールは腕を下ろしてソファの脇にしゃがみこみ、タンステルが心配そうに毛布を持って近づいた。毛布をかける前に、ライオールは銃弾の傷が完全に治っているのを確かめ、ほっとした。本物の異界族になった証拠だ。

「あなたは？」ビフィはタンステルの燃えるような赤毛をうつろな目で見ながらたずねた。

「タンステルと言います。以前、マコン卿のクラヴィジャーをしていました。いまは、しがない役者です」

「タンステルはこの家の主人で友人だから、ここにいれば、とりあえずは安全だ」ライオールは低く落ち着いた声で答え、震えるビフィに毛布を巻きつけた。

「なぜここに？　安全って？」

「これまでのことをどれだけ覚えている？」ライオールは母親のようなしぐさでビフィの茶色い髪を耳の後ろにかけてやった。変身したての、素っ裸のひげ面でも、文句なしの美男子だ。きっと筋肉自慢のウールジー団の変わり種《だね》になるに違いない。

　ビフィはびくっと身を引き、目に恐怖を浮かべた。「殺戮命令！　ぼくが見つけて……。ああ、大変だ、早く報告しなければ！　ぼくはご主人様との約束をすっぽかしてしまった」

　立ち上がりかけたビフィを、ライオールが軽々と押しとどめた。

　ビフィは思い詰めた表情で振り返った。「あなたはご存じないんです——ぼくが戻らなかったら、ご主人様は巣移動《スウォーム》します。ご主人様はぼくが〈宰相〉を追っていることを知っています。どうしてぼくはつかまってしまったんだろう？　ああ、なんてまぬけなことを。危険なことはわかっていたのに。どうして〈宰相〉は……」そこで言葉を呑みこみ、「ぼくはどれくらい沈んでいたんです？」

ライオールはため息をついた。「アケルダマ卿はすでにスウォームした」

「ああ、なんてことだ」ビフィはがっくりと肩を落とした。「さぞ大変だったに違いない——あれだけ多くのスパイを潜伏地から引き上げさせるのは……。彼らを元どおりに配置しようとすれば何年かかることか。ご主人様はぼくに幻滅するに違いありません」

ライオールはビフィの気をそらそうと話を変えた。「それで、何を覚えている？」

「テムズ川の底に閉じこめられ、二度と逃げられないと思いました」ビフィは片手で顔をこすった。「そして、どうしてもひげを剃りたいと思いました。あとは、水が流れこんで、叫び声と銃声が聞こえて、目を覚ましたら真っ暗で、激しい痛みを感じたことくらいしか……」

「きみは死にかけていた」ライオールは言葉を切った。なんと言えばいいのだろう？　数百年の齢《よわい》を重ねたライオールにも、一人の青年に変異の意志もなく変異しなければならなかった理由を説明することはできなかった。

「そうなんですか？　ああ、でもよかった、死ななくて。ご主人様の許可なく死んだりしたら、ご主人様は決してぼくを許さないでしょう」そこでビフィは鼻をくんくんと動かした。

「何かとてもいいにおいがします」

ライオールはそばに置かれた生のステーキの皿を指さした。

ビフィは首をかしげて皿を見つめ、それから困惑してライオールを見返した。「でも、これは生です。なのに、どうしてこんなにいいにおいが？」

ライオールは咳払いした。ベータとして、この特別な責務を負うのは初めてだ。変異したばかりの人狼を順応させるのはアルファの仕事であり、この場で状況を説明し、強さを示し、生まれたての人狼の前でアルファらしく振る舞うのはアルファの仕事だ。だが、いまごろマコン卿はドーバー海峡に向かって走っている。ライオールはたった一人でこの難しい仕事に取り組まなければならない。

「さっきの〝死にかけた〟件についてだが、実はきみは、その、ある意味、死んだのだ」

その瞬間、ビフィの美しい青い目が、うつろな困惑から恐怖に満ちた理解に変わった。それは、これまで多くのものを見てきたライオールの長い人生のなかでも、もっともつらい場面のひとつだった。

かける言葉もなく、ライオールはビフィに生ステーキの皿を渡した。

若き伊達男は本能を抑えきれずに肉にかぶりつくと、優雅に、かつすばやく咀嚼《そしやく》し、のみこんだ。

ビフィの尊厳を守るべく、ライオールとタンステルは生まれたての人狼が肉を食べながら泣いていることに気づかないふりをした。嚙んではのみこみ、また嚙んではしゃくりあげるあいだも、あふれる涙はビフィの鼻を伝い、生肉の上にぽたぽたと落ちつづけた。

管区長主催のピクニックは、アレクシアとルフォーが思ったより手がこんでいた。フィレンツェから、郊外のボルゴ・サン・ロレンツォに向かって長い距離を馬車でガタゴト進み、やってきたのは古代遺跡の発掘現場らしき場所だった。年代ものの四輪馬車を小山に停めるあいだ、主催者の管区長は実に誇らしげに、これからエトルリア人墓所でピクニックを行なうと宣言した。

いかにも地中海らしい、緑の葉が生い茂る低木林におおわれた美しい場所だ。アレクシアはあたりをよく見ようと、動いている馬車のなかで立ち上がった。

「座ってちょうだい、アレクシア！　あなたが転びでもしたら、フルーテになんと言いわけすれば——」ルフォーは管区長の前でうっかり妊娠していることを言いそうになり、あわてて口を閉じた。だが、ルフォーが心配しているのはアレクシアではなく、お腹の子のようだ。

アレクシアは忠告を無視した。

周囲には墓石がずらりと並んでいた。低い円筒状で、表面が草におおわれている。まるで自然物のようで、これまで見たり読んだりした墓石群とはまったく趣きが違う。ローマの大浴場より興味をそそられる遺跡を見るのは初めてだ。アレクシアはワクワクして小躍りした——コルセットでぴっちり締め上げる英国正統ファッションに身を包み、パラソルを抱えた身重のレディに可能なかぎりの小躍りで。その瞬間、馬車が道の隆起に乗り上げ、アレクシアはすとんと腰を下ろした。

この気分の高揚がコナルの謝罪文のせいだとは認めたくはないけど、今日はまわりの景色が昨日よりずっと輝いて見える。

「エトルリア人について何か知ってる？」アレクシアがルフォーにささやいた。

「ローマ人より先にこの地に現われた民族だということくらいしか知らないわ」

「異界族の仲間だったのかしら？　それとも閉鎖的な昼間族？」と、アレクシア。ある民族が異界族だったかどうかは、種族の名前の次に重要な要素だ。

管区長がアレクシアの質問を聞きつけた。

「ああ、わが〈ソウルレス〉よ、それこそ偉大なるエトルリア文明にまつわるもっとも悩ましい謎だ。その点については歴史学者たちが長年、調査を続けてきた。しかし、きみの特殊能力があれば、その謎も……」管区長はわざと言及を避けるかのように、意味ありげに言葉をにごした。

「言っておきますけど、親愛なるミスター・テンプル、あたくしを当てになさっても無駄ですわ。正式な考古学者ではありませんし、あたくしが自信を持って判断できるのは同じ種族かどうかだけです。あたくしは――」そこで管区長の言葉の意味に気づき、今度はアレクシアが言葉を呑みこんだ。「エトルリア文化に反異界族的な側面があるとお考えですの？　まあ、すばらしいわ」

管区長は肩をすくめた。「長い歴史のなかで、いくつもの偉大な国家が生まれ、滅んでいった。そのなかには吸血鬼の国もあれば、人狼の国もある」

「そして、その両種族を迫害した国も」アレクシアはカトリック教が行なった異端者弾圧——テンプル騎士団がその推進に熱心かつ能動的に関わったとされる浄化運動——を思い浮かべた。

「しかし、反異界族の特色を示す文明の存在は、まだひとつも見つかっていない」

「たがいに反発しあって、近くに寄り集まるのが難しいからかしら？」アレクシアは首をかしげた。

「どうしてエトルリア人が反異界族だったかもしれないと思われますの？」と、ルフォー。

そこで馬車が止まり、管区長が馬車から降りた。当然、アレクシアには手を貸さない。ぴょんと飛び降りたルフォーが代わりに手を貸した。少し離れた場所では、馬から下りた騎士たちが命令を待つかのようにじっと立っている。管区長が例の手ぶりで指示を与えると、男たちは緊張を解いて寄り固まった。すべてが無言で進んでゆくさまは、なんとも不気味だ。

「徹底してしゃべらない人たちね？」

管区長が無表情な目でアレクシアにたずねた。「先に見学するかね、それとも食事を先に？」

「見学が先よ」アレクシアは即答した。円形の奇妙な墓の内部を見たくてたまらない。

管区長は壊れた入口をくぐり、乾燥した薄暗い墓の内部に二人を案内した。地下の壁は石灰岩でおおわれ、ウールジー城のアレクシアの応接間くらいの狭い墓室に続いている。内部は石灰岩が精巧に彫りこまれ、まるで本物の家のなかにいるようだ。アルコーブのようなくぼみや石柱があり、見上げると砂色の多孔岩に天井の梁《はり》まで彫り出されている。アレクシアは昔、豪華な夕食会で食べた精巧なゼリー彫刻――ゼラチンを流し型に入れて固めたもの――を思い出した。

墓室に家具や遺物はなく、中央に巨大な石棺がぽつんとひとつあるだけで、棺の上には粘土でできた等身大の二人の塑像が横たわっていた。片肘をついて横向きに寝そべる女性の後ろで、同じように男性が寝そべり、空いた手をいとおしげに女性の肩に載せている。

すばらしい塑像だが、管区長の予想とは裏腹に、アレクシアはなんの反発も感じなかった。反異界族のミイラと同じ場所にいるような感覚はまったくない。実際に存在しないか、もしくはとっくの昔に分解されてすでに威力を失っているかのどちらかだろう。管区長は反応を見逃すまいとアレクシアを見つめている。アレクシアは管区長の冷たい視線を意識しながら、無表情で壁画を見てまわった。

墓室は古い本のようなかびたにおいがした。違うのは泥と冷たい石におおわれていることだけだ。だが、敵意を感じさせるものは何もない。それどころか、この古代住居は居心地がよく、安らぎすら覚える。アレクシアはほっとした。もしここに反異界族のミイラのようなものがあったら、本能的に逃げ出したくなったはずだ。でも、実際に何も感じないのだから、無理に隠す必要もない。

「残念ですけど、ミスター・テンプル、お力になれそうにはありませんわ。なぜエトルリア文化をあたくしの種族と結びつけるのか、まったくわかりません」

管区長はがっかりしたようだ。

アレクシアを見つめる管区長を見ていたルフォーが石棺に鋭い視線を向けた。

「この人たち、何を持っていたのかしら？」

アレクシアは首をかしげ、ゆっくり石棺に近づいた。塑像はアーモンド形の美しい目をしている。さらに顔を近づけたとたん、アレクシアはルフォーの言葉の意味を理解した。男性の像が肘をついたほうの手を広げ、かかげている――まるで馬にニンジンを差し出すかのように。そして女性の首の後ろからまわした反対の手は、何か小さなものをつまむように親指と人差し指を曲げていた。いっぽう、女性のほうは酒をつぐような――ガラスの酒瓶に入ったワインを差し出すような手つきで両手を曲げている。

「いい質問だ」

アレクシアとルフォーは振り向き、けげんそうに管区長を見た。

「女性は陶器の酒瓶を持っていた。中身はとうの昔に蒸発し、エーテルのなかに消えていたがね。男性が広げた手に載せて差し出していたのは肉片だ。考古学者が手のひらに動物の骨が残っているのを発見した。そして反対の手には、じつに奇妙なものを持っていた」

「奇妙なもの？」

管区長は肩をすくめると、指で高い襟を探り、首からさげた鎖をナイトガウンとジャケットとベストとシャツの下からそろそろと引き出した。三人は光が射しこむ入口のほうに移動した。鎖の先に小さな金の飾り物がぶらさがっている。アレクシアとルフォーはよく見ようと身を乗り出した。

「輪《アン》つき型十字《ク》？」アレクシアが興味ぶかそうに目をぱちくりさせた。

「古代エジプトの？」ルフォーが完璧な黒い眉を片方、吊り上げた。

「ふたつの文化は年代的に重なるの？」アレクシアは首をかしげた。古代エジプトの拡大期はいつだったかしら？

「なんらかの形で接触した可能性はあるが、むしろギリシア人との交易でエトルリアに伝わった可能性が高い」

アレクシアは小さな金のアンクをしげしげと見つめたが、めずらしく唇を閉じていた。エトルリア人の像が永遠の命を意味するエジプトのシンボルを持っているなんて変だし、アンクについては一家言あるが、それをテンプル騎士団に話すつもりはなかった。

二人が黙りこんだのを見て管区長はアンクをしまうと、先に立って石灰岩の階段をのぼり、木漏れ日の丘に戻った。ほかの墓所も似たようなものだが、これがもっとも修復状態がよかった。

そのあとのピクニックは落ち着かないほど静かだった。アレクシアとルフォーと管区長は墓所に広げた格子柄の四角いキルトの敷物に座り、ほかの騎士たちは少し離れた場所で食事を取った。なかの一人は食事もせず、哀れっぽい調子で聖書を読み上げている。管区長は、聖書が朗読されていれば二人の女性と会話をせずにすむと思ったようだ。

アレクシアはリンゴを一個、トマトソースのようなものを塗った香ばしいロールパンを二個、そして前日も大いに堪能した緑のソースを載せた固ゆで卵を三個食べた。

食事が終わり、聖書がしまわれると、一行は帰る準備を始めた。そのときアレクシアは外で食べる利点に気づいた。ピクニックなら食器を使わずにすむ。反異界族に汚染された食器を割る必要がないってわけね。

「ここの生活もそう悪くはないだろう、わが〈ソウルレス〉よ？」ようやく管区長が話しかけた。

たしかにそう悪くはなさそうだ。「たしかにイタリアは美しい国ですわ。料理も気候も言うことありません」

「きみは――その、なんと言うか――英国に戻りにくい状況ではないのかね？」

アレクシアは思わず管区長の認識を訂正し、コナルの公式謝罪文のことを自慢しようとして、考えなおした。「とても微妙な言いまわしですわね、ミスター・テンプル」

管区長が例の〝ちっとも嬉しそうではない笑み〟を浮かべた。「いっそのこと、わが〈ソウルレス〉よ、われわれとここで暮らしてはどうだ？　フィレンツェ修道院に反異界族を受け入れるのはずいぶん久しぶりだ――ましてや女性となれば。きみを研究するあいだは、何不自由ない暮らしを保証する。特別に独立した住まいも用意しよう」

そのとたんドクター・シーモンズと〈ヒポクラス・クラブ〉のおぞましい記憶がよみがえり、アレクシアは顔をしかめた。「過去にも似たような申し出を受けたことがありますわ」

管区長は首を傾け、意向をうかがうようにアレクシアを見た。

管区長が〝おしゃべりモード〟になっていると判断したアレクシアは、すかさずたずねた。

「あなたがたは悪魔の申し子と暮らして平気ですの？」

「過去にも共同生活をしたことがある。われわれ兄弟は異界族の脅威に対して神がさずけられた最高の武器だ。どんな犠牲を払おうと、どんな危険がふりかかろうと、やらなければならないことはやる運命《さだめ》なのだ。そう考えると、きみはわれわれの大義にとって非常に有益な存在となりうる」

「まあ、驚きましたわ、あたくしにそれほど魅力があるなんて」アレクシアは思わせぶりに眉毛を動かした。

ルフォーが口をはさんだ。「反異界族を悪魔の申し子と呼びながら、なぜあなたがたは人狼や吸血鬼ばかりを毛嫌いなさるの？」

「彼らが生まれつきの悪魔ではないからだ。〈ソウルレス〉が永遠の罪を背負って生まれるのは、原罪を背負って生まれるようなものだ。〈ソウルレス〉は、われわれと同じように、いわば十字架を背負って生まれてきた。われわれと〈ソウルレス〉の違いは、救済の道があるかないかだけだ。ところが吸血鬼や人狼はみずからの道をみずから選ぶ。これは意志の問題だ。彼らははるかに不埒《ふらち》な方法で救済に背を向けた。余分の魂を持っていたからだ。悪魔の誘惑に抵抗することさえできれば、彼らも天国に行けたかもしれない。しかし彼らは魂の大半を悪魔に売り渡し、怪物になった。彼らは神の敵だ――不死が許されるのは本来、神と天使たちだけなのだから」管区長はなんの感情も抑揚も疑念もない、淡々とした口調で言った。

アレクシアはぞっとした。「だからすべての異界族を殺そうと？」

「それがわれわれの終わりなき聖戦だ」

アレクシアは頭のなかで計算した。「たいしたものね――それを四百年以上にもわたって続けるなんて」

「神が認めたもうた目的ということね――異界族を狩り、殺すことは」ルフォーが非難めいた口調で言った。彼女の人生の選択を考えれば当然だ――ルフォーは創造者であり、技術者であり、建設者なのだから。

管区長はアレクシアを見ながらルフォーにたずねた。「それで、きみは彼女が神から与えられた目的はなんだと思う、科学者ルフォー？　異界族の力を打ち消すという唯一の能力を持った〈ソウルレス〉なる生き物の存在価値をなんと考える？　意味もなく地上につかわされたと思うかね？　われわれは目的を与えることができる――たとえ彼女が単なる女性であっても」

「ちょっと、勝手に話を進めないで！」アレクシアは結婚する前、自分の能力を何かに役立てたいとコナルに食ってかかったことを思い出した。ヴィクトリア女王は〈議長《マージャ》〉の座を与えてくれた。今はその座を失ったけど、宗教狂信者集団のために吸血鬼や人狼を殺すのはあたしが望んでいたことじゃない。

「きみが――反異界族の女性が――どれだけ稀少な存在かを知っているか？」

「思った以上に稀少なのだとようやくわかってきたわ」アレクシアは答え、急に顔をしかめて身をよじってみせた。「これから長い帰路につく前に、ちょっと茂みに失礼してもよろしいかしら？」

管区長はアレクシアと同じように顔をしかめて言った。「まあ、しかたない」

アレクシアはルフォーの袖をつかんで墓所の裏にまわり、小さな雑木林に通じる丘の斜面の小道まで引っぱった。

「アンジェリクもそうだったわ」ルフォーはかつての恋人を思い出して言った。「妊娠中はいつも……その……しょっちゅう……」

「違うわ、これはただの口実よ。話があるの。管区長が首から下げていたアンク――あれが修繕されたものだって気づいた？」

ルフォーは首を横に振った。「それが何か重要なの？」

ルフォーにはミイラのことも、割れたアンクのことも話していない。だが、これまでの経験からすれば、あれは間違いなく反異界族を示すヒエログリフだ。

アレクシアは早口で続けた。「墓所にあった素焼き《テラコッタ》の男性は反異界族で、女性は吸血鬼、そして男性は人狼に肉を差し出しているんだと思うわ」

「エトルリアが融合した社会だったってこと？　そんなことが可能なの？」

「英国が最初で唯一の進歩的社会だと考えるのは傲慢すぎるかもしれないわね」アレクシアは不安になった。もしテンプル騎士団がアンクの意味を知ったら、あたしの身はますます危険になる。彼らは――あたしが生きていようと死んでいようと――利用法を見つけるに違いない。

「フルーテが伝言をBURに送ってくれてるといいんだけど」

「愛する人狼どののへのラブレター？」ルフォーはさみしげに答え、ふと丘の斜面に誰もいないことに気づいて表情をこわばらせた。「ねえ、アレクシア、そろそろ馬車に戻ったほうがいいんじゃない？」

田園風景と古代遺跡がもたらす知的興奮を楽しんでいるうちに、いつのまにかかなり時間が過ぎていた。「そうね、そのようだわ」

不安は的中し、フィレンツェまでの道のりを半分も行かないころに日が暮れた。幌つき馬車のなかでアレクシアはひどく無防備な気分になり、パラソルを手もとに引き寄せながら考えた――この遠出は、あたしを囮《おとり》にしたテンプル騎士団の策略だったんじゃないかしら？なにせ彼らは自分たちを大いなる異界族ハンターだと思いこんでいる。地元の吸血鬼をおびき寄せるためだけにあたしを危険にさらすくらいのことはやりかねない。しかも、自分たちの能力にバカげたプライドを持っていて、自分たちは絶対に大丈夫だと信じている。月が昇りはじめた。満月ではないが、充分に明るい。銀色の月明かりのなかで、いつもは表情のない管区長の目が何かを期待するようにぎらりと光った。この腐れ男、最初からそのつもりだったのね――アレクシアはもう少しで言いそうになったが、何を言っても、もう遅い。

どこからともなく一人の吸血鬼が現われた。道路脇から猛スピードで馬車に飛びかかると、少しも迷わずアレクシアに突進した。なにしろ馬車のなかで女性の格好をしているのはアレクシアだけだ。ルフォーが〝危ない〟と叫んだとき、すでにアレクシアは目の前の空いた席——管区長の隣の席——にさっと移動しており、吸血鬼は誰もいない座席に激突した。アレクシアはパラソルの取っ手をひねり、木製と銀製の鋭い釘を石突きの先から出した。

管区長がいきなり恐ろしげな長い木の剣を振りかざして歓喜の叫びを上げ、吸血鬼に切りかかった。すでにルフォーはクラバットピンを振るっている。アレクシアもパラソルを振りまわしたが、三人ともしょせんはただの人間だ。異界族の力にはかなわない。狭くて動きにくい幌つき馬車のなかで複数を相手にするという不利な状況でも、吸血鬼は優勢だった。

管区長がにやりと笑って飛びかかった。初めて見る心からの笑み。狂人じみてはいるが、これこそ本物の笑みだ。

アレクシアは両手でパラソルを握ると、格闘する吸血鬼の身体の一部が停止するチャンスをねらい、木の釘が出た石突きで鋭く突いた——地面の穴から顔を出すモグラの頭を叩くように。すぐにアレクシアはこのゲームに夢中になった。

「触れろ！」管区長がアレクシアに向かって叫んだ。「そいつに触れたら殺せる」

管区長はすぐれた戦士だった。なにしろ木の剣を吸血鬼の心臓もしくは別の急所に突き刺すことしか頭にない。だが、いかんせん、動きが遅かった——たとえマダム・ルフォーの援護があっても。ルフォーはクラバットピンで何度も吸血鬼の顔を切りつけたが、傷はたちまち治ってしまう。うるさい虫を叩きつぶすかのように、吸血鬼はこぶしの背で軽々とルフォーをなぐり飛ばした。ルフォーは馬車の壁に激突し、ぶざまに床に伸びた。目を閉じ、口をだらしなく開け、つけひげは完全に落ちている。

アレクシアが反応するまもなく吸血鬼は管区長を抱え上げ、御者に向かって投げ飛ばした。管区長と御者は馬車から田舎道に転げ落ちた。

馬車を引く二頭の馬は恐怖にいななき、力まかせに引き綱を引いたかと思うと狂ったように駆けだした。アレクシアは激しく揺れる馬車のなかで倒れないよう足を踏んばった。騎乗の四人の騎士が現場に駆けつけたとき、すでに馬車は、蹄《ひづめ》が蹴立てたもうもうたる砂ぼこりの渦の向こうに走り去っていた。

馬車のなかでは、ふたたび吸血鬼がアレクシアに襲いかかっていた。アレクシアはパラソルを握りしめ、歯を食いしばった。もういいかげん、こんななぐり合いにはうんざり。あたしは紳士クラブ〈ホワイツ〉の拳闘士じゃないのよ！　飛びかかる吸血鬼に向かってアレクシアはパラソルを振りまわしたが、吸血鬼は軽々と跳ね飛ばし、アレクシアにのしかかって両手を首にかけた。

そのとたん、吸血鬼はくしゃみをした。そうだ――ニンニク！

アレクシアの首に手をかけたとたん、吸血鬼の牙は消え、力は普通の人間なみになった。吸血鬼のきれいな茶色の目に驚きが浮かんだ。反異界族がどういうものか、頭ではわかっていても、実際に触れたらどうなるかは知らなかったようだ。それでも首にまわした指の力は容赦なく強くなる。死すべき者になっても、女の首を絞めるくらいの力はあるらしい――どんなにアレクシアが脚をばたつかせ、もがこうとも。

まだ死ぬわけにはいかないわ。まだコナルのやつにどなりちらしてもいないのに。そしてこのとき初めて、アレクシアはお腹の子のことを〝迷惑〟ではなく〝赤ん坊〟として心から意識した。あたしたちはまだ死ぬわけにはいかないわ。

アレクシアは吸血鬼を押しやりながら首を伸ばした。

そのとき、何か白いものが吸血鬼の脇腹に激突し、吸血鬼の骨の折れる音が聞こえた。無理もない——いま吸血鬼は完全に死すべき者で、異界族特有の防衛能力がないのだから。吸血鬼は驚きと痛みに悲鳴を上げた。

それと同時に首にまわされていた手がほどけ、アレクシアはよろよろとあとずさり、激しくあえぎながら吸血鬼を見つめた。

よく見ると、白いものは、歯とかぎ爪と血の渦のなかでうなりを上げて吸血鬼に襲いかかる、狂気にかられた巨体の狼だった。二体の異界族が取っ組み合っている——パワーの人狼対スピードの吸血鬼の闘いだ。アレクシアはすばやく身を起こし、倒れたルフォーをかぎ爪と歯と牙から守るべくパラソルを座席の隅に立てかけた。

形勢は狼が優位だ。反異界族との接触で無防備になった吸血鬼を、とことん攻めつづけた。狼がたくましいあごですばやく吸血鬼の首に嚙みつき、喉もとに歯を沈めると、吸血鬼はごぼごぼという音の混じった悲鳴を上げ、腐った血のにおいが澄んだ郊外の空気に満ちた。

狼が氷のような青い目を光らせ、アレクシアに意味ありげな視線を向けた。次の瞬間、狼は吸血鬼に噛みついたまま走る馬車から身を投げ、どさりと音を立てて地面に落ちた。もみ合う音が聞こえたが、それも全力疾走する馬のけたたましい蹄《ひづめ》の音にたちまちかき消された。

最初に馬を恐怖におとしいれたのは狼のにおいだったに違いない。いまや馬車の速度をゆるめられるかどうかはアレクシアにかかっている。このままでは、おびえた馬が引き綱を引きちぎるか、馬車をひっくり返すか、もっとひどいことが起こるかのどれかだ。

アレクシアは御者席によじのぼった。手綱ははずれ、足かせの近く——疾走する馬の後ろ脚のすぐそば——にだらりとぶらさがっている。うっかり手を出すと蹴られそうだ。アレクシアは御者席に腹ばいになると、片手でつかまり、反対の手を必死に伸ばした。届かない。そうだわ——アレクシアは座席からパラソルを持ってくると、まだ先端から出たままの二本の釘にぶらさがる手綱を引っかけ、手もとに引き寄せた。やった——そう思った瞬間、これまで一度も手綱を握った経験がないことに気づいた。でも、きっとそんなに難しくはないはずだ。アレクシアは手綱を握り、そっと後ろに引いてみた。

まったくなんの変化もない。二頭の馬は狂ったように走りつづけている。

そこでアレクシアは両手で手綱をしっかり握り、今度は全体重をかけて思いきり後ろにのけぞった。コリント兵ほど力は強くはないが、体重だけなら同じくらいかもしれない。いきなり手綱を引かれた馬は速度を落とし、軽い駆け足から速歩きになった。脇腹を大きく波打たせ、汗をびっしょりかいている。

アレクシアは、完全に脚を止めても意味がないと判断し、そのまま馬をフィレンツェの街に向かわせた。さっきの吸血鬼が属する吸血群の仲間が追ってこないともかぎらない。少しでも安全な修道院にできるだけ早く戻ったほうがよさそうだ。

白いナイトガウンをそよ風になびかせ、騎乗の二人がようやく追いついた。二人は馬車の両脇に陣取り、アレクシアに言葉もかけなければ顔も向けず、馬車を護衛しながら進んだ。

「いったん馬車を止めてマダム・ルフォーの様子を確かめてもいいかしら？」アレクシアはたずねたが、答えはない。一人がアレクシアに視線を向けたが、そのとたん顔をそむけ、何かまずいものをほおばったかのように唾を吐いた。ルフォーの容体は心配だけど、いまは安全な場所に戻るのが最優先だと言いたいらしい。アレクシアは石のように顔をこわばらせる二人の騎士をもういちど見た。反応はない。アレクシアは肩をすくめ、舌を鳴らして馬に速度を上げさせた。もともと騎乗の騎士は四人いたはずだ。あとの二人のうち、一人は馬車から落ちた管区長の介抱に向かい、もう一人は吸血鬼と人狼を追っているのだろう。

手綱を握ったままアレクシアは考えをめぐらせた。さっきの白い人狼は、羽ばたき機から見た白い獣――ムシュー・トルーヴェ家の屋上で吸血鬼を襲った生き物――だったんじゃないかしら？　あの冷たい青い目にはどうも見覚えがある。アレクシアははっと息をのんだ。さっきの人狼と屋上の白い獣とボーボリ庭園の税関所に現われた仮面の男は、みな同じ人物で、しかもよく知っている人物だ。知っているどころではない。どんなにいいときも好きになれない男――コナルの傲慢なナンバー・スリーことウールジー団のガンマ、チェスターフィールド・チャニングスのチャニング・チャニング少佐だわ。人狼団との暮らしが長くなったせいで、狼の姿のときはチャニングだとわかっても、仮面男のときはまったく気づかなかった。

「パリからずっとあとを追って、あたくしを守っていたんだわ!」アレクシアは夜を切り裂くような声で無関心な二人の騎士に話しかけた。

二人は無反応だ。

「アルプス越えの夜に助けられなかったのは満月だったからよ!」そこでアレクシアは首をかしげた。どうしてあたしもコナルも好きではないチャニング少佐が、危険も顧みずイタリア国境を越えてまであたしを守ろうとしたのかしら? よほど脳みそが足りない人狼でないかぎり、わざわざ異界族差別主義者の本拠地に足を踏み入れるようなバカはいない。もっとも、あたしに言わせればチャニングの脳みそには疑問があるけど。そうなると納得のいく説明はひとつしかない。チャニングがあたしを守る理由は、コナルに命令されたからだ。

コナルが鈍感なまぬけ野郎であることに変わりはない。本来なら本人が追いかけてくるべきだ。しかも、あんなにどなってあたしを追い出したくせに、すぐあとを追わせるなんて、いったい何を考えてるの? でも、チャニングが現われたタイミングを考えると、コナルが命令を出したのは公式謝罪文を掲載する前だ。やっぱり心配してくれてたのね。

まだあたしを愛しているんだわ。コナルはあたしたちを取り戻したいのよ——アレクシアはこみ上げる幸せをかみしめながら、そっとチビ迷惑に話しかけた。

14　チビ迷惑がますます迷惑になること

やがてビフィは眠りに落ち、ようやくライオールも眠りについた。タンステルと――信じられないことだが――ミセス・タンステルに見守られ、二人の人狼は朝から夕刻近くまで眠りつづけた。やがてアイヴィは帽子屋の店番に出かけ、タンステルもリハーサルに出る時間になり、そろそろいいころかとライオールを起こした。

「肉屋で追加調達してきました」ライオールが生肉の塊にナイフを入れ、ポンと口に放りこむ脇でタンステルが言った。

ライオールは肉を嚙んだ。「そのようだな。それで、街の噂はどうだ？」

「きわめてはっきりと、大胆に、誰もがそのことを噂しています。いや、まったく、その噂でもちきりです」

「続けてくれ」

「〝〈宰相〉が死んだ〟と、もっぱらの噂です。昨夜、あなたとマコン卿は、かなりお忙しかったようですね、教授？」

ライオールは皿を下に置き、目をこすった。「ああ、いまいましい。マコン卿は面倒ごとをすべてわたしに押しつけ、とんずらした」

「ぼくの記憶に間違いなければ、たしかにマコン卿は面倒を引き起こす達人でした」

「吸血鬼たちはどうだ？　騒いでいるか？」

「おや、教授、皮肉ですか？　悪くありませんね」

「質問に答えろ、タンステル」

「通りではまだ一人も見かけません。ドローンたちもです。でも、噂によれば、今回の件にはまったく納得していないようです。納得していないどころではありません」

ライオールは首を左右に伸ばした。「どうやら長居をしすぎたようだ。そろそろ牙に向き合わねばならん」

タンステルがシェイクスピア劇を気取って言った。「〝残忍なる運命の牙と犬歯を耐え忍ぶのか！〟（『ハムレット』のセリフ〝残忍なる運命の矢と投石を耐え忍ぶのか〟のもじり）」

ライオールはタンステルをむっつりと見た。「まあ、そんなところだ」

ライオールは立ち上がって伸びをし、ビフィを見下ろした。休息が効いたらしい。元気はつらつとはいえないが、前ほどやつれてはいない。髪はテムズ川の汚泥でもつれ、顔は泥と涙の跡で汚れていても、なお伊達男の上品さを感じさせる。たいしたものだ——ライオールはビフィに感じ入ると同時に、ビフィをここまでしこんだアケルダマ卿にも感嘆した。

そうとなれば善は急げだ。ライオールは毛布にくるまったビフィを両手に抱え上げ、ロンドンの雑踏に足を踏み出した。

修道院の扉の前であえぐ馬の脚を止めたとき、フルーテはまだ戻っていなかった。マダム・ルフォーもすぐに医務室に運ばれたため、アレクシアは一人、広くて壮麗な修道院のなかに取り残された。だが、そこはアレクシア――さほど気にするふうもなく静かな聖域である図書室に向かった。大変な一日だった。心から落ち着きを取り戻し、疲れをいやせる場所はそこしかない。というか、アレクシアが間違わずに行けるのは図書室だけだ。

吸血鬼の襲撃……チャニング少佐がイタリアにいる事実……思いがけず自分のなかに芽生えたチビ迷惑に対する愛情……これらに対処するため、アレクシアはアイヴィがくれた貴重な紅茶を取り出した。そして空《から》の金属製の嗅ぎタバコ入れに水を入れ――物は使いようだ――暖炉の火で湯を沸かした。ミルクはないが、この状況で文句は言えない。相変わらず誰もアレクシアに話しかけないので、管区長が修道院に戻ったのか――そもそも生き延びたのかどうかもわからない。とりあえずすることもなく、アレクシアは図書室の椅子に座って紅茶を楽しんだ。

あとから思えば、修道院全体を包む静寂が祈りによるものではなく、来《きた》るべき災難の前触れだということに気づかなかったのは不覚だった。最初の警告は、興奮した四本脚の羽ボウキの形で現われた。それはいきなり図書室に駆けこみ、狂ったようにキャンキャンと吠えたて――体力のない犬なら具合が悪くなりそうだ――あたりの静けさを打ち破った。

「ポッシュ？　こんなところで何をしているの、こん畜生ちゃん？」アレクシアはティーカップがわりの嗅ぎタバコ入れをもてあそびながらたずねた。

ポッシュの人生における目下《もっか》の望みは、アレクシアが座る椅子の脚に猛攻撃を加えることらしく、たちまち小さな歯を剝いて熱心に嚙みはじめた。

振り落として足で蹴り出してやろうかしら？　それとも完全に無視する？　アレクシアが思案していると、誰かの声がした。

「こんばんは、〈雌標本〉どの」

「まあ、ミスター・〈ドイツ標本〉どの、まさかこんなところでお会いするなんて。あなたは破門されたと思っていましたわ。イタリアに戻るお許しが出たんですの？」

ミスター・ランゲ＝ウィルスドルフは鬼の首を取ったかのように、そしてこの状況を楽しむかのようにあごをなでながら図書室に入ってきた。「じつはちょっとした――なんと言ったか――交渉力を手に入れてね、ヤー？」

「ヤー？」アレクシアは皮肉っぽくランゲの口調を真似た。

ランゲが近づき、アレクシアを見下ろした。チビのランゲには、めったにない貴重な機会ってわけね――アレクシアは憎々しげに思った。

「とある情報を提供したところ、テンプル騎士団はわたしに対する破門を撤回し、ふたたび仲間として迎え入れるようローマ教皇ピウス九世を説得してくれることになった」

「まあ？　テンプル騎士団にそれほどの影響力があるとは知りませんでしたわ」

「彼らにはいろんな力があるのだよ、〈雌標本〉どの、じつにさまざまな影響力を持っている」

「それはご復帰」――アレクシアはこみあげる不安を押し隠して言った――「おめでとうございます」

「研究室も取り戻した」ランゲが自慢げに続けた。

「何よりですわ。これで謎の解明も――」

そのとき管区長が図書室に現われ、アレクシアは言葉を呑みこんで振り向いた。手足に包帯を巻き、顔には切り傷がある。吸血鬼との乱闘と、馬車からの落下で痛手を負ったようだ。

「あら、お加減いかが、ミスター・テンプル？」

管区長は質問には答えずに近づいて腕を組み、ランゲと並んでアレクシアを見下ろした。やがて、聞き分けのない子どもに言い聞かせるような口調で言った。「きみには困惑している、わが〈ソウルレス〉よ」

「あら、そう？」

「そうだ。なぜ妊娠のことをわれわれに話さなかった？　知っていれば、もっと丁重にあつかったものを」

まあ、よく言うわね――アレクシアは居住まいを正して身構え、嗅ぎタバコ・カップを置いてパラソルをつかんだ。「本当かしら？　知っていたら吸血鬼をおびきよせるためにあたくしを利用したりはしなかったとか？」

管区長はアレクシアの皮肉を無視した。「ミスター・ランゲ＝ウィルスドルフから聞いたところでは、妊娠しているだけでなく、父親は人狼だというではないか。これは――」

　アレクシアは相手を制するように片手を上げた。「それから先の質問はなさらないで。たしかにあたくしの夫は人狼です。そしてどんなにありえないと批判されようと、父親は間違いなく夫ですわ。この件について議論するつもりはありませんし、あたくしの潔白を疑うような侮辱も許しません。いいこと、皆さん、あたくしは魂がない《ソウルレス》かもしれませんけど、貞節さはありますわ。あのとんまのコナルでさえ、ついにそのことを認めました」

　管区長が口を閉じてうなずいた。この男が信じたとは思えないけど、この男にどう思われようと関係ないわ。

　ランゲが両手をこすり合わせた。「まさしく、その主張をヒントに、わたしは魂の本質に関する新しい説を打ち立てた。〝子どもの父親は異界族である〟というきみの主張を支持するばかりか、その主張にもとづいた新説だ」

「つまり、あたくしが真実を主張しつづけたおかげで妊娠の謎が解明されたってこと？」アレクシアの胸は期待に高鳴った。ついに汚名をそそぐことができる！

「ヤー、〈雌標本〉どのよ、まさにそのとおり」

「くわしく説明してくださる？」

　ランゲはアレクシアの冷静な態度が意外だったようだ。アレクシアは片手でそっとパラソルの取っ手をいじりはじめたが、ランゲは気づかない。アレクシアは取っ手を探りながら、こちらを凝視する管区長を負けじとにらみかえした。

「きみは、わたしがきみの秘密をテンプル騎士団に話したことを怒っていないのか?」

もちろん怒っているが、アレクシアは気にしないふりをした。「どうせロンドンじゅうの新聞に載ってるわ。いずれは気づかれると思っていました。とはいえ、あまり感心はしませんけど。まるで卑劣なイタチのような行為じゃありませんこと?」

「そうかもしれない。だが、この学説が正しければ、わたしは世界でもっとも有名なイタチになるだろう」

管区長は嗅ぎタバコ・カップに興味を引かれたらしく、しげしげと見ている。アレクシアは〝こんなカップで飲まなければならないのも、修道院の使用人が誰ひとりあたしの要求に応じてくれないせいよ〟と言いたげに冷ややかに目を細めた。管区長は無言だ。

「わかったわ、ではあなたの学説とやらを聞かせてちょうだい。それから、大変申しわけありませんけど、あなたの犬を椅子から離してくださいません?」

ランゲはさっとかがんで、獰猛な愛犬をすくい上げた。主人の腕に抱かれたとたん、犬は昏睡したのかと思うほどだらりと弛緩した。ランゲは召使がナプキンを腕にかけるように片腕に犬を抱え、教材がわりに使って説明を始めた。

「人体のなかに周囲のエーテルと結合する分子があると仮定しよう」ランゲは人さし指で意味もなく犬を指さした。「その分子を〝精霊《プネウマ》〟と呼ぶことにする」そして犬を指した指を仰々しくかかげた。「異界族は変異によってこの結合を断ち切り、プネウマの大半を失う。そして、わずかに残ったプネウマを周囲のエーテル分子と弾力的に結合させて不死になる」

「つまり、魂は計測可能な物体ではなく、この結合の種類と緊密さってこと？」アレクシアは思わず興味を引かれ、ランゲに注目した。

ランゲは興奮してポッシュをアレクシアに向かって振った。「ヤー！　画期的な考えだろう、ヤー？　長年、魂を計測できなかった理由がこれで説明できる。そもそも計測すべきものなどなかった――あるのは、その種類と結合の強さだけだ」ランゲは、まるで宙を飛んでいるかのように犬を抱えて部屋じゅうを歩きまわった。「反異界族であるきみは、〈雌標本〉どのよ、プネウマを持って生まれたが、結合するエーテルを持たない。ゆえに、きみはつねにまわりの大気からエーテル分子を吸いこむ。きみが異界族に触れると、彼らの弾力的結合は断ち切られ、きみは異界族の持つすべてのエーテルを吸いこむ。ゆえに彼らは死すべき者になるのだ」ランゲは犬の頭上で何かをつかむように――小さな脳みそを吸い出すかのように――手を動かした。

「では、吸血鬼があたくしを〈魂吸い《ソウル・サッカー》〉と呼ぶのも、あながち的はずれではないってことね。でも、子どものことはどう説明するの？」アレクシアはランゲの関心をいちばん知りたい部分に引き戻した。

「反異界族どうしが反発するのは、二人が同時にエーテル分子を吸いこもうとするからだ。だから同じ空気を共有することができない。しかし」――ランゲは白い愛犬を勝利のトロフィーのように頭上にかかげ、高らかに宣言した――「片親が異界族であれば、その子は弾力的結合力、言い換えれば、わずかに残った余分の魂を受け継ぐことができるのだ」

ポッシュが主人の最終宣言に合わせるかのように奇妙な鳴き声を上げた。ランゲは愛犬をぶんぶん振りまわしていたことに気づき、床に下ろした。そのとたん、ポッシュはキャンキャンと跳ねまわり、やがて金色の小型クッションを猛攻撃しはじめた。クッションがボロボロになるのは時間の問題だ。

認めるのはしゃくだが、ランゲの説は説得力があった。これで多くのことに説明がつく。少なくとも、チビ迷惑のような子どもが稀少な理由は説明できる。まず、こうした子が存在するには異界族と反異界族のカップルが必要だが、この両者は長いあいだ、たがいを狩ってきたどうしだ。そうそうカップルが生まれるはずはない。次に、この状況が成立するには、女性の反異界族か女性の吸血鬼もしくは女性の人狼が不可欠だ。しかし、反異界族の男性が吸血鬼女王に近づくことはまずないし、女性の人狼は女性の反異界族と同じくらい数が少ない。そもそも、種族間交配の機会じたいが稀少だ。

「では、夫の、その、弾力的結合力を考えた場合、いったいあたくしはどんな子どもを生むことになるの？」この状況でコナルの名を口にし、その肉体的嗜好を思い浮かべたとたん、この専門用語が妙にみだらに聞こえ、アレクシアはどぎまぎして咳払いした。「つまり、この子は反異界族なの？　それとも異界族？」

「ヤー、難しいのはそこだ。だが、わたしの説が正しければ、どちらでもない。きわめて普《ノー》通《マル》だ。もっとも、普通の子どもより魂は少ないかもしれないが」

「でもあなたは以前、流産は避けられないと言わなかった？」

「いや、いや、もはやその心配はない。きみが気をつけてさえいれば」

アレクシアは笑みを浮かべた。正直なところ、まだ母親になる心構えはできていないけど、いまや、あたしとチビ迷惑はある種の合意に達している。

「まあ、うれしい！　いますぐジュヌビエーヴに知らせなきゃ」アレクシアは医務室まで走っていこうと立ち上がった。

これを見て、ポッシュをクッションから引き離すという無駄な努力をしていた管区長が立ち上がった。そのときまで、アレクシアは管区長の存在をすっかり忘れていた。「残念だが、それはできない、わが〈ソウルレス〉よ」

「あら、なぜ？」

「マダム・ルフォーはケガの治療のため、フィレンツェ管区看護団員の保護下に置かれた」

「そんなに重傷なの？」アレクシアは急に罪悪感をおぼえた。友人が死にかけているときに、あたしは嗅ぎタバコ風味の紅茶を楽しみ、うれしいニュースに浮かれていたなんて。

「いや、ケガはほんのかすり傷だ。ただ、これ以上、マダム・ルフォーを歓待する理由はない。ミスター・フルーテも同様だ」

アレクシアは青ざめた。胸が苦しくなり、心臓が早鐘を打っている。数秒前の幸福感からいきなり奈落の底に突き落とされ、眩暈《めまい》がしそうだ。アレクシアは鼻から大きく息を吸った。

気がつくとアレクシアはパラソルを開き、強い硫酸を浴びせようと身構えていた。ルフォーが苦労のすえに手に入れた武器がわりの液体だ。だが、パラソルの向きを変えるまもなく、図書室の扉が開いた。

見えない合図によって召集された、あきれるほど大勢の騎士が騒々しく入ってきた。文字どおりガチャガチャ音がするのは、何百年も前の十字軍騎士さながらの完全武装のせいだ。頭には兜《かぶと》。お決まりのナイトガウンの下には銀めっきの鎖かたびらと板金鎧。アレクシアに触れても聖なる魂が汚《けが》れないようにするため、全員が分厚い革の籠手《こて》をはめている。ポッシュは完全に興奮して声をかぎりに吠えまくり、狂ったように飛びはねながら部屋じゅうを旋回しはじめた。アレクシアは思った――このバカ犬が無益な一生のうちで行なったなかで、これがもっとも賢い行為かもしれない。テンプル騎士団は大いなる威厳をもって完全にポッシュを無視した。

アレクシアのパラソルは高性能だが、多くの敵を一度に相手にするには向かない。アレクシアは、かちっとパラソルを閉じた。「まあ、ミスター・テンプル、光栄ですわ。あたくし一人のためにこんなに大勢の戦士を召集なさるなんて。なんて用心ぶかいこと。そこまでなさらなくても結構ですのに」

管区長はアレクシアをきつく見すえると、ランゲの腕をつかみ、アレクシアの皮肉を無視して図書室を出た。ポッシュはさらに部屋を二周したあと、蒸気機関から高圧噴射された獰猛な羽ボウキのように、二人のあとを追って部屋から飛び出した。あたしの最後の守護神が行ってしまった――アレクシアは苦々しく思った。

「わかったわ。さっさと地下牢に連れていきなさい！」アレクシアは居並ぶ騎士団をにらみつけた。どうせ連れていかれるのなら、せめて命令でもしないと気が収まらないわ。

ライオールは大事な荷物を異界管理局《BUR》本部執務室のソファに下ろした。意識のないビフィはゆですぎたブロッコリーのようにぐったりしている。ソファは書類やエーテルグラフ金属板、本や新聞、科学小冊子などが乱雑に散らばっていたが、ビフィはそれでも目を覚まさず、ひどく薄汚れた金属筒をしっかと胸に抱いたまま幼児のように横を向いて身体を丸めている。

ライオールは仕事にとりかかった。報道機関むけ声明文を準備しながら、各地に散らばる捜査官と諜報員を呼び寄せ、ふたたび機密情報の収集や外交的介入、そして秘密のビスケット獲得作戦（BURの厨房は食材がとぼしい）などに送り出した。さらに、ウールジー城で待機する人狼たちに使いを送り、油断なく武装しておくよう伝えた。吸血鬼がどのような報復手段に出るかは想像もつかない。通常は冷静な反応をする種族だが、仲間を殺されるというのは、ただならぬ事態だ。どんな過激な行動に出ても不思議はない。ライオールが猛然と仕事をこなしはじめて一時間がたったころ、不機嫌な要人リスト――きっと今夜は次々にやってくるに違いない――の一人目が執務室に現われた。だが、最初の客は〈宰相〉の死に文句をつけにきた群の吸血鬼ではなく、意外にも人狼だった。

「こんばんは、スローター卿」

今夜の〈将軍〉は外套を着ていなかった。変装もしていなければ、不満を隠す様子もないところを見ると、ヴィクトリア女王の正式な代理人としてやってきたようだ。

「とんでもないことをしでかしてくれたようだな、ベータ君？　事情がどうあれ、最悪の事態だ」

「ご気分はいかがです？　さあ、どうぞお座りください」

〈将軍〉は眠っているビフィを不快そうに見やった。「先客がいるようだな。彼は——酔っているのか？」〈将軍〉が鼻をうごめかした。「なんとまあ——きみたちはテムズ川で泳いだのか？」

「はい、まったくの不本意ながら」

叱責を続けるかに見えた〈将軍〉は、ふたたびあたりのにおいを嗅ぐと、その場で足を止めて振り向き、ソファに重々しく歩み寄って昏睡状態のビフィに顔を近づけた。

「見知らぬ顔だな。ウールジー団の大半は連隊とともに外地にいるはずだが、彼らの顔は全員、覚えている。わたしもそこまで老いぼれてはいない」

「ええ、おっしゃるとおりです」ライオールはぴんと背筋を伸ばし、咳払いした。「お祝いです。ウールジー団に新しい人狼が誕生しました」

〈将軍〉は喜びを隠すように、わざと不機嫌そうにうなった。「マコン卿のにおいがする。これはまた——一晩のうちに変異がひとつと、吸血鬼の死体がひとつか。いやはや、ウールジー団は大忙しだったようだな」

ライオールは羽ペンを置いてメガネをはずした。「実のところ、このふたつは密接につながっております」

「いったいいつから、吸血鬼を殺すと人狼が生まれるようになったのだ？」

「吸血鬼がほかの吸血鬼のドローンを誘拐してテムズの川底に監禁し、銃弾を浴びせるようになってからです」

ライオールの言葉に、〈将軍〉は不機嫌な一匹狼から政治家の顔になると、ライオールのデスクの向かいに椅子を引き寄せた。「何があったのか説明してもらおうか、ベータ君」

ライオールが説明を終えたとき、〈将軍〉はかすかに驚きの表情を浮かべた。

「今の話には当然ながら確実な証拠が必要だ。〈宰相〉がレディ・マコン殺害命令を違法に出していたとすると、マコン卿が〈宰相〉を殺した動機はきわめて疑わしくなる。しかし、いまの話がすべて本当なら、主任サンドーナーとしてマコン卿の行動は正当だ。このような蛮行が許されてはならん。他人のドローンを盗むとは！　なんと乱暴な」

「しかも問題はそれだけではありません」

「マコン卿が行方知れずの妻を探しに行った――そうだな？」

ライオールは口もとをゆがめてうなずいた。

「アルファとは、つくづく厄介なものだ」

「同感です」

「その件はきみにまかせるしかない」〈将軍〉は立ち上がり、部屋を出る前にもういちどソファに近づいてビフィを見下ろした。

「これほど長い空白のあとに、ふたつも変異を成功させるとは……。ウールジー団は政治的には厄介なことになるかもしれんが、マコン卿の〈アヌビスの形〉の潜在力はあっぱれだ。ずいぶん若い人狼のようだな？　この件では、あらゆる面倒ごとがきみに降りかかってくるだろう。吸血鬼が〝人狼にドローンを盗まれた〟と騒ぎだしたら、いったいどこまでこじれることか」

ライオールはため息をついた。「しかも、このドローンはアケルダマ卿のお気に入りです」

〈将軍〉は首を振った。「いいか、こいつはそうとう厄介だぞ。幸運を祈る、ベータ君。きみにはそれが必要だ」

〈将軍〉が出てゆくのと入れ違いに、マコン卿の部下でBUR腕利き捜査官の一人が現われた。

捜査官は戸口で〈将軍〉にお辞儀をしてから執務室に入り、両手を背中に組んでライオールの前に立った。

「報告を、ミスター・ハーバービンク」

「まずい状況です。〈牙軍団〉は〈しっぽ軍団〉のことをあれこれ騒ぎたてています。連中はM卿が〈宰相〉に不満を持っていたと言っています。〈宰相〉を殺したのは任務ではなく、私怨によるものだと』」

ハーバービンクは見た目も気質も、どっしりと揺るぎない男だ。彼が余分な魂を持っているとは誰も思わないだろう。だが、噂を聞きつけるのに長け、貴族タイプの捜査員が二の足を踏むような場所にも平気で踏みこめる。農夫のような風貌で、一見、脳みその足りない腕っ節じまんと思われがちだが、それは大間違いだ。

「暴動は？」

「これまでのところ、パブでのケンカが数件だけです。大半は大口をたたいたドローンをクラヴィジャーがなぐりつけた程度ですが、そこに保守派が加わると最悪です。連中が何を言いだすかはご存じでしょう？　〝異界族と融合しなかったら、こんなことは起きなかった。英国が間違った行動をした報いだ。神の掟に反する〟とかなんとか……」

「当の吸血鬼たちはどうだ？」

「〈宰相〉死亡の噂が伝わってから、ウェストミンスター群の女王は完全なる沈黙《デッド・サイレント》——つまらんしゃれですみません——を守っています。しかし、女王が〝全面的に自分が正しい〟と思っているなら、いまごろ報道機関に公式文書を次々に送りつけているはずです——メンドリが卵を産むように」

「ああ、たしかにそうだな。いずれにせよ、人狼にとって吸血鬼女王の沈黙はありがたい。BURの評判はどうだ？」

「失墜しています。〝M卿は人狼としてではなく、政府に雇われたサンドーナーとして行動していたのだから、もう少し自制すべきだった〟と、もっぱらの評判です」ハーバービンクは横広の愛想のいい顔を問いかけるようにライオールに向けた。

ライオールがうなずくと、ハーバービンクが続けた。「BURに好感を持つ者は、M卿はサンドーナーとしての権限を行使しただけだと主張していますが、BURが嫌いで、M卿が嫌いで、狼が嫌いな連中は――何につけ不満を言うものです。この状況は何が起ころうと変わりません」

ライオールは首筋をこすった。「わかった、だいたい想像どおりだ。街にいるあいだは、できるだけ真実を話しつづけてくれ。〈宰相〉がアケルダマ卿のドローンを盗んだという事実を世間にばらまくのだ。今回の事件を吸血鬼や王室に隠蔽させる気はない。ビフィとアケルダマ卿には事件の正しい経過を裏づけてもらうつもりだ。さもないとわれわれは完全な泥沼におちいる」

ハーバービンクは眠るビフィを疑わしげに見た。「何も覚えてないんでしょうか？」

「たぶん無理だ」

「アケルダマ卿は納得するでしょうか？」

「それも無理だな」

「了解しました。その件について異論はありません」

「感情的になるなよ、ハーバービンク」

「ご心配なく、教授」

「アケルダマ卿といえば、所在はまだ不明か？　戻ってきたという話は？」

「いえ、まったく」

「そいつは妙だな。わかった、捜査を続けてくれ、ミスター・ハーバービンク」

「了解」

ハーバービンクが退室すると、廊下でじっと順番を待っていた次の捜査員が入ってきた。

「教授に伝言です」

「おお、ミスター・フィンカーリントン」

丸顔メガネの〝金属焼き屋〟ことエーテルグラフ通信係のフィンカーリントンは小さく頭を下げ、おずおずと執務室に入った。事務員のような物腰と、便秘のモグラのような表情のせいで、貴族の血を引いていながら、なんとも冴えない印象の男だ。「数日前から日没後に監視するよう命ぜられていたイタリア局から、ようやく通信がありました」しかし、フィンカーリントンはじつに有能だ。なにせ彼の仕事は、じっと椅子に座って耳を澄ませ、なんの思考も見解も加えず、ただ聞こえたことを書きとめるだけなのだから。

ライオールは背を伸ばした。「ずいぶん遅かったな」

「申しわけありません。ずっとお忙しそうだったので遠慮しておりました」

「さあ、渡してくれ」ライオールはじれったそうに左手を差し出した。

フィンカーリントンは通信文をインクで書き留めた羊皮紙の切れ端を渡した。てっきりアレクシアからと思ったが、意外にもフルーテからだ。

しかも内容は現状とは関係ない、およそ役に立つとは思えないもので、ライオールは一瞬レディ・マコンに激しいいらだちを覚えた。これまで、マコン卿に対してしか抱いたことのない感情だ。

「〝イタリア人にエジプトを発掘させぬよう女王に伝えてほしい。〈ソウルレス〉のミイラが発見されてはならない。大変なことになる。レディ・マコンはフィレンツェのテンプル騎士団とともにいる。危険。助けを求む。フルーテ〟」

ライオールは、あとさき考えずロンドンを発ったマコン卿をののしりながら紙切れを丸め、情報の重大さにしばらく考えこんだあと、ぱくりと食べた。

ライオールはフィンカーリントンをさがらせ、立ち上がってビフィの様子を確かめた。まだ眠っている。よしよし――いまは眠るのがいちばん本人のためだ。ライオールがビフィの身体に毛布をかけなおしていると、またしても来客が現われた。

ライオールは背を伸ばして扉に向きなおった。「どなた?」

ライオールは男のにおいをとらえた。最高級のフランス香水と、ボンド・ストリートの高級整髪料のかすかなにおい。そして、その下からじわりと漂う、芳醇で不快な――古い血のにおい。

「これはこれは。ロンドンへお帰りなさい、アケルダマ卿」

レディ・アレクシア・マコン――ときどき〝歌姫タラボッティ〟――は、じつに悠然と誘拐された。いや、〝誘拐されることに慣れてきた〟と言うべきか。アレクシアは一年あまり前まで典型的なオールドミスだった。その人生に苦難があったとすれば、せいぜい二人の愚かな妹と、さらに愚かな母親に悩まされる程度でしかなかった。心配ごとは俗世間のなかにかぎられ、日々の暮らしは充分な収入と不充分な自由を与えられた世の多くのレディと同様、きわめて平凡だった。当然、誘拐されることなど一度もなかった。

だが今回の誘拐は――状況を見るかぎり――最悪なものになりそうだ。

アレクシアは目隠しをされ、甲冑を着た男の肩にジャガイモの袋よろしくぶざまにかつぎ上げられ、永遠に続くかと思われる下り階段と廊下を運ばれた。かびくさいにおいから判断すると、かなり地下深くに来たようだ。ためしに足をばたつかせて身をよじってみたが、金属におおわれた腕に両脚を押さえつけられただけだった。

ようやく目的地に着いて目隠しをはずされた。ローマの地下墓所《カタコンベ》のような場所だ。まばたきして暗闇に目を慣らすと、そこはオイルランプとろうそくだけが灯る、岩盤をくりぬいてできた地下の古い廃墟だった。アレクシアが運びこまれた小さな独房の一面には、現代ふうに強化された格子がはまっている。

「あら、ずいぶん質素な部屋ね」アレクシアは誰にともなく不満げに言った。

入口に現われた管区長が金属の側柱に寄りかかり、生気のない目でアレクシアを見つめた。

「ここ以外に、きみの安全を保障できる場所はないと判断した」

「地上に現われた最強の聖戦士であるテンプル騎士団が数百人もいる修道院が、安全ではなかったというの？」

管区長はこの問いを無視した。「ここでの快適な生活を約束しよう」

アレクシアは独房を見まわした。ウールジー城のコナルの着替え室よりわずかに小さく、部屋の隅に、色あせたカバーのかかった狭いベッドとオイルランプのついた脇テーブル、室内便器、洗面台がついている。なんともそっけなく、お粗末な造りだ。「誰が世話してくれるの？　これまで誰もしてくれなかったのに」

管区長が無言で合図すると、どこからともなくパスタを盛った皿が現われ、見えない誰かがスプーン形にくりぬいたニンジンを管区長に手渡し、それを管区長がアレクシアに渡した。

アレクシアは例の緑のソースがかかっているのを見てうれしくなったが、顔には出さなかった。「言っておきますけど、おとなしくしているのはペストがあるあいだだけよ」

「ほう、では、そのあとはどうなるのかね、悪魔の申し子よ？」

「あら、あたくしはもはや〝わが〈ソウルレス〉〟でもなくなったのね？」アレクシアは唇をゆがめて考えこんだ。手もとにパラソルはない。パラソルがなければ、どんなにすごんでも威力はない。「おそろしく無礼になるわ」

管区長はアレクシアの脅しなどまったく相手にせず、扉をばたんと閉め、アレクシアは暗く静まりかえった独房に閉じこめられた。

「せめて何か読むものをもらえない？」アレクシアは呼びかけたが、管区長は無視して立ち去った。

テンプル騎士団にまつわる数々の恐ろしい逸話は——かつてアケルダマ卿が話してくれたゴムのアヒルや死んだ猫の話も——本当なのかもしれない。アレクシアはルフォーとフルーテの無事を祈った。

何より不安なのは、二人と完全に引き離されてしまったことだ。アレクシアは大股で歩きまわり、腹立ちまぎれに独房の格子を足で蹴った。だが、結局、足がひどく痛んだだけだ。

「ああ、最悪」アレクシアは静かな暗闇に向かってつぶやいた。

アレクシアの孤独は長くは続かなかった。ドイツ人科学者が訪ねてきたからだ。

「あたくし引っ越ししましたの、ミスター・ランゲ＝ウィルスドルフ」アレクシアは劣悪な環境にうんざりして、ついわかりきったことを口にした。

「ヤー、〈雌標本〉よ、言われなくてもわかる。不自由なものだな、ヤー？　わたしも研究室を変わらなければならなかった。ポッシュもここまではついてこない。ローマ建築がお気に召さないようだ」

「そうでしょ？　こんなとこ、誰がお気に召すっていうの？　とにかく、あたくしをもとの部屋に戻すよう、騎士団を説得してくださらない？　監禁されるのなら、せめて眺めのいい部屋がいいわ」

ランゲは首を横に振った。「もはやそれは無理だ。さあ、腕を出して」

アレクシアはうさんくさそうに目を細めつつも、好奇心に負けて腕を出した。

ランゲは筒状の油布をアレクシアの腕に巻き、その布にふいごから小さな蛇口ごしに空気を送りこみはじめた。筒がふくらみ、ぱんぱんに硬くなったところでふいごをはずし、こんどは紙の小片がいっぱい入ったガラス球を蛇口に取りつけ、手を離した。筒に吹きこまれた空気がシューと音を立ててガラス球に抜け、なかの紙片が球のなかで激しく舞い踊った。

「いったい何をしているの？」

「きみがどんな子どもを生むのかを確かめようとしているのだよ、ヤー。よくよく考察しなければならん」

「その小さな紙切れの動きで何か重要なことがわかるの？」あの紙切れがティーカップの底の紅茶葉のように役に立つのかしら。そう思ったとたん、アレクシアは紅茶が飲みたくてたまらなくなった。

「ああ、まあ、そういうことだ。この子には……別のやりかたで接してはどうかという話が出ている」

「えっ？」

「ヤー。そしてきみを――なんと言ったか――予備として利用するという案だ」

アレクシアの喉に苦くて酸っぱい、不快なものがこみ上げた。

「なんですって？」

「シーッ、まだだ、〈雌標本〉よ。検査は終わっていない」

ランゲは眉を寄せ、おびただしい紙片が完全にガラス球の底に沈むのを見つめた。よく見ると、それぞれの紙に線が描いてある。ランゲはおもむろにメモを取り、紙片の位置を図に描きはじめた。アレクシアは気を落ち着かせようとしたが、しだいに怒りと恐怖がこみあげてきた。ついにあたしは正真正銘の〝標本〟になったわけね。

「テンプル騎士団による反異界族繁殖プログラムの記録を自由に閲覧することを許可された。彼らは百年ちかくにわたって、きみたち種族を繁殖させる方法を研究してきたようだ」

「人間の繁殖ってこと？　それはたいして難しくはないんじゃない？　言っておきますけど、あたくしはれっきとした人間よ」

ランゲはアレクシアの言葉を無視し、論証を続けた。「反異界族はつねに純粋種だが、なぜ出生率が低く、なぜ女性の数が少ないのかはこれまで一度も解明されなかった。さらに、このプログラムには場所の確保という難題があった。つまり、テンプル騎士団の研究者は反異界族の赤ん坊たちを同じ部屋はおろか、同じ建物内にも置いておくことができなかったのだ」

「それでどうなったの？」アレクシアは好奇心を抑えきれずにたずねた。

「プログラムは中断された、ヤー。きみの父上はその最後の一人だ。知っていたかね？」

アレクシアは思わず眉を大きく吊り上げた。「本当なの？」いまの聞いた、チビ迷惑ちゃん？　きみのおじいちゃまは宗教狂信者による生物学的実験で生まれたんですって。まったくたいした家系じゃない？

「父はテンプル騎士団に育てられたの？」

ランゲは謎めいた目でアレクシアを見返した。「そこまではわたしも知らない」

言われてみれば、父の子ども時代のことは何も知らない。父の日誌は英国の大学時代から始まっていた。いま思えば、あれは英語の文法を練習するために書かれたものかもしれないわ。

　これ以上、話すことはないと判断したランゲは、ふいごと球体装置のほうを向いてメモ書きを終え、次々に複雑な計算を始めた。計算が終わると、ランゲはきっぱりした動作で尖筆《スタイロ》型万年筆《グラフィックペン》を置いた。

「すばらしい、ヤー」

「何が？」

「この結果にはひとつの説明しかない。きみの体内には生まれつき、わずかにエーテルが存在し、それが――なんと言ったか――中間域に付着している。しかし、そのエーテルの動きが正常ではない。いうなれば〝くっついているのに、くっついていない〟――つまり流動的な状態なのだ」

「あら、よかったわ」そこでアレクシアはさっきの理論を思い出し、眉をひそめた。「でも、あなたの説によれば、あたくしには生まれつき、まったくエーテルがないんじゃなかった？」

「そのとおり」

「あなたの説が間違いだったってことね」

「もしくは、流動的反応が胎児から出ているかだ」ランゲは、これですべて説明がつくとばかりに、勝ち誇ったように宣言した。

「つまり、この子の性質がわかったってこと?」アレクシアも興奮した。ついに謎が解き明かされる!

「まだだ。しかし、答えはもう目の前だ」

「変ね、なんだか少しも信用できないわ」

ライオールの執務室の戸口に立ったアケルダマ卿は乗馬服を着ていた。機嫌のいいときでも顔色を読むのが難しい相手だが、このような状況ではまったく表情が読めない。

「今夜のご気分はいかがです、アケルダマ卿?」

「やあ、マイ・ディア、悪くないよ。まったくもって悪くない。きみはどうだね?」

二人は過去になんどか会ったことがある。ライオールが何世紀にもわたって上流社会という名の壮麗な層状《レイヤー》ケーキをちびちびかじってきたとすれば、アケルダマ卿はいちばん上の砂糖がけ《フロスティング》の役を演じてきた。そしてライオールは、アケルダマ卿がつねにフロスティングの状態に目を光らせてきた賢い男であることを知っている——たとえライオール自身は人生の大半をケーキくずの後始末に費やしてきたとしても。吸血鬼の数は少ない。だから、彼らの動向は、ほぼ把握できる——BURの執務室に現われようと、兵舎を徘徊しようと、上流階級の豪華な応接間に忍びこもうと。

「ここ数日はなかなか有意義な夜を過ごしました。BUR本部へようこそ、アケルダマ卿。どうぞなかへ」

アケルダマ卿は戸口で一瞬、立ちどまり、眠るビフィに気づくと、片手で小さく身ぶりした。「いいのかね？」

ライオールはうなずいた。この問いはそれとない侮辱であり、両者は嫌でもアケルダマ卿が不当に奪われたものに向き合わねばならなかった。この状況だけを見れば、アケルダマ卿はかつての所有物を見せてくれるよう頼むべきところだが、ライオールはそこまでさせるつもりはなかった。この場の主導権はアケルダマ卿にある。ライオールは冷静に確信していた——今ここで上等のクラバットを差し出せば、アケルダマ卿はどんなパーティにもふさわしく結ぶだろう。もちろん、それを首つり縄にする可能性もある。アケルダマ卿がどう出るか、すべてはこれからの会話しだいだ。

吸血鬼の嗅覚はそれほど鋭くないし、ビフィが人狼になったことにすぐさま気づくとは思えない。だが、いずれにせよアケルダマ卿は感づいていたらしく、ビフィに触れようとはしなかった。

「ずいぶんひげが伸びておる。ビフィがこんなに毛深いとは知らなかった。いまの状況を考えると、もじゃもじゃのほうがふさわしいのかもしれんがね」アケルダマ卿は白く細長い手で喉もとの皮膚をつまみ、しばらく目を閉じてから、かつてのドローンをもういちど見下ろした。「眠っているときはとても幼く見える。いつもそう思っていた」アケルダマ卿はごくりと音を立てて息をのみ、ビフィに背を向けてライオールの前に立った。

「馬で来られたのですか？」

アケルダマ卿は自分の身なりを見下ろして顔をしかめた。「背に腹はかえられないときもあるのだ、若きランドルフよ。ランディと呼んでもいいかね？ それともドルフィ？ それともドリーがいいかな？」ライオールはあからさまに身を縮めた。「いずれにせよ、**ドリー**よ、日ごろ言っているとおり、乗馬はわたしの**趣味ではない**——吸血鬼を背に乗せて喜ぶ馬はおらぬし、髪はめちゃくちゃになる。これよりひどいのは幌つき馬車くらいのものだ」

ライオールは直接的アプローチをこころみた。「この一週間、どこにおられたのです？」

またもやアケルダマ卿は自分を見下ろした。「言うなれば、悪魔に追われつつゴーストを追いかけていたようなものだ、**いとしき**ドリーよ。それがどんなものか、**きみ**ならわかるだろう」

ライオールは本音を引き出そうと、もう一押しした。「レディ・マコンがあなたをもっとも必要とするときに、よくもあんなふうに姿を隠せたものですね？」

アケルダマ卿はかすかに唇をゆがめ、小さく乾いた笑い声を上げた。「おもしろい質問だ。マコン卿のベータからそのようなことをたずねられるとは。この状況では、質問する権利はわたしのほうにあるのではないかね？」アケルダマ卿は不快感を押し殺し、ビフィのほうに小さく頭を動かした。

アケルダマ卿は本心を明かさない。もちろん感情はあるが、見せかけが多すぎて本音を探るのは難しい。だが、ライオールは確信した——早口で丁寧な言葉の裏には、根深く、否定しがたい正当な怒りがうごめいている。

アケルダマ卿は腰を下ろし、行きつけのクラブでなんの憂いもなくくつろぐかのように椅子の背にもたれた。「どうやらマコン卿は、わがいとしのアレクシアを追いかけたようだな？」

ライオールがうなずいた。

「つまり、彼は知っているのかね？」

「レディ・マコンが〈宰相〉のせいで重大な危険にさらされているという事実を――ということですか？　はい」

「ほう、あれはワリーのお遊びだったのか？　どおりでわたしをロンドンから追い出そうとしたわけだ。いや、聞きたかったのは、いとしのドリーよ、ほまれ高きマコン卿は子どもの素性を知っているのか、ということだ」

「いいえ。しかし自分の子だということは認めました。わたくしが思うに、マコン卿もレディ・マコンが裏切るはずはないとわかっていました。ただ、ついわれを忘れ、バカげた行動に出たのです」

「日ごろ、わたしはバカげた行為の支持者だが、今回の状況を考えると――これだけは言っておくが――マコン卿がもう少し早く正気に戻っていればと悔やまれてならない。彼が、あと少しでも早く気づいていれば、アレクシアがウールジー団の庇護を失うこともなければ、このようなことも起こらなかったはずだ」

「そうでしょうか？　吸血鬼はレディ・マコンがまだウールジー団の庇護下にあったスコッ

トランド旅行のときも命をねらいました。たしかに、あのときの行動は慎重でしたし、吸血群の関与はなかった。しかし彼らはレディ・マコンの妊娠を知ったとたん、ふたたび彼女を殺そうとしたのです。しかし、興味ぶかいことに、あなただけはそうは見えません」

「アレクシア・マコンはわたしの友人だよ」

「吸血鬼全員の望みに逆らうほど、あなたには吸血鬼の友人が少ないのですか？」

この言葉にアケルダマ卿はかすかに落ち着きを失った。「いいかね、ベータよ。わたしははぐれ吸血鬼だ。自分のことは自分で決める。誰を愛するか、誰を見張るか、そして——これが何より重要だが——何を着るか」

「では、アケルダマ卿、レディ・マコンの子どもは何になるのです？」

「待て。その前にこっちの説明をしてもらわねばならん」アケルダマ卿がビフィを指さした。「わたしは大事な大事なドローンちゃんを**無情にも**盗まれ、スウォームを余儀なくされ——結局は同族にはめられたのだが——戻ってみると、今度はきみたち人狼に盗まれていた。この件については、マコン卿といえども言いのがれはできん」

アケルダマ卿の言いぶんはもっともだ。ライオールは真実をすべて詳しく話した。

「つまり、〝死か、さもなくば人狼の呪いか〟という状況だったというのかね？」

ライオールはうなずいた。「それはまれにみる光景でした。これまでの人生で、あれほど長く、あれほど優しく変異が行なわれるのを見たのは初めてです。マコン卿がやったこと——血がもっとも必要な段階でビフィにかぶりつかなかったこと——は、まったくもって驚異です。あれほどの自制心を備えた人狼はまずいません。ビフィはじつに幸運でした」

「幸運?」アケルダマ卿はさっと立ち上がり、吐き捨てるように言った。「幸運だと! 月の呪いによって獰猛な獣になることが幸運だとな? いっそのこと死なせてくれればよかったのだ。ああ、かわいそうなビフィよ」アケルダマ卿は大男ではない。人狼の基準からすれば並だが、動きはすばやい。気がつくと目にもとまらぬ速さでライオールのデスクをまわり、その細い両手をライオールの首に巻きつけていた。そこにはライオールが待ちつづけていた怒りと、つねに冷静な吸血鬼からは想像できないほどの痛みと苦しみがあった。おそらくアケルダマ卿は必要以上に力をこめたのだろう。ライオールは首を絞められたまま、身じろぎもせずに座っていた。吸血鬼なら人狼の首をすっぱり引き裂くこともできる。だが、アケルダマ卿はそんなことをする人物ではない——どんなに怒りのただなかにいても。年齢と礼節に制御されすぎたアケルダマ卿にできるのは、そんなふりをすることだけだ。

「ご主人様、やめてください。お願いです。彼らのせいじゃありません」

ビフィがソファの上でわずかに身を起こし、おびえた目で目前の光景を見つめていた。

とたんにアケルダマ卿はライオールの首から手を離し、駆け寄ってビフィのかたわらに膝をついた。

ビフィはしどろもどろに、すまなそうに話しはじめた。「ぼくがつかまったのがいけなかったんです。うかつでした。まさか〈宰相〉があんなひどいことをするなんて。あれほどご主人様に教わったのに、ぼくは言いつけどおりに行動しなかった。〈宰相〉があんなふうにぼくを利用し、あなたをおとし入れるなんて思いもしませんでした」

「おお、わが小さなサクラの花よ、われわれはみな正気を失っていたのだ。おまえのせいではない」

「やっぱり今のぼくは、呪われたおぞましい存在に見えますか？」ビフィが聞き取れないほどの小さな声でたずねた。

本能を超えた衝動に突き動かされ、アケルダマ卿は生まれたての人狼を胸に引き寄せた。捕食者が別の捕食者をなだめる図は、まるでヘビが飼い猫をなだめるような異様な光景だ。

ビフィが茶毛の頭をアケルダマ卿の肩に載せた。アケルダマ卿は完璧な唇を閉じたままゆがめ、天井を見上げてまばたきし、そして目をそらした。はらりと落ちた金髪の向こうに、ライオールはアケルダマ卿の顔をかいま見た。

ああ、なんたることよ。アケルダマ卿は心からビフィを愛していたのだ。ライオールは、あふれる涙をこらえるかのように二本の指を目に押し当てた。くそっ、なんといまいましい。

愛情は、吸血鬼の風変わりな特性のなかでも、とりわけデリケートな分野で、おおっぴらに語られたり、表現されたりすることはめったにない。だが、アケルダマ卿の表情は――その冷たい美貌にもかかわらず――心からの喪失感にゆがみ、まるで苦悶を刻んだ大理石のようだった。

ライオールは不死者だ。愛する人を失うことがどういうものかは知っている。ＢＵＲの重要書類が山積みのいま、部屋を出るわけにはいかないが、せめて少しでもアケルダマ卿とビフィが二人だけの時間を持てるよう目をそらし、忙しげに書類を整理するふりをした。

衣ずれの音がした――アケルダマ卿がかつてのドローンの隣に座ったようだ。

「わがいとしのビフィよ、**どうして**おまえをおぞましくなど思おうか――だが、そのあごひげについては真剣に議論しなければならんな。さっきのは言葉の綾だ。少し大げさだった。だが、わたしはおまえをわれわれの仲間として迎えるときを心から楽しみにしていたのだ。おまえが〈牙と痛飲クラブ〉の一員になることを」

ビフィの鼻をすする音が聞こえた。

「いずれにせよ、今回のことはわたしの落ち度だ。もっと警戒するべきだった。わたしがやつの計略に引っかからなければ、おまえをやつのもとに送りこみはしなかった。おまえの失踪でパニックにおちいり、スウォームなどすべきではなかった。わたしとドローンに対してめぐらされた策略の痕跡に気づくべきだったのだ。だが、まさか同族の吸血鬼が――しかも同じはぐれ吸血鬼が――ドローンを略奪するなど、いったい誰が思うだろう？　**わたしのせいだ！**　わたしの**かわいい**シトロンよ、わたしは裏をかかれた。やつがどれほどせっぱ詰まっているかに気づかなかった。わたしはときに忘れてしまう――わたしの頭のなかにある情報が、おまえたち**美しい**ボーイたちが探り出す日々の驚異より重要であることを」

これ以上、事態が悪くなることはないだろうとライオールが確信しかけたとき、執務室の扉を叩く音がして、応じるまもなく扉が開いた。

「なんと――？」

こんどはライオールが驚いて天井を見上げた。

「ヴィクトリア女王陛下がマコン卿にご面会です」ヴィクトリア女王が勢いよく扉から現われ、立ちどまりもせずにライオールに話しかけた。

「あの人はいないの？　まったく、いてほしいときにはいない人ね」

「陛下！」ライオールはあわててデスクの後ろから駆け寄り、深々と丁寧にお辞儀した。信じられないほど背が低く、浅黒い英国女王は、あの巨体のマコン卿が部屋の隅か絨毯《じゅうたん》の下にでも隠れているのではないかとでもいうように鋭く室内を見まわした。だが、女王が目にしたのは、顔に涙の跡をつけて毛布にくるまる若者が――毛布の下は裸に違いない――貴族の両腕に抱かれている光景だった。

「これは何ごとです？　まあ、なんてはしたない！　そこにいるのは誰？　アケルダマ卿？まあ、なんてことでしょう。すぐに居ずまいを正しなさい」

ビフィと頰を押しつけ合っていたアケルダマ卿が顔を上げ、女王に向かって目を細めた。それからやさしくビフィを離して立ち上がり、この場にふさわしい――それ以下でもそれ以上でもない――角度でお辞儀した。

ビフィは途方にくれた。立ち上がれば裸体をさらすことになる。かといって、この仰向けの状態からふさわしいお辞儀をすることもできない。ビフィは追いつめられたような目で女王を見つめた。

ライオールが助け船を出した。「どうか、この……」ビフィの本名を知らないことに気づいたライオールは一瞬、口ごもり、「……若き友人の無礼をお許しください。つらい一夜でしたので」

「どうやらそのようね。つまり彼が問題のドローン？」女王はかかげた片眼鏡《モノクル》ごしにビフィをしげしげと見た。「〈将軍〉の話によれば、あなたは誘拐されたそうね、しかもわが〈宰相〉によって。そうとなればゆゆしき犯罪です。本当ですか？」

ビフィは驚いてかすかに口を開け、無言でうなずいた。

女王の顔に安堵と無念が浮かんだ。「どうやらマコン卿もそこの判断は正しかったようね」女王はアケルダマ卿に鋭い目を向けた。

アケルダマ卿は計算しつくした、さりげないしぐさでシャツの袖口を上着の下にきちんと収まるように整え、女王の視線を避けた。

「アケルダマ卿、〈宰相〉の死は、別の吸血鬼のドローンを盗んだ罪に対する当然の報いだと思いますか？」女王がさりげなくたずねた。

「いくぶん過激だったかもしれませんが、陛下、かっとなったときは思わぬことが起こるものです。〈宰相〉殺害は故意ではありません」

ライオールは自分の耳を疑った。アケルダマ卿がマコン卿を弁護している？

「いいでしょう。ではマコン卿に対する罪は問わないことにします」

アケルダマ卿が驚いた。「いえ、それとこれとは話が……そればかりかマコン卿はビフィを変異させたのですぞ」

「ええ、ええ、たいへん結構。新しい人狼の誕生はいつでも大歓迎です」女王はなおも困惑するビフィに慈悲ぶかき笑みを向けた。

「しかし、ビフィはわたしのものだ！」

女王はアケルダマ卿の口調に顔をしかめた。「そんなに大騒ぎすることもないでしょう、アケルダマ卿。あなたにはいくらでも代わりがいるではありませんか？」

アケルダマ卿がしばし呆気にとられて立ちすくむあいだ、女王はアケルダマ卿の困惑を完全に無視して会話を続けた。

「では、マコン卿は妻を捜しに行ったのですね？」女王の問いにライオールがうなずいた。

「たいへん結構。もちろん、不在のあいだに彼女を〈議長《マージャ》〉に再任します。レディ・マコンを解任したのは、〈宰相〉の助言にしたがったまでです。いま思うと、あれは自分の極秘任務を実行させるためだったようね。何世紀ものあいだワルシンガムは王室に的確な助言をしてきました。彼ほどの人物を、いったい何がここまで狂わせたのでしょうね？」

女王のまわりに沈黙が下りた。

「いまのは、みなさん、修辞疑問文ではありませんよ」

ライオールが咳払いした。「レディ・マコンのお腹の子が関係していると思われます」

「それで？」

ライオールは振り向き、アケルダマ卿をじっと見た。

つられてヴィクトリア女王もアケルダマ卿を見つめた。

もじもじするアケルダマ卿を見た者はいまだかつていないが、女王に見つめられて、さすがのアケルダマ卿もかすかに取り乱したようだ。

「さあ、アケルダマ卿？　何か知っているのでしょう？　理由もなく、このようなことが起こるはずがありません」

「僭越ながら、陛下、吸血鬼の記録はローマ時代にさかのぼり、しかも似たような子どもの例がひとつあるだけです」と、アケルダマ卿。

「続けて」

「記録にあるのは〈魂吸い《ソウル・サッカー》〉と吸血鬼のあいだに生まれた子で——人狼ではありません」

ライオールは唇を噛んだ。どうして語り部《ハウラー》はこのことを知らなかったのだろう？　歴史の記録者として、彼らはすべてを知っているのではないのか？

「続けて！」

「その生き物に対するもっとも穏やかな言葉は〈魂盗人《ソウル・スティーラー》〉です」

15　テントウムシ救援隊

アレクシアは必死に食い下がった。ドイツ人科学者を説得するにはかなりの交渉力を要したが、最終的には理屈がものを言った。

「退屈なの」

「わたしには関係ない、〈雌標本〉よ」

「言っておきますけど、あなたの研究対象はあたくしの子どもよ」

「ヤー、それで？」

「あたくしなら、あなたとテンプル騎士団が見過ごしてる何かに気づくかもしれないわ」

答えはない。

「あたくし、ラテン語が読めるの」

ミスター・ランゲ＝ウィルスドルフはアレクシアの腹部を押した。

「ほう？　それは、なんとも教養高いことだ」

「雌にしては？」

「〈ソウルレス〉にしてはだ。テンプル騎士団の記録には〝悪魔の申し子は哲学を学ばない〟とある」

「でも、あたくしは違うの。何かを発見できるかもしれないわ」

ランゲはケースのなかから聴診器を取り出し、アレクシアの腹部に当てて耳を澄ました。

「とにかく、あたくしの調査力は抜群なの」

「それを持ってきたらおとなしくしているか？」

アレクシアは力強くうなずいた。

「とりあえずかけあってみよう、ヤー？」

その日の遅く、神経質そうな二人の騎士がいかにも古そうな巻紙を数本とバケツ一杯の鉛板を持って現われた。大事な遺物の監視を命じられたらしく、二人は独房にカギをかけたあとも立ち去らず――アレクシアが驚いたことに――床の上に脚を組んで座り、ハンカチに赤い十字を刺繍《ししゅう》しはじめた。アレクシアは首をかしげた――これは何かの罰？　それとも刺繍はテンプル騎士団の娯楽なの？　いずれにしても、これで赤い十字がいたるところにある理由がわかったわ。アケルダマ卿の忠告はこのことだったのね。でも、いまごろ気づいても遅すぎる。

アレクシアは巻紙よりも四角い鉛板に興味をひかれた。ラテン語が刻まれている。呪いの鉛板に違いない。アレクシアのラテン語はかなりさびついており、なんども辞書がほしくなったが、なんとか最初の板を解読すると、そのあとはすらすら読むことができた。大半はゴーストに関するもので、〝だれそれが死後ゴーストになって苦しみますように〟とか、〝屋敷に出没するポルターガイストが消滅しますように〃といった内容だ。アレクシアに言わせれば、こうした呪い板にはまったく効果がないが、その数は膨大だった。

ランゲが新しい装置一式を手に現われ、アレクシアは顔を上げて声をかけた。「あら、こんにちは。すばらしいコレクションを見られるよう取りはからってくださって感謝します。呪い板にこれほど異界族が登場するとは思わなかったわ。想像上の悪魔や神々の怒りを呼び出すことは本で読んで知っていたけど、まさか本物の異界族を呼び出すなんて。実に興味ぶかいわ」

「何か参考になるものでも、〈雌標本〉よ？」

「いたっ！」ランゲがアレクシアの腕に注射針を刺した。「これまでのところ、どれもゴーストに関するものよ。ゴーストにとても関心があったようね――ローマ人というのは」

「ふうむ。ヤー。わたしが調査した文献にもそう書いてあった」

アレクシアは次の鉛板の翻訳に戻った。

ランゲはアレクシアの血液を採取すると、刺繍する団員に監視をまかせ、ふたたび独房から出て行った。

これはランゲには黙っておこう――次の鉛板を読みはじめてすぐ、アレクシアは思った。小ぶりの板の両面に、角張ったラテン語がとびきり小さい字でびっしり彫りこまれている。これまで読んだ板は、すべて悪魔や地獄の悪霊に捧げられていたが、これはまったく違った。

〃願いをききたまえ、〈皮追い人〉、〈魂盗人《ソウル・スティーラー》〉、〈呪いの破壊者〉の子よ、その名がなんであれ、このとき、この夜、この瞬間より、カリシウスの吸血鬼プリムルスから魂を盗み、衰弱せしめたまえ。汝《なんじ》に力あるなら、この〈血吸い人〉を汝に捧ぐ。なぜならプリムルスが誇れるものを奪えるのは汝のみゆえなり。〈魂盗人〉よ、汝にプリムルスの皮膚を、強さを、治癒力を、速さを、呼吸を、牙を、握力を、力を、魂を捧ぐ。〈魂盗人〉よ、もし彼が死すべき者となり、目覚めるべきときに目覚めず、人間の皮膚をまとって衰えゆくのを見たなら、毎年、汝に生贄を捧げることを誓う〟

このなかの〈呪いの破壊者〉は、人狼が反異界族を呼ぶときの〈呪い破り《カース・ブレーカー》〉と同義語に違いない。つまり、この呪い板は反異界族の子に向かって〝呪いをかけてくれ〟と頼んでいるんだわ。〈ソウルレス〉もしくは〈ソウルレスの子〉の記述が出てきたのは――ほんのわずかだけど――これが初めてだ。アレクシアは片手をお腹に載せて見下ろした。「はぁい、こんちは、ちっこい〈皮追い人〉ちゃん」呼びかけたとたん、お腹の子が一瞬うごめいた。「あら、それとも〈魂盗人〉のほうがいい？」動きが止まった。「そうね、こっちのほうが威厳があるわね？」

アレクシアは鉛板に注意を戻し、この生き物にどんな能力があるのか、どうやってこの世に生まれたのかについての手がかりがないかと、もういちど読み返した。もちろん、ほかの板に出てくる冥界の神々と同様、これも想像上の生き物かもしれない。でも、呪いの対象にされたゴーストや吸血鬼のように実在した可能性もある。古代ローマは、さぞ住みにくい時代だったに違いない――さまざまな迷信や神話に縛られ、カエサルの血を引く吸血群や、近親結婚でもめてばかりの吸血鬼たちに支配されて生きるなんて。

アレクシアはまつげの下から二人の刺繍男を見やり、鉛板をごそごそとドレスの胸もとに差しこんだ。さいわい二人は刺繍に熱中している。

アレクシアは、ほかにもふたつの重要な単語――〈皮追い人〉と〈魂盗人〉――が書かれていないかと目を通したが、それ以上は見つからなかった。このことをランゲに話すべきかどうかと思案していると、管区長がみずから食事を運んできた。ここは直接たずねたほうがよさそうだ。

アレクシアはゆっくりと核心に近づいた。まず丁寧にご機嫌をうかがい、いつものように鮮やかな緑色のソースのかかったパスタを食べながら、お決まりの朗読に耳を傾けた――まったく日に六度も祈りを捧げて何がおもしろいのかしら？　管区長は細長いパスタを〝スパ・ギグル・ティ〟とかなんとか変な名で呼んだが、アレクシアは緑のソースがかかっていさえすれば名前はどうでもよかった。

ようやくアレクシアは本題に入った。「今日、遺物のなかにおもしろい記述を見つけましたの」

「ほう？　ミスター・ランゲがきみに届けたことは聞いた。どの遺物だ？」

アレクシアは手をひらひらさせた。「あの、ほら、巻紙のなかに。〈魂盗人〉について書いてあったわ」

このひとことは効果絶大で、管区長はいきなり立ち上がり、座っていた小さな丸椅子を倒した。

「いまなんと言った？」

「文書のなかでは〈皮追い人〉という言いかたもされていました。お聞きになったことはおありでしょう。どこで聞いたか、教えてくださいません？」

驚きのあまり、管区長はいつのまにか話しはじめていた――頭より先に口が動きだしたとでもいうように。「〈魂盗人〉は伝説上の生き物で、きみたち〈ソウルレス〉より危険な存在と言われている。彼らは〝同時に死すべき者にも不死者にもなれる〟という能力ゆえに、異界族から非常に恐れられている。テンプル騎士団もつねに警戒してきたが、有史以来、遭遇したことは一度もない。お腹の子が〈魂盗人〉だというのか？」

「〈魂盗人〉をつかまえたら、どうするおつもり？」

「どうするかは、われわれがその存在を制御できるかどうかしだいだ。そのような力を持った生き物を自由に動きまわらせるわけにはいかない」

「どのような力なの？」アレクシアはさりげない口調をよそおいながら、いつでもなぐれるように自分が座る丸椅子にそろそろと片手を伸ばした。

「わたしが知っているのは、テンプル騎士団の改訂規則に書かれていることだけだ」

「それで？」

管区長が引用を始めた。「〝なかんずく、兄弟になろうと思う者は、その信仰と信念によって、聖なる正義の名のもとに、神に逆らいて人を業火と吸血鬼と人狼に導く生き物に死を分け与えねばならない。なぜなら、太陽の下を歩けず、月の下を這う者たちは血と肉の味と引き替えに魂を売り払ってしまったのだから。さらに兄弟は、罪と呪いを背負いて生まれし不幸なる生き物――魂なき悪魔の申し子――に対する聖なる任務、すなわち純然たる警戒と不屈の努力を怠ってはならない。最後に、これより兄弟たちは汚れし者と交わってはならない。そして、歩き、這う者たちのなかに巣くう病みたる魂を狩り、騎士が馬を御するがごとく魂を御する者たちを狩らなければならない〟」

引用しながら管区長はアレクシアからじりじりと離れ、独房の扉のほうにあとずさった。アレクシアはその表情を――魅入られたかのように――呆然と見つめた。馬車での乱闘のときと同じように、管区長の目はいつもの死んだような目ではなかった。

アレクシア・タラボッティことレディ・マコンは、これまでさまざまな感情を相手に抱かせてきた。その多くは――嘆かわしくも――憤りだった。でも、これほど屈辱的な嫌悪の表情を向けられたのは初めてだ。アレクシアは困惑してお腹を見下ろした。どうやら〈魂盗人〉であることは、赤んぼちゃん、あまりいいことじゃなさそうね。でも、気にすることないわ。テンプル騎士団はたいてい、誰のことも嫌いなんだから。

アレクシアがふと目をそらすと、独房に続く廊下を何か赤いものが――這うように――近づいてくるのが見えた。二人の刺繍男も気づき、転がるように近づいてくる物体を呆然と見ている。

やがてカチカチという音と、何本もの小さな金属製の脚が石の廊下に当たるかすかな音が聞こえた。

「なんだ？」管区長がアレクシアから顔をそむけた。

その瞬間アレクシアは立ち上がり、なめらかな動きで丸椅子をつかんで管区長の後頭部をなぐりつけた。

骨が折れるような不気味な音にアレクシアは顔をしかめた。

「ごめんあそばせ」アレクシアは倒れかかる管区長から飛びのきながら、そっけなく言った。

「手段を選べないときもあるのよ」

二人の刺繍男はあわてて立ち上がったが、独房にカギをかけるひまはなかった。光る赤い漆の背に黒点をつけた巨大な昆虫がかさかさと音を立て、向かってきたからだ。

アレクシアは丸椅子を振りまわしながら廊下に駆け出した。


アケルダマ卿がさらっと〈魂盗人〉と言うのを聞いて、ヴィクトリア女王は感心もしなければ驚きもしなかった。〝あら、それだけ？〟と言いたげな反応だ。続いて女王が採った解決法は、世の君主たちに共通するやりかたそのものだった。すなわち〝その場で判断を下し、問題を誰かに押しつける〟。もっとも今回は、その誰かが自分でないことにライオールはほっとした。

女王は唇を引き結び、ありがたくない言葉の詰まった箱をアケルダマ卿の雪のように白い優雅な手にゆだねた。「〈魂盗人〉と言いましたか、アケルダマ卿？　あまり好ましい名ではありませんね。レディ・マコンが英国に戻りしだい、ふたたび〈議長〉として活動してもらうことを考えると、〝迷惑〟とまでは言えませんが。マコン卿が首尾よく連れ帰ってくれることを祈りましょう。もちろん、王室は吸血鬼による〈議長〉殺害計画を認めるつもりはありません——たとえ〈議長〉が何をみごもっていようと。なんとしても阻止しなければなりません」

「わたくしめが、ですか、陛下？」アケルダマ卿は女王じきじきの命《めい》に狼狽を隠せなかった。

「当然ながら王室には新しい〈宰相〉が必要です。そこで、あなたを任命します。あなたは〝吸血鬼で、はぐれ者〟という必要な資格を備えています」

「僭越ながら、陛下、まずは吸血群で投票を行ない、新しい候補者を募るのが筋でございましょう」

「彼らがあなたの就任を認めないとでも？」

「わたくしめには、陛下、敵が大勢おります——同族のなかにも」

「ちょうどいいわ、〈宰相〉。敵が多いのはレディ・マコンも同じです。ワルシンガムもそうでした。では木曜日に、〈陰の議会〉会議で待っています」

ヴィクトリア女王はすっかり満足した様子で、すべるように部屋を出て行った。

お辞儀から顔を上げたアケルダマ卿は当惑の表情を浮かべていた。

「おめでとうございます、ご主人様」ビフィがおずおずと祝いの言葉を述べ、よろよろとソファから立ち上がってアケルダマ卿に近づこうとした。

ライオールがあわてて駆け寄った。「まだだ、ビフィ。脚の感覚が戻るまで、まだしばらくかかる」ライオールは事実を告げながらも、二本脚で歩こうとするビフィの気持ちが痛いほどよくわかった。案の定、脳は四本脚の動きにセットされたままで、ビフィは小さく驚きの声を上げて前につんのめった。

ライオールは倒れかかるビフィをささえ、ソファに連れ戻した。「気持ちが変異に追いつくまで、しばらく時間がかかる」

「ああ」ビフィは苦しげにうめいた。「そんなこともわからないなんて、われながらなさけない」

アケルダマ卿も近づき、ライオールがビフィに毛布をかけるのをはれぼったい目で見つめた。「陛下はわたしに、もっとも耐えがたい地位を与えられた」

「わたしが日ごろどんな気分でいるか、これでおわかりでしょう」ライオールがつぶやいた。

「ご主人様より〈宰相〉にふさわしい人物はいません」ビフィは信じきった目を輝かせ、かつての主人を見つめた。

いやはや――ライオールは思った――今回の新人狼は吸血鬼を愛し、愛する吸血鬼の命令を団の命令より優先するかもしれない。マコン卿をもってしても、この関係を断ち切るのは楽ではなさそうだ。

「今回は女王のほうが上手《うわて》だったようです」ライオールはさりげなくアケルダマ卿の華麗かつ有能なスパイ組織に言及した。

アケルダマ卿にとってはさんざんな夜となった――恋人と陰のスパイのボスという匿名性を一度に失ったのだから。「嘆かわしきは、**いいかね**、反異界族と人狼の子が〈魂盗人〉になるのかどうか確信できないことだ。もしそうだとして、その子は父親が吸血鬼のときと同じ性質の〈魂盗人〉なのかも謎だ」

「あなたがこの生き物を恐れない理由はそれですか？」

「前にも言ったとおり、アレクシアはわが友人だ。どのような性質であろうと、吸血鬼にとって彼女が敵でないのと同様、その子も敵ではない。もっとも、われわれが今のような振舞いを続ければ、アレクシアのほうがわれわれに敵意を抱くかもしれんがね。それはさておき、難事に腕力で対処するのはわたしの流儀ではない。まずは必要な事実の収集だ。子どもが生まれたら、すぐ会いに行き、わたしがこの目で判断しよう。それが望ましい方法だ」

「理由はそれだけですか？」アケルダマ卿はまだ何かを隠している――ライオールのとぎすまされたBUR捜査官の勘がそう告げていた。

「もうそのくらいでいいのではありませんか、ライオール教授？」ビフィがかつての主人から、なおも問いつめようとするベータに心配そうに視線を移した。

「ここははっきりさせたほうがいい。いわせてもらえば、これがわたしの流儀です」

「一本とられたな」アケルダマ卿はふたたびビフィの隣に腰を下ろし、昔のようにビフィの脚にそっとさりげなく片手を置いた。

ライオールは立ち上がり、メガネごしに二人を見下ろした。一晩にこれ以上の謎は、もういらない。「話していただけませんか？」

「公文書管理官がわれわれに警戒をうながす〈魂盗人〉のことかね？　今回の吸血鬼による一連の騒ぎの理由を知りたいとな？　よかろう。彼女の名前はアル＝ザッバ——いわば親戚のようなものだ」アケルダマ卿はさりげなく左右に首をかたむけた。

ライオールは息をのんだ。まさか、こんな答えが返ってくるとは思ってもみなかった。

「ア、ア、アケルダマ卿の親戚？」

「〝ゼノビア〟の名のほうが有名かもしれん」

ゼノビアの名は、ローマ帝国について学んだ者ならみな知っている。シリアの古代都市でのちにローマ帝国に滅ぼされたパルミラ王国の女王だ。しかし、東方の女傑と呼ばれたゼノビアの魂の量が人とは違ったという話は、一度も聞いたことがない。ライオールに次なる疑問が湧き起こった。

「〈魂盗人〉という性質は、はたから見てどの程度わかるのです？」

「それはわたしにもわからぬ」

「わからないからこそ、なおのこと恐ろしい——そうではありませんか、アケルダマ卿？」

ビフィは毛布ごしに太ももに置かれたアケルダマ卿の手をはげますように握りしめた。

二人の親密ぶりを見てライオールは確信した——これはかなり問題だ。

「当時、ゼノビアを恐れていた昼間族は、彼女のことを〈皮泥棒〉と呼んだ」

〈魂盗人〉と聞いたときはなんとも思わなかったが、今回はライオールの記憶の底から何かがよみがえった。人狼の力を盗むだけでなく、一晩だけ本人に代わって人狼になれるという生き物に関する数々の伝説だ。「つまり、〈皮はぎ屋〉が生まれるということですか？」

「そのとおり！　これでわかっただろう？　アレクシアを魔の手から守るのがどれほど難しいか」

「それについては」――ライオールはふいにニヤリと笑みを浮かべ――「いい考えがあります。マコン夫妻は気に入らないかもしれませんが、あなたとビフィに異存はないはずです」

アケルダマ卿は自慢の牙を剝き出して笑い返した。なるほど、さりげなく威嚇するには長くて立派な牙だが、ライオールにはよくできた飾り剣のようにしか見えなかった。アケルダマ卿ほどの評判を持つ吸血鬼の牙にしては、思ったより小ぶりだ。

「ほう、**親愛なる**ドリーよ、先を続けてくれ。なんとも興味をそそられる」

メカテントウムシとの戦いに関するかぎり、テンプル騎士団は要領が悪いように思えた。以前、馬車のなかで一戦を交えたアレクシアのほうが、まだましだ。見張りの二人は思いがけない珍客にすっかり仰天し、先にこっちをつぶすべきか、それとも牢屋を抜け出したアレクシアを捕らえるべきか決めかね、おろおろしている。だが、一人がテントウムシの針のように鋭い触角で刺されて倒れたとたん、残りの一人が猛然とテントウムシ軍団に襲いかかった。いったん行動に駆り立てられると、騎士団の反応はすばやく、容赦ない。

見張りの騎士は剣を抜き、〝勇敢な小走り救援隊〟を次々に始末すると、アレクシアにくるりと振り向いた。

アレクシアが丸椅子を振り上げた。

背後の独房から管区長がうめいた。「なにごとだ？」

このテントウムシは、あたしを殺すために吸血鬼が送りこんだものか、あたしを助けるためにムシュー・トルーヴェが送りこんだものに違いないけど、どちらかはわからない。「どうやらテントウムシに襲撃されたみたいですわ、ミスター・テンプル。あたくしに言えるのはそれだけよ」

そのとき、あたりにうなり声が響きわたった。アレクシアには嫌というほど聞き覚えがある。低く、とどろくような、目的に満ちた声——まぎれもなく〝おまえは餌だ〟というようなり声だ。

「あら、それに人狼もいるようだわ」

その言葉どおり、人狼が現われた。

当然、アレクシアの心は理性を裏切り、チョコレート色に黒と金色が混じったまだらの毛皮を期待した。うなり、よだれを垂らしながら石の廊下を駆けてくる獣に、淡い黄色い目と見覚えのある愛嬌のあるしわがありはしないかと、アレクシアは振り上げた丸椅子ごしに首をひねった。

だが、視界に飛びこんできた獣は純白で、その顔に愛嬌はなかった。白狼は銀製とおぼしき抜き身の剣にもひるむことなく、若い騎士に飛びかかった。美しき人狼《ホモ・ルピス》——いや、これほど荒々しく暴力的でなかったらさぞ美しかっただろう。目を凝らさなくても、あの冷たい青い目には見覚えがある。いずれにせよ、騎士と狼が廊下で出会った瞬間、アレクシアがその目を追うことはできなかった。管区長が仰々しい鬨《とき》の声を上げて独房から駆け出し、乱闘に加わったからだ。

こんなときにおびえて座りこむアレクシアではない。丸椅子をつかんだ手に力をこめ、騎士が後ろむきに倒れかかったとたん、力まかせに脳天をなぐりつけた。このぶんじゃ、歳を取るころには人の頭を叩く達人になりそうだわ——あまりほめられたことじゃないけど。

騎士が床にくずおれた。

いまや人狼の相手は管区長だけだ。

チャニングが管区長に負けるはずはない。いまのうちに逃げたほうがよさそうね——アレクシアは丸椅子を放り投げ、スカートをつまみ上げると、もっとも脱出経路らしき廊下をあたふたと駆けだした。ほどなく、向こうからマダム・ルフォーとフルーテとムシュー・トルーヴェがやってきた。

よかった、この廊下で正解だったわ！「こんにちは、みなさんおそろいで。ご機嫌いかが？」

「挨拶はあとよ、アレクシア。あなたらしくないわね——わたくしたちが助けに行く前に脱出してるなんて？」ルフォーがえくぼを見せた。

「あら、これでもあたくしは戦略家よ」

ルフォーが何かを放り投げ、アレクシアはスカートをつまんでいないほうの手でつかんだ。

「パラソル！　まあ、うれしい」

フルーテはと見ると、片手にアレクシアの書類カバン、反対の手に例の小型拳銃を握っている。ムシュー・トルーヴェがアレクシアに腕を差し出した。

「さあ、どうぞ、マイ・レディ？」

「まあ、ありがとう、ムシュー。ご親切に」アレクシアはトルーヴェの腕とパラソルとスカートをやすやすとつかんだ。「テントウムシを送りこんでくださってありがとう。とても助かったわ」

トルーヴェはアレクシアとともに急ぎ足で廊下を歩きはじめた。そのとき初めてアレクシアは、カタコンベがいかに広く、自分がどれほど地下深く閉じこめられていたかを知った。

「ああ、あれか。吸血鬼から改造版を借り受けたのだよ。触角には毒のかわりに眠り薬を入れておいた。効果はあったようだな」

「ええ、とっても。でも、剣にはかなわなかったわ。残念ながら、あなたの三匹の手下は今ごろバラバラよ」

「ああ、かわいそうに。彼らはもともと戦闘用ではないのに」

一行は急な階段を登り、ふたたび長い廊下——最初に通った廊下の真上にあるようだ——をさっきとは逆方向に走りだした。

「こんなことをきいて、失礼だと、思わないで、いただきたいんだけど」アレクシアがあえぎながらたずねた。「ここで、何をしていらっしゃるの、ムシュー？」

トルーヴェも息を切らしつつ答えた。「ああ、わたしは、あなたの荷物と一緒に、ここに来た。わたしの到着がわかるよう、ジュヌビエーヴに、目印を残しておいた。どうしても、お楽しみを見逃したくなくてね」

「あなたとあたくしでは、お楽しみの言葉の意味が違うようだけど」

トルーヴェはいたずらっぽく目を光らせ、アレクシアを上から下まで眺めまわした。「ほう、そうかな、マイ・レディ？　きみも楽しんだように見えるがね」

アレクシアはニヤリと笑った。レディらしからぬ獰猛な笑みだ。

「危ない！」ルフォーをしたがえて先頭を進んでいたフルーテが突然、叫び、足を止め、ねらいをさだめて発砲した。

廊下の向こうからツイードを着こんだドワーフもどきのランゲが一ダースほどのテンプル騎士団を率いて近づいていた。恐ろしげな集団の先頭では、黄色い蝶ネクタイをつけた、興奮しすぎのタンポポの綿毛のようなポッシュがキャンキャン鳴き、飛びはねている。

フルーテは二挺目を構え、ふたたび発砲したが、最初の銃に再装塡するより騎士団の歩みのほうが早かった。ひるみもせず近づいてきたところをみると、フルーテの弾ははずれたらしい。銃に動揺したのはバカ吠えするポッシュだけだ。

「わたしがきみなら、ヤー、ただちに降伏するだろう、〈雌標本〉よ」

アレクシアは小さな護衛団の後ろから涼しい顔でランゲを見た。べつに自分から〝助けてくれ〟って頼んだわけじゃないわ。アレクシアはパラソルを持ち上げた。これで吸血鬼の一団とやり合ったこともある。それに比べれば、いくら訓練されていようと、人間の戦士集団くらいなんでもないわ――少なくともそう願いたい。

ランゲがルフォーとトルーヴェをじろりと見た。「きみたち二人には驚いたよ。〈真鍮タコ同盟〉の優秀な会員がここまで落ちぶれ、逃げまどい、暴力に訴えるとは。しかもなんのためだ？　〈ソウルレス〉を守るためか？　きみたちは科学者のくせに、彼女を研究しようとは思わないのか？」

「やっぱり、それがあなたの目的ね？」

「当然だ」

マダム・ルフォーはドイツ人ごときにたじろぐ人物ではない。「言っておくけど、あなたの研究論文はしっかり読ませてもらったわ、ミスター・ランゲ＝ウィルスドルフ。すべて残らず――生体解剖についてもね。あなたの研究方法は昔からいかがわしいものばかりだったわ」

「では、きみには秘めたる動機がないとでもいうのか、マダム・ルフォー？　きみは〈同盟〉の中枢部からレディ・マコンとその子どもの動向を追い、できるだけ多くの情報をつかむよう指示されたと聞いたぞ」

「わたくしがレディ・マコンに惹かれる理由はそれだけじゃないわ」と、ルフォー。

そこでアレクシアがささやかな抵抗をこころみた。「まったく気が変になりそうだわ――

どこかにあたくしを研究したくないい人や殺したくないい人はいないの？」

フルーテがおずおずと片手を上げた。

「ああ、そうね、ありがとう、フルーテ」

「それからミセス・タンステルも」フルーテがなぐさめるように言い添えた。まるでアイヴィが残念賞ででもあるかのような口ぶりだ。

「あたくしの〝いざというときは役立たずの夫〟は含まれないようね？」

「現時点では、奥様、あなたを殺したいと思っておられるかもしれません」

アレクシアは思わずほほえんだ。「鋭いわね」

この会話のあいだじゅう騎士団は立ったまま身じろぎもせず、いつものように無言で目を光らせていた。と、思いがけないことに後列の一人が小さな叫び声を上げ、続いて、まぎれもない争いの音が聞こえた。ポッシュはいっそう激しく、けたたましく吠えはじめたが、本物の暴力に向き合うと攻撃性がなえるらしく、ツイードのズボンをはいた主人の脚の陰に縮こまっている。

リーダーとおぼしき男――ナイトガウンの十字がほかの団員より大きい――の合図で、騎士の大半が背後からの新たな敵に振り向いた。これでアレクシアたちに立ち向かうのは三人の騎士とランゲだけだ――かなり勝ち目が出てきたわ。

フルーテがあわただしく二挺の小型拳銃に弾をこめはじめた。

「いったい――？」アレクシアは困惑して言葉をのみこんだ。

「吸血鬼よ」ルフォーが説明した。「来ると思ってたわ。この数日、ずっとわたくしたちの跡をつけていたから」

「暗くなるまであたくしの救出を待っていたのは、そのせい？」

「そのとおり」トルーヴェが目を輝かせた。

「無粋な真似はしたくなかったの」ルフォーが続けた。「手ぶらでいきなり押しかけるのは失礼でしょ？　だから、たくさんおみやげを引き連れてきたってわけ」

「それはまたご丁寧なことね」

アレクシアは振り向いて状況を確かめた。カタコンベのなかは薄暗く、目の前に立つ男たちの様子を見きわめるのは難しいが、少なくとも六人の吸血鬼がいるようだ。まあ驚いた、六人といえば、ほぼ吸血群の丸ごとひとつぶんじゃないの！　いよいよ本気であたしを殺す気のようね。

恐ろしげな木製の剣を構えながらも、テンプル騎士団は劣勢におちいっていた。異界族の力とスピードは、接近戦ではかなり有利だ。アレクシアたちの前に立ちはだかっていた三人の騎士が背を向け、加勢をしようと乱闘に加わった。これでテンプル騎士団対吸血鬼の割合は二対一になり、いくぶん互角に近づいたようだ。闘いは不気味なほど静かだった。騎士団はときおり痛みにうめき、驚きに小さな悲鳴を上げるだけで、吸血鬼もまた同じように無言で、すばやく、殺戮を続けている。

静かとはいえ、牙とこぶしが入り混じる乱闘は、なおも脱出路をふさいでいた。「どう思う？　この間隙を縫って進めるかしら？」と、アレクシア。

ルフォーは首をかしげて考えこんだ。

アレクシアはスカートをつまんでいた手を離し、意味ありげにかかげた。「あたくしの特殊能力があれば、この脱出劇も楽しめるかもしれないわ。ムシュー・トルーヴェ、パラソルの機能をお見せするわね。あたくしは両手が空いているほうがよさそうだから」

アレクシアはトルーヴェに今の状況で役立ちそうな装備の使いかたを急いで指南した。

「すばらしい作品だ、ジュヌビエーヴ」トルーヴェは心底、感心したようだ。

ルフォーは顔を赤らめると、あわててクラバットに手をやり、二本のピンを引き出した。吸血鬼には木のピン。テンプル騎士団には——しかたなく——銀のピンだ。フルーテが銃の撃鉄を起こし、アレクシアが手袋をはずした。

そのときまで、みなすっかりランゲのことを忘れていた。ポッシュがずっと声をかぎりに吠えたてていたことを考えると、驚くべき事実だ。

「逃がさんぞ、〈雌標本〉め！　まだ試験は終わっていない。なんとしてもお腹の子を切り開いて解剖してやる。そうすれば性質がわかる。そうすれば——」そのとき、とどろくようなうなり声が聞こえ、ランゲは言葉をのみこんだ。

チャニングが勢いよく近づいてきた。少しやつれたようだ。美しい白い毛皮は血で汚れ、傷口からは血が出ている。銀の刃で切りつけられたために治りが遅いのだろう。だが、さいわい致命傷はなさそうだ。いまごろ管区長がどんな状態になっているか、アレクシアは考えたくもなかった。管区長が致命傷を受けていないとは思えない。

チャニングは舌をだらりと垂らし、目の前で繰り広げられている全面対決に頭を傾けた。

「わかってるわ」と、アレクシア。「あなたが騎兵隊を連れてきたのね。そこまでする必要はなかったのに」

人狼はアレクシアに向かって〝軽口をたたいている時間はない〟というように吠えた。

「そうね、では先導してちょうだい」

チャニングはもみあう吸血鬼とテンプル騎士団に向かって決然と走りだした。

人狼にすくみあがったランゲが廊下の壁にぴったり張りつきながら叫んだ。「逃がさんぞ、〈雌標本〉め！　行かせるものか」アレクシアがちらっと振り返ると、ランゲは鋲《びょう》つきの革を巻いたバグパイプをらっぱ銃に変形したような奇妙な武器を構えていた。銃口をアレクシアに向けているが、引き金にかけた指は震えている。そのとき、誰が反応するより早く、突如として根拠のない勇気に駆られたポッシュがチャニングに向かって駆け出した。

チャニングは歩みを止めもせずぐるりと頭をめぐらすと、立派なあごを開き、小犬を丸ごと呑みこんだ。

「やめろ！」そう叫ぶや、ランゲはアレクシアから狼にねらいを変え、バグパイプらっぱ銃の引き金を引いた。ポンとはじけるような大きな音を立てて赤いゼリー状の有機物質らしきものが入ったこぶし大の球が飛び出し、びしゃっとチャニングに当たった。それがなんであれ、人狼には威力がなかったようだ。チャニングは濡れた犬のようにぶるっと身震いすると、いまいましげにランゲをにらんだ。

そのとき、フルーテの発砲した弾がランゲの肩に当たった。そこでまたもや弾が切れ、フルーテはすばやく銃をポケットにしまった。アレクシアは思った——フルーテにはもっと性能のいい新型銃を買ってやるべきね。その……リボルバーとか。

ランゲは痛みに悲鳴を上げ、肩をつかんでのけぞり、倒れた。

ルフォーがつかつかと近づき、ランゲのだらりとした手から珍妙な武器を奪い取った。

「本当のことを教えてあげましょうか、ミスター・ランゲ？　あなたのアイデアはすばらしいかもしれないけど、あなたの研究方法と倫理規範には大いに疑問の余地があるわ。あなたは、ミスター・ランゲ、〝最低の科学者〟よ！」言うなりルフォーはバグパイプ銃の銃身でランゲのこめかみに一撃を加えた。ランゲは石のように動かなくなった。

「ちょっと、チャニング少佐」アレクシアがとがめるように言った。「あの犬を食べる必要があったの？　きっとひどい消化不良を起こすわよ」

チャニングはすべてを無視し、廊下の大乱闘に向かって突きすすんだ。どちらが優勢かはわからない。吸血鬼チームに対して、二倍数の鍛え抜かれた修道戦士というのは、ちょうどいい割合だったようだ。

アレクシアはひと暴れしようと、チャニングのあとを小走りで追いかけた。

チャニングが〝もみ合う男たちを食いちぎりながら進む〟という単純な方法で道を空けるあとから、手袋をはずしたアレクシアが手当たりしだいに触れながら歩きだした。アレクシアが触れたとたん、吸血鬼は人間に戻り、テンプル騎士団はぱっと身を引く。どちらにしても好都合だ。

吸血鬼たちは異界族の力がなくなったとたん――もしくは牙がすっかりなくなっているのに相手の首に噛みついている自分に気づいたとたん――敵を離した。騎士たちはこのチャンスに反撃しようとしたが、新たに現われた恐ろしい敵――人狼――におじけづいている。さらに彼らは、愛想も知性もない、うぬぼれ屋の英国女性と思っていた獲物がせっせと技を振るうがごとく自分たちに触れるのを見て驚愕した。さすがのテンプル騎士団も本能には勝てなかった。なにせ彼らは何世代ものあいだ、その聖なる魂を大いなる危険にさらすものとして――悪魔と同じように――反異界族を避けるよう訓練されてきたのだから。騎士たちはびくっと身を引き、転がるようにアレクシアから逃げだした。

トルーヴェはパラソル武器をいくつかためしてみたが、結局は、この重い真鍮装飾品をクラブのように振りまわし、前をさえぎるものを片っ端からぶちのめしながらアレクシアのあとに続いた。やっぱりそれがいちばんね。あたしもその方法を選ぶわ。そこでアレクシアはふと考えた――このパラソルの使いかたを正式に〝パラソルト〟（〝パラソル〟と、〝攻撃〟を意味する〝アソルト〟を組み合わせた造語）と名づけたらどうかしら？　続くルフォーは、片手にバグパイプらっぱ銃、片手にクラバットピンを持って楽しげに切りつけ、ぶったたいている。その後ろからフルーテが書類カバンを盾がわりに、ルフォーから借りたもう一本のクラバットピンを振りまわしながら堂々としんがりを務めた。

地下深くの地獄絵のごとき大混乱のうちに、〈アレクシアと命知らずの救出団〉は争いをすり抜け、その後は――どんなにあざができようと血まみれだろうと――ひたすら走った。チャニングを先頭にカタコンベを通り抜け、続く長いトンネルを駆け抜けた。トロッコ用とおぼしき鉄の線路が敷いてあるところを見ると、これは新しい造りのようだ。湿った木の階段をよじ登り、ついに一団はアルノ川の広くて柔らかい河岸に転がり出た。日没後、街には異界族を警戒して外出禁止令が出されたらしく、アレクシアたちの必死の脱出劇を目撃した者は一人もいなかった。

一団は河岸から街路に這いあがり、さらにえんえんと街を走り抜けた。脇腹が痛くなってきた。今後の状況が許すならば――アレクシアは思った――図書室の肘かけ椅子にゆっくり座って残りの日々を過ごしたい。このところ、ちょっと冒険の割合が多すぎるわ。

アルノ川にかかる橋にたどり着き、半分ほど渡ったところでアレクシアが止まれの号令をかけた。ここなら周囲が見わたせる。一休みしても大丈夫そうだ。「追ってきてる？」

チャニングが天に鼻面を向けてにおいをかぎ、毛深い頭を横に振った。

「こんなに簡単に逃げられるとは思えないわ」アレクシアは仲間を見まわし、状況を確かめた。チャニングはさらに傷が増えていたが、どれも見るまに治りつつある。ルフォーは片方の手首に深い傷を負い、フルーテはその傷口にハンカチを巻いて手当し、トルーヴェは額《ひたい》にできたたんこぶをこすっている。アレクシアは片方の肩がひどく痛んだが、いまは見る気がしなかった。それを除けば、みな心身とも、なんとか無事のようだ。チャニングも同じ結論に達したらしく、人間に戻りはじめた。

狼の身体が不気味にねじれ、肉と骨が組み変わる音があたりにひびきわたり、やがてチャニング本人が目の前に現われた。アレクシアはチャニングの大きく均整のとれた裸身に悲鳴を上げ、あわてて背を向けた。

トルーヴェが外套を脱いでチャニングに手渡した。少し大きすぎるが、礼儀のためにはしかたない。チャニングは感謝のしるしにうなずき、外套を羽織った。これで必要なところは隠れたが、丈が短すぎ、長く垂らした髪とあいまって〝特大フランス女学生《リセエンヌ》〟のようだ。

ここで何を言うべきか、アレクシアはよくわかっていた。礼儀を重んじるなら、感謝の言葉を述べるべきだ。でも、どうせ感謝するならチェスターフィールド・チャニングスのチャニング・チャニング以外の誰かであってほしかった。「さて、チャニング少佐、危ないときに助けてくれたことには感謝するわ。でも、どういうこと？　あなたが殺傷能力を発揮する場所は、どこかもっと遠いところじゃないの？」

「マイ・レディ、お言葉ですが、まさにわたしはどこか遠いところにいると思います」

「あたくしが言いたいのは、女王陛下と国家のために連隊とともに戦地におもむいてるはずじゃないかってことよ」

「あ、いえ、奥様が英国を離れられてから連隊の派遣は延期されました。物理的な問題が生じましたので」

「問題？」

「はい、物理的に、傷心のアルファを残して赴任するのは不可能です。あなたにとっても、わたしが海外にいなかったのは幸運でした。誰かがあなたをテンプル騎士団の魔の手から救い出さなければならなかったのですから」チャニングはアレクシア救助隊のほかのメンバーを完全に無視して言った。

「あなたの助けがなくても、あたくしは自力で脱出してたわ。いずれにせよ、感謝します。それにしても、あなたって毎回やることが派手ね？」

　チャニングが横目でアレクシアを見た。「おたがいさまではありませんか？」

「それで、どうしてずっとあたくしを追っていたの？」

「おや、わたしだと知っておられたのですか？」

「あたくしの護衛のためにうろつきまわる白狼なんて、そうはいないわ。吸血鬼と馬車の事件のあと確信したの。どうしてあなたが？」

「わたしが送りこんだからだ」背後から低いしゃがれ声が答えた。

　フルーテがルフォーの介抱を中断し、新たな脅威にくるりと振り向いた。ルフォーはさっと頼もしいクラバットピンに手を伸ばし、トルーヴェは科学者の目でしげしげと観察していたバグパイプらっぱ銃を振り上げた。動じないのはチャニング少佐だけだ。

　マコン卿ことウールジー伯爵が橋塔の陰から現われた。

「あなた！　ずいぶん遅かったじゃないの」奔放な妻の口調は、いかにも不満げだった。

16　アルノ川の橋の上での熱い再会

「遅かっただと！　ああ、遅くて悪かったな。いいか、妻よ、わたしはきみを探してイタリアじゅうを走りまわったんだ。見つけるのにどれだけ苦労したことか」

「そんな探しかたで見つかるはずないわ。だってあたくしはイ、タ、リ、ア、じゅうにいたわけじゃないもの。フィレンツェにじっとしてたの。それどころかぞっとするようなローマのカタコンベに閉じこめられていたのよ、あなたのせいで」

「わたしのせい？　どうしてわたしのせいなんだ？」マコン卿が近づき、アレクシアを見下ろした。二人は、興味津々の表情で半円状に取りかこむ仲間たちのことを完全に忘れて口論を始めた。二人の言い争う声は川面を渡り、フィレンツェの無人の街路に響きわたった——きっと多くの人の耳を楽しませているに違いない。

「あなたがあたくしを拒否したからよ！」そう言いながらも、アレクシアは深い安堵感に舞い上がりそうだった。今回はさいわいにも座りこんで泣きわめくほどじゃないけど。コナルがあたしを追いかけてきてくれた！　でも、まだ許すつもりはないわ。

ここでフルーテが勇敢にも言葉をはさんだ。「声が大きすぎます、奥様。まだ危険がなくなったわけではありません」

「あなたが追い出したんじゃない！」アレクシアは声を落とし、すごんでみせた。

「いや、あれは――そうじゃねぇ。あんなふうに追い出すつもりじゃぁなかった。本気にするほうがどうかしてる。バカな状態から立ちなおるには時間が必要だ――それくらいわかってくれると思ってたんだがな」

「あら、よく言うわね。〝バカな状態〟が一時的だなんて、どうしてわかるの――相手があなたのときに？　いままで一度だって利口だったことなんかないくせに！　しかもあたくしは吸血鬼に命をねらわれてたのよ」

「そして連中は英国と同じように、ここでも殺すのをあきらめた、だろう？　チャニングにきみのあとをつけさせた。せめてその程度にはしらふだったのはさいわいだった」

「ああ、それは助かったけど……待って、いまなんと言ったの？　〝しらふだった〟ですって？　あたくしが身重の身体でヨーロッパを横断し、テントウムシに追われ、羽ばたき機で空を飛び、アヒル池に軟着陸して、コーヒーを飲んでいたときに、あなたは酔っぱらっていたってこと？」

「気が滅入ってな」

「気が滅入った？　あなたって人は！」アレクシアは怒りのあまり言葉を失い、夫を見上げた。変な気分だ。大柄のアレクシアはふだん相手を見下ろすのに慣れている。マコン卿は嫌味なほどそびえ立っていたが、こんなことでひるむアレクシアではない。

アレクシアは二本の指で夫の胸の真ん中を突きながらののしった――「あなたって人は、無神経で」――ぐいっ――「裏切り者で」――ぐいっ――「いいかげんで」――ぐいぐいぐい――「がさつで」――ぐいぐいぐい――「大バカ野郎よ！」突かれるたびにマコン卿は人間に戻ったが、本人はまったく気にするふうもない。

それどころか胸を突くアレクシアの手をつかみ、唇に近づけて言った。「きみの言うとおりだ、マイ・ラブ」

「ものわかりのいいふりをしても無駄よ、あなた《ハズバンド》。まだ言いたいことがたくさんあるんだから」アレクシアは反対の手で突きはじめたが、マコン卿はにやにや笑っている。アレクシア自身も気づいた――つい〝ハズバンド〟と呼んだことに。

「あなたはまともに話もきかずにあたくしを追い出したのよ。キスはやめて。そして、お腹の子が自分の子であることさえ疑ったわ。やめてったら！　そうよ、あなたは最悪の結論に飛びついたのよ。あたくしの性格は知ってるくせに。あたくしがあんなふうにあなたを裏切るはずがないじゃない？　歴史に例がないからといって例外がないとはかぎらないわ。例外はつねに存在するの。アケルダマ卿を見て――彼は文字どおり、あらゆる存在の例外よ。そんなことくらい、テンプル騎士団の遺物をちょっと調べただけでわかったわ。首にキスするのはやめて、コナル、怒るわよ。とにかく、テンプル騎士団はもっと学術的方法を学んで、手当たりしだいなんでもかんでも奪うのはやめるべきだわ」アレクシアは胸もとに手を入れ、いまやニンニクのにおいがしみついた古代ローマの小さな呪い板を取り出し、マコン卿に向かって振った。「これを見て！　これが証拠よ。もう、やめてったら。そもそもあなたがあたくしを追い出したのが悪いのよ。おかげであたくしは人狼団の庇護もなく逃げまわらなきゃならなかったんだから」

そこでマコン卿がかろうじて口をはさんだ——さすがのアレクシアも息が切れた。「だが、結局きみは独自の護衛団を作ったようだな。〝パラソル保護領団〟なんてどうだ？」

「ハハ、おもしろいわね」

マコン卿は顔を近づけ、アレクシアが罵倒攻撃を再開する前に唇で唇をふさいだ。マコン卿お得意の深くて強引なキスだ。激しい抱擁に——触れ合っているせいで人狼の力はすっかりなくなっているのに——アレクシアは呑みこまれそうな気分になった。そして夫の腕のなかで身をそらしながら、ぼんやりと指で突きつづけた。

そのとき、始まりと同じように、マコン卿が唐突に身を引いた。「うげっ！」

「うげっ？　まだ、どなり終えてもいないあたくしにキスしておいて、うげっですって！」アレクシアはさっと夫の腕を振りほどいた。

マコン卿が妻を押しとどめた。「かわいいアレクシアよ、最近ペストを食べなかったか？」そう言ってむずがゆそうに鼻をこすりはじめた。目もうるんでいる。

アレクシアが笑い声を上げた。「そうだわ——人狼はバジルに弱いんだったわね。さあ、これであたくしの復讐のすごさがわかった？」いまコナルに触れたらアレルギー反応はすぐに治まる。だがアレクシアはあえて手を出さず、苦しむ様子を楽しんだ。そういえば人間に戻っているときもコナルはバジルを使った夕食にひどく反応したことがある。残念だけど、ペストのある人生はあきらめるしかなさそうね——そう思った瞬間、アレクシアは夫を許すつもりになっている自分に気づいた。

いますぐじゃないけど。

マコン卿がおずおずと近づいた——早く動くとアレクシアが興奮して爆発するとでもいうかのように。「あの風味を味わったのは久しぶりだ。変異する前も好きじゃなかったが、きみがそれほど好きなら我慢しよう」

「子どもにも我慢する？」

ふたたびマコン卿はアレクシアを引き寄せた。「きみがそれほど好きなら」

「難しく考えないで。あなたもきっと好きになるわ」

妻の首に鼻をこすりつけながらマコン卿は満ちたりたため息を漏らし、「わたしのもの」と幸せそうにつぶやいた。

アレクシアは運命にさからうのをやめた。「くやしいけど、あたくしも同じ気持ちよ」

「では、これで一件落着だ」

「そうはいかないわ」アレクシアはさっと身を引き、〝まだ許さない〟というように夫の腕を叩いた。「あなたもあたくしのものよ！ よくも、あんな仕打ちができたものだわ」

マコン卿はうなずいた。弁解の余地はない。「その点はつぐなう」そしてうっかり付けくわえた。「どうしたらいい？」

アレクシアは考えた。「専用のエーテルグラフ通信機がほしいわ。水晶真空管《バルブ》がいらない最新型の」

マコン卿はうなずいた。

「それから、ムシュー・トルーヴェ製作のテントウムシをひとセット」

「なんのセットだと？」

アレクシアがじろりとにらんだ。

マコン卿はふたたびうなずいた。おとなしく。

「それからフルーテに新しい銃を。上等のリボルバーか、とにかく連射が可能な銃よ」

「フルーテに？　なんでまた？」

アレクシアは腕を組んだ。

「わかった」

アレクシアはノルデンフェルト砲もねだろうかと思ったが、それはあんまりだと考えなおし、レベルを落とした。「それからあたくしに銃の使いかたを教えてちょうだい」

「なあ、アレクシア、それは身重の女性がやるにふさわしいことだと思うか？」

またしてもアレクシアがにらんだ。

マコン卿はため息をついた。「わかった。ほかには？」

アレクシアは眉を寄せて考えこんだ。「いまのところそれくらいね。でも、そのうちまた思いつくかもしれないわ」

またしてもマコン卿は妻を抱き寄せ、両手で背中に大きく円を描きながら鼻を髪にうずめた。

「それで、きみはどっちだと思う？　女の子、それとも男の子か？」

「どうやら〈魂盗人《ソウル・スティーラー》〉らしいわ」

「なんだと！」マコン卿は妻からあとずさり、疑わしそうに見下ろした。

チャニングが言葉をはさんだ。「お話しちゅう申しわけありませんが、そろそろ移動したほうがよろしいかと」狼のときのように頭を片方に傾け、追っ手の足音に耳をピンと立てている。

たちまちマコン卿は甘い夫から人狼アルファに変わった。「二手に分かれよう。チャニング、おまえとマダム・ルフォーとフルーテには囮《おとり》になってもらう。マダム、申しわけないが女性の格好をしてもらいたい」

「しかたないわね」

アレクシアはルフォーの渋面と、ルフォーに女性の格好をさせて敵を迷わせるというアイデアに愉快そうに笑った。「パッドを入れたほうがいいかも」アレクシアはかすかに胸をふくらませて提案した。「それから髪も垂らしたほうがいいわね」

ルフォーがじろりとアレクシアを見た。「言われなくても、わたくしたちの見た目がどれだけ違うかはわかってるわ」

アレクシアは笑みを隠して夫を振り返った。「そのまま英国に戻ってもらうの？」

マコン卿はうなずき、ふと時計屋に目をやった。「それで、あなたは、ムシュー……？」

「トルーヴェよ」と、アレクシア。

トルーヴェは二人に向かって目を輝かせた。「わたしはこのままフランスに戻る。どうせ途中までは同じ方向だな？」

チャニングとルフォーがうなずいた。フルーテはいつものように無表情だが、英国に戻れると知って、目には喜びが浮かんでいた。

トルーヴェはアレクシアに向きなおり、片手を取って紳士らしく手の甲に口づけた。あごひげがくすぐったい。「きみと知り合いになれてよかった、レディ・マコン。じつに楽しかったよ」

マコン卿がわざと驚いてみせた。「それは、わたしの妻のことか？」

トルーヴェがマコン卿の皮肉を無視したのを見て、アレクシアはますますトルーヴェが好きになった。

「あたくしもよ、ムシュー・トルーヴェ。また、そのうちお会いしたいわ」

「こちらこそ」

アレクシアは呆気にとられている夫を振り返った。「それで、あたくしたちは船で？」

またしてもマコン卿はうなずいた。

「いいわ」アレクシアはニヤリと笑った。「これであなたを独占できるわね。まだ、どなりたいことがたくさんあるの」

「なんだ、てっきりハネムーンかと思っていたのに」

「人狼にとっては同じことじゃない？」

「おもしろいじゃないか、妻よ」


マコン夫妻がチビ迷惑の話に戻ったのは、それからかなりあとのことだった。まずは正式に別れの挨拶をしてフィレンツェを脱出するのが先だ。ようやくことが片づき、マコン夫妻のあいだの〝まじめな会話〟ができるようになったのは、次の日の朝、広くてすきま風の入る、うち捨てられた古い納屋に二人きりになったときだった。

異界族で寒さに強いマコン卿は、かびくさい藁山の上にうやうやしくマントを広げ、その上に裸で寝転がって期待の目で妻を見上げた。

「とてもロマンティックね、あなた」アレクシアがそっけなく言った。

マコン卿は妻の反応に少しがっかりしたが、アレクシアはたくましい裸体と照れくさそうな表情というううっとりする組み合わせに抵抗できるほど、夫の魅力に無反応ではいられなかった。

アレクシアがマントとスカートを脱いだ。

そして夫の身体の上に白鳥のように身を投げたとたん、マコン卿はとびきり甘い吐息を漏らした。いや、〝白鳥〟というより〝浜辺に打ち上げられた海洋哺乳類〟といったほうがふさわしいかもしれないが、これほど身体がぴったりくっつき合っているのだから文句はない。

決して軽いとはいえない妻に飛び乗られた衝撃から立ちなおるや、マコン卿は残りの服を脱がすという目標に向かって突き進みはじめた。背中のボタンをはずし、コルセットの前を開け、スリップを脱がす慣れた手つきは、メイド顔負けだ。

「そんなにあわてないで」アレクシアはやんわりと抗議したが、夫の性急さはまんざらでもなかった。

アレクシアの言葉に影響されたとは思えないが、マコン卿はふと作戦を変え、アレクシアをきつく抱き寄せた。首筋に顔をうずめ、深く、震える息を吸った。それと同時にマコン卿の大きな胸がふくらみ、上に乗ったアレクシアはそのたび持ち上げられた。まるで浮かんでるみたい。

マコン卿はそっと妻を脇に下ろし、信じられないほど優しくブルーマーを下ろして、少し丸くなったお腹をなではじめた。

「それで、生まれてくるのは〈魂盗人〉だと？」

アレクシアはいつもの荒々しい手つきをねだるかのように、かすかに身をよじった。口に出しては言わないが、アレクシアは乱暴なほど荒っぽいコナルが好きだ。「ローマの呪い板には〈皮追い人〉と呼んでいるものも書いてあったわ」

マコン卿は渋い顔で考えこんだ。「いや、そいつも聞いたことはねぇ。まあ、わたしもそれほど歳じゃないからな」

「吸血鬼たちは大騒ぎよ」

「すでにママの資質を受け継いでいるようだな、おちびちゃん。なかなかやるじゃねぇか」

マコン卿の大きな両手がさりげなく上のほうに向かいはじめた。

「こんどは何をたくらんでるの？」

「ほかにも再確認すべき事項がある。大きさの違いを確かめなくてはな」

「あなたに違いがわかるはずがないわ。もともとかなり大きいんだから」

「いや、違いがわかるのはわたししかいない」

「そうね、誰だって人生に目的は必要だわ」アレクシアの声がかすかに震えはじめた。

「そして新たな特性を判別するには、わがレパートリーのすべてを駆使しなければならん」

どうやらコナルは手による探索を口に変えるつもりらしい。

　もはやアレクシアにはあらがうふりも、まともな呼吸もできなくなった。そして夫の口がふさがっている以上――人狼とはいえ口にものを入れた状態でしゃべるべきではない――会話も終わりになりそうだ。

　そして、予想どおり会話は途切れた――少なくともしばらくのあいだは。

訳者あとがき

「ええっ！　ここで終わるの?!」

前作『アレクシア女史、飛行船で人狼城を訪《おとな》う』を最後までお読みくださった皆様のなかには、こう叫んだかたもおられたことと思います。

お待たせいたしました――〈英国パラソル奇譚〉シリーズ第三作 *Blameless* の全訳『アレクシア女史、欧羅巴《ヨーロッパ》で騎士団と遭う』をお届けいたします。前作は〝アレクシア懐妊〟という事態に人狼の夫マコン卿が怒りを爆発させるところで終わりました。なぜマコン卿は妻の懐妊にわれを失うほど動揺したのか――それは、人狼というものがほぼ死んだ存在であり、子孫を残すことは不可能と考えられているからです。

さて、その後……不貞を疑われて夫のもとを去ったアレクシアは実家からも追い出され、しかも頼りのアケルダマ卿までが謎の失踪を遂げるという事態に。かたやマコン卿はありえないはずの妊娠に困惑しつつも、妻を追い出した自責の念から人狼団アルファという職務も忘れ、アルコール浸《びた》りのすさんだ生活を送っています。

醜聞に耐えかねたアレクシアは、みずから妊娠の謎を解明するべくロンドンを離れ、ヨーロッパに向かいますが、またもやその旅には狂暴な吸血鬼や怪しげなマッド・サイエンティスト、さらには謎の騎士団の影が……。持ち前の頭脳と行動力でヨーロッパを果敢に横断するアレクシアと、飲んだくれるマコン卿を軸に、アケルダマ卿失踪事件や亡父アレッサンドロ・タラボッティの秘密などをからめ、さまざまな謎がときにユーモラスに、ときにアカデミックに解き明かされてゆきます。前作同様、スチームパンキッシュな発明品や、お約束のずっこけアクションも盛りだくさん。使いものにならないボスに代わって孤軍奮闘する有能な副官《ベータ》ライオールや、知恵と技術で窮地を切り抜ける男装の発明家マダム・ルフォーはもちろん、今回は寡黙な執事のフルーテと、おとぼけアイヴィの意外な活躍にも注目です。

なお、本作に登場するギュスターヴ・トルーヴェ（一八三九～一九〇二）はフランスの発明家、フランシス・ワルシンガム卿（一五三二～一五九〇）はエリザベス一世の諜報長官《スパイマスター》として活躍した政治家で、どちらも実在した人物がモデルになっています。

ここでお詫びと訂正を申し上げます。前作まで「フェザーストーンホー大尉」としていた人物名を、原語の発音に合わせ、本作から「ファンショー大尉」と変更させていただきました。悪しからずご了承ください。

本シリーズの魅力のひとつは、なんと言ってもその多彩なキャラクター――なかでも超高齢の吸血鬼アケルダマ卿の人気は高いようです。今回はアケルダマ卿ファンの皆様のために、作者のブログに連載されている『親愛なるアケルダマ卿へ』という質問コーナーからいくつかご紹介しましょう。

Q. オペラ、芝居、交響曲のなかでは何が好きですか？　（レベッカ）

——吸血鬼的に可能なかぎり、芝居だよ、**いとしの**ベッカちゃん。もっとも、それ以外の場所に顔を出さなければならないときもあるがね。オペラはオペラ・ガールが好きな人たちが行くものだし、交響曲の演奏会ではみな座っているから、まわりがどんな服を着ているか観察できんだろう？　だからわたしは芝居を愛する。なかでもシェイクスピア劇はすばらしい。『タイツをはいた殿方《メン・イン・タイツ》』は最高だ。

Q. アケルダマ卿がよく使う派手で華麗な呼び名（たとえば〝いとしいバラの花びらちゃん〟など）のネタが尽きたことはありませんか？　（スザンヌ）

——このわたしがかね、わがいとしの〝**朝露のブドウの種ちゃん**〟よ？　まさか、そんなことがあるものか！　もっとも、わたしの創造主はよく紅茶を片手に呼び名をぶつぶつつぶやきながら歩きまわっておるようだ。ときに会話を中断してメモを取っていることもある。

Q. 現代の道具でいちばんほしいものはなんですか？　（鼻かぜ仔猫）

——それはもちろん、電気カールごてだよ！

さて、本国アメリカではこの七月に〈英国パラソル奇譚〉第四巻の*Heartless*が出版されました。舞台はふたたびロンドンに戻り、マコン卿やライオールにまつわる、さらなる驚きの過去が明かされます。こちらも引きつづき皆様にお届けできればと思います。

最後に、作中に出てくるオッフェンバックのオペラ《ジェロルスタン女大公殿下》の訳詞はCBS・SONYレコード（一九七七）解説書の真崎隆治氏による対訳を参考にさせていただきました。この場を借りてお礼を申し上げます。

二〇一一年十二月

訳者略歴　熊本大学文学部卒，英米文学翻訳家　訳書『サンドマン・スリムと天使の街』キャドリー，『アレクシア女史、飛行船で人狼城を訪う』キャリガー（以上早川書房刊）

HM=Hayakawa Mystery
SF=Science Fiction
JA=Japanese Author
NV=Novel
NF=Nonfiction
FT=Fantasy

英国パラソル奇譚

アレクシア女史《じょし》、欧羅巴《ヨーロッパ》で騎士団《きしだん》と遭《あ》う

〈FT540〉

二〇一一年十二月十　日　印刷
二〇一一年十二月十五日　発行

（定価はカバーに表示してあります）

著　者　ゲイル・キャリガー
訳　者　川《かわ》野《の》靖《やす》子《こ》
発行者　早川　浩
発行所　株式会社　早川書房
郵便番号　一〇一-〇〇四六
東京都千代田区神田多町二ノ二
電話　〇三-三二五二-三一一一（大代表）
振替　〇〇一六〇-三-四七七九九
http://www.hayakawa-online.co.jp

乱丁・落丁本は小社制作部宛お送り下さい。
送料小社負担にてお取りかえいたします。

印刷・精文堂印刷株式会社　製本・株式会社フォーネット社
Printed and bound in Japan
ISBN978-4-15-020540-9 C0197

本書は活字が大きく読みやすい〈トールサイズ〉です。